AU FOND DE L'EAU

—— Paula Hawkins ——

AU FOND DE L'EAU

Traduit de l'anglais
par Corinne Daniellot et Pierre Szczeciner

Directeurs de collection : Arnaud Hofmarcher
et Marie Misandeau
Coordination éditoriale : Pierre Delacolonge

Sonatine Éditions
32, rue Washington
75008 Paris
www.sonatine-editions.fr

À tous les fauteurs de troubles

J'étais très jeune, le jour où j'ai éclaté sous le choc.

Mieux vaut laisser sombrer certaines choses.
D'autres non, mais lesquelles ?
Les avis divergent.

Emily Berry, *The Numbers Game*

On sait de nos jours que, loin d'être aussi fixes ou figés que les « collections de moments » proustiennes rangées comme des bocaux de conserve dans le garde-manger de l'esprit, les souvenirs sont transformés, désassemblés, réassemblés et recatégorisés par chaque acte de remémoration.

Oliver Sacks, *L'Odeur du si bémol*
(Traduction de Christian Cler, Seuil, 2014)

Le Bassin aux noyées

Libby

«Encore! Encore!»

Les hommes l'attachent à nouveau – différemment, cette fois : le pouce gauche au gros orteil droit, le pouce droit au gros orteil gauche. La corde à sa taille. Cette fois, ils l'emmènent dans l'eau.

«S'il vous plaît», supplie-t-elle.

Elle n'est pas sûre de pouvoir affronter cela à nouveau, le noir et le froid. Elle veut retourner dans un foyer qui n'existe plus, à une époque où sa tante et elle s'asseyaient devant l'âtre pour se raconter des histoires. Elle veut retrouver son lit dans leur cottage, elle veut redevenir petite fille, respirer l'odeur du feu de bois, des roses et de la peau tiède de sa tante.

«S'il vous plaît.»

Elle coule. Quand ils la remontent sur la berge, la seconde fois, ses lèvres ont la couleur d'un hématome, et son souffle l'a quittée à jamais.

PREMIÈRE PARTIE

2015

Jules

Tu voulais me dire quelque chose, c'est ça ? Qu'est-ce que tu essayais de me dire ? J'ai l'impression d'avoir dérivé loin de cette conversation il y a si longtemps. J'ai arrêté de me concentrer, j'ai pensé à autre chose, j'ai continué d'avancer, je n'écoutais plus, et j'ai perdu le fil. Ça y est, tu as toute mon attention à présent. Pourtant, je n'arrive pas à m'empêcher de penser que je suis passée à côté de l'essentiel.

Quand ils sont venus m'annoncer la nouvelle, ça m'a mise en colère. J'ai d'abord été soulagée, parce que quand deux policiers se présentent à la porte au moment où on cherche son billet de train juste avant de filer au travail, on craint le pire. J'ai eu peur pour les gens auxquels je tiens – mes amis, mon ex, mes collègues. Mais ce n'était pas eux, m'ont-ils dit, c'était toi. Alors j'ai été soulagée, juste un instant, puis ils m'ont expliqué ce qui s'était passé, ce que tu avais fait, et quand ils m'ont dit que tu étais allée dans l'eau, ça m'a rendue furieuse. Et ça m'a fait peur.

J'ai cherché ce que j'allais pouvoir te dire en arrivant, je savais que tu avais fait ça exprès pour me faire du mal, pour me contrarier, pour m'effrayer, pour bouleverser ma vie. Pour attirer mon attention, pour me forcer à revenir. Alors bravo, Nel, tu as réussi : me voilà de retour dans cet endroit que je ne voulais plus jamais revoir, sommée de m'occuper de ta fille, et de remettre de l'ordre dans tout ton bordel.

Lundi 10 août

Josh

Quelque chose m'a réveillé. Je me suis levé pour aller aux toilettes et j'ai remarqué que la porte de Papa et Maman était ouverte. Maman n'était pas dans le lit. Papa ronflait, comme d'habitude. Sur la table de nuit, le radio-réveil indiquait 4 h 08. Je me suis dit que Maman devait être en bas – elle a du mal à dormir, maintenant. Papa aussi, d'ailleurs, mais il prend des somnifères tellement forts que même si on se mettait à côté du lit et qu'on lui criait dans l'oreille, ça ne le réveillerait pas.

Je suis descendu sans faire de bruit parce que souvent, elle allume la télé sur la chaîne qui présente des machines pour vous aider à perdre du poids, nettoyer le sol à votre place ou couper les légumes de plein de façons différentes, et elle s'endort devant. Mais la télé était éteinte et Maman n'était pas sur le canapé. Je me suis dit qu'elle était sûrement sortie.

Ça lui est déjà arrivé plusieurs fois, à ce que je sais. Après, je ne peux pas surveiller en permanence les allées et venues de chacun. La première fois, elle m'a dit qu'elle était juste partie marcher, prendre un peu l'air, mais un autre matin, quand je me suis réveillé et qu'elle était sortie, j'ai regardé par la fenêtre et j'ai vu que sa voiture n'était pas devant la maison, là où elle la gare toujours.

À mon avis, elle va se promener du côté de la rivière, ou alors elle va sur la tombe de Katie. Moi aussi ça m'arrive d'y aller, mais pas au milieu de la nuit. J'aurais trop peur, dans le noir, et puis ce serait bizarre parce que c'est justement ce qu'a fait

Katie : elle s'est levée au milieu de la nuit, elle est allée à la rivière et elle n'est jamais revenue. Mais je comprends : c'est la seule manière qu'a Maman de se sentir proche de Katie, maintenant. Ça et s'asseoir dans sa chambre, ce qui lui arrive aussi, parfois. Je le sais parce que la chambre de Katie est juste à côté de la mienne, et que je peux entendre Maman pleurer à travers le mur.

Je me suis assis sur le canapé pour l'attendre, mais j'ai dû m'endormir, parce que quand j'ai entendu la porte d'entrée, il faisait jour et l'horloge de la cheminée indiquait 7 h 15. J'ai entendu Maman fermer la porte derrière elle puis se précipiter à l'étage.

Je l'ai suivie. Je me suis approché de la porte de leur chambre et j'ai regardé par l'interstice. Maman était à genoux près du lit, du côté de Papa, et elle était toute rouge, comme si elle avait couru. Elle respirait très vite et elle disait :

« Alec, réveille-toi ! Réveille-toi ! »

Et elle le secouait.

« Nel Abbott est morte. Ils l'ont retrouvée dans l'eau. Elle a sauté. »

Je ne me souviens pas avoir dit quoi que ce soit, mais j'ai dû faire du bruit, parce qu'elle s'est tournée vers moi et qu'elle s'est tout de suite relevée.

« Oh, Josh ! elle a dit en s'approchant de moi. Oh, Josh ! »

Elle avait des larmes qui lui coulaient sur les joues et elle m'a serré fort dans ses bras. Quand j'ai pu me dégager, elle pleurait toujours, mais elle souriait aussi.

« Oh, mon chéri ! » elle a dit.

Papa s'est assis dans le lit en se frottant les yeux. Tous les matins, il lui faut une éternité pour se réveiller complètement.

« Je ne comprends pas, il a bafouillé. Quand est-ce que... Tu veux dire, cette nuit ? Comment tu sais ?

– Je suis sortie acheter du lait. Tout le monde en parlait... à l'épicerie. Ils l'ont retrouvée ce matin. »

Elle s'est assise sur le lit et s'est remise à pleurer. Papa l'a prise dans ses bras mais c'était moi qu'il regardait, avec sur le visage une expression étrange.

« Où est-ce que tu es allée ? j'ai demandé. Tu étais où ?

– À l'épicerie, Josh. Je viens de le dire. »

Tu mens, j'aurais voulu répondre. *Tu es partie pendant des heures, tu n'es pas seulement sortie acheter du lait.* J'aurais voulu répondre cela, mais je ne l'ai pas fait, parce que mes parents se regardaient et qu'ils avaient l'air heureux.

Jules

J e me souviens. À l'arrière du camping-car, des oreillers
entassés entre nous pour marquer la limite entre ton ter-
ritoire et le mien, en route pour passer l'été à Beckford, toi
fiévreuse et surexcitée, impatiente d'arriver, et moi livide, me
retenant de vomir – le mal des transports.

Je ne me suis pas seulement souvenue, je l'ai senti. J'ai ressenti la même nausée cet après-midi, recroquevillée au-dessus
de mon volant comme une vieille dame, à conduire n'importe
comment, trop vite, à couper les virages, à freiner trop brutalement, à me ranger précipitamment en apercevant des voitures
en face. J'ai éprouvé un sentiment qui ne m'était pas inconnu :
chaque fois qu'apparaissait une camionnette fonçant vers moi
sur une petite route de campagne, je me disais : *Je vais faire
un écart, je vais le faire, je vais foncer droit sur elle.* Ce n'était
pas que j'en avais envie, mais plutôt que je m'y sentais obligée,
comme si, au dernier moment, j'allais perdre mon libre arbitre.
C'est la même sensation quand on se tient au bord d'une falaise
ou du quai d'une gare et qu'on se sent poussé par une main invisible. Et si ? Et si je faisais juste un pas de plus ? Et si je tournais
juste un peu le volant ?

(Pas si différentes, toi et moi, après tout.)

Ce qui m'a frappée, c'est de me souvenir si bien. Trop bien.
Comment se fait-il que je puisse me remémorer aussi clairement
des choses qui me sont arrivées quand j'avais huit ans, alors qu'il
m'est impossible de savoir si j'ai bien demandé à mes collègues
de déplacer une évaluation client à la semaine prochaine ? Ce que

je voudrais retrouver m'échappe, et ce que j'essaie tant d'oublier me revient sans cesse. Plus j'approchais de Beckford, plus c'était criant ; le passé surgissait devant moi, inattendu et tenace, comme une nuée de moineaux s'envolant d'un buisson.

Cette nature luxuriante – ce vert incroyable et le jaune vif, acide, des ajoncs sur la colline – a presque brûlé mes rétines et a fait défiler dans ma tête une bobine de souvenirs : à quatre ou cinq ans, Papa qui m'emmène dans l'eau, moi qui me débats en poussant des cris de ravissement, toi qui sautes depuis les rochers dans la rivière et qui escalades plus haut chaque fois. Les pique-niques sur la rive sablonneuse du bassin, le goût de la crème solaire sur ma langue ; les gros poissons marron que j'attrapais dans l'eau stagnante et boueuse en aval du moulin. Toi qui rentres à la maison, un filet de sang sur la jambe après avoir mal jaugé un plongeon, et qui mords dans une serviette de table pendant que Papa nettoie ta coupure parce que tu te refuses à pleurer. Tu te refusais à pleurer devant moi. Maman, dans une robe d'été bleu clair, pieds nus dans la cuisine, qui prépare du porridge pour le petit déjeuner, la plante des pieds couleur rouille foncé. Papa, assis sur la berge, en train de dessiner. Plus tard, plus grandes, toi avec un short en jean et ton haut de maillot de bain sous ton tee-shirt, qui fais le mur un soir pour aller retrouver un garçon. Pas n'importe lequel : LE garçon. Maman, plus maigre et plus frêle, endormie dans le fauteuil du salon ; Papa qui disparaît pour de longues promenades avec la femme du pasteur, cette dame ronde et pâle, toujours coiffée d'un chapeau. Je me souviens d'une partie de foot. Les chauds rayons du soleil sur l'eau, tous les regards braqués sur moi ; les larmes ravalées, le sang sur ma cuisse, les rires qui résonnent dans mes oreilles – je les entends encore. Et en fond, le clapotis de la rivière.

Mon esprit était tellement accaparé par l'eau, par la rivière, que je ne me suis même pas rendu compte que j'étais arrivée. J'étais là, au cœur du village, mais c'était comme si j'avais fermé les yeux et qu'on m'y avait transportée par enchantement, et voilà que je roulais lentement dans des rues étroites entre des rangées de 4×4, un flou de pierre rose en périphérie de ma vision. Je me suis approchée de l'église, puis du vieux pont – méfiance, à présent. J'ai gardé les yeux sur le bitume devant moi en m'efforçant de ne pas regarder les arbres ni la rivière. Mais je n'ai pas pu m'en empêcher.

Je me suis garée sur le bord de la route et j'ai coupé le moteur. J'ai levé les yeux. J'ai retrouvé les arbres, j'ai retrouvé les marches en pierre recouvertes de mousse verte que la pluie rendait toujours horriblement glissantes. J'ai eu la chair de poule. Je me suis souvenue de ceci : la pluie glacée frappant la route, les gyrophares bleus disputant aux éclairs le droit d'illuminer la rivière et le ciel, de petits nuages de vapeur devant des visages paniqués, et un petit garçon, pâle comme la mort, tremblant, qu'une policière aidait à gravir les marches. Elle lui agrippait la main, ses yeux angoissés grands ouverts, et tournait la tête dans tous les sens en appelant quelqu'un. Je ressens encore ce que j'ai ressenti cette nuit-là, un mélange de terreur et de fascination. J'entends encore tes mots dans ma tête : *Qu'est-ce que ça fait ? Tu imagines, voir ta mère mourir ?*

J'ai détourné le regard. J'ai redémarré la voiture et je suis repartie, j'ai traversé le pont, retrouvé les lacets de la route. J'ai guetté le virage – le premier sur la gauche ? Non, pas celui-là, le deuxième. Et il est apparu, ce mastodonte de pierre brune, le Vieux Moulin. Un picotement a parcouru ma peau, froide et moite, mon cœur s'est mis à battre dangereusement vite, j'ai passé la grille ouverte et je me suis engagée dans l'allée.

Un homme attendait, concentré sur son téléphone. Un policier en uniforme. Il s'est approché d'un pas rapide et j'ai baissé la vitre.

« Je suis Jules, ai-je dit. Jules Abbott. Je suis… sa sœur.

– Oh… Oui, bien sûr, oui. »

L'air gêné, il a lancé un regard vers la maison.

« Écoutez, il n'y a personne pour l'instant. La fille... votre nièce, elle est sortie. Je ne sais pas où. »

Il a attrapé la radio à sa ceinture. Je suis sortie de la voiture.

« Je peux entrer ? »

J'ai regardé la fenêtre ouverte, celle de ton ancienne chambre. Je pouvais encore te voir assise sur le rebord, les pieds pendant dans le vide. Ça m'a donné le vertige.

Le policier a hésité. Il s'est détourné pour parler à voix basse dans sa radio avant de revenir vers moi.

« Oui, c'est bon. »

J'ai monté les marches, presque aveugle, mais j'entendais le bruit de l'eau et je sentais l'odeur de l'humus, de la terre à l'ombre de la maison, sous les arbres, là où les rayons du soleil ne pénètrent jamais, la puanteur âcre des feuilles qui pourrissent, et cette odeur m'a ramenée dans le passé.

Quand j'ai poussé la porte d'entrée, je m'attendais presque à entendre la voix de ma mère m'appeler de la cuisine. Sans même y penser, j'ai su que je devais mettre un coup de hanche dans la porte au moment où elle frottait par terre. J'ai fait quelques pas dans l'entrée et j'ai refermé derrière moi, laissant mes yeux s'habituer aux ténèbres, frissonnant sous l'effet du froid soudain.

Dans la cuisine, on avait installé une table en chêne sous la fenêtre. La même qu'avant ? Elle lui ressemblait mais ce n'était pas possible, la maison avait changé de propriétaires un trop grand nombre de fois entre-temps. J'aurais pu m'en assurer en allant dessous à quatre pattes pour chercher les marques que toi et moi y avions gravées, mais mon cœur s'est emballé au simple fait d'y penser.

Je me souviens comme elle captait le soleil le matin et que, si on s'asseyait côté gauche, face à la cuisinière, on pouvait regarder le vieux pont, parfaitement encadré par la fenêtre. La vue était si belle que tout le monde en faisait la remarque, mais ces gens ne voyaient rien. Personne n'ouvrait la fenêtre pour se pencher et regarder la roue qui pourrissait sur son axe, personne ne voyait au-delà des rayons du soleil qui jouaient avec la surface de la rivière, personne ne percevait ce qu'était en vérité cette eau verdâtre et noirâtre, emplie de créatures plus ou moins vivantes.

Sortir de la cuisine, pénétrer dans le couloir, passer devant l'escalier, s'enfoncer plus loin dans la maison. Je suis tombée sur elle si soudainement que j'en ai été désarçonnée : l'énorme fenêtre du salon qui donnait sur la rivière – dans la rivière, presque, comme s'il suffisait de l'ouvrir pour que l'eau envahisse la pièce, submergeant la banquette qui courait sous la vitre.

Je me souviens. Tous les étés, Maman et moi assises sur cette banquette, les pieds sur des coussins, nos orteils qui se touchaient presque, un livre sur les genoux. Une assiette de gâteaux quelque part, mais elle n'y touchait jamais.

J'ai dû détourner les yeux ; ça me brisait le cœur, de revoir cette fenêtre.

On avait enlevé le plâtre des murs pour retrouver la brique en dessous, et la décoration, c'était toi tout craché : des tapis persans au sol, de lourds meubles en ébène, des gros canapés et des fauteuils en cuir, beaucoup trop de bougies. Et, partout, des témoignages de ton obsession : de grandes reproductions encadrées, l'*Ophélie* de Millais, belle et sereine, les yeux et la bouche ouverts, des fleurs serrées dans sa main, *Hécate* de Blake, *Le Sabbat des sorcières* de Goya, son *Chien* – c'est lui qui me fait le plus horreur, ce pauvre animal qui peine à garder la tête hors de l'eau.

J'ai entendu sonner un téléphone, et ça semblait venir de sous la maison. Pour suivre le bruit, j'ai traversé le salon et descendu quelques marches – je crois qu'il y avait là un débarras, avant, plein de bric-à-brac. Il avait été inondé une année et tout s'était retrouvé couvert de vase, comme si la maison faisait désormais partie intégrante de la rivière.

C'était ton bureau, à présent, avec ton matériel de photographie, des écrans, des projecteurs et des tables lumineuses, une imprimante, des papiers, des livres et des dossiers entassés par terre, des meubles à tiroirs alignés contre le mur. Et des photos, bien sûr. Les tiennes, recouvrant chaque centimètre carré de plâtre. Un œil amateur aurait pu croire que tu étais fan des ponts : le Golden Gate, le grand pont de Nankin sur le Yangtsé, le viaduc du prince Édouard. Mais il faut y regarder à deux fois. Ce n'est pas le pont, le sujet; ce n'est pas une fascination pour ces chefs-d'œuvre du génie civil. Si on regarde de plus près, on comprend qu'il n'y a pas que des ponts, il y a aussi les falaises du cap Béveziers, la forêt d'Aokigahara, Preikestolen. Les endroits où vont les désespérés pour en finir. Des cathédrales de désolation.

En face de l'entrée, des images du bassin aux noyées. Encore et encore et encore, sous tous les points de vue imaginables, sous tous les angles : pâle et glacé en hiver devant l'austère falaise noire, ou étincelant l'été, luxuriante oasis de verdure, ou morne, couleur gris silex sous des nuages d'orage, encore et encore et encore. Les images se fondaient les unes dans les autres en un tourbillon visuel écœurant. J'ai eu l'impression d'y être réellement, à cet endroit, comme si je me tenais en haut de la falaise, à regarder au fond de l'eau, prise de ce terrible frisson, la tentation du néant.

Nickie

Certaines étaient entrées dans l'eau de leur plein gré, d'autres pas, et si on posait la question à Nickie – non que quiconque le fît jamais –, elle répondrait que Nel Abbott appartenait à la seconde catégorie. Mais comme personne ne comptait lui demander son avis ni écouter sa réponse, elle ne voyait pas pourquoi elle parlerait. Surtout pas à des policiers. Car même à supposer qu'elle n'ait jamais eu maille à partir avec eux par le passé, elle n'aurait pas pu leur parler de cela. Trop risqué.

Nickie habitait un appartement au-dessus de l'épicerie, un studio quelconque équipé d'une cuisine rudimentaire et d'une salle de bains si petite qu'elle ne méritait probablement pas ce nom. Bref, un aboutissement bien modeste pour la vie qu'elle avait vécue, mais elle avait tout de même un fauteuil confortable à côté de la fenêtre qui donnait sur le village, et c'est là qu'elle s'asseyait, qu'elle mangeait et qu'elle dormait, parfois, car elle avait de gros problèmes de sommeil ces temps-ci et ne voyait donc pas l'intérêt de se déplacer jusqu'à son lit.

Elle s'installait et regardait les allées et venues, et si elle ne voyait pas, elle « sentait ». Ainsi, déjà avant que les lumières bleues de la police ne se soient mises à clignoter sur le pont, elle avait senti quelque chose. Elle ne savait pas que c'était Nel Abbott, pas au début. Les gens pensent que les visions sont limpides, mais ce n'est pas comme ça que ça fonctionne. Tout ce qu'elle savait, c'est qu'à nouveau, quelqu'un était allé nager. Lumière éteinte, elle était restée dans son fauteuil à regarder dehors : un homme avec ses chiens montant l'escalier en courant, puis l'arrivée d'une voiture – pas un véhicule de police, une voiture normale, bleu nuit. L'inspecteur en chef Sean Townsend, avait-elle pensé, à raison. Il était redescendu avec l'homme et ses chiens, et puis toute la cavalerie était arrivée, à grand renfort de gyrophares. Pas de sirènes, cependant. Pas besoin. Pas d'urgence.

Quand le soleil s'était levé, elle était descendue acheter du lait et le journal, et tout le monde à l'épicerie disait : Encore une, c'est la deuxième cette année, mais quand Nickie avait entendu de qui il s'agissait, quand elle avait entendu que c'était Nel Abbott, elle avait tout de suite su que la deuxième n'avait rien à voir avec la première.

Elle avait hésité à aller trouver Sean Townsend pour le lui dire. Mais il avait beau être un jeune homme gentil et serviable, c'était quand même un flic, et le fils de son père – elle ne pouvait pas lui faire confiance. Elle n'aurait d'ailleurs même pas envisagé la chose si elle n'avait eu un faible pour lui, qui avait vécu le pire et Dieu sait quoi d'autre, et qui s'était toujours montré gentil avec elle – il avait d'ailleurs été le seul à se montrer gentil avec elle lors de son arrestation.

Lors de sa deuxième arrestation, à vrai dire. C'était il y a long-temps, six ou sept ans. Elle avait mis un terme à pratiquement toutes ses activités après sa première condamnation pour escro-querie, ne gardant que quelques clients réguliers et les passionnés de sorcellerie qui venaient de temps en temps pour honorer la mémoire de Libby, Mary, et de toutes les autres filles de l'eau. Elle tirait un peu les cartes, organisait quelques séances de spiritisme pendant l'été ; parfois, on lui demandait de contacter un proche, ou une des nageuses. Mais elle n'avait pas cherché à étendre son activité. Pas pendant un bon moment.

En revanche, quand on lui avait coupé les allocations pour la deuxième fois, Nickie avait décidé de sortir de sa préretraite. Avec l'aide d'un des bénévoles de la bibliothèque, elle avait monté un site Internet proposant de la voyance par téléphone à un tarif de 15 livres la demi-heure. Une affaire, quand on voyait qu'à la télé,

Susie Morgan – qui n'était pas plus astrologue que Nickie était astronaute – facturait 29,99 livres la séance de vingt minutes, et qu'à ce prix-là ce n'était même pas elle qu'on avait au bout du fil mais un membre de son « équipe de médiums ».

Le site ne fonctionnait que depuis quelques semaines quand un agent d'une association de consommateurs avait porté plainte pour « non-inscription du message préventif obligatoire en vertu de la législation sur la protection des consommateurs ». La législation sur la protection des consommateurs ! Nickie avait expliqué ne pas être au courant qu'elle devait inscrire un quelconque message d'avertissement, à quoi la police lui avait répondu qu'une nouvelle loi était passée. Comment vouliez-vous que je le sache ? avait-elle demandé, ce qui avait évidemment provoqué l'hilarité générale. Ben quoi, vous l'aviez pas deviné ? Vous pouvez voir que l'avenir, c'est ça ? Pas le passé ?

Seul l'inspecteur en chef Townsend – qui n'était à l'époque que simple agent – n'avait pas ri. Au contraire, il s'était montré très gentil avec elle et lui avait expliqué que c'était à cause des nouvelles lois européennes. Et dire que quelques années auparavant, Nickie et ses collègues étaient encore poursuivies (pourchassées ?) en vertu de la loi de 1735 sur la sorcellerie et de celle de 1951 sur les médiums frauduleux. Maintenant, c'était des bureaucrates européens qui en avaient après elles. On était tombé bien bas.

Nickie avait donc fermé son site Internet, répudié les nouvelles technologies et était retournée à ses anciennes méthodes. Le problème, c'est qu'elle n'avait presque plus de clients.

Elle devait bien reconnaître que ça lui avait fait un choc d'apprendre que c'était Nel, la nageuse. Elle se sentait mal. Pas vraiment coupable, car ce n'était pas sa faute. Mais elle se demandait quand même si elle n'en avait pas trop dit, trop révélé. On ne pouvait pourtant pas lui jeter la pierre. Nel Abbott avait joué avec le feu – elle était obsédée par la rivière et ses secrets, et ce genre d'obsession ne pouvait que mal finir. Non, Nickie n'avait jamais dit à Nel de foncer tête baissée vers les ennuis, elle n'avait fait que lui indiquer le chemin. Et ce n'était pas comme si elle ne l'avait pas prévenue. Hélas, personne ne l'écoutait jamais. Nickie disait qu'il y avait dans ce village des hommes prêts à vous condamner au premier regard, qu'il y en avait toujours eu. Mais évidemment, les gens fermaient les yeux. Ils n'aimaient pas penser au fait que l'eau de leur rivière était infectée par le sang et la bile de femmes persécutées, de femmes malheureuses : ils la buvaient tous les jours.

Jules

Tu n'avais pas changé. J'aurais dû le savoir. Je le savais, d'ailleurs. Tu aimais le Vieux Moulin, la rivière, et tu étais obsédée par ces femmes, ce qu'elles avaient fait et ceux qu'elles avaient laissés derrière elles. Et maintenant ça. Franchement, Nel. Es-tu vraiment allée jusque-là ?

À l'étage, j'ai hésité devant la chambre principale. Les doigts sur la poignée de la porte, j'ai pris une grande inspiration. Je savais ce qu'on m'avait annoncé, mais je te connaissais mieux qu'eux, alors je ne pouvais pas les croire. J'étais certaine que, quand j'ouvrirais la porte, tu serais là, grande et mince, et très contrariée de me voir.

La pièce était vide. Elle dégageait une impression... comme si quelqu'un venait juste de la quitter, comme si tu t'étais simplement faufilée au rez-de-chaussée pour te préparer un café. Comme si tu allais réapparaître d'une minute à l'autre. On sentait encore ton parfum dans l'air, une fragrance riche, sucrée et démodée, comme ce que Maman portait, Opium ou Yvresse.

« Nel ? »

J'ai appelé ton nom tout doucement, comme pour t'invoquer, tel un démon. Seul le silence m'a répondu.

Plus loin dans le couloir, j'ai trouvé « ma » chambre, celle dans laquelle je dormais, avant. La plus petite de la maison, comme il sied à la benjamine. Elle semblait encore plus minuscule que dans mon souvenir, plus sombre, plus triste. Elle était vide, à l'exception d'un lit une place au matelas nu, et elle sentait l'humidité, la terre. Je n'avais jamais bien dormi dans cette chambre, je n'y étais pas à mon aise – ce qui n'avait rien de surprenant, compte tenu de ta manie de vouloir me faire peur. Tu aimais t'asseoir de l'autre côté du mur pour gratter le plâtre, peindre des symboles au dos de la porte avec du vernis à ongles rouge sang et tracer du doigt sur la buée de la vitre le nom de femmes mortes. Et puis il y avait toutes ces histoires que tu me racontais, les sorcières qu'on avait traînées jusque dans l'eau, les femmes désespérées qui s'étaient jetées du haut de la falaise, le petit garçon terrorisé qui s'était caché dans les bois et avait vu sa mère sauter dans les rochers.

Ça, je ne m'en souviens pas vraiment, bien sûr. Quand j'examine ce souvenir du petit garçon, il n'a pas de sens, il est aussi décousu qu'un rêve. Tes murmures à mon oreille – ça n'a pas eu lieu lors d'une nuit glaciale près de l'eau. Nous ne venions jamais ici l'hiver, il n'y a jamais eu de nuit glaciale près de l'eau. Je n'ai pas vu de garçonnet terrifié sur le pont au milieu de la nuit – j'étais moi-même si petite, qu'aurais-je bien pu faire là ? Non, c'était encore une de tes histoires. Tu m'as raconté le garçon accroupi sous les arbres qui a levé la tête et qui a vu cette femme au visage aussi blanc que sa chemise de nuit dans le clair de lune ; tu m'as raconté qu'il a levé les yeux et l'a vue se jeter dans le vide silencieux, les bras ouverts comme des ailes, un cri mourant sur les lèvres au moment où elle a touché l'eau sombre.

Je ne sais même pas si c'est une histoire vraie, d'ailleurs, ce garçon qui a vu sa mère mourir, ou si c'est toi qui as tout inventé.

Je suis sortie de mon ancienne chambre et me suis dirigée vers la tienne, celle que tu occupais avant et qui, apparemment, était désormais celle de ta fille. Bazar chaotique de vêtements et de livres, une serviette humide en boule par terre, des tasses vides sur la table de nuit et une odeur de renfermé, mélange de tabac froid et de la puanteur écœurante d'un bouquet de lys en train de faner dans un vase près de la fenêtre.

Sans réfléchir, j'ai commencé à mettre de l'ordre. J'ai refait le lit rapidement, j'ai accroché la serviette sur la tringle de la salle de bains attenante. J'étais à genoux, essayant d'atteindre une assiette sale sous le lit, quand j'ai entendu ta voix, tel un poignard dans ma poitrine.

« Qu'est-ce que tu fous là ? »

Jules

Je me suis relevée maladroitement, un sourire triomphant aux lèvres, parce que je le savais, je le savais qu'ils avaient tort, que tu n'avais pas vraiment disparu. Tu étais là, sur le seuil, à me dire de me casser de ta chambre. Seize, dix-sept ans, ta main autour de mon poignet, tes ongles vernis plantés dans ma chair. « Casse-toi, je t'ai dit, Julia. Grosse vache. »

Mon sourire s'est évanoui parce que évidemment, ce n'était pas toi, c'était ta fille, le portrait craché de toi adolescente. Elle se tenait à la porte, une main sur la hanche.

« Qu'est-ce que tu fous ? elle a répété.

– Je suis désolée, j'ai dit. Je suis Jules. On ne se connaît pas, mais je suis ta tante.

– Je ne t'ai pas demandé qui tu étais, a-t-elle articulé comme si j'étais idiote. Je t'ai demandé ce que tu foutais. Qu'est-ce que tu cherches ? »

Elle a jeté un regard vers la porte de sa salle de bains et, avant que j'aie pu répondre, elle a repris :

« La police t'attend en bas. »

Elle est repartie dans le couloir sur ses longues jambes, la démarche traînante, ses tongs claquant sur le carrelage. Je me suis précipitée à sa suite.

« Lena. »

J'ai posé une main sur son bras. Elle l'a retirée comme si je l'avais brûlée et m'a jeté un regard furieux.

« Je suis désolée. »

Elle a baissé les yeux. Elle frottait doucement l'endroit où je l'avais touchée. Avec son vernis à ongles bleu qui s'écaillait, on avait l'impression que ses doigts étaient ceux d'un cadavre. Elle a hoché la tête sans me regarder.

« La police veut te parler. »

Ce n'est pas ce à quoi je m'attendais. Je crois que je m'étais imaginé une enfant bouleversée qui aurait voulu que je la console. Mais bien sûr que ce n'était plus une enfant. Elle a quinze ans, elle est déjà grande. Et elle ne semble pas avoir besoin d'être consolée, en tout cas pas par moi. C'est ta fille, après tout.

Les policiers attendaient dans la cuisine, devant la table, et regardaient en direction du pont. Un homme, grand, avec une barbe naissante poivre et sel, et une femme à ses côtés qui devait bien faire trente centimètres de moins que lui.

L'homme s'est avancé, la main tendue, ses yeux gris pâle posés sur mon visage.

« Inspecteur en chef Sean Townsend. »

Au moment de saisir sa main, j'ai remarqué qu'elle tremblait légèrement. Sa peau semblait froide et parcheminée contre la mienne, comme celle de quelqu'un de bien plus âgé.

« Toutes mes condoléances. »

C'est si étrange d'entendre ces mots. Je les avais déjà entendus la veille, quand on était venu m'annoncer la nouvelle. J'avais failli les répéter à Lena quelques minutes plus tôt, mais désormais, c'était différent. « Condoléances » ? J'ai voulu répondre : Mais non, vous vous trompez, elle n'est pas morte. C'est impossible. Vous ne connaissez pas Nel.

L'inspecteur Townsend me dévisageait, attendant que je parle. Il me dominait de sa grande silhouette effilée. Les traits de son visage étaient si pointus qu'on pouvait craindre de s'y couper en s'approchant trop près. Je l'examinais encore quand j'ai senti que la femme aussi me dévisageait, la compassion incarnée.

« Et je suis le sergent Erin Morgan. Je suis terriblement désolée. »

Elle avait le teint hâlé, des yeux noirs et des cheveux couleur aile de corbeau, presque bleutés. Elle les portait tirés en arrière, mais quelques mèches bouclées s'étaient échappées à ses tempes et derrière ses oreilles, ce qui lui donnait un air un peu négligé.

« Le sergent Morgan sera votre interlocutrice, a expliqué Townsend. Elle vous tiendra informée de l'avancement de l'enquête.

– Il va y avoir une enquête ? » j'ai demandé bêtement.

La femme a acquiescé et, avec un sourire, elle m'a fait signe de m'asseoir à la table. J'ai obtempéré tandis qu'ils prenaient place en face de moi. L'inspecteur Townsend a baissé les yeux et s'est frotté le poignet gauche avec sa paume droite dans un mouvement sec, une fois, deux fois, trois fois.

Le sergent Morgan a commencé à me parler d'une voix calme et rassurante qui ne collait pas du tout avec ce qu'elle disait.

« Le corps de votre sœur a été découvert hier matin, très tôt, par un homme qui promenait ses chiens. »

Accent londonien. Une voix douce comme de la fumée.

« Les premiers éléments suggèrent qu'elle n'était dans l'eau que depuis quelques heures. »

Elle a jeté un coup d'œil à l'inspecteur en chef avant d'en revenir à moi.

« Elle était tout habillée et ses blessures semblent résulter d'une chute du haut de la falaise.

– Une chute… ? Vous pensez qu'elle est tombée ? »

J'ai regardé les inspecteurs, puis Lena, qui m'avait suivie au rez-de-chaussée et se tenait de l'autre côté de la cuisine, appuyée contre le plan de travail. Pieds nus, vêtue d'un legging noir et d'un débardeur gris tendu sur ses maigres clavicules et ses minuscules ébauches de seins, elle nous ignorait comme si tout cela était normal, banal. Comme si elle assistait tous les jours à ce genre de scène. Elle tenait son téléphone serré dans sa main droite et faisait défiler l'écran du pouce, le bras gauche enroulé autour de son petit corps – son biceps devait faire la taille de mon poignet. Large bouche boudeuse, sourcils sombres, cheveux châtain clair qui lui tombaient sur le visage.

Elle a dû sentir que je l'observais, parce qu'elle a levé les yeux vers moi, les a écarquillés juste un instant, et je me suis détournée. Elle a pris la parole.

« Toi, tu ne penses pas qu'elle est tombée, pas vrai ? a-t-elle lâché. Non, tu es plus maligne que ça. »

Lena

Ils me regardaient tous fixement et j'ai eu envie de hurler, de leur dire de ficher le camp de chez nous. De chez MOI. C'est ma maison, la nôtre, ce ne sera jamais la sienne. « Tante Julia. » Je l'ai trouvée dans ma chambre, à fouiller dans mes affaires avant même qu'on se soit rencontrées. Ensuite elle a essayé de jouer les gentilles, à me dire qu'elle était désolée, comme si j'allais croire une seconde qu'elle en avait quelque chose à foutre.

Ça fait deux jours que je n'ai pas dormi et je ne veux pas lui parler, ni à elle, ni à personne. Et je ne veux pas de son aide, ni de ses condoléances de merde, et je ne veux pas écouter des gens qui ne connaissaient même pas Maman débiter leurs théories sur ce qui lui est arrivé.

J'avais décidé de ne pas parler du tout, mais quand je les ai entendus dire qu'elle était probablement tombée, ça m'a mise en colère, parce que c'est n'importe quoi. Elle n'est pas tombée. Ils ne comprennent rien. Ce n'était pas un accident bête, elle l'a fait exprès. Enfin, ce n'est pas comme si ça avait une quelconque importance maintenant, j'imagine, mais je trouve que les gens devraient au moins admettre la vérité.

Alors c'est ce que je leur ai dit :

« Elle n'est pas tombée. Elle a sauté. »

L'inspectrice s'est mise à me poser des questions idiotes, pourquoi je disais ça, est-ce qu'elle était dépressive, est-ce qu'elle avait déjà essayé, et tout ce temps, tante Julia s'est contentée de me fixer de ses yeux marron tout tristes, comme si j'étais une bête curieuse.

« Vous savez qu'elle était obsédée par le bassin, je leur ai dit. Par tout ce qui était arrivé là-bas, par tous les gens qui y sont morts. Vous le savez. Même elle, elle le sait », j'ai ajouté en désignant Julia.

Elle a ouvert la bouche et l'a refermée, comme un poisson. D'un côté, j'avais envie de tout leur raconter, de leur expliquer le pourquoi du comment, mais quel intérêt ? Je ne crois pas qu'ils auraient été capables de comprendre.

Sean – ah non, aujourd'hui, je dois le vouvoyer et l'appeler « inspecteur Townsend » – a commencé à poser des questions à Julia : quand avait-elle parlé à ma mère pour la dernière fois ? Dans quel état d'esprit était-elle ? Est-ce qu'elle semblait préoccupée ? Et tante Julia a menti.

« Je ne lui ai pas parlé depuis des années, elle a dit, toute rouge. Nous n'étions plus en contact. »

Elle voyait bien que je la regardais, et elle savait que je savais que c'était des conneries, alors elle est devenue de plus en plus rouge, du coup elle a essayé de détourner l'attention sur moi en m'adressant la parole :

« Pourquoi, Lena ? Pourquoi dis-tu qu'elle a sauté ? »

Je l'ai regardée un long moment avant de répondre. Je voulais qu'elle comprenne que je savais très bien ce qu'elle faisait.

« C'est étonnant que tu me poses cette question. Ce n'est pas toi qui lui as dit qu'elle était obsédée par le suicide ? »

Elle a secoué la tête et a commencé à protester :

« Non, non, je n'ai pas dit ça, pas comme ça… »

Menteuse.

L'autre officier de police, la femme, s'est mise à parler du fait qu'il n'y avait « aucune preuve à ce stade accréditant la thèse d'un acte délibéré », et qu'ils n'avaient pas retrouvé de lettre. Là, je n'ai pas pu m'empêcher de rire.

« Vous la voyez laisser une lettre ? Ma mère ? Non, elle aurait trouvé ça beaucoup trop… prosaïque. »

Julia a acquiescé.

« Là, je... C'est vrai. Nel était bien du genre à dérouter son monde... Elle adorait les mystères. Et elle aurait adoré en être un à elle toute seule. »

J'ai eu envie de lui mettre une gifle. *Espèce de connasse*, j'ai eu envie de dire, *c'est ta faute, à toi aussi*.

Le sergent Morgan est allée servir des verres d'eau pour tout le monde et a voulu m'en coller un dans la main. C'était trop, je sentais que j'allais me mettre à pleurer et il était hors de question que je craque devant eux.

Je suis partie dans ma chambre, je me suis enfermée à clé et là, j'ai pleuré. J'ai enroulé ma tête dans une écharpe pour faire le moins de bruit possible. Je fais de mon mieux pour ne pas craquer, pour ne pas céder à l'envie de tout lâcher et de m'écrouler, parce que j'ai l'impression que sinon, ça ne s'arrêtera jamais.

Je fais tout ce que je peux pour empêcher les mots d'arriver, mais ils tournent en boucle dans ma tête : *je suis désolée je suis désolée je suis désolée, c'est ma faute*. Je n'arrête pas de regarder la porte de ma chambre et de me repasser ce moment, dimanche soir, quand Maman est venue me dire bonne nuit. Elle a dit :

« Quoi qu'il arrive, je t'aime plus que tout, Lena. Tu le sais ? »

Je me suis retournée et j'ai mis mes écouteurs, mais je savais qu'elle était encore là, qu'elle continuait de me regarder, c'était comme si je pouvais ressentir sa tristesse, et j'étais contente parce que j'avais l'impression que c'était ce qu'elle méritait. Je ferais tout et n'importe quoi pour revenir à ce moment, me lever pour aller la prendre dans mes bras et lui dire que je l'aime aussi et que ce n'était pas sa faute du tout, que je n'aurais jamais dû dire que c'était sa faute. Si elle était coupable de quelque chose, alors moi aussi.

Mark

C'était jusque-là la journée la plus chaude de l'année et, comme le bassin aux noyées était interdit d'accès pour des raisons évidentes, Mark décida d'aller nager un peu plus en amont de la rivière. Il y avait un endroit où elle s'élargissait, en face du cottage des Ward – le courant balayait les galets couleur rouille sur les bords, mais au milieu, il y avait du fond et l'eau était tellement froide qu'elle vous coupait la respiration et vous brûlait la peau. Un froid tellement violent qu'il vous faisait involontairement éclater de rire.

Et c'est ce qu'il fit, il éclata de rire – pour la première fois depuis des mois, il s'en sentit l'envie. C'était également la première fois depuis des mois qu'il se baignait. D'abord source de plaisir, la rivière était devenue pour lui un endroit de cauchemar, mais aujourd'hui les choses s'inversaient et retrouvaient leur cours normal. Ce matin, il s'était réveillé plus léger, l'esprit plus tranquille, et il avait tout de suite su que c'était une bonne journée pour aller nager. Hier, ils avaient retrouvé le corps de Nel Abbott dans l'eau. Aujourd'hui, c'était une bonne journée. Plus qu'un poids qui lui aurait été enlevé, il avait l'impression que l'étau qui depuis des mois lui comprimait les tempes, menaçant à la fois sa santé physique et mentale, s'était enfin desserré.

Une policière était passée à la maison, une très jeune agente, une gamine, presque, ce qui avait failli le pousser à trop en dire. Callie quelque chose, elle s'appelait. Il l'avait invitée à entrer et lui avait raconté la vérité, à savoir que dimanche soir, il avait vu Nel Abbott quitter le pub. Ce qu'il ne précisa pas, mais ce n'était pas important, c'est qu'il s'était rendu au pub dans l'intention de la croiser. Il lui expliqua qu'ils avaient discuté, mais que ça n'avait pas duré parce que Nel était pressée.

« De quoi avez-vous discuté ? demanda la jeune policière.

– De sa fille, Lena. C'est une de mes élèves. J'ai eu quelques difficultés avec elle au dernier trimestre, des histoires de comportement, entre autres. Et comme je l'aurai encore en cours à la rentrée prochaine – et c'est une année importante pour elle, elle a son certificat d'enseignement secondaire à décrocher en juin –, je voulais m'assurer qu'elle comptait faire des efforts. »

C'était la vérité.

« Elle m'a répondu qu'elle n'avait pas le temps, poursuivit-il. Qu'elle avait d'autres choses à faire. »

C'était aussi la vérité, mais pas *toute la vérité*. Pas *rien que la vérité*.

« Vous voulez dire qu'elle n'avait pas le temps de parler des problèmes que rencontrait sa fille au collège ? demanda l'agente.

– Certains parents s'investissent plus que d'autres, commenta Mark en haussant les épaules.

– Et quand elle est partie du pub, où est-elle allée ? À sa voiture ?

– Non, je crois qu'elle est rentrée chez elle à pied. En tout cas, c'est cette direction qu'elle a prise.

– Très bien. Et vous ne l'avez pas revue après ? »

Mark secoua la tête.

Bref, il y avait du vrai et du moins vrai, mais dans tous les cas, la policière sembla satisfaite ; elle lui laissa une carte avec son numéro au cas où il se rappellerait un détail important. Il la remercia et lui décocha son sourire charmeur, mais quand il la vit tressaillir, il se demanda s'il n'en avait pas fait un peu trop.

À présent, il nageait dans le fond de la rivière, enfonçant les doigts dans la boue limoneuse. Il se ramassa sur lui-même, puis se détendit comme un ressort et, d'une violente poussée, il regagna la surface et remplit avidement ses poumons d'air.

La rivière allait lui manquer mais il était prêt à partir, maintenant. Il allait devoir se mettre à chercher un nouveau travail, en Écosse, peut-être, voire encore plus loin : en France, en Italie, quelque part où personne ne saurait d'où il vient, ni ce qu'il avait vécu. Il rêvait de faire table rase, de prendre un nouveau départ, de repartir de zéro.

Tandis qu'il nageait vers la rive, il sentit une fois de plus l'étau se resserrer légèrement. Il n'était pas encore tiré d'affaire. Pas tout à fait. Il restait le problème de la fille : elle pouvait toujours lui causer des ennuis, même s'il n'y avait pas de raison qu'elle se mette soudain à parler après avoir gardé le silence si longtemps. On pouvait reprocher beaucoup de choses à Lena Abbott, mais certainement pas d'être déloyale ; elle avait tenu parole. Et qui sait ? Maintenant qu'elle était débarrassée de l'influence néfaste de sa mère, peut-être même qu'elle allait devenir quelqu'un de bien.

Il resta assis sur la berge pendant quelque temps, tête baissée, à écouter le chant de la rivière, à sentir la chaleur du soleil sur ses épaules. Son euphorie s'évaporait en même temps que les gouttes d'eau sur son dos, mais elle laissait place à autre chose ; pas tout à fait de l'espoir, plutôt une prémonition que l'espoir était au moins possible.

Il entendit un bruit et releva la tête. Quelqu'un arrivait. Il reconnut tout de suite la silhouette, la lenteur insoutenable de la démarche, et son cœur se mit à battre plus fort dans sa poitrine. Louise.

Louise

Il y avait un homme assis sur la berge. Elle crut d'abord qu'il était nu, mais quand il se releva, elle vit qu'il portait un maillot de bain, un petit short serré, moulant. Elle se surprit à le regarder un peu trop longtemps, et elle rougit. C'était M. Henderson.

Le temps qu'elle le rejoigne, il avait mis une serviette autour de sa taille et passé un tee-shirt. Il s'avança, la main tendue.

« Madame Whittaker, comment allez-vous ?

– Vous pouvez m'appeler Louise », dit-elle.

Il baissa la tête avec un petit sourire.

« Louise, alors. Comment allez-vous ? »

Elle voulut lui rendre son sourire.

« Oh, vous savez. »

Il ne savait pas. Personne ne savait.

« Il paraît qu'il y aura des jours avec et des jours sans, et qu'il va falloir s'en accommoder… Enfin, ça, c'est ce que me répètent les psychologues. »

Mark acquiesça, mais il détourna le regard et elle remarqua que ses joues s'empourpraient légèrement. Il était gêné.

Tout le monde était gêné. Avant que sa vie entière ne vole en éclats, Louise n'avait jamais compris combien le deuil était gênant pour les autres. Mais c'est terriblement inconfortable, en réalité, de croiser une personne endeuillée. Au début, on comprend sans difficulté ce chagrin omniprésent, on le respecte, même, mais au bout de quelque temps, il vient perturber les conversations, les rires, la vie normale. Les gens veulent passer à autre chose, continuer à avancer, et vous, vous restez là, devant eux, bloquant le passage, à traîner le corps de votre enfant morte derrière vous.

« L'eau est bonne aujourd'hui ? » demanda-t-elle, et il s'empourpra plus encore – l'eau, l'eau, l'eau, impossible de l'éviter dans ce village. « Elle ne doit pas être bien chaude. »

Il secoua la tête tel un chien mouillé.

« Brrr ! » dit-il, puis il eut un rire gêné.

Comme il était évident qu'ils y pensaient tous les deux, elle se sentit obligée d'aborder le sujet.

« Vous avez entendu, pour la mère de Lena ? »

S'il avait entendu ? Comme si on pouvait habiter ce village et ignorer la nouvelle.

« Oui, c'est terrible. Absolument terrible. Un tel choc. »

Il se tut et, quand il constata que Louise ne disait rien, il reprit :

« Enfin… évidemment, je sais qu'elle et vous… »

Il ne finit pas sa phrase et jeta un coup d'œil par-dessus son épaule en direction de sa voiture. Il cherchait désespérément une excuse pour fuir, le pauvre.

« Qu'elle et moi, nous n'étions pas toujours d'accord ? suggéra Louise pour l'aider – elle jouait avec la chaîne autour de son cou, triturant d'avant en arrière l'oiseau bleu qu'elle portait en pendentif. Non, c'est vrai. Mais tout de même… »

« Mais tout de même », c'était le mieux qu'elle pouvait faire. « Nous n'étions pas toujours d'accord » était un grossier euphémisme, mais nul besoin d'entrer dans les détails. M. Henderson n'ignorait rien des rancunes ; il était hors de question que Louise se tienne là, près de la rivière, à faire semblant d'être malheureuse que Nel Abbott y ait trouvé la mort. Elle ne s'en sentait ni la force ni l'envie.

Lorsqu'elle écoutait parler les psychologues, elle savait qu'ils disaient n'importe quoi et qu'elle n'aurait plus un seul « jour avec » pour le restant de sa vie. Pourtant, au cours de ces dernières vingt-quatre heures, elle avait parfois eu du mal à dissimuler un air triomphant.

« C'est horrible à dire, continuait M. Henderson, mais d'une certaine manière, c'est presque approprié, non ? S'en aller ainsi...

– C'est peut-être ce qu'elle aurait voulu, acquiesça Louise d'un air grave. C'est peut-être même ce qu'elle voulait, d'ailleurs.

– Vous pensez... Vous pensez que c'était un geste délibéré ? » Louise secoua la tête.

« Je n'en ai aucune idée.

– Non, bien sûr, dit Mark avant de garder le silence quelques secondes. Au moins... Au moins, maintenant, ce qu'elle écrivait ne pourra jamais être publié, n'est-ce pas ? Son livre sur le bassin, il n'était pas fini, il me semble ? Du coup, il ne pourra pas sortir. »

Louise le transperça du regard.

« Vous croyez ? À mon avis, c'est tout le contraire. Les circonstances de la mort de Nel rendent son manuscrit d'autant plus publiable. L'auteure du livre sur le bassin aux noyées finit elle-même noyée dans le bassin ? Admettez que c'est vendeur. »

Mark parut horrifié.

« Mais Lena... Lena ne pourrait... Elle ne voudrait pas...

– Qui sait ? répliqua Louise en haussant les épaules. Après tout, c'est elle qui toucherait les droits d'auteur, j'imagine. »

Elle soupira.

« Il faut que je rentre, monsieur Henderson. »

Elle lui tapota le bras et il posa la main sur la sienne.

« Je suis vraiment désolé, madame Whittaker, dit-il – et elle fut touchée de voir des larmes dans les yeux du pauvre homme.

– Je sais, je sais bien. Et je vous en prie, appelez-moi Louise. »

Louise repartit en direction de chez elle. Cela lui prenait des heures, cet aller et retour le long de la rivière – plus longtemps encore par cette chaleur –, mais elle n'avait trouvé aucun autre moyen de remplir ses journées. Non pas qu'elle n'eût rien à faire : il y avait les agences immobilières à contacter, les écoles à appeler. Un lit à défaire et une pleine armoire de vêtements à mettre dans des cartons. Un enfant à élever. Demain, peut-être.

Demain, elle s'attaquerait à tout cela, mais aujourd'hui, elle voulait marcher près de la rivière et penser à sa fille.

Aujourd'hui, comme chaque jour, elle fouillait sa déplorable mémoire à la recherche des indices qu'elle avait manqués, des signaux d'alarme qu'elle avait allègrement ignorés. Elle cherchait des miettes, des bouts de tristesse dans la vie heureuse de sa fille. Car en vérité, Louise et Alec ne s'étaient jamais inquiétés pour Katie. C'était une enfant intelligente, capable, posée, dotée d'une volonté de fer. Elle était entrée dans l'adolescence sans sourciller, comme si de rien n'était. D'ailleurs, Louise avait même regretté par moments que Katie semble avoir si peu besoin de ses parents. Rien ne semblait la perturber, ni ses devoirs, ni le besoin d'attention envahissant de sa meilleure amie, ni même sa transformation si rapide, presque brutale, vers une beauté adulte. Louise, elle, se souvenait encore très bien de la vive honte qu'elle-même avait ressentie, adolescente, en surprenant les regards des hommes sur son corps. Mais Katie n'avait rien montré de tout cela. Les temps ont changé, s'était dit Louise à l'époque. Les filles sont différentes, aujourd'hui.

Non, celui pour qui Louise et Alec s'inquiétaient, c'était Josh. S'il avait toujours été un enfant sensible et anxieux, cela s'était exacerbé cette année ; quelque chose semblait le déranger. Il était devenu plus renfermé, plus introverti, presque du jour au lendemain. Ses parents craignaient un problème de harcèlement scolaire et se faisaient du souci pour ses notes qui se dégradaient. Chaque matin, il se levait avec des cernes noirs sous les yeux.

La vérité – elle ne voyait pas comment il pouvait en être autrement –, c'était que tandis qu'ils surveillaient leur fils, guettant sa chute, leur fille avait trébuché sans qu'ils s'en rendent compte, et ils n'avaient pas été là pour la rattraper. La culpabilité faisait comme un caillou logé dans la gorge de Louise ; elle s'attendait sans cesse à ce qu'il l'étouffe, mais non, il lui refusait cette délivrance, alors elle devait continuer de respirer, de respirer et de se souvenir.

La veille, Katie n'avait presque rien dit. Ils avaient dîné seulement tous les trois car Josh était parti dormir chez son ami Hugo. Normalement, il n'en avait pas le droit quand il y avait école le lendemain, mais ils avaient fait une exception parce qu'ils s'inquiétaient pour lui. Ils en avaient profité pour demander son avis à Katie : avait-elle remarqué comme Josh semblait anxieux, ces jours-ci ?

« Il a probablement un peu peur d'aller au collège l'année prochaine, avait-elle répondu d'une voix légèrement vacillante, les yeux plantés dans son assiette.

– Ça ne devrait pas poser de problèmes, pourtant, avait commenté Alec. Il va retrouver la moitié de sa classe. Et tu seras là pour lui expliquer comment ça se passe. »

Louise se souvenait qu'à ces mots, sa fille avait semblé s'agripper à son verre d'eau. Elle se souvenait qu'elle avait dégluti avec difficulté, fermé les yeux juste une seconde.

Elles avaient fait la vaisselle ensemble parce que le lave-vaisselle était en panne. Louise frottait, Katie essuyait. Louise se souvenait lui avoir dit que ce n'était pas la peine, qu'elle pouvait s'en charger toute seule si Katie avait des devoirs, à quoi celle-ci avait répondu : « J'ai déjà tout fini. » Louise se souvenait que chaque fois qu'elle lui prenait une assiette des mains, sa fille lui effleurait les doigts un peu plus longtemps que nécessaire.

Sauf qu'à présent, Louise n'était plus sûre de vraiment se souvenir de toutes ces choses-là. Est-ce que Katie avait vraiment fixé son assiette ? Est-ce qu'elle avait vraiment agrippé son verre ? Est-ce qu'elle lui avait vraiment effleuré les doigts ? C'était impossible à dire, désormais, sa mémoire était en proie aux doutes, aux interprétations. Elle ignorait si c'était dû au choc de se rendre compte que tout ce qu'elle avait cru certain ne l'était pas du tout, ou si son esprit avait été définitivement embrumé par les médicaments qu'elle avait pris dans les jours et les semaines qui avaient suivi la mort de Katie. Louise avait avalé pilule après pilule : chaque nouvelle poignée lui apportait quelques heures de néant bienvenu, puis dès qu'elle se réveillait, le cauchemar recommençait, plus réel que jamais. Au bout de quelque temps, elle avait compris que l'horreur de redécouvrir encore et encore l'absence de sa fille était trop cher payer pour ces quelques heures d'amnésie.

Cependant, elle pensait pouvoir être sûre d'une chose : quand Katie était partie se coucher, elle avait souri et embrassé sa mère exactement comme tous les soirs. Elle l'avait prise dans ses bras, ni plus fort ni plus longtemps que d'habitude, et avait dit : « Dors bien. »

Comment aurait-elle pu agir ainsi, sachant ce qu'elle avait prévu de faire ?

Le sentier devant Louise se troubla, des larmes lui brouillèrent la vue. Elle ne vit le ruban qui lui barrait la route qu'au moment où elle se retrouva le nez devant : « Police – zone interdite ». Elle était déjà à mi-chemin de la falaise et approchait du rebord ; elle dut faire un large détour vers la gauche afin de ne pas déranger le sol sur lequel Nel Abbott avait fait ses derniers pas.

Elle passa pesamment la crête et, les pieds douloureux, les cheveux trempés de sueur collés à son crâne, elle redescendit le flanc de la colline jusqu'à l'endroit plus agréable où les arbres ombrageaient le sentier, près du bassin. Quelques centaines de mètres plus loin, elle rejoignit le pont et monta les marches jusqu'à la route. Un groupe de collégiennes approchait à sa gauche et, comme chaque fois, elle regarda si sa fille était parmi elles, si elle apercevait ses beaux cheveux châtains ou si elle entendait le grondement de son rire. Son cœur se brisa à nouveau.

Elle observa les adolescentes qui se tenaient par les épaules, agrippées les unes aux autres, entrelacs de bras à la peau douce. Au milieu, Louise reconnut Lena Abbott. Lena, si solitaire ces derniers mois, avait à son tour droit à son quart d'heure de célébrité. Elle aussi, on la dévisagerait dans la rue, on la prendrait en pitié et, avant longtemps, on la fuirait comme la peste.

Louise se détourna et repartit en direction de chez elle. Elle enfonça la tête dans les épaules dans l'espoir de passer inaperçue, car regarder Lena Abbott lui était insupportable, cela faisait surgir d'atroces images dans son esprit. Mais l'adolescente l'avait déjà remarquée.

« Louise ! appela-t-elle. Madame Whittaker ! Attendez-moi ! »

Louise hâta le pas, mais elle avait les jambes lourdes et le cœur dégonflé comme un vieux ballon, et Lena était jeune et en pleine santé.

« Madame Whittaker, je voulais vous parler.

– Pas maintenant, Lena. Je suis désolée. »

Lena posa une main sur le bras de Louise, mais celle-ci se dégagea sans même pouvoir la regarder.

« Je suis vraiment désolée, mais je ne peux pas te parler, là. »

Louise était devenue un monstre, une créature sans cœur qui refusait de réconforter une enfant qui venait de perdre sa mère. Pire, bien pire, elle ne pouvait pas regarder cette enfant sans penser : *Pourquoi pas toi ? Pourquoi ce n'est pas toi qui as fini dans l'eau, Lena ? Pourquoi ma Katie ? Si gentille, si douce, si généreuse, si travailleuse, si déterminée – bien meilleure que toi, à tous les points de vue. C'est toi qui aurais dû finir dans l'eau, pas elle.*

Le Bassin aux noyées, Danielle Abbott
(texte inédit)

Prologue

À dix-sept ans, j'ai sauvé ma petite sœur de la noyade.

Pourtant, croyez-le ou non, ce n'est pas là que tout a commencé.

Il est des personnes qui sont attirées par l'eau, des personnes qui entretiennent avec elle un rapport presque primal. Je crois en faire partie. C'est près de l'eau que je me sens le plus vivante, et près de cette rivière en particulier. C'est ici que j'ai appris à nager, et que j'ai appris à découvrir ma place dans la nature de la manière la plus douce et la plus agréable qui soit.

Depuis que j'ai emménagé à Beckford en 2008, je nage dans la rivière presque chaque jour, été comme hiver, parfois avec ma fille et parfois seule, et je suis peu à peu devenue fascinée par l'idée que cet endroit qui me procure tant de joie puisse être pour d'autres un lieu d'effroi, de terreur, même.

À dix-sept ans, j'ai sauvé ma petite sœur de la noyade, mais j'étais déjà obsédée par le bassin de Beckford depuis bien longtemps. Mes parents étaient des conteurs, ma mère en particulier : c'est de sa bouche que j'ai entendu pour la première fois l'histoire tragique de Libby, celle de la tuerie au cottage des Ward, et celle du petit garçon qui a vu sa mère sauter dans le vide. Je les lui réclamais encore et encore, je me souviens de la consternation de mon père (« Ce ne sont pas vraiment des choses pour les enfants ») et de l'insistance de ma mère (« Bien sûr que si, c'est de l'histoire ! »).

Elle a semé en moi une graine et, bien avant que ma sœur n'aille au fond de l'eau, bien avant que je prenne pour la première fois un appareil photo entre mes mains ou un stylo entre mes doigts, je passais déjà des heures à rêvasser, imaginant comment cela avait dû être, ce que cela devait faire, me demandant si l'eau avait été terriblement froide pour Libby, ce jour-là.

Une fois adulte, je me suis retrouvée consumée par un autre mystère : celui, bien évidemment, de ma propre famille. Cela ne devrait pas en être un, mais c'est pourtant le cas : en dépit de mes efforts pour nous rapprocher, ma sœur ne m'a pas adressé la parole depuis plusieurs années. Dans le puits de son silence, j'ai cherché à imaginer ce qui l'avait attirée jusqu'à la rivière cette nuit-là et, malgré ma si singulière imagination, je continue d'échouer. Ma sœur n'était pas du genre à jouer les tragédiennes, ni à oser un coup d'éclat. Elle savait se montrer sournoise, rusée, aussi vengeresse que l'eau elle-même, mais je ne m'explique pas son geste. Je me demande si j'y parviendrai un jour.

Tandis que j'essaie de me comprendre moi-même et de comprendre ma famille, de comprendre les histoires que nous racontons tous à ceux qui nous entourent, j'ai décidé que je tenterais de déchiffrer toutes les histoires de Beckford, que j'écrirais les derniers moments de vie – tels que je les imagine – de ces femmes qui se sont rendues dans le bassin aux noyées.

Ce nom est déjà lourd de sens ; pourtant, de quoi parle-t-on ? D'un coude dans la rivière, voilà tout. Un méandre. Pour le trouver, il faut suivre la rivière dans ses virages et ses détours, ses élargissements et ses débordements, elle qui donne la vie – et qui la prend, parfois. La rivière est tour à tour froide et claire, stagnante et polluée ; elle serpente par la forêt et transperce telle une lame les douces pentes des monts Cheviot puis, juste au nord de Beckford, elle ralentit. Elle se repose, un instant, dans le bassin aux noyées.

C'est un endroit idyllique : le sentier ombragé par les chênes ; les hêtres et les platanes disséminés à flanc de coteau et une berge sablonneuse en pente, côté sud. C'est un lieu où l'on va barboter, où l'on emmène les enfants : le coin à pique-nique idéal pour une journée ensoleillée.

Mais les apparences sont trompeuses, car c'est aussi un endroit mortel. Sombre et vitreuse, l'eau dissimule. S'y tapissent des algues qui vous piègent et vous tirent vers le fond, des rochers aiguisés qui tranchent la chair. Au-dessus de la surface se dresse la falaise d'ardoise grise, comme un défi, une provocation.

C'est là qu'au fil des siècles ont perdu la vie Libby Seeton, Mary Marsh, Anne Ward, Ginny Thomas, Lauren Slater, Katie Whittaker, et bien d'autres encore – trop pour qu'on puisse les compter, sans nom et sans visage. J'ai voulu comprendre pourquoi, comment, et sonder ce que leur vie et leur mort pouvaient nous révéler sur nous-mêmes. D'aucuns voudraient qu'on ne pose pas ces questions, et préfèrent étouffer, réprimer, faire taire les interrogations. Mais je n'ai jamais été de celles qu'on muselle.

Dans cet ouvrage, ce mémoire sur ma propre vie et sur le bassin de Beckford, j'ai souhaité commencer non par la noyade, mais par la nage. Car c'est par là que tout commence : par l'épreuve de la nage des sorcières, l'ordalie par l'eau froide. C'était dans mon bassin, ce bel endroit si paisible situé à un kilomètre à peine de là où je suis assise en ce moment, c'était là qu'ils les amenaient et les ligotaient pour les jeter dans la rivière et les regarder couler ou nager.

Certains prétendent que ces femmes ont laissé quelque chose d'elles-mêmes dans cette eau, d'autres encore qu'elle aurait conservé un peu de leur pouvoir car, depuis, elle a toujours attiré jusqu'à ses berges les malchanceuses, les désespérées, les malheureuses, les égarées. Elles viennent nager avec leurs sœurs.

Erin

Putain, que c'est bizarre, comme endroit, Beckford. C'est beau, d'une beauté à couper le souffle, par certains côtés, mais c'est vraiment trop bizarre. On dirait un lieu à part, complètement déconnecté de ce qu'il y a autour. Évidemment, autour, il n'y a rien à des kilomètres à la ronde – il faut faire plusieurs heures de route pour atteindre la civilisation. Et encore, si on considère Newcastle comme la civilisation, ce qui n'est pas forcément mon cas. Beckford est donc un endroit bizarre rempli de gens bizarres, avec une histoire bizarre. Et au milieu, il y a une rivière, et c'est cette rivière qui est le plus étrange, parce qu'on a l'impression que de quelque côté qu'on se tourne, quelle que soit la direction vers laquelle on se dirige, on finit toujours par tomber dessus.

Il y a aussi quelque chose de curieux avec l'inspecteur en chef. C'est un type du coin, donc j'imagine que ce n'est pas si surprenant que ça. C'est ce que je me suis dit la première fois que je l'ai vu, hier matin, quand ils ont sorti le corps de Nel Abbott de l'eau. Il se tenait sur la berge, les mains sur les hanches, tête baissée. Il parlait à quelqu'un – j'ai découvert par la suite qu'il s'agissait du médecin légiste –, mais de loin, on aurait dit qu'il était en train de prier. C'est ce que j'ai pensé – un prêtre. Un type grand et fin, vêtu de noir, avec l'eau sombre et la falaise de schiste en toile de fond, et à ses pieds une femme, pâle et sereine.

Pas sereine, évidemment, morte. Mais son visage n'était pas crispé, il n'était pas abîmé. Si on ne regardait pas le reste de son corps, ses membres brisés ou l'angle inhabituel que formait sa colonne vertébrale, on aurait pu croire qu'elle s'était simplement noyée.

Je me suis présentée et j'ai tout de suite trouvé qu'il y avait quelque chose d'étrange en lui – ses yeux larmoyants, son tremblement aux mains qu'il tâchait de dissimuler en les frottant l'une contre l'autre, paume contre poignet. Ça m'a fait penser à mon père, les lendemains de cuite où il valait mieux la fermer et faire profil bas.

Dans tous les cas, faire profil bas me paraissait une excellente idée. Ça faisait à peine trois semaines que j'avais été mutée dans le Nord, la faute à une aventure inconsidérée avec un officier plus jeune que moi. Franchement, tout ce que j'avais en tête, c'était d'oublier cette histoire et de me concentrer sur le boulot. Je pensais qu'au début, on ne me confierait que les affaires les moins passionnantes, et j'ai donc été surprise qu'on m'appelle pour un cas de décès suspect. Une femme, dont le corps avait été aperçu dans la rivière par un homme promenant ses chiens. Elle était tout habillée, signe qu'il ne s'agissait pas d'un banal accident de baignade.

« C'est presque sûr que ce sera un suicide, m'avait prévenue le superintendant. Elle a été retrouvée à Beckford, dans le bassin aux noyées. »

C'est une des premières choses que j'ai demandées à l'inspecteur en chef Townsend :

« Vous pensez qu'elle a sauté ? »

Il m'a regardée pendant un moment, m'a jaugée. Puis il a désigné le haut de la falaise et il m'a dit :

« Montons. On va aller voir l'expert scientifique qui s'occupe de la scène et lui demander s'il a trouvé quelque chose – des traces de lutte, du sang, une arme. Son téléphone portable, ce serait un bon début, vu qu'on ne l'a pas retrouvé sur elle.

– Très bien. »

En m'éloignant, j'ai jeté un coup d'œil au cadavre, et j'ai trouvé que cette femme avait l'air à la fois tellement triste et tellement naturelle. Sans fard.

« Elle s'appelle Danielle Abbott, m'a annoncé Townsend d'une voix légèrement plus aiguë que tout à l'heure. Elle habite le village. C'est une photographe assez connue, elle écrit des livres, aussi. Elle a une fille de quinze ans. Donc non, pour répondre à votre question, je ne pense pas qu'elle ait sauté. »

On a gravi la falaise ensemble. Il faut suivre un sentier qui part de la petite plage qui borde le bassin, puis qui vire à droite à travers un petit bosquet pour monter raide jusqu'au sommet. Par endroits, il y avait des flaques de boue où les marques de glissades avaient effacé toutes les traces de pas précédentes. En haut, le sentier tourne brutalement à gauche et mène droit au bord de la falaise. J'ai senti mon estomac se serrer.

« Houlà ! »

Townsend s'est retourné.

« Vous avez le vertige ? il m'a demandé, presque amusé.

– Vu que le moindre écart me précipiterait vers une mort certaine, je n'appelle pas ça du vertige, mais du bon sens. Ils auraient pu mettre une barrière, quand même. Vous ne trouvez pas ça un peu dangereux, vous ? »

L'inspecteur n'a rien répondu. Il a continué à marcher d'un pas déterminé vers le précipice, et je l'ai suivi en restant collée à la rangée d'ajoncs, faisant tout mon possible pour ne pas regarder en bas.

L'expert scientifique – sans surprise, un chevelu au visage blafard – n'avait pas de bonnes nouvelles à nous annoncer.

« Pas de sang, pas d'arme, aucun signe de lutte, il a déclaré en haussant les épaules. Rien à analyser, pas même un papier gras par terre. Par contre, son appareil photo est cassé. Et la carte SD a été retirée.

– Son appareil photo ? »

Le chevelu s'est tourné vers moi.

« Tout à fait. Figurez-vous qu'elle l'avait branché sur un détecteur de mouvements. C'était dans le cadre de son dernier projet.

– Mais pourquoi ? »

Il a de nouveau haussé les épaules avant de répondre :

« Pour filmer les gens qui montent jusqu'ici, j'imagine... Voir ce qu'ils fabriquent. Il y a pas mal de types bizarres qui traînent dans le coin, vous savez. Ils sont attirés par l'histoire de ce lieu. Ou alors, peut-être qu'elle voulait juste filmer un suicide...

– Quelle horreur ! Et donc, quelqu'un a cassé son appareil photo ? Bon, eh bien... c'est pas de chance. »

Le chevelu s'est contenté de hocher la tête.

Townsend a poussé un soupir avant de croiser les bras sur sa poitrine.

« En effet. Mais ça ne veut pas forcément dire grand-chose. Son équipement a déjà été vandalisé par le passé. Son projet n'était pas du goût de tout le monde, par ici. D'ailleurs, je me demande même si elle avait remplacé le boîtier, après la dernière fois. »

Il s'est approché du bord de la falaise et s'est penché au-dessus du vide, avant de demander à l'expert scientifique :

« Il me semble qu'il y en a un autre en dessous, non ? Est-ce qu'il est intact, celui-là ?

– J'ai l'impression, oui. On va le remonter, mais...

– Il ne nous apprendra rien de plus, a achevé Townsend.

– On la verra peut-être chuter, a confirmé le chevelu, mais ça ne nous dira pas ce qui s'est passé ici, en haut. »

Vingt-quatre heures plus tard, nous n'étions pas plus avancés quant à ce qui s'était passé au sommet de la falaise. Le téléphone de Nel Abbott n'avait pas été retrouvé, ce qui était embêtant, mais pas pour autant étrange. Si elle avait sauté, elle avait pu décider de s'en débarrasser au préalable. Si elle était tombée, le portable se trouvait peut-être toujours quelque part au fond de l'eau, enfoui dans la vase, ou bien le courant avait pu l'emporter plus loin. Enfin, si elle avait été poussée, il était envisageable que l'agresseur le lui ait arraché, mais étant donné qu'il n'y avait aucune trace de lutte, cela paraissait assez improbable.

Après avoir emmené Jules (et surtout pas « Julia », apparemment) à l'hôpital pour qu'elle reconnaisse le corps de sa sœur, je l'ai redéposée au Vieux Moulin. Et ensuite, je me suis perdue. Je pensais retourner vers le commissariat quand je me suis rendu compte que j'étais de retour au pont, alors que je l'avais pourtant franchi plusieurs minutes auparavant. Comme je disais : de quelque côté qu'on se tourne, on finit toujours par tomber sur la rivière... Bref, j'ai sorti mon téléphone pour consulter le GPS, quand j'ai vu un groupe de filles qui traversaient le pont. Lena, qui prenait une tête à tout le monde, s'est soudain éloignée des autres.

Je suis descendue de ma voiture et je l'ai suivie. Je voulais lui poser une question par rapport à une déclaration de sa tante, mais avant que j'aie pu la rejoindre, elle a commencé à se disputer avec quelqu'un – une femme d'une quarantaine d'années. Lena lui a attrapé le bras et la femme s'est dégagée avant de lever les mains devant son visage, comme si elle craignait qu'on la frappe. Puis elles se sont séparées brusquement : Lena est partie vers la gauche et la femme vers la colline. J'ai rattrapé Lena, qui a refusé de me raconter ce qui venait de se passer. Elle m'a assuré que tout allait bien, qu'il n'y avait pas eu de dispute, et que de toute façon ce n'était pas mes affaires. Malgré son air bravache, elle avait le visage baigné de larmes. Je lui ai proposé de la raccompagner chez elle, mais elle m'a dit d'aller me faire foutre.

Je n'ai pas insisté et je suis enfin arrivée au commissariat, où j'ai fait mon rapport à Townsend sur l'épisode de l'hôpital avec Jules Abbott. Car, pour rester dans le thème général, la reconnaissance du corps avait été des plus bizarres.

« Elle n'a pas pleuré », j'ai expliqué à l'inspecteur.

Il a fait une espèce de moue, comme pour me dire : *Et alors ?* J'ai insisté :

« Ce n'était pas normal. Ça n'avait rien à voir avec l'attitude de quelqu'un qui est sous le choc. C'était vraiment bizarre. »

Il a fait pivoter son fauteuil. Il était assis derrière un bureau, dans une salle minuscule au fond du commissariat. Il paraissait beaucoup trop grand pour la pièce, au point que s'il s'était levé, je n'aurais pas été surprise de le voir se cogner la tête au plafond.

« C'est-à-dire ? il m'a demandé.

– C'est difficile à expliquer, mais on aurait dit qu'elle parlait, sauf qu'aucun son ne sortait. Et ça n'avait rien à voir avec quelqu'un qui pleure en silence. C'était étrange. Ses lèvres bougeaient comme si elle racontait quelque chose... comme si elle parlait à quelqu'un. Qu'elle était en pleine conversation.

– Et vous n'avez rien entendu ?

– Rien. »

Il a baissé les yeux vers l'écran de son ordinateur portable avant de se tourner de nouveau vers moi et de me demander :

« C'est tout ? Est-ce qu'elle vous a dit quelque chose ? Quelque chose de nouveau, quelque chose d'utile ?

– Elle m'a parlé d'un bracelet. Apparemment, Nel avait un bracelet qui appartenait à leur mère et qu'elle portait tout le temps. Enfin, qu'elle portait tout le temps à l'époque où Jules et Nel se fréquentaient encore, ce qui remonte à des années. »

Townsend a hoché la tête en se frottant le poignet.

« Je n'en ai pas trouvé trace dans ses affaires, ai-je ajouté. J'ai vérifié. Elle portait une bague, et c'est tout. »

Il est resté silencieux pendant tellement longtemps que j'ai cru que la conversation était terminée. Je m'apprêtais à quitter la pièce quand il a repris :

« Vous devriez poser la question à Lena.

– C'est ce que je comptais faire, mais elle n'avait pas l'air très disposée à me parler. »

Je lui ai alors raconté l'épisode du pont.

« Cette femme, vous pouvez me la décrire ? »

Je me suis exécutée : petite quarantaine d'années, en léger surpoids, brune, vêtue d'un long gilet rouge en dépit de la chaleur.

Townsend m'a regardée sans rien dire pendant un long moment. J'ai fini par lui demander :

« Ça ne vous dit rien, inspecteur ?

– Oh, que si, m'a-t-il répondu en me dévisageant comme si j'étais une gamine un peu demeurée. Il s'agit de Louise Whittaker.

– Louise Whittaker ?

– On ne vous a donc donné aucune information quand vous êtes arrivée ici ?

– Eh bien, non. »

J'ai hésité à ajouter que ç'aurait peut-être été à lui de le faire, vu qu'il était du coin.

Il a soupiré et s'est mis à pianoter sur son ordinateur.

« Vous devriez déjà savoir tout ça, il a marmonné. On aurait dû vous donner les dossiers. »

Il a écrasé la touche entrée, comme s'il s'agissait du clavier d'une machine à écrire et non d'un MacBook hors de prix.

« Et vous devriez également lire le manuscrit de Nel Abbott, il a ajouté. Vous savez, le projet sur lequel elle travaillait ? Je crois que c'était pour un livre de photos d'art, avec des anecdotes sur Beckford.

– Elle écrivait l'histoire du village ?

– En quelque sorte. Disons qu'il s'agissait plutôt de son interprétation des événements. De certains événements. Sa... vision des choses. Comme je vous l'ai déjà dit, beaucoup de gens ici ne voyaient pas ça d'un très bon œil. En attendant, on a des copies de ce qu'elle avait écrit jusque-là. Un des agents vous en fournira une. Vous n'aurez qu'à demander à Callie Buchan – vous la trouverez à l'accueil. Bref, tout ça pour dire que dans son livre, Nel Abbott avait décidé de traiter du suicide de Katie Whittaker, survenu en juin dernier. Katie était une très bonne amie de Lena Abbott. Et Louise, sa mère, était à une époque assez proche de Nel. Mais les deux femmes s'étaient brouillées, apparemment à cause du projet de Nel, si bien que quand Katie est morte...

– Louise a rejeté la faute sur elle. Elle a estimé qu'elle était responsable.

– Exactement.

– Bon, je sais ce qui me reste à faire. Je vais aller parler à cette fameuse Louise.

– Non, a-t-il rétorqué sans quitter son écran des yeux. C'est moi qui vais le faire. Je la connais. Je me suis chargé de l'enquête sur la mort de sa fille. »

Une fois de plus, il est resté silencieux pendant un long moment. Comme il ne m'avait pas congédiée, j'ai fini par lui demander :

« Est-ce qu'il y avait des éléments suspects autour du décès de Katie ? »

Il a secoué la tête puis il a répondu :

« Non, aucun. Comme souvent dans ce genre d'affaires, on n'a pas trouvé de raison qui aurait pu motiver son geste – aucune qui soit en mesure de satisfaire les proches, en tout cas – mais elle a laissé une lettre d'adieu. Bref, c'était une tragédie.

– Donc, si j'ai bien compris, cette année, il y a deux femmes qui sont mortes dans cette même rivière ? Deux femmes qui se connaissaient, qui étaient liées de plusieurs façons... »

L'inspecteur en chef n'a rien dit, il ne m'a pas regardée. Je me suis même demandé s'il m'écoutait.

« Combien de personnes sont mortes dans cette rivière, en tout ?

– Depuis quand ? il a rétorqué. Vous voulez remonter jusqu'à quand ? »

Quand je disais que c'est vraiment un endroit bizarre, Beckford.

Jules

J'ai toujours eu un peu peur de toi. Tu le savais et ça te plaisait d'avoir ce pouvoir sur moi. Alors, en dépit des circonstances, je pense que tu te serais bien amusée cet après-midi.

On m'a demandé de procéder à l'identification du corps – Lena s'est proposée mais ils ont dit non, alors j'ai bien été obligée d'accepter. Il n'y avait personne d'autre. Et même si je ne voulais pas te voir, je savais qu'il le fallait, parce que te voir valait toujours mieux que t'imaginer – les horreurs que le cerveau élabore sont toujours bien pires que la réalité. Et j'avais besoin de te voir, parce que tu sais aussi bien que moi que sinon, je n'y aurais pas cru, je n'aurais jamais cru que tu étais vraiment morte.

Tu étais allongée sur une civière au milieu d'une pièce froide, un drap vert clair recouvrant ton corps. Un jeune homme en blouse blanche nous a fait un signe de tête, à l'inspectrice et à moi, et elle lui a rendu son salut. Il a tendu la main pour soulever le drap et j'ai retenu mon souffle. Je crois que je n'avais plus eu aussi peur depuis mon enfance.

Je m'attendais à ce que tu bondisses sur moi.

Mais non. Tu étais immobile, belle. Il y avait toujours tant de choses sur ton visage – tant d'expression, de joie ou de fiel – et ça n'avait pas changé, il en restait des vestiges. Tu étais toujours toi, toujours parfaite, et c'est là que les mots m'ont frappée : tu as sauté.

Toi ?

Sauter ?

Ce mot sonnait faux dans ma bouche. Tu n'aurais jamais sauté. Non, il ne fallait pas sauter, c'est toi qui me l'avais expliqué. La falaise n'est pas assez haute, tu m'avais dit, il n'y a que cinquante-cinq mètres du sommet à la surface de l'eau, on peut survivre à une telle chute. Non, tu m'avais dit, si tu veux le faire, vraiment le faire, tu dois t'assurer que tu vas réussir. Y aller la tête la première. Si tu veux vraiment le faire, tu ne sautes pas, tu plonges.

Et si tu ne veux pas vraiment le faire, tu avais ajouté, quel intérêt ? Quel intérêt de faire les choses à moitié ? Ça n'intéresse personne.

On peut survivre à une telle chute, mais ce n'est pas garanti. La preuve, tu es là, et tu n'as pas plongé. Tu as sauté les pieds en avant et tu es là : les jambes cassées, le dos cassé... cassée. Qu'est-ce que ça signifie, Nel ? Tu aurais perdu ton sang-froid à la dernière minute ? (Ce n'est pas ton genre.) Tu n'as pas pu supporter l'idée d'abîmer ton si beau visage ? (Tu as toujours été très vaniteuse.) Ça n'a pas de sens, pour moi. Ça ne te ressemble pas, de faire le contraire de ce que tu as dit, d'aller à l'encontre de toi-même.

(Lena a dit qu'il n'y avait pas de mystère, mais qu'en sait-elle ?)

J'ai pris ta main, qui m'a paru étrangère, pas seulement parce qu'elle était froide, mais aussi parce que je n'en reconnaissais ni la forme, ni le toucher. Ça remonte à quand, la dernière fois que je t'ai tenu la main ? Peut-être quand tu as voulu prendre la mienne, à l'enterrement de Maman ? Je me souviens m'être écartée pour me tourner vers Papa. Je me souviens de ton expression à ce moment-là (à quoi tu t'attendais ?). Mon cœur s'est figé dans ma poitrine, ralentissant jusqu'à battre une pulsation funèbre.

Quelqu'un a dit :

« Je suis désolée, mais vous ne pouvez pas la toucher. »

Au-dessus de moi, j'entendais le bourdonnement du néon qui éclairait ta peau, pâle et grise contre le métal de la civière. J'ai posé un pouce sur ton front et, du doigt, j'ai suivi les contours de ton visage.

« Ne la touchez pas, s'il vous plaît. »

Le sergent Morgan était juste derrière moi. Malgré le bruit des lumières, j'entendais sa respiration douce et calme.

« Où sont ses affaires ? ai-je demandé. Les vêtements qu'elle portait, ses bijoux ?

– On vous les rendra, m'a expliqué Morgan, dès que l'équipe scientifique aura fini de les examiner.

– Est-ce que vous avez trouvé un bracelet ?

– Je ne sais pas, a-t-elle répondu en secouant la tête. Mais je peux vous assurer que tout ce qu'elle avait sur elle vous sera rendu.

– Il devrait y avoir un bracelet, ai-je continué à voix basse, en regardant Nel. Un bracelet en argent avec une attache en onyx. Il était à Maman, ses initiales sont gravées dessus, "SJA", Sarah Jane Abbott. Maman le portait tout le temps. Et puis ç'a été ton tour. »

L'inspectrice m'a dévisagée.

« Enfin, son tour. À Nel, je veux dire. »

J'ai repris ma contemplation. Ton poignet si fin, l'endroit où l'attache en onyx aurait reposé sur tes veines bleues. Je voulais encore te toucher, sentir ta peau. J'étais certaine de pouvoir te réveiller. J'ai murmuré ton nom et j'ai attendu de te voir frémir, de voir tes yeux papillonner et me suivre dans la pièce. J'ai songé que, peut-être, je devais t'embrasser, que comme la Belle au bois dormant, cela suffirait à te sortir du sommeil, et j'ai souri parce que je savais que tu aurais détesté cette idée. Tu n'as jamais été la princesse, la beauté passive qui attend l'arrivée de son prince, tu étais autre chose. Tu étais du côté des ténèbres, de la méchante belle-mère, de la mauvaise fée, de la sorcière.

J'ai senti le regard de l'inspectrice sur moi et j'ai serré les lèvres pour réprimer mon sourire. J'avais les yeux secs et la gorge vide, et quand je t'ai parlé, aucun son n'est sorti.

« Qu'est-ce que tu voulais me dire ? »

Lena

Ça aurait dû être moi. C'est moi, sa plus proche parente, sa famille. La personne qui l'aimait. Ç'aurait dû être moi, mais ils n'ont pas voulu que j'y aille. On m'a laissée toute seule dans cette maison vide, avec rien d'autre à faire que fumer jusqu'à ce que je n'aie plus de cigarettes. Je suis allée à l'épicerie du village pour m'en racheter – la grosse dame de la caisse demande parfois une pièce d'identité mais je savais qu'aujourd'hui elle me laisserait tranquille. Je revenais vers le pont quand j'ai aperçu les connasses du collège, Tanya, Ellie et toute la clique, qui arrivaient en face de moi sur la route.

J'ai cru que j'allais vomir, j'ai baissé la tête et je me suis retournée pour m'éloigner aussi vite que possible, mais elles m'avaient vue, alors elles m'ont appelée et se sont mises à courir pour me rattraper. Je ne savais pas ce qu'elles allaient faire, mais quand elles sont arrivées, elles m'ont juste prise dans leurs bras pour me dire qu'elles étaient désolées pour moi, et cette saleté d'Ellie a eu le culot de faire semblant de chialer. Je les ai laissées faire, mettre leurs bras autour de moi et me caresser les cheveux, parce qu'au final ça me faisait du bien.

On a traversé le pont et elles m'ont dit qu'elles avaient prévu d'aller au cottage des Ward pour prendre des cachetons et se baigner.

« Ça sera une veillée funèbre, genre hommage, quoi », a expliqué Tanya.

Quelle conne. Elle croyait vraiment que ça m'intéresserait d'aller me défoncer et de nager dans cette eau-là ? Je réfléchissais à ce que je pouvais bien lui répondre quand j'ai aperçu Louise. C'était l'excuse parfaite : je me suis éloignée du groupe sans un mot et elles n'ont rien pu faire.

Au début, j'ai cru qu'elle ne m'entendait pas, mais quand je l'ai rattrapée, j'ai vu qu'elle pleurait et qu'elle avait juste essayé de m'éviter. Je l'ai attrapée par le bras. Je ne sais pas pourquoi, mais je ne voulais pas qu'elle s'en aille et qu'elle me laisse avec ces sales vautours qui nous observaient en faisant semblant d'être tristes alors qu'elles étaient ravies de profiter du spectacle. Louise a essayé de se dégager en enlevant mes doigts un par un, elle répétait :

« Je suis vraiment désolée, Lena, mais je ne peux pas te parler. Pas maintenant, Lena. »

J'ai voulu lui dire quelque chose, par exemple : *Vous avez perdu votre fille et j'ai perdu ma mère. Ça pourrait nous mettre à égalité, non ? Vous ne pouvez pas me pardonner, maintenant ?*

Mais je me suis retenue. Après, la flic est arrivée, complètement à l'ouest, elle voulait savoir pourquoi je m'étais disputée avec Louise, alors je lui ai dit d'aller se faire foutre et je suis repartie à la maison toute seule.

Je pensais que Julia serait rentrée, entre-temps.

Ce n'est pas comme si ça prenait une éternité d'aller à la morgue, de regarder sous le drap et de dire *Oui, c'est elle.* Ce n'est pas comme si Julia avait envie de s'asseoir à ses côtés, de lui tenir la main, de la réconforter. Ça, c'était ce que moi, j'aurais fait.

Ç'aurait dû être moi, mais ils ne m'ont pas laissée y aller.

Je suis restée allongée sur mon lit, dans le silence. Je n'arrivais même pas à écouter de la musique parce que maintenant j'ai l'impression que toutes les chansons ont un sens caché que je n'avais jamais vu avant, et c'est beaucoup trop difficile à affronter, ça me fait trop mal. Je n'ai pas envie de passer mon temps à pleurer, ça me fait mal à la gorge et dans la poitrine, et le pire, c'est que personne ne vient m'aider. Il n'y a plus personne pour m'aider. Alors je suis restée sur mon lit à fumer cigarette sur cigarette jusqu'à ce que j'entende la porte d'entrée.

Elle ne m'a pas appelée, mais je l'ai entendue s'activer dans la cuisine, sortir des plats, mettre la table. J'attendais qu'elle vienne me chercher mais j'ai fini par m'ennuyer et, comme je commençais à me sentir mal d'avoir trop fumé et que j'avais très faim, je suis descendue.

Elle se tenait devant la cuisinière, à mélanger un truc dans une casserole, et quand elle s'est retournée et qu'elle m'a vue elle a bondi. Mais ce n'était pas comme d'habitude, quand on sursaute et qu'on en rit tout de suite après ; la peur est restée accrochée à son visage.

« Lena, tout va bien ?

– Tu l'as vue ? » j'ai demandé.

Elle a acquiescé en regardant ses pieds.

« Elle était... normale.

– Tant mieux, j'ai dit. Je préfère ça. Je n'aime pas l'imaginer...

– Non, non. Elle n'est pas... abîmée. »

Elle s'est retournée vers les plaques.

« Tu aimes les spaghettis bolognaise ? Je prépare... C'est ce que je prépare. »

J'aime bien ça mais je n'avais aucune envie de le lui dire, alors je n'ai pas répondu. À la place, j'ai demandé :

« Pourquoi tu as menti à la police ? »

Elle s'est retournée si vivement que la cuillère en bois a fait gicler de la sauce par terre.

« De quoi tu parles, Lena ? Je n'ai pas menti...

– Tu as menti aux policiers. Tu leur as dit que tu ne parlais jamais avec ma mère, que vous n'étiez plus en contact depuis des années...

– C'est vrai. »

Elle avait le visage et le cou rouge vif et la bouche déformée, comme un clown, et j'ai compris, j'ai vu cette laideur dont Maman m'avait parlé.

« Je n'ai pas eu de discussion significative avec Nel depuis...

– Elle n'arrêtait pas de t'appeler.

– Tu exagères. Elle appelait de temps en temps. Et de toute manière, on ne se parlait pas.

– Je sais, tu refusais de lui répondre, malgré tous ses efforts. Elle me l'a dit.

– C'est un peu plus compliqué que ça, Lena.

– Plus compliqué ? j'ai dit. Compliqué comment ? »

Elle a détourné les yeux.

« C'est ta faute, tu sais. »

Elle a reposé la cuillère et s'est approchée de moi, les mains sur les hanches, l'air préoccupé, comme une prof qui s'apprête à vous dire qu'elle est « terriblement déçue » de votre comportement en classe.

« Qu'est-ce que tu veux dire ? Qu'est-ce qui est ma faute ?

– Elle a essayé de te contacter, elle voulait te parler, elle avait besoin de…

– Elle n'avait pas besoin de moi. Nel n'a jamais eu besoin de moi.

– Elle était malheureuse ! j'ai crié. T'en as vraiment rien à foutre ? »

Elle a reculé, s'est passé une main sur le visage comme si je lui avais craché dessus.

« Pourquoi est-ce qu'elle était malheureuse ? Je ne… Elle n'a jamais parlé d'être malheureuse. Elle ne m'a jamais dit qu'elle était malheureuse.

– Et qu'est-ce que ça aurait changé ? Rien ! Tu n'aurais rien fait du tout, comme toujours. Comme quand votre mère est morte et que tu as été affreuse avec elle, ou quand elle t'a invitée à passer nous voir quand on a emménagé ici, ou quand elle t'a proposé de venir à mon anniversaire, une année, et que tu n'as même pas répondu ! Tu l'as ignorée, tu as fait comme si elle n'existait pas. Alors que tu savais qu'elle n'avait personne d'autre, alors que…

– Elle t'avait, toi, a dit Julia. Et je ne me doutais pas une seconde qu'elle était malheureuse, je…

– Eh bien, si. Elle avait même arrêté de nager. »

Julia est restée presque immobile, puis elle a tourné la tête vers la fenêtre comme si elle écoutait quelque chose.

« Quoi ? elle a demandé sans me regarder – c'était comme si elle regardait quelqu'un d'autre, ou son reflet. Qu'est-ce que tu as dit ?

– Elle n'allait plus nager. Toute ma vie, je l'ai toujours vue aller nager au moins une fois par jour, dans une piscine ou dans la rivière. C'était son truc ; elle nageait. Tous les jours, sans exception, même ici en hiver, quand on se les gèle et qu'il faut casser la glace pour atteindre l'eau. Et elle a arrêté, du jour au lendemain. Alors, tu vois bien qu'elle était malheureuse ! »

Pendant un long moment, elle est restée là à regarder par la fenêtre, en silence, comme si elle cherchait quelqu'un.

« Est-ce que tu sais... Lena, tu crois qu'elle a pu contrarier quelqu'un ? Ou que quelqu'un lui en voulait, ou... ?

– Non, j'ai répondu en secouant la tête. Elle m'en aurait parlé. » Elle m'aurait prévenue.

« Tu es sûre ? Parce que tu sais, Nel... ta maman... elle était particulière, n'est-ce pas ? Je veux dire qu'elle avait un don pour mettre les gens hors d'eux, pour les énerver...

– C'est pas vrai, j'ai rétorqué (même si c'était un peu vrai parfois, mais seulement avec les imbéciles, les gens qui ne la comprenaient pas). Tu ne la connaissais pas du tout, tu ne l'as jamais comprise. T'es trop conne ! T'étais jalouse, de toute façon, déjà quand vous étiez gamines, et c'est pareil aujourd'hui. Et merde, je sais même pas pourquoi je te parle. »

Je suis partie de la maison alors que j'étais affamée. Je préférais crever de faim que de manger avec elle, ç'aurait été comme une trahison. Je n'arrêtais pas de revoir Maman assise dans la cuisine, à parler au téléphone, face au silence à l'autre bout. Le silence de cette connasse sans cœur. Une fois, je me suis énervée, je lui ai dit : Pourquoi tu ne laisses pas tomber ? Oublie-la, c'est clair qu'elle ne veut rien avoir à faire avec nous. Maman m'a répondu : C'est ma sœur, c'est ma seule famille. J'ai dit : Et moi, je suis ta famille, moi aussi. Alors elle a ri et elle a dit : Non, tu n'es pas ma famille, tu es bien plus que ça. Tu fais partie de moi.

Une partie de moi a disparu, et je n'ai même pas eu le droit de la voir. Je n'ai pas eu le droit de prendre sa main ou de lui faire un baiser d'adieu ou de lui dire à quel point je suis désolée.

Jules

Je n'ai pas suivi Lena. Il faut dire que je n'avais pas envie de la rattraper. Je ne savais pas vraiment ce que je voulais, alors je suis restée plantée sur les marches du perron, à me frictionner les bras, mes yeux s'habituant peu à peu au crépuscule.

Je savais ce que je ne voulais pas : je ne voulais pas d'un nouvel affrontement avec elle, j'en avais assez entendu. Ma faute ? Comment tout cela pouvait-il être ma faute ? Tu ne m'as jamais dit que tu étais malheureuse. Si tu m'en avais parlé, je t'aurais écoutée. Dans ma tête, tu as ri. D'accord, mais si tu m'avais dit que tu n'allais plus nager, Nel, là j'aurais su qu'il y avait un problème. La nage était indispensable à ton équilibre, c'est ce que tu m'avais expliqué, un jour ; sans elle, tu ne tiendrais plus debout. Rien ne pouvait te tenir hors de l'eau, tout comme rien ne pouvait m'y faire entrer.

Et pourtant, quelque chose y était parvenu.

Soudain, je me suis sentie affamée, j'ai éprouvé un besoin violent d'être rassasiée. Je suis rentrée dans la cuisine et je me suis servi une assiette de pâtes, puis une autre, et une troisième. J'ai mangé, mangé et enfin, quand je me suis dégoûtée moi-même, je suis montée à l'étage.

À genoux dans la salle de bains, j'ai laissé la lumière éteinte. Obéissant à une habitude perdue depuis bien longtemps, mais si vieille qu'elle en devenait presque réconfortante, je me suis penchée dans le noir, les vaisseaux sanguins de mon visage près de l'implosion, les yeux ruisselants de larmes, et je me suis purgée. Quand j'ai senti qu'il ne restait plus rien, je me suis redressée, j'ai tiré la chasse d'eau et je me suis aspergé le visage en m'efforçant d'éviter mon reflet dans le miroir, mais c'est alors la baignoire derrière moi que j'ai aperçue.

Cela fait plus de vingt ans que je ne me suis pas retrouvée assise immergée dans l'eau. Pendant des semaines après la nuit où j'ai failli me noyer, j'ai eu du mal à me laver tout court. C'est quand j'ai commencé à sentir mauvais que ma mère m'a collée sous la douche et m'a forcée à y rester.

J'ai fermé les yeux et j'ai remis de l'eau sur mon visage. J'ai entendu une voiture ralentir sur la route, et comme en réponse, les battements de mon cœur se sont accélérés, puis ont ralenti quand elle s'est éloignée.

« Il n'y a personne, ai-je dit à voix haute. Il n'y a aucune raison d'avoir peur. »

Lena n'était pas encore rentrée et je n'avais pas la moindre idée de l'endroit où je pouvais aller la chercher dans ce village à la fois familier et inconnu. Je suis allée me coucher mais je n'ai pas réussi à m'endormir. Dès que je fermais les yeux, je revoyais ton visage, pâle et bleu, tes lèvres couleur lavande. Dans mon imagination elles remontaient pour découvrir tes gencives et, malgré ta bouche pleine de sang, tu souriais.

« Arrête, Nel. »

Je recommençais à parler à voix haute, comme une folle.

« Ça suffit. »

J'ai attendu ta réponse mais n'ai eu droit qu'au silence perturbé par le clapotis de l'eau et les bruits de la maison remuant, grinçant et craquant, bousculée par le passage de la rivière. Dans le noir, j'ai tâtonné à la recherche de mon téléphone sur la table de nuit et j'ai appelé ma messagerie.

« Vous n'avez pas de nouveau message, m'a annoncé la voix électronique. Vous avez sept messages sauvegardés. »

Le plus récent datait de mardi dernier, moins d'une semaine avant ta mort, à 1 h 30 du matin.

« Julia, c'est moi. J'ai besoin que tu me rappelles. S'il te plaît, Julia, c'est important. Il faut que tu m'appelles dès que tu auras ce message, d'accord? Je, euh... C'est important. Voilà, au revoir. »

J'ai tapé 1 pour réécouter, encore et encore. J'ai écouté ta voix, pas seulement son timbre rauque ou ton léger accent américanisant qui m'agaçait toujours un peu, je t'ai écoutée, toi. Qu'est-ce que tu essayais de me dire?

Tu m'as laissé ce message au milieu de la nuit. Je l'ai trouvé tôt le lendemain matin, quand je me suis retournée dans mon lit pour apercevoir le flash blanc des notifications clignoter sur mon téléphone. J'ai écouté tes trois premiers mots, « Julia, c'est moi », et j'ai raccroché. J'étais fatiguée, pas très en forme, et je n'avais pas envie d'entendre ta voix. J'ai écouté la suite plus tard. Je n'ai pas trouvé ça étrange, ni particulièrement intrigant. C'était dans tes habitudes, de laisser des messages énigmatiques pour piquer ma curiosité. Ça faisait des années que tu faisais ça, et quand tu rappelais, un ou deux mois après, je comprenais qu'il n'y avait eu ni drame, ni mystère, ni événement exceptionnel. Tu essayais simplement d'attirer mon attention. Ce n'était qu'un jeu.

N'est-ce pas?

J'ai réécouté ton message, encore et encore, et maintenant que j'étais bien attentive, je n'arrivais pas à comprendre comment j'avais fait pour ne pas remarquer plus tôt ton souffle court, la douceur inhabituelle de ta voix, ses hésitations, le ton incertain.

Tu avais peur.

De quoi avais-tu peur? De qui? Des gens de ce village, ceux qui s'arrêtent pour me dévisager sans venir m'adresser leurs condoléances, qui n'apportent ni nourriture, ni fleurs? On ne dirait pas que tu manques à grand monde, Nel. Ou peut-être que tu avais peur de ta fille, si froide, si irritable, si étrange, ta fille qui ne te pleure pas et qui martèle que tu t'es suicidée, sans preuve ni raison?

J'ai quitté mon lit pour me faufiler dans ta chambre, juste à côté. Je me suis sentie redevenir petite fille. À l'époque où nos parents dormaient dans cette chambre, je m'y faufilais la nuit quand j'avais peur, quand j'avais fait un cauchemar après avoir écouté une de tes histoires. Je poussais la porte et je me glissais à l'intérieur.

Il y faisait trop chaud et la vue de ton lit défait m'a soudain fait monter les larmes aux yeux.

Je me suis assise au bord, j'ai pris ton oreiller dans sa taie gris ardoise avec un liseré rouge sang et je l'ai serré contre moi. Un souvenir très net d'un anniversaire de Maman m'est revenu : on était venues dans cette pièce, toutes les deux. On lui avait préparé le petit déjeuner au lit. Elle était malade et on faisait des efforts pour s'entendre. Ces trêves ne duraient jamais : tu en avais vite assez de m'avoir avec toi, je ne t'intéressais jamais bien longtemps. Je finissais par retourner aux côtés de Maman sous ton regard à la fois hautain et blessé.

Je ne te comprenais pas, mais si tu m'étais étrangère à l'époque, aujourd'hui, tu es un mystère insondable. Je suis assise dans ta maison, parmi tes affaires, et c'est la bâtisse qui m'est familière, pas toi. Je ne te connais plus depuis notre adolescence, quand tu avais dix-sept ans et moi treize. Depuis cette nuit où, telle une hache qu'on abat sur un morceau de bois, les événements ont fissuré notre famille, y laissant une large brèche.

Mais ce n'est que six ans plus tard que tu t'es à nouveau saisie de cette hache pour nous séparer définitivement. C'était à la veillée funèbre. On venait d'enterrer notre mère et on fumait dans le jardin, toi et moi, dans le froid glacial de cette soirée de novembre. J'étais muette de chagrin, mais toi, qui te bourrais de médicaments depuis le petit déjeuner, tu étais d'humeur loquace. Tu m'as parlé d'un voyage que tu avais prévu de faire, Preikestolen, en Norvège, une falaise qui culmine à six cents mètres au-dessus d'un fjord. J'essayais de ne pas t'écouter, parce que je savais déjà de quoi il retournait et que je n'avais pas envie d'en entendre parler. Quelqu'un – un ami de notre père – nous a appelées depuis la maison, la voix embrumée par l'alcool :

« Ça va dehors, les filles ? Vous noyez votre chagrin ? »

– Noyé, noyé, noyé », tu as répété.

Tu étais ivre, toi aussi. Tu m'as observée, les yeux mi-clos, une lueur étrange dans le regard.

« Ju-ulia, tu as repris en étirant mon prénom. Tu y repenses, parfois ? »

Tu as posé une main sur mon bras et je me suis dégagée.

« Si je repense à quoi ? »

Je me suis levée, je ne voulais plus rester avec toi, je voulais être seule.

« À cette nuit-là. Est-ce que... Est-ce que tu en as déjà parlé à quelqu'un ? »

J'ai fait un pas pour m'éloigner mais tu as agrippé ma main, fort.

« Allez, Julia... Dis-moi la vérité. Au fond, est-ce que tu as aimé ça ? »

Après ce soir-là, je ne t'ai plus jamais adressé la parole. Et là, d'après ta fille, c'est *moi* qui aurais été affreuse avec *toi*. On ne raconte pas les histoires de la même manière, toi et moi, n'est-ce pas ?

Je ne t'ai plus adressé la parole, mais ça ne t'a pas empêchée de m'appeler. Tu me laissais des petits messages bizarres pour me parler de ton travail, de ta fille, d'un prix remporté ou d'une distinction reçue. Tu ne disais jamais où tu étais, ni avec qui, mais parfois j'entendais des bruits dans le fond, de la musique, des voitures, parfois des voix. Parfois j'effaçais tes messages, parfois je les sauvegardais. Parfois je les écoutais et les réécoutais, tellement de fois que même des années plus tard, je m'en souviens encore mot pour mot.

Parfois tu étais énigmatique, d'autres fois en colère ; tu ressassais de vieilles insultes, tu déterrais des disputes enfouies, tu pestais contre un affront de longue date. Le coup de l'obsession du suicide ! Un jour, dans le feu de l'action, agacée par tes fascinations morbides, je t'avais accusée d'être obsédée par le suicide, et tu n'avais plus jamais cessé de me le reprocher.

Parfois tu te faisais larmoyante, tu parlais de notre mère, de notre enfance, de ce bonheur perdu. D'autres fois tu étais enjouée, euphorique, surexcitée. « Viens au Vieux Moulin », tu m'implorais. « Allez, s'il te plaît ! Tu vas adorer. Allez, Julia, il est temps qu'on mette tout ça derrière nous. Ne sois pas bornée. Il est temps. » Alors, j'étais furieuse. *Il est temps !* Et pourquoi aurait-ce été à toi de décréter la fin des conflits ?

Tout ce que je voulais, c'était qu'on me laisse tranquille, c'était oublier Beckford, t'oublier, toi. Je m'étais façonné une vie à moi – plus petite que la tienne, bien sûr, comment aurait-il pu en être autrement ? Mais c'était la mienne. J'avais des amis, des relations amoureuses, même, un minuscule appartement dans une jolie banlieue du nord de Londres. Un boulot dans le social qui me donnait le sentiment d'accomplir des choses, qui m'épuisait mais m'épanouissait en dépit d'un maigre salaire et d'horaires contraignants.

Je voulais qu'on me laisse tranquille mais tu n'étais pas d'accord. Deux fois par mois ou deux fois par an, tu m'appelais, et tu me perturbais, tu me déstabilisais, tu me bouleversais. Comme toujours, en fin de compte, car ce n'était que la version adulte de tes jeux d'autrefois. Et tout ce temps-là, moi, j'attendais, j'attendais l'appel auquel je pourrais enfin répondre, celui où tu m'expliquerais pourquoi tu avais agi ainsi quand nous étions plus jeunes, comment tu avais pu me faire tant de mal, comment tu avais pu ne rien faire pendant qu'on me faisait du mal. Une partie de moi aurait voulu avoir une conversation avec toi, mais pas tant que tu ne m'avais pas dit que tu étais désolée, pas tant que tu ne m'avais pas suppliée de te pardonner. Ces excuses ne sont jamais arrivées, et je les attends toujours.

J'ai ouvert le premier tiroir de la table de chevet. Dedans, des cartes postales vierges (des images d'endroits que tu as visités, peut-être ?), des préservatifs, du lubrifiant, un briquet ancien en argent avec les initiales « LS » gravées sur un côté. LS. Un amant ? J'ai examiné la pièce à nouveau et je me suis soudain rendu compte qu'il n'y avait aucune photo d'homme dans toute la maison. Ni à l'étage, ni en bas. Même les tableaux ne représentaient presque que des femmes. Et dans tes messages, tu parlais de ton travail, de la maison, de Lena, mais tu ne mentionnais jamais d'hommes. Les hommes n'ont jamais paru avoir une grande importance pour toi.

Sauf un, n'est-ce pas ? Autrefois, il y a eu un garçon important pour toi. Quand, adolescente, tu faisais le mur la nuit, quand tu passais par la fenêtre de la buanderie pour te laisser tomber sur la berge de la rivière et que tu contournais la maison, de la boue jusqu'aux chevilles. Tu remontais la berge pour rejoindre la route, où il t'attendait. Robbie.

Repenser à Robbie, à toi et Robbie, c'est comme traverser le pont dans une voiture lancée à toute vitesse, le cœur dans la gorge. Robbie était grand, blond et large d'épaules, et il arborait en permanence un petit rictus hautain. Il lui suffisait de regarder une fille pour qu'elle perde tous ses moyens. Robbie Cannon. Le mâle alpha, le petit chef, brutal et méchant, qui sentait le déo Axe et le sexe. Tu l'aimais, disais-tu, mais je ne voyais pas vraiment où était l'amour dans tout ça. Vous passiez des grandes effusions aux échanges d'insultes, il n'y avait jamais d'entre-deux. Jamais un semblant de paix. Je ne me souviens pas qu'il y ait eu beaucoup de rires. Mais j'ai ce souvenir très vif de vous deux allongés sur la berge du bassin, l'un contre l'autre, les pieds dans l'eau, et de lui qui te fait rouler sous lui et qui enfonce tes épaules dans le sable.

Quelque chose dans cette image m'a secouée et m'a fait éprouver un sentiment depuis longtemps oublié. La honte. La honte sale et secrète du voyeur, teintée d'autre chose que je n'ai pas réussi à analyser. De toute façon je n'en avais pas envie. J'ai essayé d'ignorer cette image mais je me suis rappelé : ce n'était pas la seule fois où je vous avais espionnés.

Soudain mal à l'aise, je me suis levée de ton lit pour arpenter la pièce en regardant les photos. Il y en avait partout. Des cadres sur ta commode avec des images de toi bronzée, souriante, à Tokyo ou Buenos Aires, en vacances au ski ou à la plage, avec ta fille dans tes bras. Sur les murs, des reproductions encadrées des photos que tu as prises pour des couvertures de magazines, un article en une du *New York Times*, les récompenses que tu as reçues. Les voilà, les preuves de ton succès, les preuves que tu me dépassais en tout. Le travail, la beauté, la maternité, la vie. Et voilà que tu me dépasses à nouveau. Même pour ça, tu gagnes.

Une photo surtout m'a interpellée. C'était une image de toi et Lena – déjà plus un bébé, une petite fille, cinq ou six ans, peut-être plus, j'ai toujours été incapable de deviner l'âge des enfants. Elle souriait de ses petites dents blanches et il y avait quelque chose d'étrange, quelque chose qui m'a fait dresser les cheveux sur la tête ; quelque chose dans ses yeux, l'expression de son visage lui donnait un air de prédateur.

J'ai senti mon pouls s'emballer, le retour d'une vieille peur. Je me suis allongée sur le lit et me suis efforcée d'ignorer l'eau, mais même à l'étage avec les fenêtres fermées, on ne peut échapper au bruit. Je sentais l'eau qui poussait les murs de la maison, qui s'insinuait dans les fissures entre les briques, qui montait. Je la sentais dans ma bouche, boueuse et sale, je la sentais sur ma peau.

J'ai entendu un rire dans la maison, et on aurait dit le tien.

Août 1993

Jules

Maman m'avait acheté un nouveau maillot de bain un peu démodé, en vichy bleu et blanc, qui « offrait du maintien ». Il était censé faire années 1950, style Marilyn Monroe. Grosse, le teint cireux, je n'avais rien d'une Norma Jean, mais je l'ai tout de même enfilé parce que Maman s'était donné du mal pour le dénicher – ce n'était pas évident de trouver un maillot pour quelqu'un comme moi.

J'ai mis un short bleu et un immense tee-shirt blanc par-dessus. Quand Nel est descendue pour déjeuner, dans son mini short en jean et son haut de maillot en triangle, elle m'a examinée et a lâché :

« Tu vas à la rivière, cet après-midi ? »

Son ton était clair : elle n'avait aucune envie que je vienne, et quand elle a croisé le regard de Maman, elle a ajouté :

« Je te préviens, moi, je ne m'occupe pas d'elle. Je serai avec mes amis.

– Nel, sois gentille », a dit Maman.

Elle était en rémission, à cette période, tellement maigre qu'un coup de vent aurait pu la faire basculer, sa peau jadis hâlée était jaunie, comme du vieux papier, et Papa nous avait expressément ordonné, à Nel et moi, de « faire des efforts » pour nous entendre.

« Faire des efforts », ça voulait aussi dire « faire comme les autres », alors, oui, j'allais à la rivière. Tout le monde allait à la rivière, il n'y avait rien d'autre à faire ici. Des vacances à Beckford, ce n'était pas comme à la mer : il n'y avait ni fête foraine, ni salle d'arcade, pas même un minigolf. Il y avait l'eau, et c'était tout.

L'été avait commencé depuis quelques semaines et la routine s'était instaurée : tout le monde avait trouvé sa place et, maintenant que les touristes et les résidents s'étaient mélangés, que les amitiés et inimitiés s'étaient établies, les jeunes avaient pris l'habitude de se retrouver en petits groupes aux abords de la rivière. Les plus petits allaient nager au sud du Vieux Moulin, où l'eau était plus calme et où on pouvait attraper des poissons. Les rebelles se rendaient au cottage des Ward pour fumer de la drogue et coucher, jouer avec des planches de ouija et essayer de conjurer des esprits furieux (Nel m'avait raconté que si on regardait attentivement, on pouvait encore voir des traces du sang de Robert Ward sur les murs). Mais la plupart se retrouvaient près du bassin aux noyées. Les garçons sautaient du haut des rochers, les filles bronzaient sur la berge, on mettait de la musique et on faisait des barbecues. Il y avait toujours quelqu'un pour apporter des bières.

J'aurais préféré rester à la maison, à l'intérieur, à l'abri du soleil. J'aurais préféré m'allonger sur mon lit et lire, ou jouer aux cartes avec Maman, mais je ne voulais pas qu'elle s'inquiète pour moi, elle avait suffisamment à penser. Je voulais lui montrer que je pouvais être sociable et me faire des amis. Je pouvais être « comme les autres ».

Je savais que Nel ne voudrait pas que je vienne. Pour elle, plus je restais à l'intérieur, mieux c'était, parce qu'il y avait moins de risques que ses amis aperçoivent cette masse informe et honteuse : Julia, naze, grosse et moche. Nel était mal à l'aise en ma présence, elle marchait toujours à toute vitesse devant moi ou, au contraire, dix mètres derrière. Son embarras était tel qu'il finissait par attirer l'attention sur nous. Un jour, alors qu'on sortait de l'épicerie, elle et moi, j'ai entendu des garçons du village parler dans notre dos :

« C'est pas possible que ce gros tas soit la sœur de Nel Abbott, elle a forcément été adoptée ! »

Ils ont éclaté de rire. Je me suis tournée vers Nel pour qu'elle me réconforte mais, sur son visage, je n'ai lu que la honte.

Ce jour-là, je suis descendue toute seule à la rivière. J'avais pris un sac avec une serviette, un livre, une canette de Coca light et deux Snickers, au cas où j'aurais un creux dans l'après-midi. J'avais mal au ventre et mal au dos. J'avais envie de faire demi-tour, de retrouver le calme de ma petite chambre, sombre et fraîche, où je pourrais rester seule. Invisible.

J'ai étendu ma serviette sous les arbres et me suis assise à l'écart. Un peu plus loin était installé un groupe de filles, probablement de mon âge. Parmi elles, j'ai reconnu une fille des étés précédents. Elle m'a souri et je lui ai rendu son sourire. J'ai fait un petit coucou mais elle a détourné les yeux.

Les amies de Nel sont arrivées peu après et se sont installées sur la plage – le petit croissant de berge sablonneuse d'un côté du bassin. C'était le meilleur endroit où s'installer car la pente douce permettait de s'allonger sur le sable avec les pieds dans l'eau. Il y avait trois filles, deux qui habitaient Beckford et une autre, Jenny, qui venait d'Édimbourg. Elle avait un teint superbe, couleur ivoire, des cheveux noirs coupés au carré et, bien qu'écossaise, elle parlait avec un accent londonien très chic. Tous les garçons essayaient désespérément de sortir avec elle, parce qu'on racontait qu'elle était encore vierge.

Tous les garçons à part Robbie, bien sûr, qui n'avait d'yeux que pour Nel. Ils s'étaient rencontrés deux ans plus tôt alors qu'il avait dix-sept ans et elle quinze, et depuis, ils sortaient ensemble chaque été. Le reste de l'année, ils avaient le droit de fréquenter d'autres gens parce que ça n'aurait pas été réaliste de demander à Robbie d'être fidèle quand Nel n'était pas là. Robbie mesurait un mètre quatre-vingt-cinq, il était beau et populaire, c'était un bon joueur de rugby et ses parents avaient de l'argent.

Quand Nel passait du temps avec Robbie, elle revenait parfois avec des bleus sur les poignets ou en haut des bras. Si je lui demandais comment elle se les était faits, elle riait et répondait : À ton avis ?

Robbie me provoquait toujours une sensation bizarre au creux de l'estomac et, quand il était là, je n'arrêtais pas de l'observer.

J'avais beau essayer, je ne pouvais pas m'en empêcher. Il s'en était rendu compte au bout d'un moment et il s'était mis à me fixer lui aussi. Ça les faisait rire, lui et Nel, alors parfois il me regardait en se léchant les lèvres, et puis il éclatait de rire.

Les garçons sont arrivés en même temps que les filles, mais ils sont tout de suite allés nager. Ils remontaient sur la berge, se poussaient du haut des rochers, riaient et s'insultaient, se traitaient de pédé. On aurait dit que les choses se passaient toujours de la même façon : les filles s'asseyaient et patientaient pendant que les garçons faisaient les idiots, puis au bout d'un moment ils s'ennuyaient et venaient embêter les filles, et parfois les filles résistaient, parfois non. Toutes les filles sauf Nel, qui n'avait pas peur de plonger dans l'eau et de mouiller ses cheveux, qui raffolait du chahut des jeux des garçons et qui parvenait habilement à être un pote à part entière tout en restant un objet de désir.

Évidemment, je ne suis pas allée m'installer avec les amies de Nel.

Il faisait chaud. Si chaud que j'aurais bien aimé aller me baigner. Je pouvais parfaitement imaginer la sensation de l'eau claire et pure sur ma peau, je pouvais presque déjà sentir la boue tiède se glisser entre mes orteils, voir la lumière orange sur mes paupières si je faisais la planche en fermant les yeux. J'ai enlevé mon tee-shirt mais j'avais toujours aussi chaud. J'ai surpris Jenny qui me regardait, le nez froncé, et elle a vite baissé les yeux. Elle savait que j'avais vu son expression dégoûtée.

Je leur ai tourné le dos à tous, je me suis calée sur mon côté droit et j'ai ouvert mon livre. Je lisais *Le Maître des illusions*. Je rêvais d'un groupe d'amis aussi intelligents que ceux-là, un groupe soudé, qui ne compterait que sur lui-même. Je voulais quelqu'un à suivre, quelqu'un qui me protégerait, une amie dont on admirerait l'intellect plutôt que les jambes. Mais je savais bien que, s'il y avait eu des gens de la sorte ici ou dans mon école à Londres, ils n'auraient eu aucune envie d'être amis avec moi. Je n'étais pas bête, mais personne ne se retournait sur mon intelligence.

Tout le monde se retournait toujours sur Nel.

Elle est arrivée à la rivière dans l'après-midi. Je l'ai entendue appeler ses amis, j'ai entendu les garçons répondre du haut de la falaise où ils s'étaient assis pour fumer, les pieds dans le vide. Je l'ai observée par-dessus mon épaule : elle s'est déshabillée et est entrée lentement dans l'eau, en s'aspergeant peu à peu le corps, consciente et ravie d'attirer tous les regards.

Les garçons ont commencé à redescendre de la falaise par les bois. J'ai roulé sur le ventre en baissant la tête, les yeux braqués sur ma page alors que les mots s'y brouillaient. Je regrettais d'être venue, j'aurais voulu pouvoir disparaître et rentrer discrètement chez moi, mais rien de ce que je faisais ne pouvait être discret, rien. Mon énorme masse blanchâtre ne pouvait pas disparaître.

Les garçons avaient apporté un ballon et ils ont entamé une partie de foot. Je les entendais demander la passe, j'entendais le ballon frapper la surface de l'eau, les cris joyeux des filles qui se faisaient éclabousser. Puis je l'ai sentie, la gifle cinglante du ballon sur ma cuisse. Ils se sont tous mis à rire. Robbie s'est précipité vers moi pour récupérer le ballon, les mains en l'air.

«Désolé, désolé, il a dit avec un grand sourire. Désolé, Julia, j'ai pas fait exprès. »

Il a ramassé la balle et j'ai bien vu son regard s'attarder sur la marque rouge, sur la peau autour, pâle et marbrée. Quelqu'un a fait une blague, une histoire de grosse cible, c'est ça, t'arriverais pas à marquer un but même si t'étais tout seul sur le terrain, mais un cul de cette taille, tu peux pas le louper.

Je me suis à nouveau concentrée sur mon livre. Le ballon a tapé un arbre à moins d'un mètre de moi, et un garçon a crié :

« Désolé. »

Je les ai ignorés. Ça a recommencé. Encore. Je me suis retournée : c'était moi qu'ils visaient. Ils s'entraînaient à me tirer dessus. Les filles étaient pliées en deux, elles n'arrivaient plus à s'arrêter de rire, et Nel riait plus fort que tout le monde.

J'ai essayé de faire celle qui était au-dessus de tout ça.

« Ouais, super, j'ai dit, très drôle. C'est bon, vous pouvez arrêter. Allez, arrêtez ! »

Un autre garçon était déjà en train de tirer. Le ballon a foncé vers moi. J'ai voulu me protéger le visage et la balle m'a fouetté le bras violemment. Des larmes brûlantes dans les yeux, je me suis relevée et j'ai vu que les autres filles, les plus jeunes, regardaient aussi – l'une d'elles avait la main devant la bouche.

« Arrêtez ! elle a crié. Vous l'avez blessée, elle saigne. »

J'ai baissé les yeux. Un filet de sang coulait doucement de l'intérieur de ma cuisse vers mon genou. Mais ce n'était pas ça, je l'ai compris tout de suite, je n'étais pas blessée. Les crampes, le mal de dos, et puis j'avais été plus déprimée que d'habitude, cette semaine-là. Je saignais abondamment, pas juste quelques gouttes, mon short était déjà trempé. Et ils me regardaient, tous, ils me fixaient. Les filles avaient cessé de rire, elles se jetaient des coups d'œil, bouche bée, entre l'horreur et l'amusement. J'ai croisé le regard de Nel et elle a détourné les yeux, je pouvais presque la sentir tressaillir de dégoût. Elle était mortifiée. Elle avait honte de moi. J'ai remis mon tee-shirt aussi vite que j'ai pu, j'ai enroulé ma serviette autour de ma taille et j'ai regagné le chemin clopin-clopant. En partant, j'ai entendu les garçons éclater de rire.

Cette nuit-là, je suis allée dans l'eau. Il était tard, bien plus tard, et j'avais bu – ma première expérience avec l'alcool. D'autres choses s'étaient passées entre-temps. Robbie était venu me voir, venu me chercher, il s'était excusé de leur comportement, à ses amis et lui. Il m'avait dit qu'il était désolé, il avait mis son bras autour de mes épaules, il m'avait dit que je n'avais pas à avoir honte. Mais je suis quand même allée dans le bassin aux noyées, et Nel m'en a sortie. Elle m'a traînée jusqu'à la berge et m'a remise debout. Elle m'a giflée, fort.

« Sale conne ! T'es vraiment qu'une grosse conne ! Qu'est-ce que tu fais ? Qu'est-ce que t'essaies de faire, putain ? »

Patrick

L e cottage des Ward n'appartenait plus aux Ward depuis bientôt un siècle, mais il n'appartenait pas non plus à Patrick – à vrai dire, il ne semblait plus appartenir à personne. Patrick supposait qu'il était probablement la propriété de la municipalité, même si personne ne s'était jamais manifesté pour le récupérer. Quoi qu'il en soit, en tant que détenteur de la clé, Patrick s'en sentait propriétaire. Il payait les factures – minimes – d'eau et d'électricité, et c'est lui qui avait fait refaire la serrure plusieurs années auparavant, après que l'ancienne porte avait été forcée par des petits voyous. À présent, seuls lui et son fils, Sean, en avaient la clé, et Patrick s'assurait au quotidien du bon entretien de la maisonnette.

Seulement, il arrivait parfois que Patrick retrouve la porte déverrouillée, et il devait admettre qu'il ne se rappelait pas s'il l'avait bien fermée la fois d'avant. Depuis environ un an, il ressentait ainsi des moments de confusion qui le remplissaient d'une terreur glaçante qu'il refusait d'affronter. Parfois, il oubliait des mots ou des noms et il lui fallait très longtemps pour les retrouver. De vieux souvenirs refaisaient surface et venaient perturber sa tranquillité, des souvenirs violemment colorés et terriblement bruyants. Dans la périphérie de son champ de vision, des ombres s'agitaient.

Tous les jours, Patrick remontait la rivière. Cela faisait partie de sa routine : il se levait tôt, parcourait à pied les cinq kilomètres jusqu'au cottage, et parfois il prenait une heure ou deux pour pêcher. Mais ces derniers temps, il avait quelque peu trahi ses habitudes. Ce n'était pas seulement qu'il était fatigué et qu'il avait mal aux jambes, c'était surtout la volonté qui lui manquait, et certaines choses qu'il avait appréciées autrefois ne lui procuraient désormais plus le moindre plaisir. En revanche, il aimait toujours passer au cottage pour vérifier que tout allait bien, et quand ses jambes ne lui faisaient pas défaut, il prenait quelques heures pour faire l'aller et retour à pied. Ce matin, cependant, il se réveilla avec le mollet gauche enflé et particulièrement sensible, et la douleur refusa de se dissiper. Aussi décida-t-il de prendre la voiture.

Il sortit péniblement du lit, se doucha, s'habilla, et c'est alors qu'il se rappela avec une pointe d'irritation que sa voiture était toujours au garage – il avait complètement oublié de la récupérer la veille. Il traversa la cour en grommelant pour aller demander à sa belle-fille s'il pouvait lui emprunter la sienne.

Helen, la femme de Sean, était occupée à passer la serpillière dans la cuisine. En période scolaire, elle aurait été déjà partie – en tant que directrice du collège, elle mettait un point d'honneur à se trouver à son bureau à 7h30 tous les matins. Mais même pendant les vacances, elle n'était pas du genre à faire la grasse matinée. Flâner n'était pas dans sa nature.

« Tu es levée tôt », commenta Patrick en entrant dans la cuisine.

Elle sourit en le voyant. Avec ses petites rides au bord des yeux et les touches de gris dans ses cheveux bruns coupés court, Helen faisait plus que ses trente-six ans. Patrick songea qu'elle avait également l'air très fatigué pour son âge.

« Je n'arrivais pas à dormir, expliqua-t-elle.

– Oh, mince. Je suis désolée, ma chérie.

– C'est comme ça, dit-elle en haussant les épaules avant de poser le manche du balai-brosse en équilibre contre le mur. Je vous fais couler un café, Papa ? »

C'était ainsi qu'elle l'appelait, maintenant. Au début, il avait trouvé cela bizarre, mais il s'y était fait ; il aimait bien le ton affectueux qu'elle prenait pour prononcer le mot. Il lui répondit

qu'il en voulait bien dans une Thermos, car il avait l'intention
d'aller faire un tour à la rivière.

« Vous ne comptez pas vous approcher du bassin, n'est-ce pas ?
Parce que je pense...

– Non, l'interrompit-il en secouant la tête. Bien sûr que non. »

Puis, après une pause :

« Et Sean, comment va-t-il, avec tout ça ? »

Elle haussa de nouveau les épaules.

« Vous le connaissez. Ce n'est pas un bavard. »

Sean et Helen habitaient la maison où Patrick avait jadis
vécu avec sa femme. Après la mort de celle-ci, Sean et Patrick y
étaient restés ensemble. Bien plus tard, après le mariage de Sean,
ils avaient retapé la vieille grange de l'autre côté de la cour et
Patrick s'y était installé. Sean avait protesté, arguant que c'était
à Helen et lui de déménager, mais Patrick n'avait rien voulu
entendre. Il tenait à ce qu'ils aient la maison. Il aimait ce sentiment de continuité, et il aimait cette petite communauté soudée
qu'ils formaient tous les trois – c'était comme s'ils vivaient dans
le village sans en faire totalement partie.

Quand il atteignit le cottage, Patrick constata immédiatement
qu'il y avait eu de la visite. Les rideaux étaient tirés et on avait
laissé la porte d'entrée entrouverte. À l'intérieur, il trouva le lit
défait. Des verres où subsistaient des traces de vin jonchaient
le sol et un préservatif flottait dans les toilettes. Le cendrier
débordait de mégots – des cigarettes roulées. Il en saisit un et
le renifla pour voir s'il en émanait une odeur de cannabis, mais
il ne sentit que le tabac froid. Il avisa également quelques vêtements éparpillés et diverses babioles – une chaussette bleue, un
collier de perles – qu'il fourra dans un sac en plastique. Il enleva
ensuite les draps, lava les verres dans l'évier, vida le cendrier
dans la poubelle, puis il sortit en prenant soin de fermer la porte
à clé derrière lui. Il porta le tout jusqu'à la voiture : il jeta les
draps en boule sur la banquette arrière, mit la poubelle dans le

coffre et rangea le sac plastique contenant les babioles dans la boîte à gants.

Il verrouilla la voiture et marcha jusqu'à la rivière, s'allumant une cigarette en chemin. Sa jambe le faisait toujours souffrir et sa poitrine se serra quand il avala la première bouffée et que la fumée chaude vint racler le fond de sa gorge. Il toussa et eut une pensée pour ses vieux poumons noircis et écorchés. Brusquement, il se sentit très triste. Cela lui arrivait, de temps en temps, un abattement violent et soudain qui lui donnait envie que tout soit fini. Tout. Il regarda la rivière et renifla. Il ne serait jamais de ceux qui cèdent à la tentation de se soumettre à l'eau, de se laisser submerger, balayer, mais il avait l'honnêteté de reconnaître que parfois même lui comprenait l'attrait du néant.

Quand il revint à la maison, c'était le milieu de la matinée et le soleil était déjà haut dans le ciel. Patrick vit la chatte tigrée que Helen nourrissait depuis quelque temps traverser la cour en direction du plant de romarin situé sous la fenêtre de la cuisine. Il remarqua qu'elle avait le dos légèrement arqué et le ventre gonflé. Elle attendait une portée. Il allait devoir intervenir.

Jeudi 13 août

Erin

Ce matin, à 4 heures, mes connards de voisins se sont mis à s'engueuler, alors j'ai décidé de sortir de mon appartement de merde pour aller courir dans Newcastle. J'étais tout habillée et prête à partir quand je me suis dit : Pourquoi courir ici alors que je pourrais courir là-bas ? Du coup, j'ai pris la route jusqu'à Beckford, je me suis garée sur le parking de l'église et j'ai emprunté le sentier qui longe la rivière.

Au début, ce n'est pas évident, mais une fois qu'on a dépassé le bassin, qu'on a franchi la colline et qu'on est redescendu de l'autre côté, le terrain devient beaucoup plus plat et c'est un bonheur pour l'amatrice de footing que je suis. Avant l'arrivée du soleil estival, la température est agréable ; tout est très calme, très beau, et surtout, il n'y a pas le moindre cycliste. Rien à voir avec les berges de Regent's Canal, à Londres, où je devais slalomer entre vélos et touristes.

Au bout de quelques kilomètres, la vallée s'élargit et on abandonne peu à peu la colline verte constellée de moutons. Le chemin est plat, caillouteux et bordé d'ajoncs, avec de-ci de-là un carré d'herbes folles. J'ai couru comme une acharnée, tête baissée, jusqu'à atteindre au bout d'environ deux kilomètres un petit cottage un peu à l'écart de la rivière, à proximité d'un bosquet de bouleaux.

J'ai ralenti pour reprendre mon souffle et je me suis approchée de la maisonnette isolée. Si elle ne semblait pas habitée, elle n'était pas pour autant abandonnée. Il y avait des rideaux aux fenêtres – partiellement tirés – et les vitres étaient propres. J'ai jeté un œil à l'intérieur : j'ai vu un petit salon où trônaient deux fauteuils verts encadrant une table basse. J'ai essayé d'ouvrir la porte mais elle était fermée à clé, alors je me suis assise à l'ombre, sur le perron, et j'ai bu d'un trait une bonne partie de ma bouteille d'eau. Les jambes tendues devant moi, j'ai fait travailler mes chevilles et j'ai attendu que mon rythme cardiaque ralentisse. Au bas de l'encadrement de la porte, j'ai remarqué un nom gravé dans le bois – « Annie la Folle » – avec une petite tête de mort dessinée à côté.

Dans les arbres derrière moi, quelques corbeaux se disputaient, mais à part ça et le bêlement occasionnel de quelque mouton, la vallée était parfaitement silencieuse. Intacte. J'ai beau me considérer à cent pour cent comme une fille de la ville, je dois admettre que cet endroit – aussi bizarre soit-il – possède un vrai pouvoir d'attraction.

L'inspecteur en chef Townsend a commencé le briefing peu après 9 heures. Nous n'étions pas très nombreux – quelques agents qui avaient interrogé le voisinage, la jeune Callie, l'expert chevelu et moi-même. Townsend avait vu le légiste pour les résultats de l'autopsie, mais il n'y avait rien d'inattendu. Nel avait frappé les rochers au cours de sa chute et était décédée instantanément – il n'y avait pas d'eau dans ses poumons, signe qu'elle ne s'était pas noyée et que tout était déjà fini quand elle avait atteint la surface du bassin. Elle ne présentait aucune lésion que sa chute n'aurait pu expliquer – aucune griffure, aucun hématome suspect. Les examens sanguins révélaient par ailleurs un taux d'alcoolémie assez conséquent – l'équivalent de trois ou quatre verres.

Callie nous a fait le compte-rendu de l'enquête de voisinage quoiqu'il n'y eût pas grand-chose à dire. On savait que Nel était passée rapidement au pub le dimanche soir et qu'elle était repartie aux alentours de 19 heures. On savait qu'elle était au Vieux Moulin jusqu'à au moins 22 h 30, heure à laquelle Lena était allée se coucher. Personne n'avait signalé l'avoir vue après ça. Et personne n'avait évoqué une éventuelle dispute à laquelle elle aurait pris part récemment, même s'il était largement admis qu'elle n'était pas très appréciée à Beckford. Les habitants n'aimaient pas l'attitude orgueilleuse de cette étrangère qui débarquait dans leur ville et se croyait habilitée à raconter leur histoire. Mais pour qui se prenait-elle ?

Le chevelu avait fouillé la boîte mail de Nel – apparemment, elle avait créé une adresse pour son grand projet et avait invité les gens à lui envoyer leurs histoires. Elle avait surtout reçu des courriers d'insultes.

« … Même si malheureusement, je ne peux pas dire que ce soit bien pire que ce que reçoivent au quotidien bon nombre de femmes, a-t-il déclaré en m'adressant un haussement d'épaules désolé, comme s'il était personnellement responsable de tous les crétins misogynes qui rôdaient sur la Toile. Nous allons évidemment continuer à suivre cette piste, mais… »

La suite du briefing du chevelu était en revanche beaucoup plus intéressante. Pour commencer, il nous a démontré que Jules Abbott avait menti : le téléphone portable de Nel n'avait toujours pas été retrouvé, mais les relevés indiquaient que si elle utilisait rarement son portable, elle avait tout de même passé onze appels à sa sœur au cours des trois derniers mois. La plupart des appels avaient duré moins d'une minute, certains deux ou trois ; bref, ce n'était jamais très long, mais elle ne s'était pas non plus fait raccrocher au nez.

Le chevelu avait également déterminé l'heure précise du décès. L'appareil photo installé sur les rochers – celui qui n'avait pas été cassé – avait enregistré quelque chose. Rien de très précis ni de très révélateur, seulement un mouvement flou dans le noir suivi d'une gerbe d'éclaboussures. D'après l'appareil, Nel était tombée à 2 h 31.

Mais il avait gardé le meilleur pour la fin.

« On a relevé une empreinte sur l'autre boîtier, celui qui est cassé. Elle ne correspond à personne dans nos fichiers, mais on pourrait peut-être demander aux habitants de passer au commissariat afin d'être officiellement mis hors de cause, non ? »

Townsend a acquiescé.

« Je sais que cet appareil photo a déjà été vandalisé par le passé, a poursuivi le chevelu, et ce n'est donc pas dit que cette piste nous mènera quelque part, mais...

– Peu importe, l'a coupé Townsend. On va l'explorer quand même. Erin, vous vous chargez de ça. De mon côté, je vais aller interroger Julia Abbott au sujet de ces mystérieux coups de téléphone. »

Il s'est levé, puis il a croisé les bras et baissé la tête avant d'ajouter d'une voix grave :

« Je préfère tous vous prévenir, j'ai eu le commandant au téléphone ce matin... »

Il a poussé un profond soupir et on s'est tous regardés. On avait compris.

« ... Étant donné les résultats d'autopsie et le fait qu'aucun élément ne semble indiquer une quelconque altercation sur cette falaise, nous avons ordre de ne pas, je cite, "gaspiller de ressources pour une affaire de suicide ou de mort accidentelle". Donc, bon. Je sais qu'on a encore du boulot, mais on va devoir le faire vite et efficacement, parce qu'on ne va pas nous laisser beaucoup de temps. »

Ce n'était pas vraiment une surprise. J'ai repensé à ma conversation avec le superintendant le jour où il m'avait mise sur l'affaire – « c'est presque sûr que ce sera un suicide ». Apparemment, par ici, quand on est presque sûr, on clôt le dossier.

Et moi, ça ne me plaisait pas. Ça ne me plaisait pas qu'on ait retrouvé deux femmes dans la rivière en l'espace d'à peine quelques mois – deux femmes qui, de surcroît, se connaissaient. Elles étaient liées, par la question du « où » et par la question du « qui ». Elles étaient liées par Lena : meilleure amie de l'une, fille de l'autre. Lena, la dernière personne à avoir vu sa mère en vie, et la première à affirmer que tout ça – pas seulement la mort de sa mère, mais tout le mystère qui l'entourait – était « ce qu'elle voulait ». Comment une enfant pouvait-elle penser une chose pareille ?

J'en ai fait part à l'inspecteur en chef alors qu'on sortait du commissariat. Il m'a jeté un regard mauvais et a dit :

« Dieu sait ce qui se passe dans la tête de cette fille. J'imagine qu'elle a besoin de trouver un sens à ce qui s'est passé. Qu'elle… »

Il s'est interrompu. Une femme marchait vers nous – se traînait, plutôt – en marmonnant quelque chose. Elle portait un long manteau noir malgré la chaleur, sa chevelure grise était parsemée de mèches violettes et elle avait du vernis sombre sur les ongles. On aurait dit une gothique sur le retour.

« Bonjour, Nickie », a dit Townsend.

La femme s'est tournée vers lui, puis vers moi, en fronçant ses sourcils broussailleux.

« Hmm, elle a grogné – certainement sa manière de nous saluer. On se rapproche, alors ?

– On se rapproche de quoi, Nickie ?

– De savoir qui l'a fait ! elle a postillonné. De savoir qui a poussé cette pauvre femme.

– Cette pauvre femme ? j'ai répété. Vous voulez parler de Danielle Abbott ? Auriez-vous des informations susceptibles de nous intéresser, madame… euh… »

Elle m'a lancé un regard noir, puis s'est tournée vers Townsend.

« Qui c'est, celle-là ? elle a demandé en me désignant du pouce.

– Il s'agit du sergent Morgan, il a répondu d'un ton neutre. Est-ce que vous avez quelque chose à nous dire, Nickie ? Au sujet de l'autre nuit ? »

Elle a de nouveau grogné avant de répondre :

« Je n'ai rien vu, et même si j'avais vu quelque chose, ce n'est certainement pas à vous que j'irais en parler. »

Puis elle est repartie de sa démarche traînante, en grommelant.

« Qu'est-ce que vous en pensez ? j'ai demandé à Townsend. On la convoque au commissariat pour l'interroger ?

– Je ne prendrais pas Nickie Sage trop au sérieux, à votre place, il a répondu en secouant la tête. C'est loin d'être la personne la plus fiable.

– Ah bon ?

– Elle se prétend voyante, elle dit qu'elle parle aux morts. On a déjà eu quelques problèmes avec elle, par le passé, des histoires de fraude... Elle raconte aussi qu'elle est la descendante d'une femme qui a été assassinée ici par des chasseurs de sorcières. Bref, elle est folle à lier. »

Jules

J'étais dans la cuisine quand on a sonné. Par la vitre, j'ai entraperçu l'inspecteur Townsend sur les marches du perron, qui regardait vers les fenêtres du premier étage. Lena est arrivée avant moi à la porte et lui a ouvert.

« Salut, Sean. »

Il l'a frôlée en entrant, il a regardé (il a forcément regardé) son short en jean et son tee-shirt des Rolling Stones avec la langue tirée. J'ai serré la main qu'il me tendait ; il avait les paumes sèches mais sa peau luisait comme s'il avait de la fièvre, et il avait des cernes gris sous les yeux. Lena l'a observé, soupçonneuse, et s'est mise à se mordiller un ongle.

Je l'ai emmené dans la cuisine, Lena sur nos talons. Lui et moi nous sommes installés à la table en chêne, Lena s'est appuyée contre le plan de travail, elle a croisé les jambes, décroisé, recroisé.

Townsend avait les yeux baissés. Il a toussé, puis s'est frotté le poignet avec son autre main.

« Nous avons eu les résultats de l'autopsie, a-t-il annoncé doucement, avec un coup d'œil vers Lena avant de se tourner vers moi. Nel a été tuée par l'impact. Rien n'indique qu'il y ait eu quelqu'un d'autre d'impliqué. Elle avait de l'alcool dans le sang. »

Il a encore baissé la voix.

« Suffisamment pour fausser son jugement... Ou lui faire perdre l'équilibre. »

Lena a laissé échapper un long soupir tremblant. L'inspecteur scrutait ses mains, désormais croisées sur la table.

« Mais... Nel était aussi à l'aise qu'un chamois, sur cette falaise, ai-je commenté. Et elle tenait très bien l'alcool. Elle aurait pu boire une bouteille entière sans que cela... »

Il a hoché la tête.

« Peut-être, oui. Mais de nuit, là-haut...

– Ce n'était pas un accident, est sèchement intervenue Lena.

– Elle n'a pas sauté », ai-je répliqué sur le même ton.

Lena m'a jeté un regard farouche, une grimace de mépris aux lèvres.

« Et qu'est-ce que tu en sais, toi ? a-t-elle craché avant de se tourner vers l'inspecteur. Tu sais qu'elle t'a menti ? Elle a menti quand elle a dit qu'elle n'était plus en contact avec ma mère. Maman a essayé de l'appeler je ne sais pas combien de fois, plein de fois. Mais elle, elle n'a jamais répondu, elle n'a jamais rappelé, elle ne... »

Elle s'est interrompue et s'est tournée vers moi.

« Elle est... Et qu'est-ce que tu es venue faire là, au juste ? Je ne veux pas de toi chez moi. »

Elle a quitté la pièce en trombe, claquant la porte derrière elle. Quelques secondes plus tard, on a entendu la porte de sa chambre claquer à son tour.

L'inspecteur en chef et moi sommes restés assis en silence. J'attendais qu'il se décide à me parler des appels téléphoniques mais il ne disait rien. Ses yeux étaient insondables, son visage sans expression. J'ai fini par demander :

« Vous ne trouvez pas ça étrange, vous, qu'elle soit aussi intimement persuadée que Nel a fait ça délibérément ? »

Il s'est tourné vers moi, la tête inclinée sur le côté. Mais toujours sans rien dire.

« Vous n'avez vraiment aucun suspect, dans cette enquête ? Je veux dire... On dirait que personne n'en a rien à faire qu'elle soit morte.

– Alors que vous, si ? a-t-il répondu d'un ton égal.

– Qu'est-ce que c'est que cette question ? »

J'ai senti la chaleur me monter au visage. Je savais ce qui allait suivre.

« Mademoiselle Abbott... Julia.

– Jules. Appelez-moi Jules. »

J'essayais de gagner du temps, de retarder l'inévitable.

« Jules, a-t-il corrigé avant de se racler la gorge. Comme Lena l'a mentionné, bien que vous nous ayez dit n'avoir plus aucun contact avec votre sœur depuis des années, les relevés téléphoniques de Nel révèlent que, rien qu'au cours des trois derniers mois, elle vous a appelé onze fois. »

Le visage rouge de honte, j'ai détourné les yeux.

« Onze fois ! il a répété. Pourquoi avez-vous menti ? »

(*Elle passe son temps à mentir*, tu as murmuré, sinistre. *À mentir, à raconter des histoires.*)

« Je ne vous ai pas menti. Je ne lui parlais jamais. C'est exactement ce que Lena vous a dit : elle me laissait des messages mais je ne la rappelais jamais. Je ne vous ai pas menti. »

Même moi, je me trouvais peu crédible, à me répéter ainsi.

« Écoutez, ne me demandez pas de vous expliquer parce que c'est impossible à comprendre pour quelqu'un d'extérieur. Nel et moi, nous avions des problèmes qui remontaient à des années, mais qui n'ont rien à voir avec ce qui s'est passé ici.

– Qu'en savez-vous ? Si vous refusiez de lui parler, comment savez-vous que ça n'a rien à voir ?

– C'est juste... Tenez, ai-je dit en lui tendant mon téléphone portable. Prenez-le, écoutez vous-même. »

Mes mains tremblaient et, quand il a pris le téléphone, j'ai vu que les siennes aussi. Il a écouté ton dernier message.

« Pourquoi ne l'avez-vous pas rappelée ? a-t-il demandé avec comme de la déception sur le visage. Elle semblait inquiète, vous ne trouvez pas ?

– Non, je... Je ne sais pas. Elle est fidèle à elle-même, dans ce message. Parfois, elle était joyeuse, parfois triste, parfois en colère, et il lui est arrivé plus d'une fois de m'appeler alors qu'elle était ivre… Et ça n'avait pas de signification particulière. Vous ne la connaissez pas.

– Les autres appels, a-t-il repris d'une voix plus dure. Vous avez encore les messages ? »

Je ne les avais pas tous conservés, mais il a écouté ceux que j'avais sauvegardés, le téléphone serré entre ses jointures toutes blanches. À la fin, il m'a rendu le téléphone.

« N'effacez aucun de ces messages. Nous devrons probablement les réécouter. »

Il a repoussé sa chaise, s'est levé et je l'ai suivi dans l'entrée. Arrivé à la porte, il s'est retourné vers moi.

« Je dois dire que je trouve cela étrange que vous n'ayez pas répondu. Que vous n'ayez pas cherché à savoir pourquoi elle vous avait laissé un message aussi pressant.

– Je croyais qu'elle voulait simplement attirer mon attention », ai-je répondu à voix basse.

Il s'est éloigné. Ce n'est qu'une fois la porte refermée derrière lui que je me suis rappelé. Je l'ai rattrapé dehors.

« Inspecteur Townsend ! Il y avait un bracelet, le bracelet de ma mère. Nel le portait en permanence. Vous l'avez trouvé ? »

Il a secoué la tête et s'est à nouveau tourné vers moi.

« Nous n'avons rien trouvé de ce genre, non. Lena a dit au sergent Morgan que Nel le portait souvent, mais pas forcément tous les jours. Ceci dit, a-t-il ajouté en baissant la tête, j'imagine que vous ne pouviez pas le savoir. »

Il a jeté un coup d'œil vers la maison avant de monter dans sa voiture pour redescendre doucement l'allée en marche arrière.

Jules

Alors ça y est. Voilà que c'est de ma faute. Tu as vraiment un don, hein, Nel ? Tu es morte, peut-être assassinée, je n'étais même pas là et c'est moi que tout le monde pointe du doigt ! Je me suis sentie irritable comme si j'étais retombée en adolescence. J'avais envie de leur hurler dessus, à tous : en quoi suis-je responsable de tout ça ?

Après le départ de l'inspecteur, je suis rentrée dans la maison d'un pas lent et, quand j'ai croisé mon reflet dans le miroir de l'entrée, j'ai eu la surprise de t'y voir (plus âgée, moins jolie, mais toujours toi). J'ai eu comme un accroc dans la poitrine et je suis allée dans la cuisine pour pleurer. Si je n'ai pas été à la hauteur, il faut que je comprenne en quoi. Je ne t'aimais pas, mais je ne peux pas accepter qu'on t'abandonne ainsi, qu'on te néglige. Je veux savoir si on t'a fait du mal et pourquoi, et je veux faire payer le coupable. Je veux mettre fin à tout cela, et peut-être qu'alors tu arrêteras de me murmurer à l'oreille que tu n'as *pas sauté, pas sauté, pas sauté*. Je te crois, d'accord ? Et (*allez, dis-le*) je veux m'assurer que je ne risque rien. Que personne ne va s'en prendre à moi. Je veux m'assurer que cette enfant que je vais devoir prendre sous mon aile n'est bien que cela : une enfant innocente, et non autre chose. Autre chose de dangereux.

Je n'arrête pas de revoir le regard que Lena a lancé à Townsend, le ton de sa voix quand elle l'a appelé Sean (et elle le tutoie ?), la façon dont il l'a regardée. Je me suis demandé si elle leur avait dit la vérité au sujet du bracelet. Ça ne me paraissait pas plausible tant tu avais été rapide à le réclamer, à t'en emparer. Bien sûr, il est tout à fait possible que tu aies insisté pour l'avoir uniquement parce que tu savais à quel point je le voulais. Quand tu l'as trouvé parmi les affaires de Maman et que tu l'as glissé à ton poignet, je suis allée m'en plaindre à Papa (eh oui, toujours à raconter des histoires). Je lui ai demandé : Pourquoi ce serait elle qui le prendrait ? Et tu as répondu : Pourquoi pas ? C'est moi l'aînée. Quand il a quitté la pièce, tu l'as admiré à ton poignet en souriant. Il me va bien, tu as dit. Tu ne trouves pas ? Puis tu as pincé le gras sur mon avant-bras et tu as ajouté : De toute façon, avec ton bras potelé, tu n'arriverais pas à le fermer.

Je me suis essuyé les yeux. Tu me blessais souvent ainsi, la cruauté avait toujours été ton arme de choix. Certaines railleries – j'étais grosse, j'étais lente, j'étais ennuyeuse – étaient faciles à ignorer. D'autres (*Allez, Julia... Dis-moi la vérité. Au fond, est-ce que tu as aimé ça ?*) étaient comme des barbelés fichés dans ma chair, impossibles à extraire sans rouvrir les plaies sanglantes en dessous. Cette dernière, susurrée d'une voix pâteuse dans mon oreille le jour où on avait enterré notre mère... Oh, j'aurais pu t'étrangler à mains nues pour ces mots, et sans regret. Et si c'était l'effet que tu me faisais, à moi, si tu étais capable de me faire ressentir ça, chez qui d'autre avais-tu pu éveiller des envies de meurtre ?

Dans les entrailles de la maison, dans ton bureau, je me suis mise à éplucher tes papiers. J'ai commencé par les documents matériels : dans les meubles à tiroirs en bois contre le mur, j'ai trouvé vos dossiers médicaux ainsi que l'acte de naissance de Lena, qui ne mentionnait pas le nom du père. Je m'en doutais avant de le voir, bien sûr, car c'était un de tes mystères, un des secrets que tu gardais jalousement. Mais alors, Lena elle-même l'ignorait ? (J'ai bien été obligée de me demander, un peu cruellement, si toi aussi tu l'ignorais.)

Il y avait des bulletins scolaires de l'école Montessori de Park Slope, à Brooklyn, d'autres de l'école primaire et du collège de Beckford. L'acte de propriété du Vieux Moulin, une police d'assurance-vie (dont Lena était bénéficiaire), des relevés bancaires, des comptes de placement. Tous les débris ordinaires d'une vie plutôt bien ordonnée, sans secrets ni terrible vérité à divulguer.

Dans les tiroirs du bas, j'ai trouvé les dossiers qui concernaient le « projet » : des boîtes pleines de photos imprimées sur du papier brouillon, des pages de notes, certaines imprimées, d'autres rédigées avec tes pattes de mouche, à l'encre bleue et verte, des mots barrés, d'autres en majuscules, d'autres soulignés, comme des délires conspirationnistes ou les divagations d'une folle. Contrairement à tes dossiers administratifs, rien n'était en ordre dans ceux-là, tout était mélangé. Comme si quelqu'un avait fouillé dans tes affaires à la recherche de quelque chose. J'ai soudain eu la chair de poule et ma bouche s'est asséchée. Évidemment. La police était déjà passée par là. Ils avaient ton ordinateur, mais ils avaient forcément fouillé ici aussi – peut-être à la recherche d'une lettre d'adieu.

J'ai feuilleté les photos dans le premier carton. On y voyait surtout le bassin, les rochers, la petite plage. Tu avais inscrit des codes indéchiffrables sur la bordure de certaines. Il y avait aussi des photos de Beckford : ses rues et ses maisons, les jolies bâtisses en pierre et les nouvelles, plutôt laides. On en retrouvait une en particulier sur de nombreux clichés : une maison mitoyenne assez banale, qui datait probablement du début du siècle dernier, avec des rideaux sales à moitié tirés. J'ai aussi trouvé des photos du bourg, du pont, du pub, de l'église, du cimetière, de la tombe de Libby Seeton.

Pauvre Libby. Quand tu étais petite, tu étais obsédée par cette fille. Moi, je détestais cette histoire, trop triste et trop cruelle, mais tu demandais sans cesse à l'entendre à nouveau. Tu voulais entendre comment Libby, encore une enfant à l'époque, avait pu se retrouver amenée jusqu'à l'eau, accusée de sorcellerie. Pourquoi ? je demandais, et notre mère expliquait : Parce que sa tante et elle connaissaient les herbes et les plantes, et qu'elles savaient fabriquer des remèdes. Cela me semblait idiot comme raison, mais les histoires des adultes étaient pleines de pareilles cruautés idiotes : des petits enfants qu'on empêchait de franchir la grille de l'école parce que leur peau n'était pas de la bonne couleur, des gens battus ou tués parce qu'ils vénéraient le mauvais dieu. Plus tard, tu m'avais raconté que ce n'était pas une question de remèdes, mais que c'était parce que Libby avait séduit (et tu m'avais expliqué le mot) un homme plus âgé et l'avait persuadé de quitter sa femme et son enfant. Cela n'avait rien de péjoratif à tes yeux : au contraire, c'était un signe de son pouvoir.

Un jour, quand tu étais petite, six ou sept ans, tu as insisté pour aller au bassin vêtue d'une vieille jupe de Maman. Elle traînait par terre sur le chemin, bien que tu l'aies remontée jusque sous ton menton. Tu as escaladé les rochers et tu t'es jetée dans l'eau pendant que je jouais sur la plage. Tu étais Libby : « Regarde, Maman ! Regarde ! À ton avis, je vais nager ou couler ? »

Je te revois là-haut, je revois l'excitation sur ton visage, je peux encore sentir la douce main de Maman dans la mienne et le sable chaud entre mes orteils tandis que nous t'observions. Mais ça n'a aucun sens : si tu avais six ou sept ans, alors j'en avais deux ou trois. Il est donc impossible que je me souvienne de cet épisode, si ?

J'ai repensé au briquet que j'ai trouvé dans ta table de chevet, aux initiales gravées dessus. *LS*. Pour Libby Seeton ? Vraiment, Nel ? Étais-tu à ce point obsédée par une fille morte depuis trois cents ans pour avoir fait graver ses initiales sur un objet à toi ? Peut-être que non. Peut-être que ce n'était pas de l'obsession. Peut-être que tu aimais simplement l'idée de pouvoir la tenir au creux de ta main.

Je me suis replongée dans tes dossiers pour chercher d'autres informations sur Libby. J'ai trié des pages que tu avais imprimées, du texte, des photos et des articles de journaux, des coupures de magazines, découvrant çà et là tes gribouillis grossiers sur le bord des pages, souvent illisibles, rarement intelligibles. Il y avait des noms que j'avais déjà entendus, d'autres non : Libby et Mary, Anne, Katie, Ginny et Lauren, et là, en haut du passage consacré à Lauren, à l'encre noire épaisse, tu avais écrit : *Beckford n'est pas un lieu à suicide. Beckford est l'endroit où l'on se débarrasse des femmes à problèmes.*

Le Bassin aux noyées

Libby, 1679

Hier, ils ont dit que ce serait demain, ce sera donc aujourd'hui. Elle sait qu'il n'y en a plus pour longtemps. Ils vont l'emmener jusqu'à l'eau pour la faire nager. Et elle le désire, elle l'appelle, elle n'attend que cela. Elle en a assez de se sentir si sale, assez des démangeaisons sur sa peau. Elle sait que ce ne sera pas d'une grande aide pour ses plaies, désormais putrides et malodorantes. Il lui faut des baies de sureau, ou peut-être des fleurs de souci, elle ignore ce qui conviendrait le mieux, elle ignore s'il est déjà trop tard. Tante May saurait, elle, mais elle ne peut plus l'aider – ils l'ont pendue haut et court il y a huit mois de cela.

Libby aime l'eau, elle adore la rivière, bien qu'elle craigne ses profondeurs. À cette période, elle sera glaciale – au moins, cela la débarrassera des insectes. Ils lui ont rasé la tête dès qu'ils l'ont arrêtée, mais les cheveux ont commencé à repousser, et elle a des bestioles qui grouillent partout, qui s'insinuent en elle, elle les sent dans ses oreilles, au coin de ses yeux et entre ses jambes. Elle se gratte jusqu'à s'en faire saigner. Cela fera du bien d'être lavée de tout ça, de l'odeur du sang, d'elle-même.

Le matin, ils viennent. Deux hommes, jeunes, la main ferme et le verbe brutal – elle a déjà goûté à leurs poings. Plus maintenant, ils font attention depuis qu'ils ont entendu ce que l'homme racontait, celui qui l'a vue dans la forêt avec le diable entre ses jambes écartées. Ils rient, ils la giflent, mais ils ont *peur d'elle, aussi. De toute façon, elle ne ressemble plus à grand-chose désormais.*

Elle se demande s'il viendra regarder, et ce qu'il pensera. Il fut un temps où il la trouvait belle, mais à présent, elle a les dents qui pourrissent et la peau mouchetée de bleu et de violet, comme si elle était déjà à moitié morte.

Ils l'emmènent à Beckford, là où la rivière fait un coude autour de la falaise avant de ralentir, plus lente, plus profonde. C'est là qu'elle nagera.

C'est l'automne et un vent froid s'est levé, mais le soleil brille, et elle se sent soudain honteuse de se retrouver ainsi dénudée, en pleine lumière, devant les hommes et les femmes du village. Elle croit entendre des cris étouffés, d'horreur ou de surprise, lorsqu'ils découvrent à quoi ressemble maintenant la jolie petite Libby Seeton.

On l'a ligotée avec de grosses cordes, si rêches qu'elles font jaillir un sang rouge vif de ses poignets. Ils n'ont entravé que ses bras, ses jambes sont libres. Puis ils attachent une autre corde à sa taille, ainsi, si elle coule, ils pourront remonter son corps à la surface.

Quand ils l'amènent au bord de la rivière, elle se retourne pour le chercher du regard. Les enfants poussent des hurlements, persuadés qu'elle leur jette un sort, et les hommes la poussent dans l'eau. Le froid lui coupe la respiration. Un des hommes lui donne des coups de bâton dans le dos pour la faire avancer, toujours plus loin, jusqu'à ce qu'elle perde l'équilibre. Elle glisse et tombe dans l'eau.

Elle coule.

Le froid est si violent qu'elle en oublie où elle se trouve. Elle ouvre la bouche pour crier et avale de l'eau noire, elle étouffe, se débat, donne des coups de pied, mais elle est désorientée et ne sent plus le lit de la rivière sous elle.

La corde à sa taille se tend, mord dans sa chair, lacère sa peau.

Quand ils la ramènent sur la berge, elle est en pleurs.

« *Encore !* »

Quelqu'un réclame une deuxième ordalie. La voix d'une femme s'élève :

« *Elle a coulé ! s'écrie-t-elle. Ce n'est pas une sorcière, ce n'est qu'une enfant.*

– Encore ! Encore ! »

Les hommes l'attachent à nouveau – différemment, cette fois : le pouce gauche au gros orteil droit, le pouce droit au gros orteil gauche. La corde à sa taille. Cette fois, ils l'emmènent dans l'eau.

« *S'il vous plaît* », *supplie-t-elle.*

Elle n'est pas sûre de pouvoir affronter cela à nouveau, le noir et le froid. Elle veut retourner dans un foyer qui n'existe plus, à une époque où sa tante et elle s'asseyaient devant l'âtre pour se raconter des histoires. Elle veut retrouver son lit dans leur cottage, elle veut redevenir petite fille, respirer l'odeur du feu de bois, des roses et de la peau tiède de sa tante.

« *S'il vous plaît.* »

Elle coule. Quand ils la remontent sur la berge, la seconde fois, ses lèvres ont la couleur d'un hématome, et son souffle l'a quittée à jamais.

Nickie

Assise dans son fauteuil à côté de la fenêtre, Nickie regardait le soleil monter dans le ciel, dissipant les nappes de brume matinales qui s'accrochaient encore aux collines. Entre les températures caniculaires et les bavardages incessants de sa sœur, elle n'avait pas fermé l'œil de la nuit. Nickie n'aimait pas la chaleur. C'était une créature bâtie pour le froid : la famille de son père venait de l'archipel des Hébrides, au large de l'Écosse. Des Vikings. Les ancêtres de sa mère étaient eux originaires de l'est de l'Écosse et, plusieurs siècles auparavant, ils avaient dû fuir vers le sud pour échapper aux chasseurs de sorcières. Les gens de Beckford avaient beau ne pas la croire, ils avaient beau se moquer d'elle et la traiter avec mépris, Nickie savait qu'elle était issue d'une lignée de sorcières. Des Sage, elle pouvait d'ailleurs remonter directement jusqu'aux Seeton.

Une fois qu'elle se fut douchée et nourrie, Nickie se vêtit de noir – par respect – puis elle se rendit d'abord au bassin, parcourant le sentier de sa démarche traînante. Malgré les chênes et les hêtres qui déployaient sur elle une ombre bienvenue, elle sentait la transpiration lui piquer les yeux et s'accumuler à la base de sa nuque. Quand elle atteignit la petite plage côté sud, elle retira ses sandales et s'avança jusqu'à avoir de l'eau aux chevilles. Puis elle se pencha et s'aspergea le visage, le cou et les bras. Fut un temps où elle serait montée au sommet de la falaise pour rendre hommage à celles qui étaient tombées, celles qui avaient sauté et celles qu'on avait poussées, mais ses jambes n'en avaient plus la force et, quand elle devait s'adresser aux nageuses, elle le faisait dorénavant de la plage.

C'était d'ailleurs exactement à cet endroit qu'elle se trouvait la première fois qu'elle avait vu Nel Abbott, quelques années auparavant. Elle était occupée à faire sensiblement la même chose qu'aujourd'hui – se rafraîchir dans l'eau – quand elle avait aperçu une femme qui faisait les cent pas en haut de la falaise. En la regardant, Nickie avait ressenti une étrange démangeaison dans les paumes. Quelque chose de malfaisant, avait-elle songé. À un moment, la femme s'était accroupie, puis elle s'était mise à genoux et enfin, tel un serpent, elle avait rampé jusqu'au bord du précipice, laissant ses bras pendre dans le vide. La gorge serrée, Nickie avait crié. La femme avait alors tourné la tête dans sa direction puis, à la plus grande surprise de Nickie, elle avait agité la main pour la saluer, un sourire aux lèvres.

Après ça, Nickie l'avait régulièrement recroisée. Nel venait souvent au bassin pour prendre des photos, faire des croquis, noter des choses. Elle grimpait au sommet de la falaise à toute heure du jour ou de la nuit, qu'il pleuve ou qu'il vente. Une nuit, de sa fenêtre, Nickie avait ainsi vu Nel traverser le village en direction du bassin pendant une tempête de neige, avec des bourrasques à vous arracher la peau.

Parfois, Nickie la croisait sur le sentier et Nel ne réagissait pas, ne remarquait même pas sa présence, trop absorbée qu'elle était par sa tâche. Ce n'était pas pour déplaire à Nickie qui admirait une telle concentration, un tel sérieux dans le travail. Elle aimait également le dévouement de Nel à la rivière. Plus jeune, Nickie adorait s'y baigner, les matins d'été – une époque à présent révolue. Mais Nel ! Elle nageait à l'aube, au crépuscule, été comme hiver. Quoique, maintenant qu'elle y pensait, Nickie ne se souvenait pas l'avoir vue se baigner depuis plusieurs semaines. Voire plus. Elle essaya de retrouver la dernière fois qu'elle avait aperçu Nel dans l'eau, mais elle n'y parvint pas, à cause de sa sœur qui lui murmurait à l'oreille et l'empêchait de réfléchir.

Ah, si elle pouvait se taire !

Tout le monde pensait que Nickie était le mouton noir de la famille, mais la vérité, c'est que c'était sa sœur, Jeannie. Quand elles étaient petites, tout le monde disait que Jeannie était la plus sage, qu'elle obéissait, mais à dix-sept ans, elle avait surpris son monde en rejoignant les rangs de la police. La police ! Alors que leur père était mineur de fond. Une trahison – c'est ce qu'avait dit leur mère. Une trahison envers toute la famille, toute la communauté. À compter de ce jour, ses parents avaient coupé les ponts avec Jeannie et avaient exigé de Nickie qu'elle en fasse autant. Sauf qu'évidemment, elle en avait été incapable. Jeannie était sa petite sœur.

Le gros problème de Jeannie, c'est qu'elle ne savait jamais quand se taire. Après avoir démissionné de la police et avant de quitter Beckford, elle avait raconté à sa sœur une histoire qui lui avait fait se dresser les cheveux sur la tête, si bien que depuis, Nickie se mordait la langue et crachait par terre en marmonnant des invocations magiques chaque fois qu'elle croisait la route de Patrick Townsend.

Jusque-là, ça avait marché. Ça l'avait protégée. En revanche, on ne pouvait pas en dire autant pour Jeannie. Après l'affaire de Patrick et sa femme et toutes les histoires qui avaient suivi, Jeannie avait déménagé à Édimbourg où elle avait épousé un bon à rien avec qui elle avait sombré dans l'alcool. Elle était morte quinze ans plus tard. Mais Nickie la voyait encore de temps en temps, elle lui parlait. Plus fréquemment, ces derniers temps. Jeannie était redevenue d'humeur bavarde. Bruyante, insistante. Pénible.

Particulièrement depuis que Nel Abbott était allée nager. Jeannie se serait bien entendue avec Nel, elle se serait reconnue en elle. Nickie aussi l'aimait bien, elle aimait leurs conversations, et elle aimait le fait que Nel l'écoutait. Enfin, elle écoutait ses histoires, mais ce n'était pas pour autant qu'elle avait tenu compte de ses avertissements. Comme Jeannie, Nel ne savait pas quand se taire.

Parfois, après une grosse pluie par exemple, la rivière déborde. Elle avale la terre, la retourne et met au jour ce qu'on pensait perdu : les ossements d'un agneau, une botte d'enfant, une montre en or à demi enfoncée dans la vase, une paire de lunettes accrochée à une chaîne en argent. Un bracelet au fermoir cassé. Un couteau, un hameçon, un leurre de pêche. Des boîtes de conserve vides et des caddies de supermarché. Des débris. Des choses importantes et des choses insignifiantes. Et ce n'est pas grave, le monde est ainsi fait, la rivière est ainsi faite – elle peut fouiller dans le passé et recracher sur la berge ce qu'elle a exhumé, aux yeux de tous. La rivière le peut, mais pas les gens. Pas les femmes. Quand on se met à poser des questions et à placarder des annonces dans les magasins et les pubs, quand on commence à prendre des photos, à entrer en contact avec des journaux et à s'interroger sur les sorcières, les femmes et les âmes perdues, ce n'est pas des réponses que l'on cherche, mais des ennuis.

Nickie était bien placée pour le savoir.

Après s'être séché les pieds et avoir remis ses sandales, elle refit à allure d'escargot le chemin jusqu'au village. Quand elle gravit les marches et traversa le pont, il était dix heures passées. Ça allait bientôt commencer. Elle se rendit au magasin pour s'acheter un Coca-Cola, puis elle s'assit sur le banc qui faisait face à l'église. Elle ne comptait pas entrer – elle n'avait rien à faire dans une église –, mais elle voulait regarder. Regarder les proches de la défunte, les badauds, et tous les hypocrites.

Une fois installée, elle ferma les yeux – l'espace d'un instant, pensa-t-elle –, mais quand elle les rouvrit, ça avait commencé. Elle vit la jeune policière, la nouvelle, arpenter les lieux en tournant régulièrement la tête, à la manière d'un suricate. Une observatrice, elle aussi. Nickie vit les gens du pub (le propriétaire, son épouse et la jeune femme qui travaillait derrière le bar) ainsi que deux enseignants du collège (le gros qui s'habillait mal et celui qui était bel homme, et qui arborait pour l'occasion une paire de lunettes de soleil). Elle vit les trois Whittaker,

enveloppés de leur aura de malheur : le père tout voûté de chagrin, le fils qui avait peur de son ombre, et la mère, qui seule
semblait parvenir à relever la tête. Un petit groupe de jeunes
filles caquetant comme des oies et un homme marchant derrière
elles – un visage du passé, un visage hideux. Nickie le reconnut
sans toutefois parvenir à le remettre avec précision, à le fixer
dans son esprit. Elle était trop absorbée par la voiture bleu foncé
qui venait d'entrer sur le parking, par le picotement sur sa peau
et la sensation de courant d'air sur sa nuque. Elle vit d'abord
sortir la femme, Helen Townsend, par une des portières arrière,
aussi quelconque que d'habitude. Puis son mari descendit côté
conducteur, aussitôt imité côté passager par le vieux, Patrick,
raide comme la justice. Patrick Townsend : patriarche, pilier de
la communauté, ancien flic. Ordure. Nickie cracha par terre et
récita son invocation. Elle sentit qu'il se tournait vers elle, et
Jeannie murmura : *Baisse les yeux, Nickie.*

Nickie les regarda entrer, puis sortir une demi-heure plus
tard. Il y eut un semblant d'agitation à la porte, des gens qui se
bousculaient, qui se doublaient, puis il se passa quelque chose
entre l'enseignant beau garçon et Lena Abbott, quelques mots
échangés d'un ton vif. Nickie observait et elle voyait bien que
la policière observait, elle aussi. Quant à Sean Townsend, qui
dépassait la foule d'une bonne tête, il tâchait de maintenir un
semblant d'ordre. Mais un détail échappa à tout le monde. Un
peu comme ces tours de passe-passe où il suffit qu'on quitte la
boule rouge des yeux une fraction de seconde pour que tout se
retrouve complètement chamboulé.

Helen

Helen s'assit à la table de la cuisine et se mit à pleurer en silence, les épaules agitées de spasmes, les mains sur les genoux. Sean se méprit totalement sur le sens de ces larmes.

« Tu n'es pas obligée d'y aller, déclara-t-il en posant délicatement la main sur son épaule. Rien ne t'y force.

– Si, elle est obligée, intervint Patrick. Comme toi, comme moi – on est tous obligés d'y aller. Parce qu'on fait partie de ce village, de cette communauté. »

Helen hocha la tête et s'essuya les larmes avec le pouce, puis s'éclaircit la gorge.

« Bien sûr, déclara-t-elle. Bien sûr que je vais venir. »

Mais ce n'était pas à cause de l'enterrement qu'elle était bouleversée. Elle était bouleversée parce que ce matin, Patrick avait noyé la chatte tigrée dans la rivière. Il lui avait expliqué qu'elle était pleine et qu'ils ne pouvaient pas se permettre de se laisser envahir par les chats. Que ce serait trop d'embêtements. Il avait raison, évidemment, mais ça ne changeait rien. Helen s'était prise d'affection pour cette bête à moitié sauvage. Elle aimait la regarder traverser la cour chaque matin, renifler autour de la porte d'entrée en quête de quelque friandise, chasser paresseusement les abeilles qui bourdonnaient autour du plant de romarin. Y repenser fit de nouveau couler ses larmes.

Après que Sean fut monté à l'étage, elle se tourna vers Patrick.

« Vous n'étiez pas obligé de la noyer, dit-elle. J'aurais pu l'emmener chez le vétérinaire, il l'aurait endormie.

– Pas la peine, répondit Patrick d'un ton bourru. C'était la meilleure solution. Ça a été très rapide. »

Mais Helen voyait bien les profondes griffures sur les avant-bras de Patrick qui témoignaient de la violence du combat que la chatte avait livré. *C'est bien fait*, songea-t-elle, *j'espère qu'elle lui a fait mal*. Mais elle regretta aussitôt sa pensée, car évidemment, Patrick n'avait pas agi par cruauté.

« Il va falloir que je regarde ça de plus près, déclara-t-elle en indiquant les marques sur ses bras.

– Mais non, ça va, répondit-il en secouant la tête.

– Non, ça ne va pas, ça pourrait s'infecter. En plus, vous allez vous mettre du sang plein la chemise. »

Elle le fit asseoir à la table de la cuisine puis elle nettoya les plaies, les désinfecta et mit un pansement sur les plus profondes. Il ne la quitta pas du regard de toute l'opération, et elle songea qu'il devait avoir un peu de remords, car quand elle eut fini, il lui embrassa la main et lui dit :

« Tu es une bonne petite. »

Elle se leva et alla se planter devant l'évier où elle resta de longues secondes, les mains posées sur le plan de travail, les yeux fixant sans les voir les carreaux de la crédence baignés de soleil. Elle se mordit la lèvre.

Patrick soupira, et quand il reprit la parole, sa voix avait retrouvé de la douceur.

« Écoute, ma chérie, je sais que ce n'est pas évident pour toi. J'en ai conscience. Mais il faut qu'on y aille et qu'on se montre soudés – on est une famille, pas vrai ? C'est notre rôle de soutenir Sean. On n'y va pas pour la pleurer, elle, mais pour mettre toute cette histoire derrière nous. »

Helen ne savait pas si c'était à cause des mots qu'il venait de prononcer, mais elle eut soudain la chair de poule.

« Patrick…, commença-t-elle en se tournant vers lui. Papa. Il faut que je vous parle de la voiture, de… »

Elle entendit Sean descendre bruyamment l'escalier – il dévalait les marches quatre à quatre.

«Que tu me parles de quoi?

– Rien, répondit-elle avant de secouer la tête. Ça n'a pas d'importance. »

Elle monta se laver le visage, puis elle enfila le tailleur-pantalon gris foncé qu'elle réservait d'ordinaire aux conseils d'établissement. Elle se peigna tout en s'efforçant de ne pas croiser son regard dans le miroir. Elle ne voulait pas admettre qu'elle avait peur, et elle ne voulait surtout pas affronter l'objet de sa peur. Elle avait découvert des choses dans la boîte à gants de la voiture, des choses qu'elle n'avait pas pu expliquer, et justement, elle n'était pas sûre de vouloir une explication. Elle avait tout récupéré et tout caché – bêtement, comme une enfant – sous son lit.

«Tu es prête? » demanda Sean de la cuisine.

Elle prit une profonde inspiration et se força à affronter son reflet, son visage pâle et lisse, ses yeux clairs comme du verre.

«Je suis prête », répondit-elle pour elle-même.

Helen prit place sur la banquette arrière de la voiture de Sean tandis que Patrick s'installait sur le siège passager, à côté de son fils. Personne n'ouvrit la bouche du trajet, mais elle devinait à la façon qu'avait son mari de se frotter nerveusement le poignet avec la paume de la main qu'il était tendu. Ça allait être difficile pour lui. Toutes ces histoires, toutes ces morts dans la rivière, ça risquait de raviver des souvenirs douloureux, pour lui et pour son père.

Quand ils franchirent le premier pont, Helen baissa les yeux vers l'eau verdâtre et essaya de ne pas penser à elle, maintenue sous l'eau, luttant pour sa survie. La chatte. C'était à la chatte qu'elle pensait.

Josh

J e me suis un peu disputé avec Maman avant qu'on parte pour l'enterrement. Quand je suis descendu, elle était en train de se mettre du rouge à lèvres devant le miroir de l'entrée. Elle portait un haut rouge. Je lui ai dit : Tu ne peux pas mettre ça à un enterrement, ce n'est pas poli. Elle s'est contentée de ricaner, puis elle a disparu dans la cuisine comme si elle ne m'avait pas entendu. Mais je n'avais pas l'intention de céder, parce que je trouvais qu'on s'était déjà suffisamment fait remarquer comme ça, et que c'était sûr qu'il y aurait des policiers – il y en a toujours quand la personne est morte dans des circonstances suspectes. Déjà que je leur avais menti, et Maman aussi – qu'est-ce qu'ils allaient penser en la voyant débarquer habillée comme pour un mariage ?

Je l'ai suivie dans la cuisine. Elle m'a proposé du thé, j'ai refusé. Je lui ai dit que je pensais qu'il valait mieux qu'elle ne vienne pas du tout, et elle m'a demandé : Mais enfin, pourquoi ? Tu ne l'aimais pas, je lui ai répondu. Tout le monde sait que tu ne l'aimais pas. Elle a souri, un sourire énervant, et elle a dit : Ah, bah si tout le monde le sait ! J'ai dit : Moi j'y vais parce que Lena est mon amie, et elle m'a dit que non, c'était faux. Papa est descendu et il s'est exclamé : Ne dis pas ça, Lou ! Évidemment que Lena est son amie. Puis il lui a murmuré quelque chose à l'oreille, pour ne pas que j'entende, et elle a hoché la tête avant de monter à l'étage.

Papa m'a fait un thé. Je n'en voulais toujours pas mais je l'ai bu quand même.

« Est-ce que tu penses que la police sera là ? je lui ai demandé, même si je connaissais déjà la réponse.

– Il y a des chances, oui. M. Townsend connaissait Nel. Et puis... j'imagine que beaucoup d'habitants du village voudront venir lui rendre un dernier hommage, même s'ils ne la connaissaient pas forcément. Je sais... je sais que la situation est compliquée, de notre côté, mais je trouve que c'est une bonne chose qu'on essaie de se serrer les coudes, pas toi ? »

Je n'ai rien répondu.

« Et puis, il y aura Lena ; tu dois avoir envie de la consoler... Imagine ce qu'elle doit ressentir, la pauvre. »

Il a tendu la main pour m'ébouriffer les cheveux, mais j'ai baissé la tête.

« Papa, tu sais, quand les policiers m'ont posé des questions sur dimanche soir, quand ils voulaient savoir où on était, et tout ça ? »

Il a opiné, tout en vérifiant par-dessus mon épaule que Maman n'était pas dans les parages.

« Tu leur as dit que tu n'avais rien entendu d'anormal, pas vrai ? Bon. Tu leur as dit la vérité. »

Je me suis demandé si sa dernière phrase – *Tu leur as dit la vérité* – était une question ou une affirmation.

J'ai voulu dire quelque chose, le formuler à voix haute. J'ai voulu dire : *Et si elle avait fait quelque chose de grave ?*, juste pour que Papa me réponde que c'était absurde, pour qu'il me crie dessus et me dise : *Comment peux-tu penser une chose pareille ?*

« Maman est allée à l'épicerie », j'ai dit.

Il m'a regardé comme si j'étais demeuré.

« Oui, je sais. Ce matin-là, elle est allée à l'épicerie pour acheter du lait. Josh... Ah ! Très bien ! s'est-il soudain exclamé en regardant derrière moi. La revoilà ! C'est quand même mieux, non ? »

Maman avait troqué le chemisier rouge pour un noir.

C'était effectivement mieux, mais j'avais quand même peur pour la suite : peur qu'elle dise quelque chose de déplacé ou qu'elle éclate de rire en pleine cérémonie. Elle arborait une expression qui me mettait très mal à l'aise – ce n'était pas qu'elle avait l'air content, ça me faisait plutôt penser à... au regard qu'elle lance à Papa quand elle sort gagnante d'une dispute, quand elle lui dit : Ah, tu vois qu'on aurait dû prendre l'A68. Comme si on lui avait donné raison et qu'elle n'arrivait pas à masquer sa satisfaction.

Quand on est arrivés à l'église, il y avait déjà pas mal de monde, et ça m'a rassuré. J'ai vu M. Townsend et je crois qu'il m'a vu, mais il n'est pas venu me parler. Il était simplement là, à regarder autour de lui, puis il s'est tourné vers Lena et sa tante quand elles ont traversé le pont. Lena avait vraiment l'air d'une adulte, elle était très différente de d'habitude. Mais toujours jolie. Quand elle est passée à côté de moi et que nos regards se sont croisés, elle m'a adressé un sourire triste. J'ai voulu la rattraper pour la prendre dans mes bras, mais Maman me tenait fermement la main et je n'ai pas pu me dégager.

J'avais tort de penser que Maman risquait d'éclater de rire pendant la cérémonie : dès l'instant où on est entrés dans l'église, elle s'est mise à pleurer si bruyamment que les gens autour se sont retournés. Je me suis demandé si, au final, ce n'était pas encore pire.

Lena

Ce matin, j'étais heureuse. J'étais encore couchée, les couvertures repoussées au pied du lit, je sentais la température monter, je savais que ça allait être une belle journée, et j'ai entendu Maman chantonner. Puis je me suis réveillée.

J'avais accroché la robe que j'avais prévu de mettre à la porte de ma chambre. C'était une robe Lanvin qui appartenait à Maman. Elle n'aurait jamais – mais alors jamais – accepté que je la lui emprunte. Pourtant, aujourd'hui, je me suis dit que ça ne la dérangerait pas. Elle n'était pas encore passée au pressing depuis la dernière fois que Maman l'avait portée, alors elle avait gardé son odeur. Quand je l'ai enfilée, c'était comme d'avoir sa peau contre la mienne.

Je me suis lavé et séché les cheveux, puis je me suis coiffée – d'habitude, je les laisse détachés, mais Maman aimait bien quand je faisais un chignon. *Grave classe, la meuf,* c'est ce qu'elle disait quand elle voulait me faire lever les yeux au ciel de honte. J'ai voulu aller chercher son bracelet dans sa chambre – j'étais sûre qu'il y serait –, mais je n'ai pas pu.

Je n'ai pas pu me résoudre à entrer dans sa chambre depuis qu'elle est morte. La dernière fois, c'était dimanche dernier. C'était l'après-midi, je m'ennuyais, j'étais déprimée à force de penser à Katie, alors je suis allée dans sa chambre pour lui piquer de l'herbe. Je n'en ai pas trouvé dans la table de chevet, j'ai donc fouillé les poches de son manteau dans l'armoire, parce qu'elle y laisse parfois des trucs. Je ne m'attendais pas à ce qu'elle rentre. Quand Maman m'a surprise, elle n'a pas eu l'air fâchée, juste un peu triste.

« Tu ne peux pas me gronder, je l'ai avertie. Je cherche du shit dans TA chambre, là. Alors tu ne peux pas me faire une scène. Sinon, ça veut dire que tu es une hypocrite.

– Non, elle a répondu, ça veut dire que je suis une adulte.

– C'est pareil. »

Elle a ri.

« Oui, peut-être, mais le fait est que moi, j'ai le droit de fumer de l'herbe et de boire de l'alcool, et toi pas. Et d'ailleurs, pourquoi tu veux te défoncer en plein après-midi, un dimanche ? Toute seule, en plus ? C'est un peu triste, non ? »

Elle a continué :

« Tu pourrais aller nager, par exemple ? Ou appeler une copine ? »

Et là, j'ai pété un câble, parce que j'avais l'impression d'entendre ces salopes de Tanya et Ellie qui disent tout le temps des trucs comme ça, que je suis pathétique, minable, que je n'ai même plus d'amis maintenant que la seule fille qui m'aimait bien s'est foutue en l'air. J'ai hurlé :

« Mais putain, quelle copine ? Je n'ai plus personne, tu as oublié ? Tu as oublié ce qui est arrivé à ma meilleure amie ? »

Elle n'a plus rien dit et elle a levé les mains, comme elle fait (faisait) quand elle ne veut pas qu'on se dispute. Mais je ne me suis pas calmée, je ne voulais pas me calmer, je lui ai crié qu'elle n'était jamais là, qu'elle me laissait toujours toute seule, qu'elle était tellement distante qu'on aurait dit qu'elle ne voulait pas vraiment de moi ici. Elle secouait la tête en disant : « Ce n'est pas vrai, ce n'est pas vrai. »

Elle a dit :

« Je suis désolée si je suis un peu absente, ces derniers temps, mais il y a des choses que je ne peux pas t'expliquer. Des choses que je dois faire et qui ne sont pas faciles. »

Je lui ai répondu froidement :

« Personne ne te demande de faire quoi que ce soit, Maman. Tu m'as promis de la boucler, alors tu n'as rien à faire. Putain, t'en as pas assez fait comme ça ?

– Lenie, elle s'est mise à dire. Lenie, je t'en prie. Tu ne sais pas tout. C'est moi, la mère, ici. Il faut que tu me fasses confiance. »

Là, je lui ai dit de vraies saloperies. Je lui ai dit qu'elle n'avait jamais été fameuse, comme mère, parce qu'une mère, ça ne laisse pas traîner du shit dans la maison et ça ne ramène pas des hommes dans sa chambre la nuit alors que je peux tout entendre. Je lui ai dit que si ç'avait été l'inverse, si c'était moi qui avais eu les mêmes problèmes que Katie, Louise aurait su quoi faire, elle, qu'elle se serait comportée en mère et qu'elle aurait fait quelque chose et qu'elle aurait su comment m'aider. Mais ça, c'était des conneries, évidemment, parce que c'était moi qui avais empêché Maman de dire quoi que ce soit, et c'est ce qu'elle m'a répondu, et après elle a dit que de toute façon, elle avait essayé d'aider. Alors je lui ai juste hurlé dessus, je lui ai dit que tout était sa faute, que si jamais elle racontait quoi que ce soit à quelqu'un, je partirais de la maison et que je ne lui parlerais plus jamais. Et je l'ai répété et répété : *Tu as fait suffisamment de dégâts comme ça.* La toute dernière chose que je lui aie dite, c'est que c'était sa faute si Katie était morte.

Jules

Il faisait chaud, le jour de ton enterrement. Les rayons brûlants du soleil chatoyaient sur la surface de l'eau, la lumière était trop vive, l'air oppressant, trop humide. On a marché jusqu'à l'église, Lena et moi. Elle a commencé à marcher devant moi et, peu à peu, la distance entre nous s'est allongée; je ne suis pas très douée avec des talons alors qu'on dirait qu'elle est née avec. Elle était très élégante, très belle, elle faisait plus que ses quinze ans dans sa robe de crêpe noire avec une découpe en forme de serrure au décolleté. On a marché en silence en suivant les détours de la rivière maussade. Il flottait dans l'air une odeur de décomposition.

Lorsqu'on a tourné sur la route à l'approche du pont, j'ai commencé à avoir peur : et si personne ne venait à l'église ? Et si Lena et moi étions obligées de nous asseoir côte à côte, avec uniquement toi entre nous deux ?

J'ai gardé la tête baissée pour surveiller la route, je me suis contentée de mettre un pied devant l'autre en tâchant de ne pas trébucher sur le bitume irrégulier. La chemise que j'avais mise (en synthétique noir avec un nœud à la gorge, absolument pas judicieuse compte tenu de la météo) me collait en bas du dos. Mes yeux ont commencé à me piquer. *Peu importe*, j'ai pensé, *si mon mascara coule, les gens s'imagineront que j'ai pleuré.*

Lena n'a toujours pas pleuré. En tout cas, pas devant moi. Parfois, la nuit, je crois l'entendre sangloter, mais chaque matin elle apparaît, nonchalante, le regard vif. Elle rentre et sort sans jamais me prévenir. Je l'entends parler à voix basse dans sa chambre, mais elle m'ignore, elle se dérobe à mon approche, elle grogne quand je lui pose des questions, elle fuit mes attentions. Elle ne veut rien avoir à faire avec moi. (Je me souviens quand tu es venue dans ma chambre après la mort de Maman, parce que tu voulais parler, et que je t'ai demandé de me laisser. Est-ce que là, c'est pareil ? Est-ce qu'elle fait la même chose que moi ? Je n'arrive pas à savoir.)

Alors qu'on s'approchait de l'église, j'ai repéré une femme assise sur un banc au bord de la route, et elle m'a souri, dévoilant ses dents pourries. J'ai cru entendre quelqu'un rire, mais ce n'était que toi, dans ma tête.

Certaines des femmes au sujet desquelles tu as écrit sont enterrées dans ce cimetière, certaines de tes « femmes à problèmes ». Est-ce que vous étiez toutes des femmes à problèmes ? Libby, oui, bien sûr. À quatorze ans, elle a séduit un homme de trente-quatre ans et l'a incité à quitter son épouse aimante et leur nouveau-né. Avec l'aide de sa tante, la vieille harpie May Seeton, et des nombreux démons qu'elles ont invoqués à elles deux, Libby a ensorcelé ce pauvre malheureux de Matthew et l'a entraîné à commettre de multiples actes contre nature. En voilà, une femme à problèmes. On disait que Mary Marsh pratiquait des avortements. Anne Ward était une meurtrière. Mais toi, Nel ? Qu'avais-tu fait ? À qui avais-tu causé des problèmes ?

Libby est enterrée dans le cimetière. Tu savais où les trouver, elle et les autres, tu m'emmenais voir les pierres tombales ; pour qu'on puisse y lire les mots gravés, tu allais gratter la mousse, et tu la gardais, tu te glissais dans ma chambre pour en déposer sous mon oreiller, puis tu me disais que c'était Libby qui l'avait laissée là. Tu me racontais que, la nuit, elle longeait la rivière et que, si on écoutait attentivement, on pouvait l'entendre appeler sa tante, May, la supplier de venir à son secours. May ne répond jamais. Elle ne peut pas : elle n'est pas dans le cimetière. Après lui avoir extorqué sa confession sous la torture, ils l'ont pendue en place publique ; sa dépouille est enterrée dans les bois, en dehors de l'enceinte du cimetière, des clous plantés dans les jambes pour qu'elle ne puisse jamais se relever.

Au milieu du pont, Lena s'est retournée pour me regarder, juste une seconde. Son expression – de l'impatience avec peut-être une pointe de pitié – était si semblable à la tienne que j'en ai frissonné. J'ai serré les poings et me suis mordu la lèvre : je ne dois pas avoir peur d'elle ! Ce n'est qu'une enfant.

J'avais mal aux pieds. La sueur me démangeait en haut du front, j'avais envie de déchirer le tissu de ma chemise, d'arracher ma peau. J'ai aperçu une petite foule réunie sur le parking de l'église, les gens se sont retournés vers nous pour nous regarder approcher. Je me suis brièvement demandé ce que ça ferait de me jeter par-dessus le muret de pierre : ce serait terrifiant, oui, mais rien qu'un court instant. Ensuite, je glisserais dans la boue et je laisserais l'eau se refermer au-dessus de ma tête – quel soulagement ce serait de sentir le froid et d'être enfin invisible.

À l'intérieur, Lena et moi nous sommes assises côte à côte (mais séparées d'une bonne trentaine de centimètres) sur la première rangée. L'église était bondée. Quelque part derrière nous, une femme sanglotait sans discontinuer, comme si elle avait le cœur brisé. Le pasteur a parlé de ta vie, il a énuméré tout ce que tu avais accompli, il a parlé de ta dévotion envers ta fille. Il m'a aussi rapidement évoquée. Étant donné que c'était moi qui lui avais fourni les informations, je ne pouvais pas vraiment lui reprocher le côté superficiel de son discours. J'aurais pu m'exprimer, moi aussi, j'aurais peut-être même dû, mais je n'arrivais pas à trouver comment parler de toi sans te trahir, sans me trahir, et sans trahir la vérité.

L'office s'est terminé de manière abrupte et le temps que je m'en rende compte, Lena était déjà debout. Je l'ai suivie dans l'allée centrale, et soudain, le poids des regards braqués sur nous ne m'a plus paru réconfortant, mais menaçant. J'ai essayé de ne pas voir les visages autour de moi mais je n'ai pas pu m'en empêcher : la femme en pleurs, au visage rouge et fripé, Sean Townsend qui a croisé mon regard, un jeune homme à la tête baissée, un adolescent qui riait sous cape. Un homme violent. Je me suis immobilisée net et la femme derrière moi m'a marché sur le pied.

« Désolée, désolée », a-t-elle murmuré en se faufilant devant moi pour sortir.

Je ne pouvais ni bouger, ni respirer, ni déglutir, mes entrailles s'étaient liquéfiées. C'était lui.

Plus vieux, oui, plus laid, défraîchi, mais le doute n'était pas permis. Un homme violent. J'ai attendu qu'il se tourne vers moi. J'ai songé qu'à ce moment-là, deux choses pourraient arriver : soit j'allais fondre en larmes, soit j'allais me jeter sur lui. J'ai attendu, mais il ne m'a pas regardée. Il regardait Lena, il l'observait intensément et cela m'a glacé le sang.

J'ai avancé sans réfléchir, bousculant les gens sur mon passage. Il se tenait sur le côté, toujours concentré sur Lena, qui retirait ses chaussures. Quand les hommes regardent les filles comme Lena, ils peuvent exprimer toutes sortes de sentiments : le désir, la faim, le dégoût. Je ne distinguais pas ses yeux, mais ce n'était pas la peine, je savais ce que j'y aurais lu.

Je me suis dirigée vers lui et un bruit a commencé à enfler dans ma gorge. Les gens me dévisageaient, compassion ou confusion, cela m'était égal. Il fallait que je l'atteigne... Mais il a brusquement tourné les talons et s'est éloigné. Il a rapidement descendu l'allée jusqu'au parking. L'air est soudain revenu dans mes poumons et l'adrénaline m'a fait tourner la tête. Il est monté dans une grosse voiture verte, puis il a disparu.

« Jules ? Vous allez bien ? »

Le sergent Morgan est apparue à mes côtés et a posé la main sur mon bras.

« Vous avez vu cet homme ? lui ai-je demandé. Vous l'avez vu ?

– Quel homme ? a-t-elle répondu en regardant autour d'elle. Qui ?

– C'est un homme violent. »

Elle a eu l'air inquiet.

« Où ça, Jules ? Est-ce que quelqu'un vous a fait… ou vous a dit quelque chose ?

– Non, je… Non.

– Quel homme, Jules ? De qui parlez-vous ? »

J'avais la langue liée par les algues et la bouche remplie de boue. J'aurais voulu lui expliquer, lui dire : *Je me souviens de lui. Je sais de quoi il est capable.*

« Qui avez-vous vu ? » m'a-t-elle encore demandé.

Et, enfin, j'ai pu dire son nom.

« Robbie. Robbie Cannon. »

Jules

J'avais oublié. Avant la partie de foot, il s'était passé autre chose. J'étais installée sur ma serviette avec mon livre, il n'y avait personne encore autour de moi, et vous êtes arrivés. Robbie et toi. Tu ne m'as pas vue sous les arbres, tu as couru dans l'eau et il t'a suivie, et vous avez nagé, vous vous êtes éclaboussés, embrassés. Il t'a prise par la main pour t'entraîner là où vous n'aviez plus pied, il s'est mis au-dessus de toi, le dos droit, les mains sur tes épaules pour t'enfoncer sous l'eau, et il a levé les yeux. Il m'a vue vous espionner. Et il a souri.

Plus tard, cet après-midi-là, je suis rentrée toute seule à la maison. J'ai enlevé le maillot de bain en vichy et mon short, et je les ai mis à tremper dans l'eau froide dans le lavabo. Je me suis fait couler un bain et je me suis glissée dedans, je me suis immergée dans l'eau tout en pensant : *Je n'en serai jamais débarrassée, de toute cette chair immonde.*

La grosse. Le gros tas. Y a une heure de décalage entre ses deux fesses. Quand elle passe devant le soleil, ça fait une éclipse.

Où que j'aille, je débordais toujours. Je prenais trop de place. Je me suis laissée couler dans la baignoire et l'eau est remontée. Eurêka.

Quand je suis revenue dans ma chambre, je me suis cachée sous les couvertures et je suis restée là, à suffoquer de chagrin, à m'apitoyer sur mon sort tout en culpabilisant car, alors que dans la pièce d'à côté ma mère était en train de mourir d'un cancer du sein, je ne pensais qu'au fait que je ne voulais pas continuer, que je ne voulais plus vivre comme ça.

Je me suis endormie.

C'est mon père qui m'a réveillée : ma mère avait des examens prévus à l'hôpital le lendemain matin et, comme ils avaient rendez-vous tôt, ils allaient passer la nuit en ville. Le repas était dans le four et je n'avais qu'à me servir.

Nel était rentrée – je le savais parce qu'il y avait de la musique dans sa chambre, à côté de la mienne. Au bout d'un moment, la musique s'est arrêtée et j'ai entendu des voix, d'abord des murmures, puis plus fort, et d'autres bruits, des gémissements, des grognements, une respiration saccadée. Je me suis levée et j'ai enfilé un pyjama pour sortir dans le couloir, où la lumière était allumée. La porte de la chambre de Nel était entrouverte. Dedans, il faisait plus sombre, mais je l'ai entendue, elle disait quelque chose. « Robbie. »

Osant à peine respirer, j'ai fait un pas vers la porte. Par l'interstice, j'ai reconnu leurs silhouettes qui se mouvaient dans le noir. Je n'arrivais pas à détacher mon regard de la scène, je les ai espionnés jusqu'à ce que lui laisse échapper un bruit rauque, presque animal. Puis il s'est mis à rire et j'ai compris qu'ils avaient fini.

Au rez-de-chaussée, toutes les lumières étaient restées allumées. J'ai fait le tour pour les éteindre une par une, puis je suis allée dans la cuisine et j'ai ouvert le frigo. Alors que j'en examinais le contenu, quelque chose a attiré mon regard : une bouteille de vodka ouverte et à moitié vide, sur le plan de travail. J'ai imité ce que j'avais déjà vu Nel faire : je me suis servi un demi-verre de jus d'orange que j'ai complété avec de la vodka. Je me suis préparée à la violente amertume de l'alcool, dont j'avais déjà fait l'expérience en goûtant du vin et de la bière, et j'ai pris une gorgée – mais finalement, j'ai trouvé ça sucré, et pas du tout amer.

J'ai fini mon verre et je m'en suis resservi un autre. La sensation physique était agréable : la chaleur rayonnait de mon estomac jusque dans ma poitrine, mon sang s'échauffait, mon corps entier se détendait et ma disgrâce de l'après-midi s'étiolait peu à peu.

Je suis allée dans le salon regarder la rivière, serpent noir qui courait sous la maison, et j'ai eu une illumination. Je me suis rendu compte avec surprise que je comprenais enfin ce qui m'était toujours resté invisible : le problème de « moi » n'avait rien d'insurmontable. Qu'est-ce qui me forçait à rester immobile ? Je pouvais me faire fluide, telle la rivière. Peut-être que ce ne serait pas si difficile, après tout, de m'affamer, de bouger plus souvent (mais en secret, à l'abri des regards) ? Peut-être que c'était possible de me transformer, de passer de la chenille au papillon, de devenir une autre personne, méconnaissable, et de faire disparaître à tout jamais le souvenir de la fille laide et dégoulinante de sang ? Je pouvais repartir de zéro.

Je suis repartie à la cuisine me servir un autre verre.

J'ai entendu du mouvement à l'étage, des pas sur le palier puis dans l'escalier. Je me suis faufilée sans un bruit dans le salon, j'ai éteint la lampe et, dans le noir, je me suis recroquevillée sur la banquette sous la fenêtre, les pieds sous les fesses.

Je l'ai vu entrer dans la cuisine, je l'ai entendu ouvrir le frigo – non, le congélateur, j'ai entendu crépiter le bac à glaçons tandis qu'il se servait. J'ai entendu du liquide qu'on versait dans un verre, puis je l'ai vu repasser devant moi. Il s'est arrêté. A fait un pas en arrière.

« Julia ? C'est toi ? »

Je n'ai rien dit, j'ai retenu mon souffle. Je ne voulais voir personne, et surtout pas lui, mais déjà il tâtonnait à la recherche de l'interrupteur, et quand la lumière est revenue, il était là, vêtu seulement d'un caleçon, sa peau très bronzée, ses épaules larges, son corps en V jusqu'à sa taille mince, et sur son ventre une ligne de poils qui s'achevait dans ses sous-vêtements. Il m'a souri.

« Ça va ? » il a demandé.

Il s'est rapproché. Il avait les yeux légèrement vitreux et le sourire un peu plus idiot que d'habitude, un peu plus nonchalant.

« Qu'est-ce que tu fais assise là, dans le noir ? »

Il a aperçu mon verre et son sourire s'est élargi.

« Je me disais bien qu'il ne restait plus beaucoup de vodka… »

Il est venu faire trinquer nos verres et s'est assis à côté de moi, la cuisse contre mon pied. Je me suis décalée, j'ai mis les pieds par terre et ai commencé à me lever, mais il a posé la main sur mon bras.

« Eh, attends, il a dit. Ne t'en va pas. Je voulais te parler. Je voulais m'excuser pour cet après-midi.

– C'est pas grave », j'ai dit.

Je sentais mon visage s'empourprer et j'ai évité son regard.

« Non, je suis désolé. Les autres ont été des vrais cons. Je suis sincèrement désolé, d'accord ? »

J'ai hoché la tête.

« Il n'y a pas de quoi avoir honte, tu sais. »

Je me suis tassée sur moi-même, aussitôt embrasée par cette fameuse honte. Au fond de moi, bêtement, j'espérais encore un tout petit peu qu'ils n'avaient pas vu, ou pas compris ce qui s'était passé.

Il m'a serré le bras et m'a dévisagée en plissant les yeux.

« Tu as un joli visage, Julia, tu sais ? »

Il a ri.

« C'est vrai, je t'assure. »

Il a relâché mon bras pour passer le sien autour de mes épaules.

« Où est Nel ? j'ai demandé.

– Elle dort, il a répondu avant de prendre une gorgée et de se passer la langue sur les lèvres. Je crois que je l'ai épuisée. »

Il m'a attirée contre lui.

« Tu as déjà embrassé un garçon, Julia ? Est-ce que tu veux m'embrasser ? »

Il a incliné mon visage vers lui et a posé ses lèvres sur les miennes, j'ai senti sa langue chaude et visqueuse pénétrer dans ma bouche. J'ai cru que j'allais avoir un haut-le-cœur mais je l'ai laissé faire, juste pour voir comment c'était. Quand je me suis écartée, il me souriait.

« Ça t'a plu ? »

J'ai senti son haleine tiède contre mon visage, mélange d'alcool et de tabac froid. Il a recommencé à m'embrasser et je l'ai embrassé, moi aussi, en essayant de ressentir le je-ne-sais-quoi que j'étais censée ressentir. Il a glissé une main dans l'élastique de mon pantalon de pyjama. Je me suis dégagée, mortifiée, quand j'ai senti ses doigts contre les bourrelets de mon ventre, puis dans ma culotte.

« Non ! »

Je pensais avoir crié, mais c'est plutôt un murmure qui est sorti.

« C'est bon, il a dit. Ne t'en fais pas. Ça ne me dérange pas s'il y a un peu de sang. »

Quand ça a été fini, il s'est fâché parce que je n'arrêtais pas de pleurer.

« Allez, ça va, ça ne t'a pas fait si mal que ça ! Ne pleure pas. C'est bon, Julia, arrête de pleurer. Tu n'as pas trouvé ça bien ? C'était bon, c'était agréable, non ? En tout cas, tu étais bien mouillée. Allez, Julia. Reprends un verre. Tiens. Bois une gorgée. Mais putain, arrête de pleurer ! Tu devrais plutôt me dire merci. »

2015

Sean

J'ai raccompagné Helen et mon père à la maison en voiture, mais une fois devant la porte, je n'ai pas voulu entrer. Parfois, des pensées étranges s'emparent de moi et j'ai du mal à m'en débarrasser. Je suis resté à l'extérieur tandis que, dans le vestibule, ma femme et mon père me dévisageaient d'un air interrogateur. Je leur ai dit de manger sans moi, que je devais repasser au commissariat.

Je suis un lâche. Mon père mérite mieux que ça. Je devrais rester avec lui, surtout un jour comme aujourd'hui. Helen sera là, bien sûr, mais même elle ne pourra pas comprendre ce qu'il ressent, la profondeur de sa souffrance. Et pourtant, je serais incapable de m'asseoir en face de lui, incapable de croiser son regard. Je ne sais pas pourquoi, mais lui et moi, on ne peut jamais se regarder dans les yeux quand on pense à ma mère.

J'ai repris la voiture mais je ne suis pas allé au commissariat, je suis retourné au cimetière. Ma mère n'y est pas, elle a été incinérée. Mon père a récupéré ses cendres et les a dispersées dans un « endroit particulier » – il ne m'a jamais dit où, mais il m'a promis qu'un jour il m'y emmènerait. On n'y est jamais allés. Avant, il m'arrivait de lui en parler, mais ça le contrariait, alors au bout d'un moment j'ai arrêté.

L'église et le cimetière étaient déserts ; il n'y avait personne en vue à part la vieille Nickie Sage, qui marchait tout doucement en boitillant. Je suis sorti de la voiture et j'ai emprunté l'allée qui contourne le mur en pierre et mène aux quelques arbres derrière l'église. Quand j'ai rejoint Nickie, elle avait une main appuyée sur le mur et elle tâchait de reprendre son souffle. Elle s'est retournée d'un coup, le visage cramoisi. Elle transpirait abondamment.

« Qu'est-ce que vous voulez ? m'a-t-elle lancé d'une voix sifflante. Pourquoi vous me suivez ?

– Je ne vous suis pas, j'ai répondu en souriant. Je vous ai vue de ma voiture et je me suis dit que j'allais venir vous dire bonjour. Vous allez bien ?

– Ça va, ça va. »

Ça n'avait pourtant pas l'air. Elle s'est adossée au mur et a levé la tête vers le ciel.

« Il va y avoir un orage.

– On dirait bien, oui.

– Alors, c'est fini, hein ? elle m'a demandé en se tournant brutalement vers moi. Pour Nel Abbott ? Vous classez l'affaire ? Direction les archives ?

– L'affaire n'est pas encore close.

– C'est ça, pas encore. Mais c'est pour bientôt, pas vrai ? »

Elle a marmonné quelque chose dans sa barbe.

« Qu'est-ce que vous avez dit ?

– Pour vous, c'est réglé. Et pourtant, vous savez bien que ça n'a rien à voir avec celle d'avant, elle a ajouté en m'appuyant son gros index sur la poitrine. Ce n'est pas comme Katie Whittaker. C'est comme votre maman. »

J'ai reculé d'un pas.

« Qu'est-ce que vous voulez dire par là ? Si vous savez quelque chose, vous devez m'en parler. Eh bien ? Est-ce que vous avez des informations sur la mort de Nel Abbott ? »

Elle s'est détournée en grommelant, et encore une fois, je n'ai pas compris ce qu'elle disait. J'ai senti mon cœur battre plus fort dans ma poitrine et une vague de chaleur m'a submergé. Je me suis emporté.

« Et puis je vous interdis de parler de ma mère. Surtout un jour comme celui-ci ! Bon sang, mais vous vous prenez pour qui ?

– Bah, vous n'écoutez pas, elle a répondu en agitant la main. Personne ne m'écoute jamais. »

Et elle est repartie en marmonnant, s'appuyant tous les quelques pas au mur pour ne pas perdre l'équilibre.

J'étais en colère contre elle, mais surtout, je me sentais pris de court. Blessé, presque. Je la connaissais depuis des années et je m'étais toujours montré poli et courtois avec elle. Elle disait n'importe quoi, évidemment, mais je ne l'avais jamais crue méchante, encore moins cruelle.

Je suis reparti vers ma voiture avant de me raviser et de prendre le chemin de l'épicerie où j'ai acheté une bouteille de Talisker – mon père aime bien ce whisky, même s'il ne boit pas beaucoup. Je me suis dit qu'on pourrait peut-être boire un verre plus tard, pour me faire pardonner d'être parti comme ça. J'ai essayé d'imaginer la scène, nous deux assis à la table de la cuisine, levant notre verre, avec la bouteille entre nous. Je me suis demandé à quoi – à qui – on trinquerait. Rien que d'y penser, ça m'a terrifié, et ma main s'est mise à trembler. J'ai ouvert la bouteille.

L'odeur du whisky et la chaleur de l'alcool dans ma gorge ont fait remonter en moi les souvenirs des cauchemars fiévreux de mon enfance, dont je me réveillais en sueur, ma mère à mes côtés, écartant les mèches de cheveux plaquées sur mon front et me frictionnant la poitrine de pommade Vicks. Il y a eu plusieurs périodes de ma vie où ma mère était complètement absente de mon esprit mais, ces derniers temps, je pense très souvent à elle – surtout depuis quelques jours. Son visage me revient; parfois, elle me sourit, parfois pas. Et parfois, elle essaie de m'attraper.

L'orage a commencé sans que je m'en rende compte. Peut-être que je m'étais assoupi. Tout ce que je sais, c'est que quand j'ai ouvert les yeux, la route était comme un torrent et le tonnerre semblait faire trembler la voiture. J'ai démarré, mais j'ai vu qu'il manquait un tiers du whisky dans la bouteille posée sur mes genoux, alors j'ai coupé le contact. Sous le fracas de la pluie qui tambourinait contre la tôle, j'entendais le bruit de ma respiration et, l'espace d'un instant, j'ai cru entendre respirer quelqu'un d'autre. C'était absurde, mais j'ai songé que si je me retournais, il y aurait quelqu'un sur la banquette arrière. L'idée s'est transformée en angoisse et je me suis retrouvé immobilisé par la peur pendant quelques secondes.

Au final, j'ai décidé d'aller me promener sous la pluie, histoire de dessaouler avant de reprendre le volant. J'ai ouvert la portière – je n'ai pas pu m'empêcher de jeter un œil à la banquette arrière – et je suis sorti. Instantanément, je me suis retrouvé trempé jusqu'aux os. Un éclair a zébré l'obscurité et j'ai entrevu Julia, trempée elle aussi, qui se dirigeait vers le pont, à moitié en marchant, à moitié en courant. Je suis rentré dans ma voiture pour lui faire un appel de phares. Elle s'est retournée. Au deuxième appel, elle a fini par se diriger vers moi d'un pas hésitant, mais elle s'est arrêtée à quelques mètres. J'ai baissé la vitre pour qu'elle me reconnaisse.

Elle a ouvert la portière et s'est installée. Elle portait les mêmes vêtements qu'à l'enterrement, sauf qu'ils étaient à présent dégoulinants et plaqués à sa frêle silhouette. En revanche, elle avait changé de chaussures. J'ai remarqué que ses collants avaient filé – on pouvait voir un petit cercle de chair rose au genou. Ça m'a marqué parce que chaque fois que je l'avais vue jusqu'à présent, son corps était toujours entièrement recouvert – manches longues, cols roulés. La peau toujours dissimulée. Hors de portée.

« Qu'est-ce que vous faites par ici ? » je lui ai demandé.

Elle a baissé les yeux vers la bouteille de scotch sur mes genoux mais n'a pas fait de commentaire. À la place, elle m'a attrapé, m'a tiré vers elle et m'a embrassé. C'était étrange, enivrant. Je pouvais sentir le sang sur sa langue et pendant une seconde, je me suis abandonné, avant de me dégager brusquement.

« Je suis désolée, elle m'a dit en s'essuyant les lèvres, tête baissée. Je suis vraiment désolée. Je ne sais pas ce qui m'a pris.

– Moi non plus. »

Et puis, bizarrement, on s'est mis à pouffer. D'abord nerveusement, puis de bon cœur, jusqu'à se retrouver pris d'un véritable
fou rire, comme si ce baiser avait été la blague la plus drôle du
monde. Quand on est enfin parvenus à se calmer, on avait tous
les deux les joues baignées de larmes.

« Bon, alors, qu'est-ce que vous venez faire par ici, Julia ?

– Jules, elle a corrigé. Je cherchais Lena. Je ne sais pas où elle
est... »

Elle me semblait différente de d'habitude, moins fermée.

« J'ai peur, elle a poursuivi en laissant échapper un petit rire
gêné. J'ai très peur.

– Peur de quoi ? »

Elle s'est éclairci la gorge et a remis une mèche de cheveux
mouillée derrière son oreille. Ses pommettes ressemblaient à
deux petites taches rouges sur ses joues.

« De quoi est-ce que vous avez peur ? » j'ai répété.

Elle a pris une profonde inspiration avant de se lancer.

« Je ne... Vous allez trouver ça bizarre, je sais, mais j'ai reconnu
quelqu'un à l'enterrement. Un homme. C'était un ancien petit
copain de Nel.

– Ah oui ?

– Oui, enfin... ce n'est pas une histoire récente. Ça remonte
même à une éternité. Quand on était ados. Je ne sais pas du
tout si elle l'avait revu depuis. En tout cas, elle n'y a jamais fait
allusion dans les messages qu'elle m'a laissés. Mais il était à
l'enterrement, et je crois... je ne saurais pas expliquer pourquoi,
mais je crois qu'il lui a peut-être fait quelque chose.

– Comment ça ? Vous voulez dire que vous le soupçonnez de
l'avoir assassinée ? »

Elle m'a jeté un regard implorant, puis elle a répondu :

« Je ne peux pas affirmer une chose pareille, évidemment,
mais il faut enquêter sur lui, il faut vérifier où il était au moment
de la mort de Nel. »

J'ai senti un frisson d'adrénaline déchirer le brouillard de l'alcool.

« Comment s'appelle-t-il, cet homme ? De qui parlez-vous ?

– Robbie Cannon. »

Pendant un instant, je me suis demandé de qui elle parlait, et puis ça m'est revenu.

« Cannon... Un type du coin ? Famille très fortunée, à la tête d'une chaîne de concessions automobiles ? C'est bien lui ?

– Oui. C'est ça. Vous le connaissez ?

– Je ne le connais pas, mais je me souviens de lui.

– Vous vous souvenez de... ?

– À l'école. Il était dans la classe au-dessus de moi. Très fort en sport. Pas mal de succès avec les filles. Mais pas très futé. »

Jules a baissé la tête jusqu'à presque toucher sa poitrine avec son menton, puis elle a dit :

« Je ne savais pas que vous aviez été à l'école ici.

– Eh si. J'ai toujours vécu à Beckford. Vous ne vous souvenez certainement pas de moi, mais moi, je me souviens de vous. De vous et de votre sœur.

– Oh », elle a fait, et son visage s'est fermé, comme une porte qui claque.

Elle a posé la main sur la poignée comme si elle s'apprêtait à sortir.

« Attendez ! je lui ai dit. Qu'est-ce qui vous fait croire que Cannon a pu faire quelque chose à votre sœur ? Il vous a parlé ? Il a eu un comportement suspect ? Est-ce qu'il était violent avec elle ? »

Elle a secoué la tête en prenant soin d'éviter mon regard.

« Tout ce que je sais, c'est qu'il est dangereux. Ce n'est pas quelqu'un de bien. Et je l'ai vu... observer Lena.

– Ah ?

– Je n'ai pas du tout aimé la façon dont il l'a regardée, a-t-elle précisé en se tournant enfin vers moi.

– Bon, eh bien, je vais... euh... Je vais voir ce que je peux faire.

– Merci. »

Elle a de nouveau voulu attraper la poignée mais je lui ai posé la main sur le bras et je lui ai dit :

« Je vous ramène. »

Une fois de plus, elle a jeté un œil vers la bouteille sans faire de commentaire.

« D'accord. »

Le trajet vers le Vieux Moulin a duré à peine quelques minutes, et aucun de nous n'a parlé jusqu'à ce que Jules ouvre sa portière. J'aurais dû me taire, mais j'avais envie de le lui dire.

« Vous lui ressemblez beaucoup, vous savez ? »

Elle a paru surprise et a laissé échapper un petit ricanement.

« Vous dites n'importe quoi, a-t-elle répondu en essuyant une larme sur sa joue. Je suis tout le contraire de Nel.

– Ce n'est pas mon avis », j'ai insisté, mais elle était déjà partie.

Je ne me souviens pas du retour jusque chez moi.

Le Bassin aux noyées

Lauren, 1983

Pour le trente-deuxième anniversaire de Lauren, une semaine plus tard, ils iraient à Craster. Juste elle et Sean, parce que Patrick serait au travail.

« C'est l'endroit que je préfère au monde, avait-elle confié à son fils. Il y a un château et une belle plage et, parfois, on voit des phoques sur les rochers. Et après le château et la plage, on ira au fumoir pour manger des harengs avec du pain complet. Le paradis. »

Sean avait froncé le nez.

« Je crois que je préfère aller voir la Tour de Londres, avait-il annoncé. Et manger des glaces. »

Sa mère avait ri puis elle avait dit : Bon d'accord, peut-être qu'on fera ça, alors.

Au final, ils ne firent ni l'un ni l'autre.

C'était le mois de novembre, les journées, glaciales, raccourcissaient, et Lauren était distraite. Elle était consciente que son comportement avait changé mais elle ne pouvait rien y faire. Même en famille, au beau milieu du petit déjeuner, voilà soudain qu'elle sentait sa peau rougir, son visage s'embraser, et elle devait se détourner pour ne pas qu'on s'en aperçoive. Elle se détournait aussi quand son mari s'approchait pour l'embrasser – un mouvement de tête presque involontaire, incontrôlable, et les lèvres de Patrick lui effleuraient la joue, au coin de la bouche.

Trois jours avant son anniversaire, il y eut un orage. Tout au long de la journée, il enfla : un vent brutal déchirait la vallée tandis que des chevaux d'écume galopaient sur toute la largeur du bassin. La nuit venue, la tempête se calma. La rivière avait débordé jusqu'à venir lécher les arbres couchés par les bourrasques. La pluie se mit à tomber à verse et le monde entier se trouva submergé.

Le mari et le fils de Lauren dormaient comme des bébés, mais Lauren était réveillée. Dans la petite pièce du rez-de-chaussée, elle s'assit au bureau de son mari en compagnie d'une bouteille de scotch – celui qu'il préférait. Elle en but un verre et arracha une feuille de papier d'un carnet. Elle but un autre verre, et un autre, mais la page resta blanche. Elle ne trouvait même pas comment entamer sa lettre – « cher Patrick » lui semblait trop formel, et « mon chéri » n'aurait pas été honnête. La bouteille à moitié vide et la page toujours vierge, elle sortit dans l'orage.

Le sang alourdi par l'alcool, le chagrin et la colère, elle marcha jusqu'au bassin. Le village était désert, les fenêtres barricadées. Sans que quiconque la voie, sans que quiconque l'interrompe, elle grimpa tout en haut de la falaise, les pieds glissant dans la boue. Elle attendit. Elle attendit qu'il vienne la chercher, elle pria que, par un étrange miracle, l'homme dont elle était tombée amoureuse sache, devine ou sente son désespoir, et qu'il vienne l'arracher à sa folie. Mais la voix qui s'éleva, celle qui l'appela à ce moment-là, nouée par le désarroi et la panique, n'était pas celle qu'elle voulait entendre.

Alors, courageusement, elle s'avança jusqu'au bord du précipice et, les yeux grands ouverts, elle se jeta dans le vide.

Elle n'aurait pas pu l'apercevoir, de là où elle se tenait. Elle n'avait aucun moyen de savoir que son petit garçon était en bas, sous les arbres.

Aucun moyen de deviner qu'il avait été réveillé par les cris de son père et le claquement de la porte d'entrée, qu'il s'était levé et avait dévalé l'escalier pour le suivre dans l'orage, pieds nus, son petit corps recouvert d'un fin pyjama en coton.

Sean vit son père monter dans sa voiture et il appela sa mère. Patrick se retourna, cria à son fils de rentrer dans la maison. Il courut jusqu'à lui, l'agrippa brutalement par le bras et le souleva du sol pour le remettre de force à l'intérieur. Mais le garçon le supplia : « S'il te plaît, s'il te plaît, ne me laisse pas tout seul ici. »

Patrick céda. Il prit son fils dans ses bras et l'installa dans la voiture, sur la banquette arrière où Sean se recroquevilla, terrifié, déboussolé. Il ferma les yeux de toutes ses forces. Son père roula jusqu'à la rivière. Il arrêta la voiture sur le pont et lui dit : « Tu restes là, tu m'attends là. » Mais il faisait noir et, contre le toit de la voiture, la pluie crépitait comme des coups de feu, et Sean ne parvenait pas à se débarrasser de l'impression qu'il y avait quelqu'un d'autre avec lui dans la voiture, il entendait sa respiration saccadée. Alors il sortit et se mit à courir, trébuchant sur les marches en pierre, tombant plusieurs fois dans la boue du sentier. Il traversa les ténèbres et la pluie jusqu'au bassin.

Plus tard, une rumeur se répandrait à l'école : il avait tout vu. Du jour au lendemain, il deviendrait le garçon qui avait vu sa mère sauter dans le vide et se tuer. Mais ce n'était pas vrai. Il n'avait rien vu. Quand il avait atteint le bassin, son père était déjà dans l'eau et revenait vers la berge en nageant. Il ne savait pas quoi faire, alors il était reparti s'asseoir sous les arbres, s'adossant à un large tronc afin que personne ne le prenne par surprise.

Il avait eu l'impression d'attendre là très longtemps. En y repensant, plus tard, il se demanda s'il ne s'était pas endormi, d'ailleurs, mais dans le noir, le vacarme et la peur, cela ne paraissait pas très crédible. Ce dont il se souvenait, c'était d'une femme – Jeannie, du commissariat. Elle était arrivée avec une couverture et une lampe torche, elle l'avait ramené sur le pont et lui avait donné du thé sucré, et ils avaient attendu le retour de son père.

Plus tard, Jeannie l'avait emmené chez elle et lui avait fait des tartines.

Mais tout cela, Lauren ne le saurait jamais.

Erin

Après la cérémonie, j'ai remarqué que beaucoup de gens se frayaient un chemin dans la foule pour aller dire quelques mots au père de Sean Townsend, un homme qu'on m'avait présenté très rapidement comme étant Patrick Townsend. Tel un général des armées, il assistait à ce défilé de poignées de main, le dos raide et les lèvres pincées.

« Eh ben ! Il a l'air coincé, celui-là ! » j'ai commenté à l'attention de l'agent qui se trouvait à côté de moi.

Ledit agent m'a fusillée du regard.

« Un peu de respect, m'a-t-il craché avant de me tourner le dos.

– Je vous demande pardon ? j'ai demandé à sa nuque.

– Cet homme est un inspecteur hautement décoré. Et il est veuf : sa femme est morte ici, dans la rivière. »

Puis il s'est de nouveau tourné vers moi et, sans égard pour ma position hiérarchique, il a répété :

« Alors vous pourriez faire preuve d'un peu de respect. »

Je me suis sentie très conne. Mais comment étais-je censée savoir que le Sean de l'histoire de Nel Abbott était le même que celui du commissariat ? Je ne connaissais pas le prénom de ses parents, merde ! Personne ne m'avait rien dit, et quand j'avais lu le manuscrit de Nel Abbott, je n'avais pas prêté plus attention que ça aux détails d'un suicide remontant à plus de trente ans – il faut dire que ça ne me paraissait pas d'une importance capitale pour l'enquête.

Et puis franchement, comment voulez-vous qu'on s'y retrouve par ici avec tous ces cadavres ? On se croirait dans *Inspecteur Barnaby*, sauf qu'au lieu de gens qui tombent dans des cuves à lisier ou qui s'entretuent à coups de gourdin, c'est des accidents, des suicides et des exécutions grotesques et sexistes qui remontent au Moyen Âge.

Après le boulot, je suis rentrée à Newcastle en voiture – la plupart des collègues se retrouvaient au pub, mais suite à ma bévue au sujet de Patrick Townsend, j'ai préféré la jouer encore plus profil bas que d'habitude. Et puis, quoi qu'il en soit, cette affaire est close, non ? Alors à quoi bon traîner dans les parages ?

J'avais l'impression d'y voir enfin un peu plus clair, comme quand on finit par retrouver dans quel film on a vu un acteur, ou quand ce qui était flou et qu'on n'arrivait pas à discerner se retrouve soudain parfaitement net. L'attitude étrange de l'inspecteur en chef – les yeux larmoyants, les mains tremblantes, le côté déconnecté – me semble logique maintenant que je connais son histoire. Son père et lui ont vécu pratiquement le même drame que Jules et Lena en ce moment – la même horreur, le même choc. Le même sentiment d'incompréhension.

J'ai relu la section de Nel Abbott sur Lauren Townsend. Ça ne nous apprend pas grand-chose. Une épouse malheureuse, éprise d'un autre homme. Distraite, parfois absente – peut-être était-elle déprimée ? Comment savoir ? Ce n'est pas comme si ce manuscrit était parole d'évangile ; il s'agit seulement de la version de Nel Abbott. Je trouve ça d'ailleurs étonnamment présomptueux de s'approprier ainsi la tragédie de quelqu'un d'autre.

En relisant cette histoire, il y a une chose que je n'arrive pas à comprendre : comment Sean a-t-il pu rester vivre à Beckford ? Même s'il n'a pas vu sa mère tomber de ses propres yeux, il était là quand c'est arrivé. Bonjour le trauma ! Mais bon, il était petit. Six ou sept ans, je crois. Les enfants sont tout à fait capables de refouler un tel traumatisme. Mais son père ? Il se promène tous les jours le long de la rivière, je l'ai vu. Imaginez un peu. Imaginez passer tous les jours devant l'endroit où vous avez perdu un être cher. J'ai beau essayer, je ne vois pas comment c'est possible. Après, je n'ai jamais perdu quelqu'un de proche. Alors comment pourrais-je savoir ce que ça fait ?

DEUXIÈME PARTIE

Louise

Le chagrin de Louise était telle la rivière : constant et changeant. Il ondulait, débordait, enflait et baissait, certains jours froid, profond et sombre, d'autres vif et aveuglant. Sa culpabilité aussi était liquide, elle s'insinuait par la moindre fissure chaque fois qu'elle essayait d'y mettre un barrage. Louise avait des jours avec et des jours sans.

Hier, elle était allée à l'église pour voir Nel disparaître sous la terre, ce qui – et elle aurait dû s'en douter – n'avait pas eu lieu. En revanche, elle avait bel et bien vu son cercueil partir pour la crémation ; on pouvait donc parler d'un jour avec. Même son déluge d'émotion – elle avait sangloté pendant toute la cérémonie sans pouvoir se retenir – s'était révélé cathartique.

Mais aujourd'hui… Aujourd'hui, Louise allait retrouver ses démons. Elle le sentit dès son réveil : non pas une présence, mais une absence. L'euphorie qu'elle avait ressentie ces derniers jours, cette satisfaction vengeresse commençait déjà à s'atténuer. Et maintenant que Nel n'était plus que cendres, Louise n'avait plus rien. Rien. Elle ne pouvait plus aller jeter sa douleur et sa souffrance à la face de quiconque, parce que Nel n'était plus là. Et elle craignait que ses tourments n'aient plus qu'un seul endroit où se réfugier, désormais : chez elle.

Chez son mari, chez son fils. Alors aujourd'hui, Louise allait retrouver ses démons, oui. Mais cette fois, elle ne les laisserait pas l'avaler tout entière. Cette fois, elle comptait bien se défendre. Elle avait pris sa décision : il était temps d'avancer. Ils devaient s'en aller avant qu'il ne soit trop tard.

Cela faisait plusieurs semaines que Louise et son mari, Alec, ressassaient la même dispute – un de ces accrochages à voix basse qui semblaient les opposer constamment, ces derniers temps. Alec estimait qu'ils feraient mieux de déménager avant la rentrée. Cela permettrait à Josh de commencer la nouvelle année scolaire ailleurs, soutenait-il, quelque part où personne ne le reconnaîtrait. Et où il ne serait pas chaque jour obligé d'affronter l'absence de sa sœur.

« Tu veux qu'il l'oublie, c'est ça ? avait un jour rétorqué Louise.

– Bien sûr que non », avait soupiré Alec.

Ils étaient dans la cuisine et chuchotaient tous les deux d'une voix éreintée.

« Il faut qu'on vende cette maison et qu'on reparte de zéro, avait repris Alec. Je sais (il avait levé les mains alors que Louise commençait à protester), je sais que c'est la maison où elle a grandi. »

Il avait chancelé, et il avait posé ses grandes mains tachetées par le soleil sur le plan de travail. Il s'y était agrippé comme à une bouée de sauvetage.

« Il faut prendre un nouveau départ, Lou, pour Josh. S'il n'y avait que toi et moi... »

S'il n'y avait qu'eux deux, avait songé Louise, ils suivraient Katie au fond de l'eau et c'en serait fini. À la réflexion, elle n'était pas sûre qu'Alec le ferait. Avant, elle pensait qu'il fallait être parent pour comprendre cet amour qui vous engloutit tout entier. Maintenant, elle songeait que ce n'était peut-être que le privilège des mères. Alec éprouvait le même chagrin, évidemment, mais elle doutait qu'il éprouve le même désespoir. La même haine.

Les fissures commençaient donc déjà à apparaître dans ce couple qu'elle avait cru inébranlable – quelle naïveté ! C'était à présent une évidence : aucun couple ne pouvait survivre à une telle épreuve. Il y aurait toujours, s'interposant entre eux deux, l'idée que ni l'un ni l'autre n'avait su l'arrêter. Pire, aucun d'eux n'avait rien soupçonné. Ils étaient allés se coucher et s'étaient endormis pour trouver son lit vide le lendemain matin, sans imaginer une seconde qu'elle était dans la rivière.

Il n'y avait plus d'espoir pour Louise et très peu, songeait-elle, pour Alec, mais pour Josh, c'était différent. Sa sœur lui manquerait chaque jour pour le reste de sa vie, mais il pouvait encore être heureux, et il le serait. Il la garderait avec lui, mais il pourrait aussi travailler, voyager, tomber amoureux, vivre. Et sa meilleure chance d'y arriver était de partir d'ici, de quitter Beckford, de s'éloigner de la rivière. Louise savait que son mari avait raison.

Quelque part, elle le savait depuis longtemps, même si elle répugnait à l'admettre. Mais hier, en observant son fils après l'enterrement, elle avait été prise de terreur. Ce visage blême, anxieux. Cette propension à sursauter pour un rien, à tressaillir au moindre bruit, à se recroqueviller comme un chien perdu dans la foule. Cette façon de la chercher du regard en permanence, comme s'il régressait jusqu'à la petite enfance – ce n'était plus un adolescent autonome de douze ans, mais un tout petit garçon accroché aux jupes de sa mère. Ils devaient le sortir de là.

Et pourtant. C'était ici que Katie avait fait ses premiers pas, prononcé ses premiers mots, joué à cache-cache, fait des roues dans le jardin, ici qu'elle s'était disputée avec son petit frère pour le réconforter juste après, ici qu'elle avait ri, chanté, pleuré, juré et saigné et ici qu'elle avait chaque jour embrassé sa maman en rentrant de l'école.

Mais Louise avait pris sa décision. Comme sa fille, elle était déterminée. Même si l'effort allait terriblement lui coûter. Rien que pour se lever de la table de la cuisine, marcher jusqu'en bas de l'escalier, monter les marches, poser la main sur la poignée de la porte, l'abaisser et entrer dans sa chambre pour la dernière fois. Parce que c'était ce qu'il lui semblait : ce serait la dernière fois que c'était sa chambre. Après aujourd'hui, ça deviendrait autre chose.

Le cœur de Louise n'était plus qu'un morceau de bois, il ne battait plus, il ne lui faisait que du mal, écorchant sa chair, lacérant ses veines et ses muscles, emplissant sa poitrine de sang.

Des jours avec et des jours sans.

Elle ne pouvait pas laisser la chambre dans cet état-là. Aussi difficile qu'il fût d'envisager de débarrasser les affaires de Katie, emballer ses vêtements, décrocher ses photos des murs, la ranger tout entière, la dissimuler à jamais, c'était pire d'imaginer des inconnus dans cette pièce. Pire d'imaginer ce qu'ils voudraient toucher, peut-être à la recherche d'indices, de les imaginer s'étonner de la normalité de tout cela, de la normalité de Katie. Elle ? Mais non, impossible, ça ne peut pas être elle, la fille qui s'est noyée ?

Alors Louise devrait le faire : dans une minute, elle débarrasserait le bureau des affaires d'école et récupérerait le stylo plume autrefois niché entre les doigts de sa fille. Elle plierait le tee-shirt gris tout doux avec lequel Katie dormait, elle referait son lit. Elle rangerait dans la boîte à bijoux les boucles d'oreilles bleues que la tante préférée de Katie lui avait offertes pour son quatorzième anniversaire. Dans une minute, elle irait chercher la grande valise noire rangée au-dessus de l'armoire de l'entrée pour y mettre tous les habits de Katie.

Dans une minute.

Elle se tenait au milieu de la pièce, à penser à tout cela, quand elle entendit un bruit derrière elle. Elle se retourna pour se retrouver face à Josh, sur le seuil, qui la regardait.

« Maman ? dit-il d'une voix étouffée, le visage livide. Qu'est-ce que tu fais ?

– Rien, mon chéri, j'étais... »

Elle fit un pas vers lui mais il recula.

« Tu vas... Tu vides sa chambre ?

– Je vais commencer, oui.

– Qu'est-ce que tu vas faire de ses affaires ? demanda-t-il d'une voix encore plus aiguë, étranglée. Tu vas les donner ?

– Non, mon chéri. »

Elle s'approcha de lui et, d'une main, écarta les cheveux sur son front.

« On va tout garder. On ne donnera rien. »

Il semblait inquiet.

« Mais tu ne devrais pas attendre Papa ? Il faut qu'il soit là, non ? Tu ne devrais pas faire ça toute seule.

– Je vais juste commencer, lui dit-elle avec un sourire, d'une voix aussi sereine que possible. Mais je croyais que tu étais parti chez Hugo, ce matin, alors… »

Hugo était un ami de Josh, peut-être son seul vrai ami (chaque jour, Louise remerciait le ciel de l'existence de Hugo et de sa famille, qui accueillaient Josh dès qu'il avait besoin d'une échappatoire).

« J'avais oublié mon portable, je suis revenu le chercher, expliqua-t-il en lui montrant le téléphone.

– D'accord, très bien. Tu restes déjeuner chez eux ? »

Il hocha la tête, tenta de sourire, puis disparut. Elle attendit le claquement de la porte d'entrée pour s'asseoir sur le lit et s'auto-riser à pleurer pour de bon.

Il y avait un vieil élastique sur la table de nuit, tout étiré et effilé jusqu'à la corde, de grands cheveux de Katie encore emmêlés dessus. Louise l'attrapa et le fit tourner dans ses mains, l'enroula autour de ses doigts, le porta contre son visage. Elle se leva pour aller jusqu'à la coiffeuse, ouvrit la boîte à bijoux en étain en forme de cœur et y déposa l'élastique. Il resterait là, parmi ses bracelets et ses boucles d'oreilles. Rien ne partirait à la poubelle, tout resterait là. Enfin, pas là, mais quelque part. Toutes ses affaires voyageraient avec eux. Elle refusait qu'un seul morceau de Katie, qu'un seul objet qu'elle ait touché se retrouve à dépérir sur l'étagère poussiéreuse d'une friperie.

Au cou de Louise pendait le collier que Katie portait quand elle était morte, une chaîne argentée avec un petit oiseau bleu. Louise était agacée qu'elle ait choisi ce bijou en particulier – elle ne pensait pas que Katie y tenait tant que ça. Pas comme les boucles d'oreilles en or blanc qu'Alec et Louise lui avaient offertes pour son treizième anniversaire et qu'elle adorait, pas comme le bracelet d'amitié (« de fraternité ») que Josh lui avait acheté (avec son propre argent de poche !) lors de leurs dernières vacances en Grèce. Louise n'arrivait pas à comprendre pourquoi Katie avait choisi ce collier, un cadeau de Lena, dont elle semblait pourtant s'être éloignée au cours des derniers mois, avec sur l'oiseau un message gravé qui ne ressemblait vraiment pas à Lena : *Avec tout mon amour.*

Elle ne portait pas d'autres bijoux, ce jour-là. Une robe verte et une veste trop chaude pour cette nuit d'été, les poches remplies de pierres. Son sac à dos pareillement lesté. Quand on l'avait trouvée, elle était entourée de fleurs, certaines encore serrées dans ses poings. Comme Ophélie. Comme le tableau au mur chez Nel Abbott.

Les gens disaient que c'était au mieux excessif, au pire aberrant et cruel de reprocher à Nel Abbott ce qui était arrivé à Katie. Simplement parce que Nel écrivait au sujet du bassin, qu'elle parlait du bassin, qu'elle y prenait des photos, qu'elle interviewait des gens, qu'elle publiait des articles dans la presse locale, qu'elle en avait parlé un jour dans une émission de la BBC, simplement parce qu'elle utilisait les mots « lieu à suicide », simplement parce qu'elle parlait de ses « nageuses » bien-aimées comme de formidables héroïnes romantiques, des femmes de courage allant volontairement à la mort dans cet endroit qu'elles avaient choisi pour sa beauté, on ne pouvait pas la tenir pour responsable.

Mais Katie ne s'était pas ouvert les veines, elle n'avait pas avalé une poignée de médicaments et elle ne s'était pas pendue à la porte de sa chambre. Elle avait choisi le bassin. Le plus aberrant, c'était d'ignorer cela, le contexte, d'ignorer délibérément à quel point certaines personnes sont influençables – les gens sensibles, les jeunes. Les adolescents, même les enfants sages, gentils et intelligents, peuvent se laisser enivrer par des idées. Louise ne comprenait pas pourquoi Katie avait commis cet acte, et elle ne le comprendrait jamais, mais elle savait que ce n'était pas un geste dénué de contexte.

Le psychologue, qu'elle n'avait vu que deux fois, lui avait dit qu'elle ne devait pas chercher à savoir pourquoi. Qu'elle ne pourrait jamais répondre à cette question, que personne ne le pouvait, que dans la plupart des cas où quelqu'un mettait fin à ses jours, il n'y avait pas qu'une seule raison, que la vie était plus compliquée que cela. Désespérée, Louise lui avait fait remarquer que Katie n'avait jamais souffert de dépression, qu'elle n'était pas harcelée au collège (ils avaient discuté avec le personnel du collège, ils avaient épluché ses e-mails, sa page Facebook, ils n'y avaient trouvé que de l'amour). Elle était jolie, elle avait de bonnes notes, elle avait de l'ambition, de la détermination. Elle n'était pas malheureuse. Perdue, parfois; nerveuse, souvent. Mal lunée de temps à autre – bref, une adolescente de quinze ans. Mais surtout, elle n'était pas cachottière. Si elle avait eu des ennuis, elle en aurait parlé à sa mère. Elle racontait tout à sa mère, depuis toujours.

« Elle ne me cachait rien, avait affirmé Louise au psychologue, et elle l'avait vu détourner le regard.

– C'est ce que pensent tous les parents, avait-il répondu d'une voix douce. Et ils ont probablement tous tort. »

Louise ne l'avait plus revu après ce jour-là, mais le mal était fait. Une fissure s'était ouverte et la culpabilité s'y était engouffrée, goutte après goutte au début, puis en un flot ininterrompu. Elle ne connaissait pas sa fille. C'était pour cela que le collier la dérangeait tant, pas seulement parce que c'était un cadeau de Lena, mais parce qu'il était devenu un symbole de tout ce qu'elle ignorait dans la vie de sa fille. Plus elle y pensait, plus elle s'en voulait : elle se reprochait d'avoir été trop occupée, d'avoir passé trop de temps à s'inquiéter pour Josh, d'avoir échoué aussi spectaculairement à protéger sa fille.

Cette marée de culpabilité montait et montait, et le seul moyen de garder la tête hors de l'eau, de ne pas s'y noyer, c'était de trouver une raison, quelque chose à montrer du doigt en disant : « Là. Voilà l'explication. » Sa fille avait fait un choix

Sean

J'ai été réveillé par la voix désespérée d'une femme qui appelait, au loin. Je me suis dit que c'était un rêve, mais un bruit sourd a alors retenti, intrusif, réel, achevant de me tirer du sommeil. Quelqu'un frappait à la porte.

Je me suis habillé en vitesse et ai dévalé l'escalier. En traversant la cuisine, j'ai jeté un œil à l'horloge. Il était un peu plus de minuit – j'avais dû dormir à peine une demi-heure. Le martèlement continuait et j'entendais une femme crier mon nom. La voix m'était familière, mais je n'arrivais pas à retrouver de qui il s'agissait. J'ai ouvert la porte.

« Tu vois ça ? a hurlé Louise Whittaker d'un ton furieux. Je te l'avais dit, Sean ! Je t'avais dit qu'il se passait quelque chose ! »

Le « ça » dont elle parlait était un petit flacon de médicaments cylindrique en plastique orange, portant une étiquette avec un nom. Danielle Abbott.

« Je te l'avais dit ! » a-t-elle répété avant d'éclater en sanglots.

Je l'ai fait entrer dans la cuisine, mais c'était trop tard. Au moment où je fermais la porte, j'ai vu une lumière s'allumer dans la chambre du haut de la maison de mon père.

Il m'a fallu un moment pour comprendre ce que Louise essayait de me dire. Complètement hystérique, elle parlait à toute vitesse et ce qu'elle racontait n'avait aucun sens. J'ai été obligé de lui extirper les informations au compte-gouttes, un morceau de phrase vociféré après l'autre. Apparemment, les Whittaker avaient enfin décidé de mettre leur maison en vente. Mais avant d'organiser les visites, il fallait que Louise vide la chambre de

Katie : il était hors de question que des hordes d'inconnus y entrent et touchent à ses affaires. Elle s'y était mise dans l'après-midi et c'est en rangeant les vêtements de Katie qu'elle était tombée sur la boîte de médicaments. Elle avait entendu un bruit en retirant un manteau de la penderie – le vert, un des préférés de Katie – et elle avait glissé la main dans la poche pour y trouver le flacon de pilules. Le choc avait été violent, d'autant plus quand elle avait vu le nom de Nel sur l'étiquette. Elle ne connaissait pas le médicament – du Rimato –, mais elle avait ensuite lu sur Internet qu'il s'agissait d'un coupe-faim interdit à la vente en Grande-Bretagne depuis que des études américaines avaient prouvé que son utilisation pouvait entraîner un état dépressif accompagné de pensées suicidaires.

« Tu t'es trompé ! elle a hurlé. Tu m'as dit qu'elle n'avait rien dans le sang. Tu m'as dit que Nel Abbott n'avait rien à voir avec ça. Et maintenant, voilà ! »

Elle a abattu son poing sur la table, faisant sauter le flacon en plastique.

« Elle donnait des pilules à ma fille, des pilules interdites ! Et toi, tu l'as laissée s'en tirer ! »

Curieusement, tandis qu'elle me disait ça, qu'elle m'agressait ainsi, je me suis senti soulagé. Parce qu'à présent, il y avait une raison. Si Nel avait effectivement fourni ces pilules à Katie, on pouvait enfin dire : Tenez, regardez, voilà pourquoi ça s'est passé. Voilà pourquoi une jeune fille heureuse et brillante a perdu la vie. Voilà pourquoi deux femmes ont perdu la vie.

C'était réconfortant, mais c'était faux. Et je le savais.

« Les analyses de sang n'ont rien révélé, Louise, j'ai déclaré d'un ton calme. Je ne sais pas du tout combien de temps ce... ce Rimato reste dans l'organisme. D'ailleurs, pour le moment, on ne peut même pas être sûr que c'est bien du Rimato, mais... »

Je me suis levé, j'ai attrapé un sac congélation dans un tiroir et je l'ai tenu ouvert devant Louise, qui a ramassé le flacon sur la table et l'a lâché dedans. Puis j'ai fermé le sac.

« … on va vérifier.

– Et là, on saura », elle a conclu en tâchant de reprendre son souffle.

La vérité, c'est qu'on ne saurait rien. Même si on trouvait des traces d'un produit dans son organisme, même si on avait raté quelque chose la première fois, ça ne nous permettrait pas de tirer une conclusion.

« Je sais que c'est trop tard, a repris Louise, mais je veux que ça se sache. Je veux que tout le monde soit au courant de ce que Nel Abbott a fait – en plus, si ça se trouve, Katie n'est pas la seule fille à qui Nel a fourni des pilules… Il faut que tu en parles à ta femme – en tant que directrice, elle devrait être au courant qu'il y a quelqu'un qui vend cette saloperie dans son école. Il faut organiser une fouille des casiers, il faut…

– Louise, calme-toi, je lui ai dit en m'asseyant à côté d'elle. Évidemment que nous allons prendre cette nouvelle information au sérieux, je te le promets. Mais nous n'avons aucun moyen de savoir comment Katie est entrée en possession de ce flacon. Il est possible que Nel Abbott ait acheté ce médicament pour son usage personnel…

– Et quoi ? Qu'est-ce que tu veux dire ? Que Katie aurait volé le flacon ? Comment tu peux sous-entendre une chose pareille, Sean ! Tu la connaissais, pourtant… »

La porte de la cuisine – celle qui donne sur l'extérieur – s'est ouverte en grinçant. Elle est un peu récalcitrante, surtout quand il a plu. C'était Helen, complètement débraillée dans son pantalon de jogging et son tee-shirt, pas coiffée.

« Qu'est-ce qui se passe ? elle a demandé. Louise, qu'est-ce qui t'arrive ? »

Louise a secoué la tête, mais n'a rien dit. Elle a enfoui son visage entre ses mains.

Je me suis levé et j'ai dit à Helen :

« Tu devrais aller te coucher. Il n'y a rien de grave.

– Mais…

– Il faut juste que je discute encore un peu avec Louise. Tout va bien. Monte donc.

– D'accord, a-t-elle fini par accepter en regardant cette femme pleurer en silence dans notre cuisine. Si tu en es sûr...

– J'en suis sûr. »

Helen est sortie discrètement de la cuisine et est montée à l'étage. Louise s'est essuyé les yeux. Elle me regardait bizarrement – elle se demandait sûrement d'où avait débarqué Helen. J'aurais pu lui expliquer : elle a du mal à dormir, et comme mon père est lui aussi insomniaque, il arrive qu'ils se tiennent compagnie, qu'ils fassent des mots croisés, qu'ils écoutent la radio. J'aurais pu lui expliquer mais je ne m'en sentais pas le courage, alors je me suis contenté de lui dire :

« Je ne pense pas que Katie ait volé ce flacon, Louise. Tu t'en doutes. Par contre, peut-être qu'elle... je ne sais pas, qu'elle les a pris machinalement, en se demandant de quoi il s'agissait. Tu m'as dit que tu avais trouvé le flacon dans la poche de son manteau, c'est ça ? Peut-être qu'elle l'a simplement ramassé et qu'elle l'a oublié.

– Ma fille ne s'amusait pas à ramasser des objets chez les gens », elle a rétorqué sèchement.

Je me suis contenté d'acquiescer. Ça ne servait à rien d'essayer de la contredire.

« Écoute, Louise, je m'occupe de tout ça dès demain matin. Je vais envoyer ces médicaments au labo et on va de nouveau éplucher les résultats d'analyse de Katie. S'il y a quelque chose que nous n'avons pas vu la première fois, je... »

Elle m'a interrompu d'une voix douce :

« Je sais que ça ne changera rien, que ça ne la ramènera pas. Mais ça m'aiderait. Ça m'aiderait à comprendre.

– Évidemment, Louise. Évidemment. Est-ce que tu veux que je te reconduise chez toi ? Je pourrai te ramener ta voiture demain matin. »

Elle a fait non de la tête et m'a adressé un sourire tremblant.

« Ça va aller, Sean. Merci. »

L'écho de son « merci » – injustifié – a résonné dans le silence après son départ. J'étais dévasté, et ça m'a fait du bien d'entendre les pas de Helen dans l'escalier, de savoir que je n'étais pas seul.

« Qu'est-ce qui se passe ? » elle m'a demandé en entrant dans la cuisine.

De gros cernes noirs sous ses yeux trahissaient sa fatigue. Elle s'est assise et m'a pris la main.

« Qu'est-ce que Louise faisait ici ?

– Elle a trouvé quelque chose, j'ai répondu. Et elle pense que ça pourrait avoir un rapport avec ce qui est arrivé à Katie.

– Oh, mon Dieu… Qu'est-ce que c'est ?

– Je… Il vaut sûrement mieux que je n'en parle pas encore. »

Elle a opiné et a serré ma main.

« Dis-moi, je lui ai demandé, ça remonte à quand, la dernière fois que tu as confisqué de la drogue, au collège ? »

Elle a froncé les sourcils.

« Eh bien… à la fin de l'année scolaire, on a pincé l'autre petite saleté de Iain Watson avec un peu d'herbe sur lui, mais avant ça… je ne sais pas. Laisse-moi réfléchir… Je pense qu'il faut remonter au mois de mars, quand il y a eu toute l'histoire avec Liam Markham.

– C'était des pilules, c'est ça ?

– Oui, de l'ecstasy – ou quelque chose de ce genre – et du Rohypnol. Il a été renvoyé. »

L'incident me rappelait vaguement quelque chose, même si je ne m'étais pas occupé de cette affaire.

« Et il n'y a rien eu depuis ? Tu ne serais pas tombée sur des médicaments, ou des coupe-faim, par hasard ?

– Non, rien d'illégal en tout cas. Certaines filles prennent les petites pilules bleues, là – comment ça s'appelle, déjà ? "Alli", je crois. Ça se trouve en pharmacie, même si je pense que la vente aux mineurs n'est pas autorisée. Ça leur donne des gaz terribles, mais apparemment, elles sont prêtes à payer ce prix-là pour avoir un "thigh gap".

– Un quoi ? »

Elle a levé les yeux au ciel.

« Un "thigh gap" ! C'est quand on a les jambes tellement maigres que les cuisses ne se touchent pas. Je te jure, Sean, il y a des fois où j'ai l'impression qu'on ne vit pas sur la même planète, toi et moi. Et j'avoue que souvent, je préférerais habiter sur la tienne », elle a conclu en serrant de nouveau ma main.

On s'est couchés dans le même lit pour la première fois depuis très longtemps, mais je n'ai pas pu la toucher. Pas après ce que j'avais fait.

Erin

Il a fallu en tout et pour tout cinq minutes au chevelu de la brigade scientifique pour retrouver le reçu des pilules coupe-faim dans le dossier « courrier indésirable » de la boîte mail de Nel Abbott. D'après lui, elle n'avait acheté ce médicament qu'une seule fois, à moins bien sûr qu'elle ait eu une autre adresse e-mail dont on n'avait pas connaissance.

« Bizarre, vous trouvez pas ? a commenté un agent – un des plus âgés dont je n'avais pas pris la peine de retenir le nom. Elle a toujours été très mince. J'aurais jamais cru qu'elle avait besoin de médicaments pour maigrir. Après tout, c'était la sœur, la grosse.

– Jules ? j'ai demandé. Mais elle n'est pas grosse du tout.

– Elle ne l'est plus, mais vous auriez dû la voir à l'époque, il s'est esclaffé. Une vraie baleine ! »

Charmant... Sale con.

Depuis que Sean m'avait parlé des pilules, j'avais pas mal potassé le dossier Katie Whittaker. L'affaire en elle-même était assez simple, même si la question du pourquoi restait irrésolue, comme souvent dans ce genre de drames. Ses parents n'avaient rien vu venir. Ses professeurs l'avaient trouvée peut-être un peu plus distraite et réservée que d'habitude, mais pas au point de s'en inquiéter. Les examens toxicologiques ne révélaient rien d'anormal et elle n'avait aucun antécédent psychiatrique.

La seule singularité (si on pouvait parler en ces termes), c'est qu'elle s'était apparemment brouillée avec sa meilleure amie, Lena Abbott, quelque temps auparavant. D'après deux copines de classe, Lena et Katie avaient eu un différend au sujet de quelque chose. Louise, la mère de Katie, avait confirmé qu'elles se voyaient moins, mais elle ne pensait pas pour autant qu'il y avait eu dispute entre les deux jeunes filles. Si ç'avait été le cas, Katie lui en aurait parlé, indiquait le témoignage. Apparemment, elles s'étaient déjà pris le bec par le passé – rien que de très normal pour deux adolescentes – et Katie avait toujours tout raconté à sa mère. Sans compter qu'elles s'étaient réconciliées chaque fois. D'ailleurs, après une de ces disputes, Lena s'en voulait tellement qu'elle avait offert un collier à Katie pour se faire pardonner.

Mais ces fameuses copines de classe – Tanya machin et Ellie truc – affirmaient qu'il s'était passé quelque chose de grave, même si elles n'étaient pas en mesure de dire quoi. Tout ce qu'elles savaient, c'est qu'environ un mois avant la mort de Katie, Lena et elle avaient eu, selon leurs termes, une « grosse engueulade » qui avait dégénéré en bagarre et qui avait nécessité l'intervention d'un professeur. Lena avait catégoriquement démenti, arguant que Tanya et Ellie ne l'aimaient pas et qu'elles essayaient juste de lui attirer des ennuis. Une chose était sûre, Louise n'avait jamais eu vent de ladite empoignade. Le professeur impliqué – un certain Mark Henderson – avait affirmé qu'il ne s'agissait pas d'une vraie bagarre et que les deux jeunes filles faisaient simplement semblant. Selon lui, elles jouaient à se chamailler et, quand elles avaient commencé à faire trop de bruit, il leur avait demandé de se calmer. Ça s'était arrêté là.

Je n'avais pas particulièrement prêté attention à ce détail en lisant le dossier de Katie la première fois, mais depuis, je n'arrêtais pas d'y repenser. Il y avait quelque chose qui clochait. Est-ce que les adolescentes jouent à la bagarre ? Ça me semblait plus un truc de garçons, mais peut-être que j'avais intériorisé plus de stéréotypes sexistes que je ne voulais bien le reconnaître. Cependant, plus je regardais de photos de ces filles – jolies, apprêtées, surtout Katie –, moins je les imaginais se battre pour rigoler.

En me garant devant le Vieux Moulin, j'ai entendu un bruit et j'ai levé la tête. Lena était penchée à une des fenêtres de l'étage, une cigarette à la main.

« Salut, Lena ! » je lui ai lancé.

Au lieu de répondre, elle a pris tout son temps pour me viser, puis, d'une chiquenaude, elle a jeté son mégot dans ma direction, avant de disparaître à l'intérieur en claquant la fenêtre. Décidément, j'avais bien du mal à croire à cette histoire de bagarre pour de faux, car à mon avis, quand Lena Abbott se bat, c'est pour de vrai.

Jules m'a invitée à entrer tout en jetant des coups d'œil anxieux par-dessus mon épaule.

« Tout va bien ? » je lui ai demandé.

Elle était dans un sale état : le regard vide, le teint grisâtre, les cheveux crasseux.

« Je ne dors pas, elle m'a répondu d'une voix douce. J'ai beau essayer, je n'y arrive pas. »

Elle s'est dirigée vers la cuisine en traînant les pieds, puis elle a allumé la bouilloire et s'est avachie sur la table. Elle m'a fait penser à ma sœur, trois semaines après la naissance de ses jumeaux, qui n'avait même plus la force de garder la tête relevée.

« Vous devriez peut-être demander à un médecin de vous prescrire quelque chose, j'ai suggéré.

– Je ne veux pas dormir trop profondément », elle a rétorqué en secouant la tête, les yeux écarquillés, ce qui lui donnait l'air de s'être échappée d'un asile. « Il faut que je garde l'esprit vif. »

Je me suis abstenue de lui faire remarquer que j'avais connu des limaces plus alertes.

« Ce Robbie Cannon dont vous avez parlé à Sean... », j'ai commencé.

Elle a frissonné et s'est mise à se ronger un ongle.

« Nous avons fait quelques recherches sur lui, j'ai poursuivi. Vous aviez raison quand vous disiez qu'il était dangereux : il a été condamné plusieurs fois, notamment pour violence conjugale.

Mais il n'est pas impliqué dans la mort de votre sœur. Je suis allé à Gateshead – c'est là qu'il habite – et j'ai eu une petite discussion avec lui. La nuit où Nel est morte, il rendait visite à son fils à Manchester. Il m'a affirmé qu'il n'avait pas revu votre sœur depuis des années et qu'il a simplement décidé de venir lui rendre un dernier hommage quand il a lu dans le journal local qu'elle était décédée. Il semblait abasourdi que je lui pose des questions là-dessus.

– Est-ce que…, elle a commencé d'une voix qui était à peine plus qu'un murmure. Est-ce qu'il vous a parlé de moi ? Ou de Lena ?

– Non. Pourquoi est-ce que vous me demandez ça ? Est-ce qu'il est venu vous voir ? »

J'ai repensé à sa façon d'ouvrir la porte, hésitante, et à la manière dont elle avait regardé par-dessus mon épaule comme pour vérifier qu'il n'y avait personne derrière moi.

« Non. Je veux dire, je ne crois pas. Je ne sais pas. »

Je n'ai rien pu apprendre de plus sur le sujet. De toute évidence, elle avait ses raisons d'avoir peur de lui, mais elle ne voulait pas en parler. J'ai pris sur moi et j'ai mis mes questions de côté, étant donné que j'avais autre chose de délicat à lui demander.

« Je suis désolée, je lui ai annoncé, mais nous allons être obligés de fouiller de nouveau cette maison. »

Elle m'a jeté un regard scandalisé.

« Pourquoi ? Vous avez trouvé quelque chose ? »

Je lui ai expliqué pour les pilules.

« Oh, mon Dieu ! » elle a soupiré en fermant les yeux.

Peut-être était-ce à cause de la fatigue, mais elle ne semblait pas particulièrement surprise.

« Elle les a achetées sur un site Internet américain en novembre dernier, le 18. Nous n'avons pas trouvé trace d'autres achats, mais nous devons nous assurer que…

– Très bien, elle m'a interrompue en se frottant les yeux. Je comprends.

– Deux agents passeront dans l'après-midi, si ça ne vous dérange pas. »

Elle a haussé les épaules.

« Si c'est vraiment nécessaire, mais je ne... À quelle date avez-vous dit qu'elle avait acheté ces fameuses pilules, déjà ?

– Le 18 novembre, j'ai répondu en vérifiant sur mon carnet. Pourquoi ?

– C'est que... le 18, c'est l'anniversaire de la mort de notre mère. Et je... Oh, je ne sais pas. En fait, si, ça me paraît bizarre, parce que Nel essayait toujours de m'appeler le 18, mais qu'elle ne l'a pas fait l'année dernière. J'ai fini par apprendre qu'elle était à l'hôpital ce jour-là, pour une appendicite. Du coup, je suis surprise qu'elle se soit amusée à acheter des pilules amaigrissantes sur Internet alors qu'elle était aux urgences. Vous êtes sûre que c'était le 18 ? »

De retour au commissariat, j'ai vérifié avec le chevelu. C'était bien ça.

« Peut-être qu'elle a acheté les pilules depuis son téléphone, a suggéré Callie. Le temps peut sembler long, à l'hôpital. »

Le chevelu a secoué la tête.

« Non, j'ai vérifié l'adresse IP : l'achat a été effectué à 16 h 17 depuis un ordinateur connecté au routeur du Vieux Moulin. C'était forcément quelqu'un dans la maison ou à proximité immédiate. Est-ce que vous savez à quelle heure Nel a été admise à l'hôpital ? »

Je l'ignorais, mais ça n'a pas été difficile à vérifier : Nel Abbott était entrée aux urgences le 18 novembre à l'aube, pour une crise d'appendicite, comme me l'avait annoncé sa sœur. Elle avait ensuite passé la journée et la nuit suivante à l'hôpital.

Bref, Nel n'avait pas pu acheter les médicaments. C'était donc quelqu'un d'autre qui avait utilisé sa carte de crédit, et qui l'avait fait depuis chez elle. Pour moi, ça ne pouvait être que Lena.

« Il va falloir qu'on l'interroge, a dit Sean, le visage sombre.

– Est-ce que vous voulez qu'on s'en charge maintenant ? »

Il a acquiescé avant de commenter :

« Pourquoi remettre à demain ce qu'on peut faire immédiatement après qu'une gamine a perdu sa mère ? Bon sang... Quel merdier. »

Et ce n'était pas parti pour s'arranger : nous étions sur le point de sortir du commissariat quand une Callie surexcitée nous a rattrapés en courant.

« Les empreintes ! elle s'est exclamée, à bout de souffle. On a trouvé ! Enfin, on n'a pas vraiment trouvé, parce qu'elles ne correspondent à personne dans nos fichiers, mais...

– Mais quoi ? l'a interrompue l'inspecteur en chef.

– Un petit génie a décidé de comparer les empreintes sur le flacon de médicaments à celles sur l'appareil photo – vous savez, celui qui était cassé ?

– Oui, je me souviens de l'appareil photo cassé, a rétorqué Sean.

– Bon, et donc, elles correspondent. Et avant que vous ne me posiez la question, ce ne sont ni les empreintes de Nel Abbott, ni celles de Katie Whittaker. C'est quelqu'un d'autre qui a manipulé ces deux objets.

– Louise, a soupiré Sean. Louise Whittaker. »

Mark

ark était sur le point de fermer sa valise quand la policière sonna à la porte. Ce n'était pas la même que la dernière fois : celle-ci était un peu plus âgée, et moins jolie.

« Sergent Erin Morgan, se présenta-t-elle en lui serrant la main. Je me demandais si nous pouvions discuter. »

Il ne lui proposa pas d'entrer. La maison était en bazar et il ne se sentait pas d'humeur accueillante.

« Je suis en train de faire mes bagages, annonça-t-il. Je retrouve ma fiancée ce soir à Édimbourg pour partir quelques jours en Espagne.

– Ce ne sera pas long », promit la policière en tentant de jeter un œil à l'intérieur par-dessus son épaule.

Il ferma la porte. L'entrevue aurait lieu sur le perron.

Il supposa qu'il serait de nouveau question de Nel Abbott. Après tout, il était une des dernières personnes à l'avoir vue vivante. Il l'avait croisée devant le pub, où il avait brièvement discuté avec elle, puis elle s'était éloignée vers le Vieux Moulin. Il était préparé à cette conversation-là. En revanche, il n'était pas du tout préparé à celle qui suivit.

« Je sais que vous avez déjà répondu à des questions à ce sujet, mais il y a quelques points supplémentaires que je voudrais éclaircir, déclara la policière. Ça concerne la mort de Katie Whittaker. »

Instantanément, Mark sentit son cœur s'emballer.

« Que... euh... De quoi est-il question ?

– C'est au sujet d'une dispute entre Lena Abbott et Katie, un mois environ avant sa mort. J'ai cru comprendre que vous aviez été contraint d'intervenir ? »

La gorge sèche, il parvint difficilement à déglutir.

« Ce n'était pas une dispute, expliqua-t-il en levant la main pour se protéger du soleil. Pourquoi... Excusez-moi, mais pourquoi venez-vous me parler de ça ? Pour la mort de Katie, l'enquête a conclu à un suicide, et je pensais que...

– Effectivement, l'interrompit le sergent. Et de ce côté-là, rien n'a changé. Seulement, nous avons découvert de nouvelles... disons, "circonstances", qui entourent la mort de Katie, et nous devons nous pencher dessus. »

Mark fit volte-face et poussa la porte d'entrée si violemment qu'elle lui rebondit dessus quand il pénétra dans le vestibule. L'étau autour de son cerveau se resserrait, son cœur battait à tout rompre, il avait besoin de s'éloigner du soleil.

« Tout va bien, monsieur Henderson ?

– Oui, oui, ça va, répondit-il en se retournant vers elle, tandis que ses yeux commençaient à s'adapter à la pénombre de l'entrée. Un mal de tête, c'est tout. Le soleil...

– Et si vous preniez un verre d'eau, suggéra le sergent Morgan avec un sourire.

– Non, rétorqua-t-il, immédiatement conscient de son ton agressif. Non, non, ça va aller. »

S'ensuivirent quelques secondes de silence.

« Alors, cette dispute, monsieur Henderson ? Entre Lena et Katie ? »

Mark secoua la tête.

« Ce n'était pas une dispute... C'est ce que j'ai expliqué à la police à l'époque. Je n'ai pas été contraint de les séparer. Enfin... du moins, pas de la façon dont c'était suggéré. Katie et Lena étaient très proches, et elles pouvaient se montrer volubiles, impulsives, comme beaucoup de jeunes femmes... de jeunes filles de leur âge. »

Toujours debout sur le perron, avec le soleil dans le dos, la policière n'était à présent plus qu'une silhouette sans visage, une ombre, ce qui convenait mieux à Mark.

« Plusieurs professeurs ont rapporté que pendant les semaines qui ont précédé sa mort, Katie semblait plus distraite, plus réservée que d'habitude, peut-être. Est-ce que c'est le souvenir que vous en avez ?

– Non, répondit Mark. Non, il ne me semble pas. Je n'ai pas l'impression qu'elle avait changé. Je n'ai rien remarqué de différent. Je n'ai rien vu venir. On... Personne n'a rien vu venir. »

Il avait prononcé cette dernière phrase d'une voix cassée, ce qui n'avait pas échappé au sergent.

« Je suis désolée de faire remonter des souvenirs aussi pénibles, dit-elle. Je comprends à quel point ça doit être horrible de...

– Je ne crois pas que vous compreniez, non. Je voyais cette fille tous les jours. Elle était jeune, elle était intelligente... C'était une de mes meilleures élèves. Nous étions tous très... attachés à elle. »

Il avait hésité sur le mot « attachés ».

« Je suis sincèrement désolée, vraiment. Mais le fait est que nous avons découvert de nouveaux éléments, et nous devons enquêter. »

Mark hocha la tête. Il avait du mal à l'entendre par-dessus le bourdonnement du sang dans ses oreilles ; il avait très froid, comme si on l'avait aspergé avec un bidon d'essence.

« Monsieur Henderson, il a été porté à notre connaissance que Katie avait peut-être ingéré un produit. Du Rimato. Est-ce que ça vous dit quelque chose ? »

Mark plissa les paupières. À présent, il regrettait de ne pas pouvoir voir les yeux de la policière, de ne pas pouvoir lire son expression.

« Non... Je... Je croyais que les analyses avaient montré qu'elle n'avait rien pris ? C'est ce que la police a dit, à l'époque. Du Rimato ? Qu'est-ce que c'est ? De la drogue ?

– Non, il s'agit d'un médicament coupe-faim.

– Katie n'était pas en surpoids, affirma-t-il, songeant aussitôt qu'il s'agissait d'une remarque idiote. Mais c'est vrai que les ados sont tout le temps en train de parler de ça, pas vrai ? De leur poids. Il n'y a pas que les ados, d'ailleurs. Ma fiancée est toujours en train de me dire qu'elle se trouve trop grosse. »

La vérité, mais pas *toute la vérité*. Sa fiancée n'étant plus sa fiancée, elle ne se plaignait plus de son poids auprès de lui. Pas plus qu'elle n'attendait qu'il vienne la chercher pour partir en vacances à Malaga. Dans le dernier e-mail qu'elle lui avait envoyé, plusieurs mois auparavant, elle lui avait souhaité tout le malheur du monde et lui avait dit qu'elle ne lui pardonnerait jamais la façon dont il l'avait traitée.

Mais qu'avait-il fait de si terrible ? S'il avait vraiment été un monstre, un homme cruel et dépourvu de sentiments, il l'aurait menée en bateau pour sauvegarder les apparences. Ç'aurait été dans son intérêt, après tout. Sauf que Mark n'était pas un homme cruel. C'était juste que quand il aimait, il aimait complètement – et qu'y avait-il de mal à cela ?

Après le départ du sergent, il se mit à ouvrir les tiroirs, à feuilleter les livres, à chercher quelque chose qu'il savait très bien qu'il ne trouverait pas. Car le lendemain du solstice, furieux et terrifié, il avait fait un feu dans le jardin le soir et y avait jeté des cartes, des lettres, un livre. Des petits cadeaux. Encore aujourd'hui, quand il regardait par la fenêtre de derrière, il pouvait voir le petit cercle de terre noircie à l'endroit où il avait éradiqué toute trace d'elle.

Quand il ouvrit le secrétaire du salon, il savait exactement ce qu'il allait y trouver parce que ce n'était pas la première fois qu'il fouillait ainsi partout, guidé tantôt par la peur, tantôt par le chagrin, en quête de quelque chose qu'il aurait oublié. Mais il avait été minutieux, cette fameuse nuit.

Il savait qu'il y avait des photos dans le bureau de la directrice, au collège. Un dossier. Clos, à présent, mais toujours là. Il avait

la clé du bâtiment administratif et il savait exactement où chercher. Et il voulait, il avait besoin de quelque chose à emporter.
Il ne s'agissait pas pour lui d'un caprice, mais d'une nécessité,
parce que soudain son avenir s'annonçait incertain. Il avait le
pressentiment que quand il verrouillerait la porte de chez lui en
sortant, ce serait peut-être pour la dernière fois. Il n'était pas sûr
de revenir. Peut-être qu'il était temps pour lui de disparaître, de
repartir de zéro.

Il se rendit au collège et se gara sur le parking vide. Parfois,
Helen Townsend venait travailler pendant les vacances scolaires,
mais aujourd'hui sa voiture n'était pas là. Il était seul. Il entra
dans le bâtiment, passa devant la salle des professeurs et se
dirigea vers le bureau de Helen. Étonnamment, la porte n'était
pas verrouillée.

Aussitôt, il fut accueilli par l'odeur chimique du nettoyant
pour moquette. Sans réfléchir, il se dirigea droit vers le meuble
classeur et ouvrit le premier tiroir. Vide. Et celui du dessous était
fermé à clé. À son grand désarroi, Mark se rendit alors compte
que quelqu'un avait tout réorganisé et qu'il ne savait donc plus
du tout où chercher. Il avait peut-être perdu son temps en venant
ici. Il repassa rapidement dans le couloir pour vérifier qu'il était
bien seul – il l'était, et sa Vauxhall rouge était toujours la seule
voiture sur le parking –, puis il pénétra de nouveau dans le
bureau de la directrice. En prenant soin de ne rien déranger, il
ouvrit les tiroirs du bureau de Helen les uns après les autres, à la
recherche de la clé du meuble classeur. Il ne la trouva pas, mais
il fit une autre découverte : un bijou qui lui parut vaguement
familier et qui n'était pas du tout dans le style de ce que Helen
avait l'habitude de porter. Il s'agissait d'un bracelet en argent,
avec un fermoir en onyx et une inscription gravée : *SJA*.

Il s'assit et l'examina pendant un long moment. Il avait beau
chercher, il ne comprenait pas le sens de ce bracelet. Que faisait-il
là ? Et pourquoi cela le dérangeait-il tant ? Mark finit par remettre
l'objet en place et décida d'interrompre ses recherches. Il retourna

à sa voiture. Il s'apprêtait à démarrer quand il se rappela soudain où il avait déjà vu le fameux bijou : c'était Nel qui le portait, la fois où il l'avait vue devant le pub et qu'il lui avait parlé. Il se rappela l'avoir regardée s'éloigner vers le Vieux Moulin. Mais avant ça, avant de partir, elle avait passé toute la conversation à triturer quelque chose à son poignet, et c'était ça. Sans aucun doute. Il sortit de sa voiture et retourna jusqu'au bureau de la directrice. Là, il récupéra le bracelet dans le tiroir et le glissa dans sa poche, tout en songeant que si on lui avait demandé pourquoi il agissait ainsi, il aurait été incapable de se justifier.

C'était comme s'il se trouvait en eaux profondes et qu'il fallait qu'il attrape quelque chose, n'importe quoi, pour ne pas se noyer. Comme s'il avait tenté d'atteindre une bouée de sauvetage et que, se rendant compte qu'il ne s'agissait que d'un bouquet d'algues, il s'y était quand même agrippé.

Erin

Quand on est arrivés, le garçon – Josh – se tenait debout sur le pas de la porte, pâle, telle une petite sentinelle aux aguets. Il a dit bonjour à l'inspecteur en chef avant de me considérer d'un regard méfiant. Il tenait un couteau suisse à la main dont il dépliait puis repliait nerveusement la lame.

« Est-ce que ta maman est là, Josh ? » a dit Sean.

Il a fait oui de la tête, puis il a demandé d'une voix qui est allée se percher dans les aigus :

« Pourquoi est-ce que vous venez encore nous parler ?

– On a juste deux ou trois détails à vérifier. Rien de grave, rassure-toi.

– Elle était couchée, a annoncé Josh. Cette nuit-là. Maman dormait. On dormait tous.

– Quelle nuit ? j'ai demandé. De quelle nuit est-ce que tu parles, Josh ? »

Il a rougi, puis il a baissé les yeux et s'est remis à jouer avec son couteau. Un petit garçon qui n'avait pas encore appris à mentir.

Derrière lui, sa mère a ouvert la porte. Elle nous a regardés à tour de rôle, puis elle a soupiré en se passant la main sur le front. Elle avait le visage presque jaune et, quand elle s'est tournée vers Josh, j'ai remarqué qu'elle avait le dos voûté, comme une vieille femme. Elle lui a fait signe d'approcher et lui a parlé tout doucement, à l'oreille.

« Et s'ils veulent me poser des questions, à moi aussi ? » j'ai entendu Josh lui demander.

Elle a mis les mains sur ses épaules et lui a répondu :

« Ce n'est pas toi qu'ils sont venus voir, mon chéri. Maintenant, file. »

Josh a refermé son canif et l'a glissé dans la poche de son jean sans me quitter des yeux. Je lui ai souri et il m'a tourné le dos, puis il est parti d'un pas rapide le long de l'allée, ne se retournant qu'une seule fois au moment où sa mère refermait la porte derrière nous.

J'ai suivi Louise et Sean jusqu'à un grand salon lumineux doté d'une de ces imposantes vérandas modernes qui semblent se répandre dans le jardin. Dehors, au milieu de la pelouse, trônait un poulailler en bois autour duquel de jolies poules naines – noires, blanches et rousses – étaient occupées à gratter le sol. Louise nous a indiqué un canapé avant de rejoindre le fauteuil qui lui faisait face pour s'y asseoir tout doucement, avec la prudence d'une convalescente qui aurait eu peur de faire sauter ses points de suture.

« Bon, qu'est-ce que tu as à me dire ? » a-t-elle demandé à Sean en relevant légèrement le menton.

Il lui a expliqué que les nouveaux examens sanguins avaient donné les mêmes résultats que les premiers, à savoir que l'organisme de Katie ne présentait aucune trace de drogue.

Louise l'a écouté parler en secouant la tête, visiblement incrédule.

« Mais tu ne sais pas combien de temps ce genre de médicament reste dans le sang, si ? Ni combien de temps mettent les effets à se manifester, ou à disparaître ? Sean, tu ne peux pas simplement écarter cette piste…

– Nous n'écartons aucune piste, Louise, a-t-il affirmé d'un ton neutre. Je ne fais que t'annoncer ce que nous avons trouvé.

– Mais… mais tu ne vas pas me dire que ce n'est pas un délit de fournir un médicament illicite à quelqu'un – à une mineure, en plus ? Je sais que c'est trop tard pour la… pour la punir, mais tu ne crois pas que les gens devraient être au courant ? Qu'ils devraient savoir ce qu'elle a fait ? »

Sean n'a rien répondu. Je me suis éclairci la gorge et quand j'ai commencé à parler, Louise m'a fusillée du regard.

« Madame Whittaker, d'après ce que nous avons découvert par rapport à la date de la transaction, il est impossible que Nel ait pu acheter ces pilules. Même si c'est bien sa carte de crédit qui a été utilisée, il...

– Qu'est-ce que vous essayez de dire ? a-t-elle aboyé. Que Katie lui a volé sa carte ?

– Non, non, je me suis empressée de répondre. Ce n'est pas du tout ce que nous pensons... »

Soudain, son visage s'est transformé. Elle avait compris.

« Lena, elle a soupiré en se laissant retomber dans son fauteuil, les lèvres figées en un rictus résigné. C'était Lena. »

Sean lui a expliqué que nous ne pouvions pas en être certains, mais que nous avions bien l'intention de l'interroger à ce sujet, et qu'il était d'ailleurs prévu qu'elle passe au commissariat dans l'après-midi. Il a ensuite demandé à Louise si elle avait trouvé autre chose dans les affaires de Katie, mais elle lui a répondu d'un ton sec :

« Tu ne comprends donc pas que c'est ça, la clé ? Si on ajoute ces pilules au fait que Katie passait beaucoup trop de temps chez les Abbott, avec toutes ces photos, toutes ces histoires, et... »

Elle n'a pas achevé sa phrase. Elle-même ne semblait pas entièrement convaincue par sa propre théorie. Parce que même si elle avait raison, et même si les pilules avaient entraîné chez sa fille un état dépressif, ça ne changeait rien au fait qu'elle n'avait rien remarqué.

Je ne lui ai pas fait part de ma réflexion, évidemment. J'avais un autre sujet plus difficile à aborder. Partant du principe que l'entrevue était terminée et que nous étions sur le point de partir, Louise s'est levée de son fauteuil. C'est à ce moment-là que je me suis lancée.

« Il y a autre chose dont nous voudrions vous parler.

– Je vous écoute, elle a dit en croisant les mains sur sa poitrine, sans se rasseoir.

– Est-ce que vous seriez disposée à nous laisser prendre vos empreintes digitales ? »

J'allais lui donner des explications mais elle m'a interrompue :

« Comment ? Mais pourquoi ? »

Sean est intervenu, visiblement mal à l'aise :

« Louise, nous avons retrouvé la même empreinte sur le flacon que tu m'as donné et sur un des appareils photo de Nel Abbott, et nous essayons de comprendre comment ça se fait. C'est tout. »

Louise a fini par se rasseoir.

« Eh bien, j'imagine qu'elles doivent appartenir à Nel, non ? Ça paraîtrait logique.

– Ce ne sont pas les empreintes de Nel, j'ai répondu. Nous avons vérifié. Et ce ne sont pas non plus celles de votre fille. »

Ma dernière phrase l'a fait tressaillir.

« Évidemment que ce ne sont pas celles de Katie, elle s'est emportée, les lèvres pincées. Pourquoi serait-elle allée toucher cet appareil photo ? »

Elle a attrapé entre ses doigts le petit pendentif bleu en forme d'oiseau et s'est mise à le faire glisser sur sa chaîne. Puis elle a laissé échapper un long soupir, avant d'admettre :

« Évidemment que ce sont mes empreintes. Évidemment. »

Elle nous a ensuite raconté que ça s'était passé trois jours après la mort de sa fille.

« Je suis allée chez Nel Abbott, elle a déclaré en se remettant une mèche derrière l'oreille. J'étais… En réalité, je doute que vous puissiez imaginer l'état dans lequel j'étais, mais vous pouvez toujours essayer. J'ai tambouriné à la porte mais elle n'a pas voulu ouvrir. Je n'ai pas abandonné, je suis restée là, à cogner à la porte en criant son nom et, au bout d'un moment, Lena a ouvert. Elle était en pleurs, elle hoquetait, elle était presque en crise d'hystérie – c'était horrible. »

Elle a essayé de sourire, sans succès, avant de reprendre le fil de son histoire.

« Je lui ai dit des choses. Des choses cruelles, avec le recul, mais…

– Quel genre de choses ? j'ai demandé.

– Je... Je ne me souviens pas vraiment des détails. »

Elle commençait à perdre son calme : elle avait la respiration de plus en plus saccadée, elle agrippait les accoudoirs du fauteuil, au point que ses phalanges avaient viré au blanc.

« Nel a dû m'entendre. Elle est sortie et m'a demandé de les laisser tranquilles. Elle m'a dit... »

Louise a laissé échapper un rire cruel.

« Elle m'a dit qu'elle était désolée pour moi ! Qu'elle était désolée, mais que ça n'avait rien à voir avec elle, ni avec sa fille. Lena était au sol, je m'en souviens, elle poussait des cris comme... comme un animal. Un animal blessé. »

Louise s'est interrompue quelques secondes pour reprendre son souffle, avant de poursuivre :

« On s'est disputées, Nel et moi. J'ai été assez violente. »

Elle s'est tournée vers Sean, un demi-sourire aux lèvres.

« Eh quoi, tu es surpris ? elle a demandé. Tu n'avais jamais entendu cette histoire ? Je pensais que Nel t'en aurait parlé – ou Lena, au moins. Oui, je... Eh bien, je ne l'ai pas frappée, mais je me suis jetée sur elle et elle m'a repoussée. J'ai exigé de voir les images prises par l'appareil photo. Je voulais... Ce n'était pas que je voulais les voir, mais plus que tout, je ne voulais pas qu'elle... Je n'aurais pas supporté... »

Louise a fondu en larmes.

Voir quelqu'un aux prises avec le chagrin le plus cruel est une chose horrible : il y a dans le fait d'assister à une telle scène quelque chose d'à la fois obscène et violent. Et pourtant, dans notre métier, on le fait tout le temps, on n'a pas le choix. Et pour faire face, chacun a sa technique. Sean a baissé la tête et est resté assis sans bouger ; moi, j'ai tendance à avoir recours à la distraction. J'ai donc observé les poules qui grattaient la pelouse, de l'autre côté de la vitre. Puis j'ai regardé les étagères, laissant mes yeux s'attarder sur quelques romans contemporains de qualité et sur des livres d'histoire militaire. Et enfin, je me suis tournée vers les photos encadrées, au-dessus de la cheminée. La photo de mariage, la photo de famille, la photo de bébé. Mais il n'y avait qu'un bébé : un petit garçon vêtu de bleu. Où se trouvait le cadre avec Katie ? J'ai essayé d'imaginer ce que ça faisait de décrocher la photo de son enfant du mur pour la ranger dans un tiroir. Quand je me suis tournée vers Sean, j'ai remarqué qu'il n'avait plus la tête baissée, mais qu'il me fusillait du regard. Je me suis alors rendu compte qu'il y avait un tapotement régulier dans la pièce et que c'était moi qui en étais à l'origine, en faisant claquer mon stylo contre mon carnet. Ce n'était pas volontaire. Je tremblais comme une feuille.

Après ce qui m'a semblé une éternité, Louise a recommencé à parler.

« Je n'aurais pas supporté que Nel soit la dernière à avoir vu ma fille. Elle m'a assuré qu'il n'y avait pas d'images, que l'appareil photo ne filmait pas et que, de toute façon, il était au sommet de la falaise, et qu'il n'aurait donc pas pu... pas pu la capturer. »

Elle a laissé échapper un immense soupir, et un frisson a fait trembler tout son corps, des épaules aux genoux.

« Je ne la croyais pas, a-t-elle repris. Je ne pouvais pas prendre le risque qu'il y ait une image sur l'appareil et qu'elle l'utilise. Qu'elle expose ma fille, seule et terrorisée, aux yeux du monde entier et... Je lui ai dit... Mais j'imagine que Lena vous l'a déjà raconté. Je lui ai dit que je ne la laisserais pas en paix tant qu'elle n'aurait pas payé pour ce qu'elle avait fait. Et puis je suis partie. Je suis allée au sommet de la falaise pour essayer de récupérer la carte SD, mais je n'ai pas trouvé comment faire. J'ai ensuite voulu arracher l'appareil à son support, mais je n'ai réussi qu'à me casser un ongle. »

Pour prouver son propos, elle a tendu la main gauche – l'ongle de l'index était effectivement rabougri et déformé.

« J'ai fini par lui donner quelques coups de pied, j'ai tapé dessus avec un caillou, et puis je suis rentrée à la maison. »

Erin

Quand on est partis, Josh était assis sur le trottoir en face de chez lui. Il nous a regardés marcher vers la voiture puis, quand on a été suffisamment éloignés, il a traversé la rue en courant et il est rentré. Perdu dans ses pensées, l'inspecteur en chef n'a rien semblé remarquer.

« Elle a dit à Nel qu'elle "ne la laisserait pas en paix tant qu'elle n'aurait pas payé" ? j'ai répété en ouvrant la portière. Vous ne trouvez pas que ça ressemble sérieusement à une menace ? »

Sean m'a dévisagé avec cet air agaçant de celui qui n'est pas vraiment là. Il n'a rien répondu.

« Je veux dire, vous ne trouvez pas ça bizarre que Lena ne nous en ait même pas parlé ? Et Josh, ce qu'il nous a dit sur le fait qu'ils étaient tous couchés ? Ça se voyait comme le nez au milieu de la figure que c'était un mensonge…

– C'est vrai, il a acquiescé à voix basse. Mais je n'accorderais pas trop de crédit aux histoires d'un enfant rongé par le chagrin. Nous sommes incapables de comprendre ce que ressent Josh, ce qu'il s'imagine, ou ce qu'il pense qu'il doit ou ne doit pas dire. Il sait qu'on a appris pour la dispute entre sa mère et Nel Abbott. Il est probablement terrorisé à l'idée qu'on l'accuse, qu'on la lui enlève. Surtout quand on pense à ce qu'il a déjà perdu. Quant à Lena, si elle était aussi hystérique que ce qu'a décrit Louise, il est possible qu'elle n'ait pas un souvenir très précis de l'incident, voire qu'elle ne se rappelle que de sa propre angoisse. »

Pour ma part, j'avais du mal à concilier la description qu'avait faite Louise de Lena ce jour-là – une bête blessée, hurlant à la mort – avec la jeune fille souvent renfermée et parfois cruelle qu'il m'avait été donné de rencontrer. Je ne parvenais pas à la voir réagir de façon aussi extrême et aussi viscérale à la mort de son amie alors qu'elle faisait preuve de tellement de retenue par rapport à la mort de sa mère. Était-il possible que Lena, bouleversée par la douleur de Louise, ait fini par croire aux accusations de cette dernière ? Un frisson me glaça le dos. La théorie paraissait peu crédible, mais elle existait : et si, comme Louise, Lena avait reproché à sa mère la mort de Katie ? Et si, dévorée par le chagrin, elle avait décidé de prendre les choses en main ?

Lena

Pourquoi les adultes posent-ils toujours les mauvaises questions? Les pilules. Ils sont tous bloqués là-dessus, en ce moment. Ces conneries de pilules amaigrissantes – j'avais même oublié que je les avais achetées, tellement c'était il y a longtemps. Mais maintenant, ils ont décrété que LES PILULES SONT LA CLÉ DE TOUT CE MYSTÈRE, alors j'ai dû aller au poste de police avec Julia, la « majeure compétente » désormais chargée de veiller sur moi. Ça m'a bien fait rigoler : c'est la nana la moins compétente qui soit, surtout dans cette situation.

On m'a emmenée dans une pièce au fond du poste de police, mais ce n'était pas du tout ce qu'on peut voir à la télévision, c'était un bureau normal. On s'est tous assis autour d'une table et c'est la femme, le sergent Morgan, qui m'a posé toutes les questions. Enfin, presque, Sean en a posé quelques-unes, mais c'était surtout elle.

Je leur ai dit la vérité : que j'avais acheté les pilules avec la carte bleue de Maman parce que Katie me l'avait demandé, et qu'on ne savait pas qu'elles étaient dangereuses – en tout cas, moi, je n'en savais rien et Katie ne m'avait rien dit non plus.

« Ça n'a pas l'air de beaucoup t'inquiéter de savoir qu'elles ont pu contribuer à détériorer l'état d'esprit de Katie au moment de sa mort », a fait remarquer le sergent Morgan.

Je me suis mordu la langue tellement fort que j'ai cru que j'allais la couper en deux.

« Non, j'ai répondu, ça ne m'inquiète pas. Katie n'a pas fait ce qu'elle a fait à cause d'un flacon de pilules.

– À cause de quoi, alors ? »

J'aurais dû me douter qu'elle rebondirait là-dessus, alors j'ai juste continué.

« Elle n'en a presque pas pris, de toute façon. Quelques-unes peut-être, mais pas plus de trois ou quatre, je dirais. Vous n'avez qu'à les compter, j'ai ajouté en me tournant vers Sean. Je suis quasiment sûre qu'il y en avait trente-cinq à la commande. Alors, comptez-les.

– C'est ce qu'on va faire, a répondu Sean. Est-ce que tu as fourni des pilules à d'autres personnes ? »

J'ai secoué la tête, mais il a insisté :

« C'est important, Lena.

– Je sais. Mais c'est la seule fois que j'en ai acheté. J'ai juste rendu service à une copine, c'est tout. Je vous jure. »

Il s'est appuyé contre le dossier de sa chaise.

« Très bien. Ce que j'ai du mal à comprendre, c'est pourquoi Katie voulait prendre ce type de pilules. »

Il m'a regardée, puis il a regardé Julia, comme si elle connaissait la réponse.

« Elle n'était pourtant pas en surpoids.

– Elle n'était pas particulièrement mince non plus », j'ai dit.

Là, Julia a fait un bruit bizarre, entre le reniflement et le rire et, quand je me suis tournée vers elle, elle me regardait comme si elle me haïssait.

« Est-ce que les autres lui disaient ce genre de choses ? m'a demandé le sergent Morgan. Au collège, par exemple ? Est-ce que les élèves faisaient régulièrement des remarques sur son poids ?

– Mais c'est pas vrai ! je me suis exclamée – j'avais du mal à rester calme. Non, Katie n'était pas harcelée par les autres élèves. Et vous savez quoi ? Elle me traitait tout le temps de sac d'os. Elle se moquait de moi parce que… »

Sean me regardait et je me suis sentie gênée, mais vu que j'avais commencé, j'étais bien obligée de finir.

« Parce que j'ai pas de seins. Alors elle me traitait de sac d'os et moi des fois je la traitais de grosse vache, mais ça ne voulait RIEN dire, ni pour elle ni pour moi. »

Ils ne comprenaient pas. Ils ne comprennent jamais rien. Et le problème, c'était que je n'arrivais pas à leur expliquer. Même moi je ne comprenais pas, parfois, parce qu'elle n'était pas mince, mais elle s'en fichait complètement. Elle n'en parlait jamais comme les autres filles. Moi je n'avais jamais essayé, mais Amy, Ellie et Tanya, si. Les régimes sans glucides, les diètes, les purges, ce genre de conneries. Mais Katie s'en fichait, elle aimait ça, avoir des seins. Elle aimait son corps tel qu'il était – avant, en tout cas. Et puis, je sais même pas ce qui s'est passé, peut-être un commentaire idiot sur Insta ou une remarque débile d'un des Cro-Magnon du collège, mais elle est devenue un peu bizarre à ce sujet. C'est là qu'elle m'a demandé de lui commander des pilules, mais le temps que je les reçoive, elle avait l'air d'être déjà passée à autre chose, et puis elle m'a dit que de toute façon elles ne marchaient pas.

J'ai cru que c'était la fin de l'interrogatoire. Je pensais que j'avais été claire, mais le sergent Morgan est partie sur un truc complètement différent, et elle m'a posé des questions sur le jour où Louise est venue chez nous, juste après la mort de Katie. Je leur ai dit que, ben oui, évidemment que je m'en souvenais. C'était un des pires jours de toute ma vie. Ça me rend malade rien que d'y repenser.

« Je n'avais jamais vu un truc pareil, je leur ai expliqué. Je n'avais jamais vu quelqu'un dans un tel état. »

Le sergent Morgan a acquiescé et, toute sérieuse avec son air inquiet, elle m'a demandé :

« Quand Louise a crié à ta mère qu'elle "ne la laisserait pas en paix tant qu'elle n'aurait pas payé", comment tu l'as pris, toi ? Qu'est-ce que tu penses que ça voulait dire ? »

Et là, j'ai pété un câble.

« Mais merde, ça ne voulait rien dire du tout, espèce d'abrutie !

– Lena, m'a avertie Sean d'un ton sévère. On se calme.

– D'accord, je suis désolée, mais merde ! Louise venait de perdre sa fille, elle ne savait même pas ce qu'elle disait. Elle était folle. »

Je me suis levée pour partir, mais Sean m'a demandé de rester.

« Je ne suis pas obligée, si ? Je ne suis pas en état d'arrestation ?

– Mais non, Lena, bien sûr que non », il a dit.

Je lui ai parlé à lui, parce que lui, il comprenait.

« Écoute, Louise n'était pas sérieuse. Elle était complètement hystérique, cinglée. Tu te souviens, non ? De comment elle était ? Et puis, évidemment qu'elle disait n'importe quoi, on disait tous n'importe quoi, je crois qu'on est tous devenus un peu tarés quand Katie est morte. Mais bon sang, Louise n'a pas fait de mal à Maman. Je vais être franche : si elle avait eu un flingue ou un couteau ce jour-là, je ne sais pas ce qui se serait passé. Mais elle n'a rien fait. »

J'avais envie de leur dire la vérité. Vraiment. Pas au sergent, pas même à Julia, mais j'avais envie de tout raconter à Sean. Mais je ne pouvais pas. Ç'aurait été une trahison, et après tout ce que j'avais fait, je ne pouvais pas trahir Katie maintenant. Alors j'ai dit ce que j'ai pu :

« Louise n'a rien fait à ma mère, compris ? Rien. Maman a pris sa décision toute seule. »

Je me suis levée pour partir, mais le sergent Morgan n'en avait pas encore fini. Elle me dévisageait avec un air étrange, l'air de ne pas croire un seul mot de ce que je leur avais raconté, et puis elle a commenté :

« Tu sais ce que je trouve bizarre, moi, Lena ? C'est que tu ne sembles pas le moins du monde curieuse de savoir ce qui a poussé Katie ou ta mère à faire ce qu'elles ont fait. Quand quelqu'un meurt de cette manière, la question qu'on se pose, c'est toujours "pourquoi". Pourquoi a-t-elle fait ça ? Pourquoi mettre fin à ses jours alors qu'elle avait tout pour être heureuse ? Mais pas toi. Et la seule, l'unique explication qui me vient à l'esprit, c'est que tu connais déjà la réponse. »

Sean m'a prise par le bras et m'a entraînée hors de la pièce avant que je puisse réagir.

Lena

Julia voulait me ramener à la maison mais je lui ai dit que j'avais envie de marcher. Ce n'était pas vrai mais, d'une, je ne voulais pas me retrouver toute seule en voiture avec elle, et de deux, j'avais vu Josh qui tournait sur son vélo de l'autre côté de la rue, et je savais que c'était moi qu'il attendait.

« Quoi d'neuf, Josh ? » je lui ai lancé quand il s'est approché.

À huit ou neuf ans, il s'était mis à dire « Quoi d'neuf ? » à tout le monde à la place de « bonjour », et Katie et moi, on ne l'avait plus jamais lâché avec ça. D'habitude, ça le fait rire, mais pas cette fois. Il avait l'air effrayé.

« Qu'est-ce qu'il y a, Josh ? Qu'est-ce qui s'est passé ?

– Qu'est-ce qu'ils te voulaient ? il a demandé d'une voix à peine audible.

– C'est rien, t'en fais pas. Ils ont trouvé des pilules que Katie a prises à un moment, et ils pensent qu'elles ont – enfin, que les pilules ont un rapport avec… ce qui lui est arrivé. Mais ils se gourent, évidemment. T'en fais pas. »

J'ai voulu le prendre dans mes bras mais il s'est dégagé, ce qui m'a étonnée. Normalement, il ne rate jamais une occasion de me faire un câlin ou de me tenir la main.

« Est-ce qu'ils t'ont posé des questions sur Maman ? il a encore demandé.

– Non. Enfin, si, j'imagine. Pas grand-chose. Pourquoi ?

– Je ne sais pas, il a répondu sans me regarder.

– Pourquoi, Josh ?

– Je pense qu'on devrait leur dire. »

J'ai senti les premières gouttes d'eau tiède sur mes bras et j'ai levé les yeux vers le ciel. Il était terriblement noir, on voyait l'orage arriver.

« Non, Josh. Hors de question.

– Lena, on est obligés.

– Non ! » j'ai répété.

Je l'ai attrapé par le bras un peu plus fort que j'aurais voulu et il a couiné comme un chiot auquel on a marché sur la queue.

« On a juré. Tu as juré. »

Il a secoué la tête et j'ai enfoncé mes ongles dans son bras. Il s'est mis à pleurer :

« Mais qu'est-ce que ça peut bien faire, maintenant ? »

Je l'ai lâché, j'ai posé les mains sur ses épaules et je l'ai forcé à me regarder.

« Une promesse, c'est une promesse, Josh. Je ne rigole pas. Alors tu ne vas rien dire à personne. »

Il avait raison, d'un côté. Qu'est-ce que ça pouvait bien faire ? Maintenant que le pire était arrivé... Mais je refusais tout de même de la trahir. Et s'ils apprenaient la vérité au sujet de Katie, ils poseraient aussi des questions sur ce qui s'était passé après, et je ne voulais pas que quiconque sache ce qu'on avait fait, Maman et moi. Ce qu'on avait fait, et ce qu'on n'avait pas fait.

Je ne voulais pas abandonner Josh dans cet état, et de toute façon je n'avais pas envie de rentrer, alors j'ai passé un bras autour de ses épaules et je l'ai serré contre moi pour le réconforter. Je lui ai pris la main.

« Allez, viens, je lui ai dit. Suis-moi, j'ai une idée. Je sais ce qui pourra nous faire du bien. »

Il est devenu rouge brique et j'ai éclaté de rire.

« Pas ça, espèce de petit obsédé ! »

Il a rigolé aussi, et il a essuyé ses larmes.

On a marché en silence vers le sud du village. Josh poussait son vélo. Il n'y avait personne, il pleuvait de plus en plus fort, et de temps en temps, je surprenais le regard de Josh posé sur moi

– mon tee-shirt était devenu complètement transparent et je ne portais pas de soutien-gorge. J'ai croisé les bras sur ma poitrine et il a encore rougi. J'ai souri sans rien dire. D'ailleurs, on n'a pas prononcé un mot de tout le trajet, jusqu'à ce qu'on arrive dans la rue de Mark. Là, Josh a dit :

« Qu'est-ce que tu veux faire ? »

Je me suis contentée de lui sourire. Une fois devant la porte de Mark, il a encore demandé :

« Lena, qu'est-ce que tu veux faire ? »

Il avait retrouvé son air effrayé, mais il était un peu excité aussi, et j'ai senti l'adrénaline monter en moi, ça m'a donné le tournis, la nausée.

« Ça. »

J'ai ramassé une pierre sous la haie et je l'ai jetée aussi fort que possible dans la grande fenêtre à l'avant de la maison, et elle est passée à travers en ne faisant qu'un petit trou.

« Lena ! » s'est écrié Josh.

Il a regardé tout autour de nous pour voir si on nous observait. Personne. Je lui ai souri, j'ai pris une autre pierre et j'ai recommencé, et cette fois, la vitre a volé en éclats.

« À toi », je lui ai dit en lui tendant une pierre.

Et comme ça, à nous deux, on a fait le tour de la maison. On nous aurait crus ivres de rage – on a ri, on a crié et on a traité ce salopard de tous les noms qu'on connaissait.

Le Bassin aux noyées

Katie, 2015

Sur le chemin de la rivière, elle s'arrêta de temps en temps pour ramasser une pierre ou un morceau de brique et les mettre dans son sac à dos. Il faisait froid, le jour n'était pas encore levé, mais si elle s'était retournée vers l'est, vers la mer, elle aurait vu poindre une touche de gris à l'horizon. Elle ne se retourna pas une seule fois.

Elle commença par descendre la colline d'un pas rapide en direction du bourg, afin de mettre le plus de distance possible entre sa maison et elle. Elle n'alla pas tout de suite à la rivière ; elle voulait, une dernière fois, traverser cet endroit dans lequel elle avait grandi, passer devant l'école primaire (sans oser la regarder, de peur que des souvenirs d'enfance ne viennent affaiblir sa détermination), devant l'épicerie du village dont on avait baissé le volet pour la nuit, devant le stade où son père avait essayé – sans succès – de lui apprendre à jouer au cricket. Elle passa devant la maison de ses amis.

Il y avait une maison en particulier, sur Seward Road, mais elle ne pouvait pas se résoudre à passer devant, alors elle en choisit une autre, et sa foulée se fit plus lente tandis que son fardeau s'alourdissait sur la route qui remontait en direction de la vieille ville et de ses rues étroites, coincées entre des bâtisses de pierre aux façades revêtues de rosiers grimpants.

Elle dépassa l'église et continua son chemin en direction du nord jusqu'à ce que la route tourne brusquement vers la droite.

Elle emprunta le pont et s'arrêta un instant au milieu. Elle baissa les yeux vers l'eau, sa surface huileuse, son mouvement rapide par-dessus les galets. Elle parvenait à distinguer (peut-être était-ce son imagination ?) la silhouette sombre du moulin, son imposante roue immobile qui pourrissait faute d'avoir tourné depuis un demi-siècle. Elle pensa à la fille endormie à l'intérieur et posa ses mains bleuies et blanchies par le froid sur le parapet pour les empêcher de trembler.

Elle descendit la volée de marches raides vers le sentier qui longeait la rivière. Si elle avait voulu, elle aurait pu le suivre jusqu'en Écosse. Elle l'avait fait, d'ailleurs, l'été précédent. Ils étaient six, avec des tentes et des sacs de couchage, et ils y étaient arrivés en trois jours. Le soir, ils campaient au bord de l'eau, ils buvaient du vin au clair de lune en se racontant les histoires de la rivière, celles de Libby, d'Anne et de toutes les autres. À cette époque, jamais elle n'aurait imaginé que son destin et le leur étaient liés et qu'un jour elle marcherait dans leurs pas.

Sur les quelques centaines de mètres qui séparaient le pont du bassin aux noyées, elle ralentit de plus en plus : dans son sac trop lourd, les pierres saillantes lui rentraient dans le dos. Elle pleura un peu. Elle avait beau essayer, elle n'arrivait pas à s'empêcher de penser à sa mère, et ça, c'était le pire. Le pire de tout.

Lorsqu'elle se retrouva sous les hêtres, il faisait si noir qu'elle ne voyait pas à un mètre devant elle, et elle trouva cela réconfortant. Elle songea que, peut-être, elle pouvait s'asseoir un instant, enlever son sac à dos et se reposer, mais elle savait que c'était impossible. Si elle faisait ça, le soleil se lèverait et il serait trop tard, et elle devrait recommencer un autre jour, se lever avant l'aube et quitter sa maison endormie. Alors elle continua, un pas après l'autre.

Un pas après l'autre jusqu'à la limite des arbres, un pas après l'autre, quitter le sentier, trébucher sur le sable, et enfin, un pas après l'autre, rentrer au fond de l'eau.

Jules

Tu inventais des histoires. Tu réécrivais les faits, tu leur imposais ton point de vue, ta version toute personnelle de la vérité.

(Quelle arrogance, Nel, toujours cette putain d'arrogance !)

Tu ne sais pas ce qui est arrivé à Libby Seeton et tu ne sais certainement pas ce qui est passé par la tête de Katie quand elle est morte. Tes notes en sont la preuve :

La nuit du solstice d'été, Katie Whittaker a pénétré dans le bassin aux noyées. On a retrouvé ses traces de pas sur la petite plage, côté sud. Elle portait une robe en coton verte et une simple chaîne argentée avec un pendentif en forme d'oiseau portant l'inscription : «Avec tout mon amour». Sur son dos, elle avait un sac rempli de briques et de pierres. L'autopsie a révélé qu'elle n'avait consommé ni alcool ni drogue.

Katie n'avait aucun antécédent psychiatrique – pas d'épisodes dépressifs, pas de problèmes d'automutilation. C'était une bonne élève, jolie et populaire. La police n'a relevé aucune trace de harcèlement, scolaire ou en ligne.

Katie avait grandi dans un foyer stable, entourée d'une famille attentionnée. Katie était aimée.

J'étais assise en tailleur sur le sol de ton bureau, à feuilleter tes papiers dans la lueur sombre de la fin d'après-midi, et je cherchais des réponses. Je cherchais quelque chose, n'importe quoi. Parmi tes notes – mélangées, en désordre, des gribouillis à peine lisibles dans la marge, des mots soulignés en rouge ou barrés en noir –, j'ai aussi trouvé des photos. J'ai sorti d'un vieux dossier en papier kraft des clichés imprimés sur du papier brouillon : Katie et Lena, deux petites filles qui souriaient à l'objectif, sans faire la moue, sans poser, un retour à une époque innocente et si lointaine où Snapchat n'existait pas. Des images de fleurs, d'hommages déposés au bord du bassin, des ours en peluche, des babioles. Des traces de pas dans le sable, près de l'eau. Pas les siennes, je présume. Pas celles de Katie, quand même ? Non, ça devait être ta version, ta reconstitution. Tu avais marché dans ses pas, hein ? Tu avais suivi son chemin, tu n'avais pas pu résister au désir de ressentir ce qu'elle avait dû ressentir.

Ça a toujours été ton truc, ça. Plus petite, déjà, tu étais fascinée par l'acte en lui-même, le cran, les tripes qu'il fallait pour aller jusqu'au bout. Tu posais des questions : est-ce que ça faisait mal ? Pendant combien de temps ? Qu'est-ce que ça faisait, de tomber dans l'eau de si haut ? Est-ce qu'on sentait son corps se briser ? Je pense que tu t'intéressais moins au reste, à ce qui poussait quelqu'un à monter au sommet de la falaise ou à descendre sur la plage, et à continuer d'avancer.

Derrière le dossier, j'ai aperçu une enveloppe sur laquelle on avait gribouillé ton nom. Dedans, une feuille de papier avec un message écrit d'une main tremblante :

J'étais sérieuse hier, quand je suis venue te voir. Je refuse que tu exploites la tragédie de ma fille pour ton projet morbide. Et ce n'est pas seulement parce que je trouve répugnant que tu puisses en tirer un profit financier. Je t'ai dit et répété que ce que tu fais est PROFONDÉMENT IRRESPONSABLE, et la mort de Katie en est la PREUVE. Si tu possédais une once de compassion, tu arrêterais immédiatement ce que tu fais, tu admettrais que ce que tu écris, ce que tu publies, ce que tu dis et ce que tu fais a des conséquences. Je sais qu'il y a peu de chances que tu m'écoutes – après tout, tu n'en as toujours fait qu'à ta tête. Mais si tu continues comme ça, je suis sûre qu'un jour, quelqu'un te forcera à écouter pour de bon.

La lettre n'était pas signée, mais il était évident qu'elle avait été envoyée par la mère de Katie. Elle t'avait prévenue, et apparemment, ce n'était pas la première fois. Au poste de police, les inspecteurs avaient parlé à Lena d'un incident survenu juste après la mort de Katie, quand Louise était venue te menacer et te dire qu'elle te ferait payer. Est-ce que c'est ça que tu voulais me dire ? Est-ce que tu avais peur d'elle ? Est-ce que tu pensais qu'elle allait s'en prendre à toi ?

L'idée de cette femme aux yeux fous, malade de chagrin et prête à tout – c'était terrifiant. Je ne voulais plus rester là, au milieu de tes affaires. Je me suis levée et la maison m'a paru bouger, tanguer comme un bateau. J'ai senti la rivière pousser la roue comme pour la faire tourner, l'eau s'infiltrer dans les fissures élargies avec la complicité des algues.

J'ai posé la main sur le meuble à tiroirs puis je suis remontée jusqu'au salon, un silence assourdissant dans les oreilles. J'ai attendu un instant que mes yeux s'habituent à la lumière et soudain, l'espace d'une seconde, j'ai cru voir une femme sur la banquette sous la fenêtre, pile à l'endroit où je m'asseyais avant. Une seconde, puis elle a disparu, mais mon cœur s'est mis à tambouriner et mes cheveux se sont dressés sur ma tête. Il y avait quelqu'un, ou il y avait eu quelqu'un. Ou quelqu'un arrivait.

Le souffle court, j'ai couru jusqu'à la porte d'entrée – verrouillée, comme je l'avais laissée. Mais dans la cuisine flottait une étrange odeur, différente, sucrée, comme un parfum, et la fenêtre était grande ouverte. J'étais pourtant certaine de l'avoir fermée.

Je me suis dirigée vers le congélateur et j'ai fait quelque chose de très inhabituel pour moi : je me suis servi un verre de vodka. J'ai rempli tout un verre du liquide glacé et visqueux et je l'ai bu d'une traite ; ça m'a brûlée tout le long de la gorge jusqu'à l'estomac. Je me suis resservie.

J'avais la tête qui tournait et je me suis appuyée sur la table pour retrouver l'équilibre. Je guettais le retour de Lena, je suppose. Elle avait refusé que je la ramène et avait de nouveau disparu. D'un côté, j'étais soulagée : je n'avais pas envie de me retrouver dans la même pièce qu'elle. J'essayais de me convaincre que je réagissais ainsi par colère, parce qu'elle avait fourni des pilules amaigrissantes à une autre adolescente et qu'elle s'était moquée de son poids, mais en réalité j'avais peur à cause de ce qu'avait dit le sergent Morgan. Si Lena ne se pose pas de questions, c'est que Lena sait. Je ne pouvais pas m'empêcher de repenser à son visage sur la photo, dans la chambre à l'étage, ses dents acérées et son sourire de prédateur. Lena sait. Mais que sait-elle, au juste ?

Je suis redescendue dans le bureau et me suis de nouveau assise par terre. J'ai rassemblé les notes que j'avais sorties et j'ai commencé à les trier, pour y remettre un semblant d'ordre. Pour tâcher de comprendre le récit que tu avais mis en place. Je me suis attardée sur la photo de Lena et Katie. Il y avait une tache d'encre juste sous le menton de Lena. J'ai retourné le cliché. Au dos, tu avais écrit une simple phrase que j'ai lue à voix haute : *Parfois, les femmes à problèmes prennent les choses en main.*

La pièce s'est assombrie. J'ai levé les yeux et poussé un cri étouffé. Je ne l'avais pas entendue, ni la porte d'entrée, ni ses pas dans le salon, elle était apparue tout à coup dans l'encadrement de la porte, devant la lumière et, de là où je me trouvais, c'était la silhouette de Nel. Puis l'ombre s'est avancée dans la pièce et j'ai reconnu Lena, une trace de saleté sur le visage, les mains crasseuses, les cheveux ébouriffés.

« À qui tu parles ? » m'a-t-elle demandé.

Elle sautillait d'un pied sur l'autre, elle semblait surexcitée, fiévreuse.

« Je ne parlais pas, je…

– Si, tu as parlé, a-t-elle insisté en gloussant. Je t'ai entendue. Mais à qui tu… »

Elle s'est interrompue et son rictus s'est évanoui lorsqu'elle a aperçu la photo.

« Qu'est-ce que tu fous avec ça ?

– Je lisais juste... Je voulais... »

Je n'ai pas eu le temps de prononcer un mot de plus qu'elle a foncé vers moi, je me suis recroquevillée, mais elle m'a bondi dessus pour m'arracher le cliché.

« Qu'est-ce que tu fous avec ça ? » elle a répété.

Elle fulminait, la mâchoire serrée et le visage rouge de fureur. Je me suis relevée maladroitement.

« Ce n'est pas tes affaires ! »

Elle est allée poser la photo de Katie sur le bureau et l'a aplatie doucement avec la paume de sa main.

« De quel droit tu fais ça ? a-t-elle demandé d'une voix tremblante en se retournant vers moi. De quel droit tu fouilles dans son bureau, tu touches à ses affaires ? Pour qui tu te prends ? »

Elle s'est avancée vers moi et, sans faire exprès, elle a shooté dans le verre de vodka posé par terre, qui a volé jusqu'au mur où il a éclaté en morceaux. Elle s'est mise à genoux pour ramasser les notes que j'avais commencé à trier.

« Tu n'as pas le droit de toucher à ça ! »

Elle crachait presque de rage.

« Ce n'est pas tes affaires !

– Lena, arrête. »

Elle s'est subitement redressée avec un petit cri de douleur – elle avait mis la main sur un éclat de verre et saignait. Elle a attrapé une pile de papiers qu'elle a serrée contre sa poitrine.

« Viens là, je lui ai dit en essayant de lui retirer les feuilles. Tu saignes.

– Ne t'approche pas de moi ! »

Elle a empilé son butin sur le bureau. Mon regard a été attiré par la traînée de sang sur la première page et j'ai lu les mots qui y étaient imprimés : *Prologue*, en gros, et en dessous : *À dix-sept ans, j'ai sauvé ma petite sœur de la noyade.*

J'ai senti un rire hystérique monter en moi, et il a éclaté si fort que Lena a bondi. Elle m'a dévisagée, ébahie. Alors j'ai ri encore plus fort en voyant l'air furieux sur son beau visage, en voyant le sang qui gouttait de son doigt sur le sol. J'ai ri jusqu'à en avoir les larmes aux yeux, jusqu'à ce que tout devienne flou, comme si je me retrouvais sous l'eau.

Août 1993

Jules

Robbie est parti en me laissant sur la banquette. J'ai fini la vodka. C'était la première fois que j'étais ivre et j'ignorais que le contrecoup viendrait si vite, que l'allégresse céderait la place à l'abattement et que, de très haut, je tomberais très bas. Tout espoir semblait soudain perdu, le monde m'apparaissait lugubre. Je n'arrivais plus à réfléchir correctement, mais le fil de mes pensées me semblait logique. C'est la rivière qui a la réponse. Suis la rivière.

Je n'ai aucune idée de ce que je recherchais lorsque je suis descendue d'un pas chancelant vers la berge et le sentier qui longeait la rivière. Je marchais à l'aveugle, la nuit semblait plus noire que jamais, une nuit silencieuse et sans lune. Même la rivière était silencieuse, un serpent lisse et sinueux qui rampait à mes côtés. Je n'avais pas peur. Ce que je ressentais ? De l'humiliation, de la honte. De la culpabilité. Je l'avais regardé, je l'avais espionné, je vous avais espionnés, et il m'avait vue.

Il y a près de trois kilomètres entre le Vieux Moulin et le bassin, ça a dû me prendre un bon moment. En temps normal, je n'étais déjà pas rapide, alors dans le noir et dans mon état... Tu ne m'as pas suivie. Mais tu as fini par venir.

Quand tu es arrivée, j'étais déjà dans l'eau. Je me souviens du froid autour de mes chevilles, puis de mes genoux, je me souviens m'être laissée sombrer dans les ténèbres. Le froid a disparu, mon corps entier me brûlait, j'avais de l'eau jusqu'au cou, plus moyen de sortir et personne pour me voir. J'étais cachée, je disparaissais, je ne prenais plus autant de place, je ne prenais plus de place du tout.

La chaleur m'a imprégnée tout entière, puis elle s'est dissipée et le froid est revenu, lourd comme le plomb, non plus sur ma peau mais dans ma chair, dans mes os. J'étais fatiguée, la berge me semblait désormais beaucoup trop loin, je n'étais pas sûre de pouvoir nager jusque là-bas. J'ai voulu donner un coup de pied par terre pour remonter mais je ne touchais plus le fond, alors je me suis dit que je devrais peut-être juste me laisser flotter un peu, sereine, invisible.

J'ai dérivé. L'eau commençait à recouvrir mon visage et quelque chose m'a effleuré, quelque chose de doux, comme les cheveux d'une femme. J'ai eu une sensation d'écrasement dans la poitrine et quand j'ai voulu pousser un cri, j'ai avalé de l'eau. Au loin, j'ai entendu une femme crier. « Libby, tu m'avais dit, on l'entend parfois, la nuit, on l'entend appeler. » Je me suis débattue mais quelque chose m'a serré les côtes ; j'ai senti sa main dans mes cheveux, brutale, vive, et elle m'a entraînée vers le fond. Seules les sorcières flottent.

Ce n'était pas Libby, bien sûr, mais toi, qui criais après moi. Ta main sur mon crâne qui me maintenait sous l'eau. Je me suis débattue pour t'échapper. Tu me maintenais sous l'eau, ou tu essayais de m'en sortir ? Tu as agrippé mes vêtements, planté tes ongles dans ma peau, tu m'as laissé des griffures sur le cou et les bras, pour accompagner celles que Robbie avait laissées entre mes jambes.

Enfin, on a rejoint la berge, moi à genoux, à bout de souffle, et toi debout au-dessus de moi, qui criais :

« T'es vraiment qu'une grosse conne ! Qu'est-ce que tu fais ? Qu'est-ce que t'essaies de faire, putain ? »

Tu es tombée à genoux et tu m'as prise dans tes bras, puis tu as remarqué que je sentais l'alcool et tu t'es remise à crier :

« Tu as treize ans, putain, Julia ! Tu ne peux pas boire, tu ne peux pas... Qu'est-ce qui t'a pris ? »

Tu as planté tes doigts osseux dans la chair de mes bras et tu m'as secouée.

« Pourquoi tu as fait ça ? Pourquoi ? Pour te venger, c'est ça ? Pour que Papa et Maman soient fâchés contre moi ? Mais bon Dieu, Julia, qu'est-ce que je t'ai fait, hein ? »

Tu m'as ramenée à la maison, tu m'as entraînée à l'étage et tu as fait couler un bain. Je ne voulais pas y aller mais tu m'as forcée, tu m'as malmenée pour me déshabiller et m'immerger dans l'eau tiède. Malgré la chaleur, je n'arrêtais pas de frissonner. J'ai refusé de m'allonger. Je suis restée assise, voûtée, gênée par les bourrelets de mon ventre, tandis que tu prenais de l'eau chaude dans le creux de tes mains pour m'en asperger les épaules.

« Bon sang, Julia. Tu es encore une petite fille. Tu ne devrais pas… Tu n'aurais pas dû… »

Tu semblais à court de mots. Tu m'as essuyé le visage et tu as souri – tu as essayé d'être gentille.

« C'est bon, tout va bien. Ce n'est pas grave. Je suis désolée de t'avoir crié dessus. Il m'a raconté ce qui s'est passé, je suis désolée qu'il t'ait fait du mal, mais à quoi tu t'attendais, au juste, Julia ? Honnêtement, à quoi tu t'attendais ? »

Je t'ai laissée me donner mon bain, tes mains bien plus douces que dans le bassin. Je me suis demandé comment tu faisais pour avoir si vite retrouvé ton calme, je pensais que tu aurais été beaucoup plus en colère. Contre moi, évidemment, mais peut-être aussi contre lui, pour ce qu'il m'avait fait ? Je me suis dit que j'exagérais sûrement, ou alors que tu ne voulais pas y penser.

Tu m'as fait promettre de ne pas raconter aux parents ce qui s'était passé.

« Promets-le-moi, Julia. Tu ne leur raconteras pas, ni à eux, ni à personne. D'accord ? Jamais. On ne peut pas en parler, tu comprends ? Parce que… parce que sinon, on aura tous des problèmes. D'accord ? N'en parle plus. Si on n'en parle plus, c'est comme s'il ne s'était rien passé. Et il ne s'est rien passé, d'accord ? Rien du tout. Promets-moi. Promets-moi que tu n'en parleras jamais, Julia. »

J'ai tenu ma promesse. Pas toi.

2015

Helen

Sur le chemin du supermarché, Helen croisa Josh Whittaker sur son vélo. Il était trempé et avait les vêtements couverts de boue. Elle freina et baissa sa vitre pour l'appeler.

« Josh ? Ça va ? »

Il agita la main et dévoila ses dents – une tentative de sourire ratée, songea-t-elle. Elle repartit au ralenti et continua à l'observer dans le rétroviseur. Il faisait des cercles, braquant son guidon tantôt à droite, tantôt à gauche, se mettant régulièrement debout sur les pédales pour regarder par-dessus son épaule.

Josh avait toujours été un enfant un peu bizarre, et les événements dramatiques de juin n'avaient pas arrangé les choses. Après la mort de Katie, Patrick l'avait plusieurs fois emmené à la pêche – une manière de rendre service à Louise et Alec, de leur permettre d'avoir un peu de temps pour eux. Apparemment, Josh et lui passaient des heures et des heures au bord de l'eau sans que le petit ne prononce le moindre mot.

« Ils devraient l'éloigner d'ici, lui avait dit Patrick. Ils devraient déménager.

– Vous n'avez pas déménagé, vous, avait-elle fait remarquer d'une voix douce.

– Ce n'est pas pareil. Moi, je n'avais pas le choix. J'avais un travail, ici. »

Pourtant, quand il s'était retrouvé à la retraite, il était resté. Pour eux – Sean et elle. Enfin, pas pour eux, mais plutôt pour être proche d'eux, parce que c'était tout ce qui lui restait : eux, la maison, la rivière. Cependant, cela n'allait plus durer. Personne ne disait rien, parce qu'on ne disait jamais rien dans cette famille, mais Patrick était malade. La nuit, Helen l'entendait tousser, des quintes interminables, et le matin, elle voyait bien que le moindre mouvement le faisait souffrir. Le pire, c'est qu'elle savait que ce n'était pas seulement physique : lui qui avait toujours eu l'esprit si vif commençait à oublier des choses, à s'embrouiller. Il lui empruntait sa voiture et ne se souvenait plus où il l'avait garée, ou parfois, comme l'autre jour, il la lui rendait remplie de saletés. Des choses qu'il avait récupérées ? Qu'il s'était appropriées ? Des trophées ? Elle ne demandait pas, ne voulait pas savoir. Elle avait peur pour lui.

Et pour tout dire, elle avait aussi peur pour elle. Ces derniers temps, elle était perturbée, distraite, déraisonnable. Parfois, elle avait l'impression de devenir folle. De perdre pied.

Cela ne lui ressemblait pas. Helen était une femme pragmatique, rationnelle et déterminée, qui pesait toujours soigneusement le pour et le contre avant d'agir. Une cérébrale, comme disait son beau-père. Mais les événements de ces derniers mois l'avaient déstabilisée, elle n'était plus elle-même. À tel point qu'il lui arrivait maintenant de remettre en cause certains aspects de sa vie dont elle n'avait jusque-là jamais douté : son couple, sa vie de famille, et même ses compétences professionnelles.

Tout avait débuté avec Sean. Elle avait commencé à avoir des soupçons et puis, à l'automne dernier, Patrick lui en avait apporté l'horrible confirmation : son mari, son roc à la morale irréprochable, n'était pas du tout celui qu'elle pensait. Que devait-elle faire ? Partir ? Abandonner son foyer et ses responsabilités ? Lui lancer un ultimatum ? Lui hurler dessus, l'amadouer ? Devait-elle le punir ? Et si oui, comment ? En déchirant ses chemises préférées, en cassant ses cannes à pêche en deux, en brûlant ses livres dans la cour ?

Toutes ces idées paraissant inutiles, imprudentes, voire tout bonnement ridicules, elle avait demandé conseil à Patrick, lequel l'avait convaincue de rester, arguant que Sean était rentré dans le droit chemin, qu'il regrettait profondément son infidélité et qu'il allait tout faire pour qu'elle puisse un jour lui pardonner.

« En attendant, avait ajouté Patrick, il comprendrait – on comprendrait tous les deux – si tu décidais de t'installer dans la chambre d'amis, ici. Ça te ferait peut-être du bien à toi aussi d'avoir un peu d'espace – et je suis sûr que ça ne ferait pas de mal à Sean d'avoir un petit aperçu de ce qu'il risque de perdre. »

Presque un an plus tard, elle passait toujours la plupart de ses nuits dans la maison de son beau-père.

Mais l'« erreur » de Sean, comme ils l'appelaient pudiquement, n'était qu'un début. En effet, peu après avoir emménagé chez Patrick, Helen avait été confrontée à de graves troubles du sommeil, d'horribles insomnies qui l'épuisaient et faisaient de son quotidien un enfer. Elle avait découvert à cette occasion que son beau-père souffrait du même problème – apparemment depuis des années. Alors ils étaient devenus insomniaques ensemble. Ils s'étaient mis à passer leurs nuits assis côte à côte dans un silence convivial, à lire et à faire des mots croisés.

Parfois, Patrick buvait un whisky qui le mettait d'humeur loquace. Il lui parlait alors de sa carrière de policier, lui racontait à quoi ressemblait le village, avant. Quelquefois, il lui confiait des choses qui la troublaient. Des histoires sur la rivière, de vieilles rumeurs, des légendes sordides oubliées depuis longtemps que Nel Abbott s'acharnait à vouloir déterrer afin de les faire passer pour vraies. Des histoires sur leur famille, des choses blessantes. Des mensonges, des propos diffamatoires, sûrement ? Mais Patrick ne comptait pas aller jusqu'à la poursuivre devant les tribunaux.

« Ses mensonges ne verront jamais la lumière du jour, avait-il un jour juré à Helen. Je m'en assurerai personnellement. »

De toute façon, ce n'était pas ça, le problème. Le problème, d'après Patrick, c'était le mal qu'elle avait déjà fait – à Sean et à leur famille.

« Crois-tu sincèrement qu'il se comporterait ainsi si elle ne lui avait pas bourré le crâne avec toutes ces histoires, à le faire douter de qui il est et d'où il vient ? Parce qu'il a changé, pas vrai, ma chérie ? Et c'est sa faute à elle. »

Helen craignait que son beau-père ait raison et que les choses ne redeviennent jamais comme avant, mais Patrick lui promettait régulièrement que si, et que de cela aussi il s'assurerait personnellement. Il lui prenait ensuite tendrement la main et la remerciait de l'avoir écouté, puis il l'embrassait sur le front et lui disait :

« Tu es vraiment une bonne petite. »

Pendant un temps, les choses avaient semblé s'arranger. Et puis elles avaient empiré. Car quand enfin Helen était de nouveau parvenue à dormir plus de quelques heures d'affilée, quand enfin elle s'était surprise à sourire à son mari de plus en plus régulièrement et que la famille avait commencé à retrouver l'équilibre confortable qui était le sien, Katie Whittaker était morte.

Katie Whittaker, élève modèle, travailleuse, polie, sans histoire – ce fut un choc. Et Helen se sentait responsable. Elle estimait avoir trahi Katie Whittaker. Tout le monde l'avait trahie, d'ailleurs : ses parents, ses enseignants, tout le monde. Car personne n'avait remarqué que la joyeuse Katie avait besoin d'aide, que la joyeuse Katie n'allait en réalité pas bien du tout. Et pendant que Helen se préoccupait de ses affaires de couple et de ses problèmes d'insomnie, pendant qu'elle se laissait gagner par le doute, une de ses élèves avait péri.

Quand Helen arriva au supermarché, la pluie avait cessé. Le soleil avait fait son apparition et de la vapeur s'élevait du bitume, faisant flotter dans l'air une odeur de terre humide. Elle fouilla son sac à main à la recherche de sa liste de courses : pour le dîner, elle devait acheter un rôti, des légumes et des lentilles. Ils avaient aussi besoin d'huile d'olive, de café et de pastilles pour le lave-vaisselle.

Elle se trouvait au milieu du rayon des conserves, à la recherche de la marque de tomates concassées qu'elle prenait d'habitude, quand elle vit une femme approcher, poussant distraitement un caddie presque vide.

Helen se rendit compte avec horreur qu'il s'agissait de Louise. Prise de panique, elle abandonna son propre caddie et s'enfuit jusqu'au parking, où elle resta cachée derrière son volant jusqu'à ce qu'elle ait vu Louise repartir à bord de sa voiture.

Elle se sentait à la fois stupide et honteuse – ce qu'elle venait de faire ne lui ressemblait pas. Un an plus tôt, jamais elle ne se serait comportée de manière aussi indigne. Elle aurait parlé à Louise, lui aurait posé une main sur l'épaule et lui aurait demandé des nouvelles de son mari et de son fils. Elle aurait fait preuve de savoir-vivre.

Mais Helen n'était plus elle-même. Il n'y avait pas d'autre explication, que ce soit à son attitude au supermarché ou aux pensées qui l'obsédaient depuis quelque temps. Ce sentiment de culpabilité et de doute qui la rongeait était destructeur. Il la transformait, la métamorphosait en une femme qu'elle n'était pas. Et elle se sentait glisser, ramper au sol comme un serpent cherchant à se débarrasser de son ancienne peau, sauf que dessous, la chair était à vif, et qu'il en émanait une odeur qu'elle n'aimait pas. L'odeur de la vulnérabilité, l'odeur de la peur.

Sean

A près la mort de ma mère, je n'ai rien dit pendant plusieurs jours. Pas un mot. En tout cas, c'est ce que m'a raconté mon père. Je ne me rappelle pas grand-chose de cette époque, même si je me souviens très bien de comment Papa m'a forcé à sortir du silence, en me tenant la main gauche au-dessus d'une flamme jusqu'à ce que je crie. Cruel, mais efficace. Après, il m'a offert le briquet en souvenir (je l'ai gardé pendant des années, je l'avais tout le temps sur moi, mais je l'ai perdu il n'y a pas longtemps, je ne sais pas où).

Le chagrin et le choc peuvent affecter les gens de façon étrange. Ainsi, il m'a été donné d'observer des réactions très différentes à une mauvaise nouvelle : le rire, l'apparente indifférence, la colère, la peur... Le baiser de Jules dans la voiture après l'enterrement, par exemple, n'avait rien à voir avec du désir. Non, c'était la douleur qui avait motivé son geste – un besoin irrépressible de ressentir autre chose que de la tristesse. Mon mutisme quand j'étais enfant a certainement été lui aussi le résultat du traumatisme. Perdre une sœur n'est peut-être pas tout à fait la même chose que perdre un parent, mais je savais que Josh Whittaker était très proche de Katie, et je ne voulais donc pas être trop prompt à le juger et à chercher un sens à ses mots ou à son comportement.

Erin m'a appelé pour me dire qu'il y avait eu un incident au village – une femme avait appelé pour raconter qu'en rentrant chez elle, elle avait remarqué que les carreaux de la maison d'en face étaient cassés, et qu'elle avait vu un jeune garçon quitter les lieux à vélo. La maison appartenait à un enseignant du collège.

Quant au garçon, il m'a suffi d'entendre sa description – brun, tee-shirt jaune, vélo rouge – pour comprendre qu'il s'agissait de Josh.

Je n'ai eu aucun mal à le retrouver. Il était assis sur le parapet du pont, son vélo appuyé contre le mur en pierre. Ses vêtements étaient trempés et il avait les jambes couvertes de boue. En me voyant, il n'a pas cherché à prendre la fuite. Au contraire, il a presque eu l'air soulagé lorsqu'il m'a salué avec sa politesse habituelle :

« Re-bonjour, monsieur Townsend. »

Je lui ai demandé si ça allait.

« Tu risques d'attraper froid, j'ai ajouté en désignant ses vête-ments mouillés.

– Ça va, il m'a répondu avec un demi-sourire.

– Josh, est-ce que tu faisais du vélo du côté de Seward Road, cet après-midi ? »

Il a opiné.

« Et tu ne serais pas passé devant la maison de M. Henderson, par hasard ? »

Il s'est mordu la lèvre en écarquillant ses grands yeux marron clair.

« Ne le dites pas à ma mère, monsieur Townsend. Je vous en supplie, ne le dites pas à ma mère. Elle se fait déjà assez de souci comme ça. »

J'ai senti comme une boule dans ma gorge, et j'ai eu envie de pleurer. Il était si petit, cet enfant, si vulnérable. Je me suis accroupi à côté de lui.

« Josh ! Mais qu'est-ce que tu fabriquais là-bas, bon sang ? Est-ce qu'il y avait quelqu'un avec toi ? D'autres garçons, des grands, peut-être ?

– Non, il a répondu en secouant la tête sans me regarder. Il n'y avait que moi.

– Vraiment ? Tu en es certain ? Parce que je t'ai vu discuter avec Lena devant le commissariat, tout à l'heure. Tu es sûr qu'elle n'a rien à voir là-dedans ?

– Non ! il s'est écrié – presque un couinement de douleur. Non, c'était moi. J'étais tout seul. C'est moi qui ai jeté des cailloux dans les carreaux. Dans les carreaux de ce… de cet enfoiré. »

Il avait dit « enfoiré » d'un ton mesuré, comme si c'était la première fois de sa vie qu'il prononçait ce mot.

« Mais pourquoi est-ce que tu as fait une chose pareille ? »

Il a fini par accepter de croiser mon regard. Il avait la lèvre tremblante.

« Il méritait, il m'a répondu. Je le déteste. »

Et là-dessus, il s'est mis à pleurer.

« Allez, viens, Josh, je lui ai dit en ramassant son vélo. Je te raccompagne chez toi. »

Mais il a brutalement agrippé le guidon.

« Non ! il a sangloté. Je vous en supplie. Il faut pas que Maman sache. Ou Papa. Il faut pas qu'ils sachent, sinon…

– Josh, je l'ai interrompu en m'accroupissant de nouveau à côté de lui, la main posée sur la selle de son vélo. Tout va bien. Ce n'est pas si grave. On va régler ça tranquillement, je te le promets. Ce n'est pas la fin du monde.

– Mais vous ne comprenez pas ! il a crié. Maman ne me le pardonnera jamais…

– Bien sûr qu'elle te pardonnera ! je me suis exclamé, en faisant tout mon possible pour ne pas éclater de rire. Elle sera un peu en colère, c'est sûr, mais ce que tu as fait n'est pas un crime, tu n'as fait de mal à personne…

– Monsieur Townsend, vous ne comprenez pas, il a hoqueté. Vous ne pouvez pas comprendre ce que j'ai fait. »

Pour finir, je l'ai ramené au commissariat. Je ne voyais pas quoi faire d'autre – il ne voulait pas que je le raccompagne chez lui, et je ne pouvais décemment pas le laisser au bord de la route dans cet état. Je l'ai installé dans le bureau du fond et je lui ai préparé un thé, puis j'ai demandé à Callie de sortir acheter un paquet de gâteaux.

« Vous ne pouvez pas l'interroger, chef, m'a dit Callie d'un ton alarmé. Pas sans la présence d'un adulte responsable.

– Je ne vais pas l'interroger, j'ai rétorqué d'un ton cassant. Il a peur et il ne veut pas rentrer chez lui. »

Les mots ont fait resurgir en moi un souvenir : *Il a peur et il ne veut pas rentrer chez lui.* J'étais plus jeune que Josh. J'avais à peine six ans, et une policière me tenait la main. Je ne sais jamais lesquels de mes souvenirs sont réels – j'ai entendu tellement d'histoires sur cette époque, de la part de tellement de sources différentes, qu'il m'est parfois difficile de distinguer le mythe de la réalité. Dans ce souvenir-là, je tremblais, j'avais peur, et une policière corpulente me serrait contre elle, protectrice, tandis qu'au-dessus de ma tête, des hommes parlaient.

« Il a peur et il ne veut pas rentrer chez lui, disait-elle.

– Est-ce que tu peux t'occuper de lui, Jeannie ? demandait mon père. Est-ce que tu pourrais le ramener chez toi ? »

C'était ça. Jeannie. L'agent Jeannie Sage.

La sonnerie de mon téléphone m'a ramené à la réalité. Au bout du fil, la voix d'Erin.

« Chef ? C'était pour vous dire qu'une autre voisine a vu une fille partir en courant dans la direction opposée. Une adolescente, longs cheveux blonds, short en jean, tee-shirt blanc.

– Lena. Évidemment.

– On dirait bien, oui. Est-ce que vous voulez que je passe la chercher ?

– Non, laissons-la tranquille pour l'instant. La journée a été assez difficile comme ça pour elle. Est-ce que vous avez réussi à avoir le propriétaire au téléphone, M. Henderson ?

– Pas encore. J'ai essayé de l'appeler mais je tombe directement sur son répondeur. Quand je suis passée le voir tout à l'heure, il a mentionné une fiancée à Édimbourg, mais je n'ai pas son numéro. Ils devaient partir en Espagne – peut-être qu'ils sont déjà dans l'avion. »

Après avoir raccroché, j'ai apporté la tasse de thé à Josh.

« Écoute, je lui ai dit, il faut que j'appelle tes parents. Juste pour les prévenir que tu es avec moi et que tu vas bien. Je ne vais pas leur donner de détails, pas pour l'instant, je vais seulement leur expliquer que tu es un peu chamboulé, et que je t'ai amené ici pour qu'on discute. Est-ce que tu es d'accord ? »

Il a fait oui de la tête.

« Et ensuite, tu me raconteras ce qui t'embête, et on pourra en parler. »

Il a de nouveau opiné.

« Mais à un moment, il va quand même falloir que tu m'expliques pourquoi tu as jeté des pierres sur cette maison. »

Josh s'est mis à boire son thé, les mains serrées autour de la tasse. Une fois de temps en temps, il laissait échapper un hoquet, signe qu'il n'était pas encore totalement remis de sa crise de larmes. Ses lèvres s'agitaient dans le vide tandis qu'il essayait de trouver les mots par lesquels il allait commencer.

Finalement, il s'est tourné vers moi.

« Quoi que je fasse, il a dit, quelqu'un va être fâché contre moi. »

Puis il a secoué la tête, avant de reprendre :

« Non, c'est pas ça, en fait. Si je fais ce qu'il faut, tout le monde sera fâché contre moi, mais si je ne fais pas ce qu'il faut, il m'arrivera rien. Ça devrait pas être comme ça, vous trouvez pas ?

– Non, j'ai répondu. Ça ne devrait pas être comme ça. Mais je pense que tu te trompes, Josh. Parce que je n'arrive pas à imaginer une situation où prendre la bonne décision provoquerait la colère de tout le monde. Qu'une ou deux personnes soient fâchées, peut-être, mais tout le monde ? Tu ne penses pas qu'au contraire, beaucoup te seraient reconnaissants ?

– Le problème, il a répondu d'une voix tremblante, c'est que le mal est déjà fait. C'est trop tard. J'aurais dû le faire avant, et maintenant, c'est trop tard. »

Il s'est remis à pleurer, mais cette fois, c'était différent. Ce n'était plus les sanglots paniqués d'un enfant qui a fait une bêtise, mais les larmes de quelqu'un qui a tout perdu. Il était complètement désespéré, et ça m'était insupportable.

« Josh, il faut que je dise à tes parents de venir. Il le faut.

– Je vous en supplie, monsieur Townsend, il a imploré en m'agrippant le bras. S'il vous plaît. »

(Je me suis rappelé une cuisine accueillante qui n'était pas la mienne, je me suis rappelé avoir mangé des tartines. Jeannie était là, assise à côté de moi. *Tu es sûr que tu ne veux pas me dire ce qui s'est passé, mon chéri ? Allez, raconte-moi, s'il te plaît.* Je n'ai rien dit. Pas un mot. Pas un.)

Josh, en revanche, était prêt à parler. Il s'est essuyé les yeux, puis mouché. Il s'est éclairci la gorge et s'est redressé sur sa chaise.

« C'est à cause de M. Henderson, il a déclaré. À cause de l'histoire entre M. Henderson et Katie. »

Lena

Au début, c'était pour rigoler. Le truc avec M. Henderson. Un jeu. On y avait déjà joué avant, avec M. Friar, le prof de bio, et M. Mackintosh, le prof de natation. Le but, c'était simplement de les faire rougir. On essayait chacune notre tour. L'une de nous y allait, et si elle n'y arrivait pas, c'était à l'autre. On pouvait faire ce qu'on voulait au moment où on le voulait. La seule condition, c'était que l'autre soit présente, parce que sinon c'était invérifiable. On n'a jamais inclus personne d'autre, c'était notre truc à nous, à Katie et moi. Je ne me souviens même pas qui a eu l'idée en premier.

Avec Friar, c'est moi qui ai commencé, et ça a pris environ trente secondes. Je suis allée le voir à son bureau, je lui ai souri en me mordillant la lèvre pendant qu'il m'expliquait un truc sur l'homéostasie, je me suis penchée en avant et mon tee-shirt a bâillé en dévoilant tout mon décolleté, et bingo. Avec Mackintosh, ça a demandé un peu plus d'efforts parce qu'il avait l'habitude de nous voir en maillot de bain, alors il ne risquait pas de perdre la tête devant un col en V. Mais Katie a fini par y arriver, elle a joué la gentille fille timide et un peu hésitante en discutant avec lui de films de kung-fu – on savait que c'était son truc.

M. Henderson, par contre, c'était une autre histoire. Katie est passée la première parce qu'elle avait gagné la manche avec Mackintosh. Elle a attendu la fin d'un cours et, pendant que je rangeais très lentement mes affaires, elle est allée s'asseoir sur le rebord de son bureau. Elle lui a souri en se penchant un peu vers lui et elle a commencé à parler, mais il a repoussé sa chaise violemment pour se lever et a fait un pas en arrière. Elle a continué, mais sans grande conviction, et quand on est parties il nous a jeté un de ces regards... Il avait l'air furieux. Quand j'ai essayé à mon tour, quelques jours après, il a bâillé. J'ai fait de mon mieux, je me suis mise tout près de lui, j'ai souri, je me suis tripoté les cheveux et le cou, je me suis mordillé la lèvre, et il a carrément bâillé, la bouche grande ouverte. Comme si je l'ennuyais à mourir.

Je n'arrivais pas à me débarrasser de cette image, de cette façon qu'il avait eue de me regarder comme si je n'étais personne, comme si je n'avais absolument aucun intérêt. Je n'avais plus envie de jouer. En tout cas, pas avec lui, ça ne me faisait plus rigoler. C'était un gros con. Katie m'a demandé :

« Tu crois ? »

J'ai dit oui, et elle a dit : « D'accord ». Ça s'est fini comme ça.

Ce n'est que bien plus tard que j'ai découvert qu'elle avait enfreint les règles. Mais je ne m'en doutais pas du tout, alors quand Josh est venu me voir à la Saint-Valentin pour me raconter l'histoire la plus marrante que j'aie jamais entendue, j'ai envoyé un texto à Katie avec un emoji cœur et j'ai écrit : « *On m'a raconté pour ton mec. KW+MH = <3 !* » J'ai reçu une réponse cinq secondes plus tard : « *EFFACE ÇA. JE SUIS SÉRIEUSE. EFFACE.* » J'ai écrit : « *Hein ?* » Et elle m'a renvoyé : « *EFFACE ÇA TOUT DE SUITE PUTAIN OU JE TE JURE QUE JE NE T'ADRESSERAI PLUS JAMAIS LA PAROLE DE TOUTE MA VIE.* »

Ouh là, j'ai pensé, *relax.*

Le lendemain, en cours, elle m'a ignorée. Elle ne m'a même pas dit bonjour. Quand on est sorties de la salle, je l'ai attrapée par le bras.

« Katie ? Qu'est-ce qui se passe ? »

Elle m'a pratiquement jetée dans les toilettes des filles.

« C'est quoi le problème ? j'ai dit. Qu'est-ce que t'as ? »

– Rien, elle a sifflé. J'ai juste trouvé que c'était minable, ton message. »

Elle m'a jeté le regard qu'elle me réservait de plus en plus souvent, ces derniers temps, comme si elle était adulte et que j'étais restée une gamine.

« On peut savoir pourquoi tu m'as envoyé ça, d'ailleurs ? »

On était au fond des toilettes, sous la fenêtre.

« Josh est venu me voir, j'ai expliqué. Il m'a raconté qu'il t'avait vue sur le parking et que tu tenais la main de M. Henderson... »

Je me suis mise à rire, mais Katie n'a pas ri. Elle s'est détournée et s'est placée devant un lavabo pour observer son reflet.

« Il a dit quoi ? elle a demandé en sortant son mascara de son sac. Il a dit quoi, exactement ? »

Elle avait une voix bizarre, ni fâchée, ni agacée, plutôt un peu effrayée.

« Il a dit qu'il t'attendait après l'école et qu'il t'avait vue avec M. Henderson sur le parking, et que vous vous teniez la main, j'ai expliqué avant de me remettre à rire. Ça va, c'est pas un drame ! Il a juste inventé une histoire idiote, c'était une excuse pour venir me voir. C'était la Saint-Valentin, du coup... »

Katie a fermé les yeux quelques secondes.

« Mais putain, ce que t'es égocentrique, elle a commenté à voix basse. Tu penses vraiment que tout tourne autour de toi. »

J'ai eu l'impression de me prendre une gifle.

« Quoi... ? »

Je ne savais même pas quoi répondre, ça ne lui ressemblait tellement pas de me parler comme ça. J'étais encore en train de chercher ce que je pourrais bien répondre quand elle a lâché son mascara. Elle a agrippé le rebord du lavabo et s'est mise à pleurer.

« Katie... »

J'ai posé une main sur son épaule et elle a sangloté plus fort, alors je l'ai prise dans mes bras.

« Mais qu'est-ce qui t'arrive, Katie ? Qu'est-ce qui s'est passé ?

— Tu n'as pas remarqué ? elle a gémi. Tu n'as pas remarqué que les choses ont changé entre nous, Lenie ? »

Bien sûr que j'avais remarqué, ça faisait un moment qu'elle n'était plus pareille. Elle était devenue distante, toujours occupée. Elle avait des devoirs, du coup on ne pouvait pas se voir après le collège ; elle allait faire des courses avec sa mère, du coup elle ne pouvait pas m'accompagner au cinéma ; elle devait garder Josh, du coup elle ne pouvait pas venir dormir chez moi. Elle avait aussi changé ses habitudes : elle était plus discrète au collège, elle avait arrêté de fumer, elle s'était mise au régime. Elle n'écoutait qu'à moitié quand je parlais, comme si ce que je lui racontais était inintéressant, comme si elle avait plus important à penser.

Bien sûr que j'avais remarqué. J'étais blessée. Mais je n'allais pas non plus lui en parler. Montrer à quelqu'un qu'il vous a fait souffrir, c'est la pire chose qu'on puisse faire, non ? Je ne voulais pas paraître faible, ni collante, parce que personne n'a envie de fréquenter des gens comme ça.

« J'ai cru... Je ne sais pas, Kay, j'ai cru que tu en avais marre de moi. »

Elle s'est mise à pleurer plus fort et je l'ai serrée contre moi, et elle a fini par me dire :

« Non, je n'en ai pas marre de toi. Mais je ne pouvais pas t'en parler, je ne pouvais rien dire à personne... »

Soudain, elle s'est interrompue et s'est dégagée de mon étreinte. Elle est allée à l'autre bout des toilettes et s'est mise à genoux, puis elle est revenue vers moi à quatre pattes en regardant sous la porte de chaque cabine.

« Katie ? Mais qu'est-ce que tu fabriques ? »

Ce n'est qu'à ce moment-là que j'ai compris. C'est dire à quel point j'étais perchée.

« C'est pas vrai, j'ai soufflé pendant qu'elle se relevait. Est-ce que... Tu veux dire que... – j'ai baissé la voix jusqu'au murmure – qu'il y a vraiment quelque chose entre vous ? »

Elle n'a pas répondu mais elle m'a regardée droit dans les yeux et j'ai su que c'était vrai.

« Merde. Merde ! Tu ne peux pas... C'est du délire. C'est pas possible, Katie, c'est pas possible. Il faut que tu arrêtes tout... avant qu'il se passe quelque chose. »

Elle m'a regardée comme si j'étais un peu lente.

« Lena... Il s'est déjà passé quelque chose. »

Elle a esquissé un sourire et a essuyé ses larmes.

« Ça a commencé en novembre. »

Je n'ai rien dit de tout cela aux inspecteurs. Ça ne les regardait pas.

Ils sont passés à la maison un soir, alors qu'on mangeait dans la cuisine, Julia et moi. Correction : alors que je mangeais. Julia se contentait de touiller la nourriture dans son assiette du bout de sa fourchette, comme d'habitude. Maman m'avait raconté que Julia n'aimait pas manger devant les gens, une habitude de quand elle était grosse. On ne disait rien – on n'avait pas prononcé un mot depuis que je l'avais trouvée au milieu des affaires de Maman en rentrant hier après-midi.

Quand j'ai vu que c'était Sean et le sergent Morgan – pardon, « Erin », puisqu'on est super copines apparemment, mainte-nant –, j'ai cru que c'était au sujet des vitres cassées, mais j'ai trouvé que c'était un peu exagéré de venir à deux juste pour ça. J'ai tout de suite levé les mains.

« Je paierai les réparations. De toute façon, j'ai les moyens maintenant, non ? »

Julia a fait la moue comme si elle était terriblement déçue, puis elle s'est levée pour commencer à débarrasser alors qu'elle n'avait rien avalé.

Sean a pris sa chaise et l'a tirée à côté de la mienne avant de s'asseoir.

« On y viendra, il a dit, le visage sérieux et un peu triste. Mais d'abord, il faut qu'on parle de Mark Henderson. »

Je me suis figée et mon estomac a fait un bond, comme quand on sent qu'il va se passer quelque chose de grave. Ils savaient.

J'étais dévastée et soulagée en même temps, mais j'ai fait de mon mieux pour ne pas le montrer et prendre un air innocent.

« Oui, j'ai dit, je sais. J'ai pété tous ses carreaux.

– Et on peut savoir pourquoi ? a demandé Erin.

– Parce que je m'ennuyais. Parce que c'est un connard. Parce que…

– Ça suffit, Lena, arrête tes bêtises ! a interrompu Sean, qui semblait vraiment fâché à présent. Tu sais très bien que ce n'est pas de ça qu'on est venus te parler. »

Je n'ai rien répondu. Je me suis contentée de regarder dehors.

« Nous avons parlé à Josh Whittaker », il a repris.

Mon estomac a refait un bond. J'imagine que j'avais toujours su que Josh ne pourrait pas tenir sa langue éternellement, mais j'avais espéré que notre petite expédition d'aujourd'hui suffirait à l'apaiser, au moins un temps.

« Lena ? Tu m'écoutes ? »

Sean s'est penché vers moi. Ses mains tremblaient un peu.

« Josh a porté de très graves accusations à l'encontre de ton professeur. Il nous a raconté que Mark Henderson entretenait une relation avec Katie Whittaker durant les mois qui ont précédé sa mort. Une relation de nature sexuelle.

– N'importe quoi ! j'ai dit en me forçant à rire. C'est des conneries. »

Ils me regardaient tous les trois et je n'ai pas pu m'empêcher de devenir toute rouge.

« C'est des conneries, j'ai répété.

– Pourquoi inventer une histoire pareille, Lena ? a insisté Sean. Pourquoi le petit frère de Katie irait-il raconter de telles choses ?

– Je n'en sais rien. Je n'en sais rien, mais ce n'est pas vrai. »

Je gardais les yeux fixés sur la table en essayant de trouver une bonne raison à lui opposer, mais j'avais de plus en plus chaud au visage.

« Lena, a commencé Erin, de toute évidence, tu ne nous dis pas la vérité. Ce qui est moins clair, cependant, c'est pourquoi tu nous mens. Pourquoi protéger un homme qui a abusé ainsi de ton amie ?

– Mais putain...

– Quoi ? elle m'a coupée en se postant juste devant moi. "Mais putain", quoi ? »

Il y avait un truc dans sa réaction, dans sa manière de se planter pile en face de moi et dans l'expression de son visage qui m'a donné envie de la gifler.

« Il n'a pas abusé d'elle. Ce n'était pas une petite fille. »

Là, elle a eu l'air très satisfaite, et ça m'a donné encore plus envie de la gifler, mais elle a continué.

« S'il n'a pas abusé d'elle, pourquoi tu le détestes à ce point ? Tu étais jalouse ?

– Je crois que ça suffit », a dit Julia, mais personne ne l'écoutait.

Erin continuait de me parler sans s'arrêter :

« Tu le voulais pour toi toute seule, c'est ça ? Tu étais fâchée parce que tu pensais que c'était toi, la plus jolie, et que tu aurais voulu qu'on ne s'intéresse à personne d'autre qu'à toi ? »

Et là, j'ai craqué. Je savais que si elle ne la fermait pas, j'allais la frapper, alors j'ai parlé.

« Je le détestais, pauvre conne. Je le détestais parce qu'il m'avait volé Katie. »

Tout le monde s'est tu, puis Sean a dit :

« Comment ça ? Qu'est-ce que tu veux dire par là ? »

Je n'ai pas pu me retenir. J'étais tellement fatiguée, et c'était évident qu'ils allaient finir par tout découvrir, vu que Josh n'avait pas su la boucler. Mais surtout, je n'en pouvais plus de mentir. Alors, là, dans notre cuisine, je l'ai trahie.

Je lui avais promis, pourtant. Après notre dispute, après qu'elle m'a juré qu'ils s'étaient séparés et qu'elle ne le voyait plus, elle m'a fait promettre que, quoi qu'il arrive, je n'en parlerais jamais à personne. Jamais. On est allées ensemble au bassin, ça faisait des mois que ça n'était pas arrivé. On s'est assises sous les arbres à l'abri des regards et elle a pleuré en me tenant la main.

« Je sais que tu penses que c'est mal et que je n'aurais pas dû, elle m'a dit. Et je comprends. Mais je l'aimais, Lenie. Je l'aime encore. Il était tout pour moi. Je refuse qu'il souffre, je ne le supporterais pas. Alors, je t'en prie, tu ne dois pas lui faire du mal. S'il te plaît, Lenie, garde ce secret, pour moi. Je ne te demande pas ça pour lui, je sais que tu le détestes. Mais fais-le pour moi. »

Et j'ai essayé, vraiment. Même quand Maman est venue me dire qu'on avait retrouvé Katie dans l'eau, même quand Louise est venue chez nous à moitié folle de chagrin, même quand cet enfoiré a fait une déclaration à la presse locale en disant que c'était une très bonne élève, qu'elle était aimée et admirée de ses camarades comme des professeurs. Même quand il est venu me voir à l'enterrement de Maman pour me présenter ses condoléances, j'ai pris sur moi.

Mais ça faisait des semaines que je prenais sur moi, et si je n'arrêtais pas, j'allais finir par exploser.

Alors je leur ai raconté. Oui, Katie et Mark Henderson avaient eu une liaison. Ça avait commencé à l'automne. Ça s'était terminé en mars ou en avril. Puis ils avaient repris, fin mai, je crois, mais pas longtemps. C'était elle qui avait mis fin à leur relation. Non, je n'avais pas de preuves.

« Ils faisaient très attention, j'ai expliqué. Ni mails, ni textos, ni Messenger, rien d'électronique. C'était une règle entre eux. Et ils étaient très stricts là-dessus.

– Ils étaient stricts tous les deux, ou surtout lui ? » a demandé Erin.

Je lui ai jeté un regard noir.

« Parce que vous croyez que j'ai eu l'occasion d'en discuter avec lui ? Katie m'a juste dit que c'était leur règle.

– Quand est-ce que tu as découvert ça, Lena ? a continué Erin. Il faut que tu nous réexpliques tout depuis le début.

– Non, je ne suis pas d'accord », est soudain intervenue Julia.

Elle se tenait près de la porte, je l'avais complètement oubliée.

« Je pense que Lena est épuisée et qu'à présent il faut la laisser se reposer. Nous pourrons reprendre demain au poste de police, à moins que vous ne préfériez repasser ici. Mais ça suffit pour ce soir. »

J'ai carrément eu envie de la prendre dans mes bras ; c'était la première fois que j'avais le sentiment que Julia était de mon côté. Erin a voulu protester, mais Sean a répondu :

« Oui, vous avez raison. »

Il s'est levé et ils sont tous sortis de la cuisine. Je les ai suivis jusque dans l'entrée et, une fois devant la porte, je leur ai dit :

« Vous vous rendez compte de ce que ça va faire à son père et à sa mère ? Quand ils vont l'apprendre ? »

Erin s'est tournée vers moi.

« Au moins, ils auront enfin une explication.

– Non, ils n'auront pas d'explication, j'ai rétorqué. Katie n'avait aucune raison de faire ce qu'elle a fait, et vous venez de le prouver. Regardez, vous êtes là, ça prouve bien qu'elle a fait ça pour rien.

– Qu'est-ce que tu veux dire, Lena ? »

Ils me dévisageaient tous les trois, curieux.

« Elle n'a pas fait ça parce qu'il lui avait brisé le cœur ou parce qu'elle se sentait coupable, ou je ne sais quoi. Elle l'a fait pour le protéger. Elle pensait que quelqu'un avait tout découvert et qu'on allait le dénoncer à la police, que ce serait dans les journaux. Elle pensait qu'il y aurait un procès, qu'il serait condamné et qu'il irait en prison pour viol sur mineure. Elle pensait que, là-bas, il allait se faire taper dessus ou se faire violer, qu'il subirait ce qui arrive à ces hommes-là quand on les enferme. Alors elle a décidé de se débarrasser des preuves. »

Je m'étais mise à pleurer et Julia s'est approchée pour me prendre dans ses bras en murmurant :

« Chut, Lena, chut, ça va aller... »

Mais elle avait tort.

« C'est ça qu'elle a voulu faire, j'ai encore dit. Vous ne comprenez pas ? Elle voulait détruire les preuves. »

Vendredi 21 août

Erin

Le cottage à côté de la rivière – celui à côté duquel je me suis arrêtée en faisant mon jogging – va devenir mon nouveau chez-moi. Pendant un temps, au moins. Jusqu'à ce qu'on règle cette histoire avec Henderson. C'est Sean qui me l'a proposé, après m'avoir entendue un matin raconter à Callie que j'étais tellement crevée que j'avais failli m'endormir au volant. Il s'est exclamé :

« Ah non, c'est trop bête ! Il faut que vous restiez au village. Vous pourriez vous installer dans le cottage des Ward, un peu plus haut, au bord de la rivière. Il est vide. Ce n'est pas le grand luxe, mais ça ne vous coûtera pas un penny. J'irai vous chercher les clés cet après-midi. »

Quand il est parti, Callie m'a fait une grimace en s'exclamant :

« Ouh ! Le cottage des Ward… Méfiez-vous d'Annie la folle !

– Je vous demande pardon ?

– Cette maison au bord de la rivière, que Patrick Townsend utilise comme cabane de pêche, on l'appelle le cottage des Ward. Anne Ward, ça ne vous dit rien ? C'était une des femmes. »

Puis, baissant la voix jusqu'au murmure :

« On raconte que si on regarde bien, on peut encore voir des traces de sang sur les murs. »

Elle a dû voir à mon visage que je ne voyais pas du tout de quoi elle parlait, car elle a souri avant d'ajouter :

« C'est juste une histoire, une des vieilles légendes de Beckford. »

Sauf que les vieilles histoires de Beckford ne m'intéressaient pas vraiment. J'avais assez à faire avec les récentes.

Henderson était injoignable et on avait pris la décision de le laisser tranquille jusqu'à son retour. Si l'histoire avec Katie Whittaker était vraie et qu'il apprenait qu'on était au courant, il risquait de ne pas revenir du tout.

En attendant, Sean m'avait demandé d'aller poser des questions à sa femme qui, en tant que directrice du collège, était la supérieure hiérarchique de Henderson.

« Je suis certain qu'elle n'a jamais eu le moindre soupçon à son égard, m'a-t-il dit. Au contraire, je pense même qu'elle le tient en haute estime, mais il faut que quelqu'un l'interroge, et il est évident que ça ne peut pas être moi. »

Il m'a ensuite indiqué qu'elle était au collège et qu'elle m'attendait.

Quand je suis entrée dans son bureau, elle n'avait certainement pas l'air de m'attendre, ou alors elle cachait bien son jeu ! Elle était à quatre pattes, la joue collée à la moquette grise, en train de regarder sous une bibliothèque. J'ai toussé poliment pour manifester ma présence et elle s'est relevée d'un bond, visiblement surprise.

« Madame Townsend ? j'ai demandé. Je suis le sergent Erin Morgan.

– Ah, euh… oui, elle a dit en rougissant, avant de se gratter nerveusement la nuque. J'ai perdu ma boucle d'oreille.

– On dirait que vous avez perdu les deux », j'ai commenté, vu qu'elle n'en portait pas.

Elle n'a rien répondu et s'est contentée d'émettre une espèce de grognement en m'indiquant un fauteuil. Puis elle a remis en place les pans de son chemisier, a lissé son pantalon gris et s'est assise. Si j'avais dû imaginer à quoi ressemblait l'épouse de l'inspecteur en chef, j'aurais vu une femme assez différente : séduisante, chic, probablement athlétique – une coureuse de marathon ou une triathlonienne. Mais Helen portait des vêtements qui auraient plutôt convenu à une femme de vingt ans son aînée, et elle avait le teint pâle et les bras frêles de ceux qui s'aventurent peu à l'extérieur.

« Vous vouliez me parler de Mark Henderson », elle a déclaré en jetant un œil distrait à une pile de documents posés sur son bureau.

Pas de banalités échangées, pas de préambule, on entrait directement dans le vif du sujet. Peut-être que c'était ça qui plaisait à l'inspecteur en chef, chez elle.

« Effectivement. J'imagine donc que vous avez entendu parler des allégations de Josh Whittaker et Lena Abbott. »

Elle a acquiescé, les lèvres tellement pincées qu'elles ne formaient plus qu'une petite fente toute droite.

« Mon mari m'a raconté cela hier soir. Je peux vous assurer que c'était bien la première fois que j'entendais parler de cette histoire. »

J'ai ouvert la bouche pour dire quelque chose, mais elle a poursuivi.

« J'ai recruté Mark Henderson il y a deux ans ; il avait d'excellentes références, et ses résultats jusqu'ici me donnent entière satisfaction, a-t-elle déclaré en se mettant à parcourir les documents sur son bureau. J'ai ici ses derniers bilans de compétences, si cela vous intéresse. »

J'ai secoué la tête et, une fois de plus, elle a recommencé à parler avant que j'aie pu lui poser une question.

« Katie Whittaker était une élève consciencieuse et travailleuse. J'ai son bulletin sous les yeux. Il est vrai que ses résultats indiquent un certain laisser-aller aux alentours du printemps, mais cela n'a pas duré, et elle avait retrouvé sa place en tête de classe au moment où... Au moment où elle... À la fin de l'année scolaire. »

Elle s'est enfoncée un peu dans son fauteuil en se passant la main devant les yeux.

« Vous n'aviez donc aucun soupçon ? j'ai demandé. Il n'y avait pas de rumeurs ?

– Ah, les rumeurs, c'est autre chose, sergent… euh… Morgan. Mais vous savez, les rumeurs qui circulent dans la plupart des collèges vous feraient dresser les cheveux sur la tête. Je suis sûre qu'en faisant un effort, vous pourriez imaginer ce qui se dit, ce qui s'écrit et ce qui se tweete sur moi et Mme Mitchell, notre professeur d'éducation physique. »

Elle a marqué une courte pause, avant de me demander :

« Avez-vous déjà rencontré Mark Henderson ?

– Oui.

– Alors vous comprenez sans doute. Il est jeune, bel homme. Les filles – car ce sont toujours les filles – inventent toutes sortes de choses à son sujet. Il faut donc savoir faire le tri. C'est ce que je pensais avoir réussi à faire. Je le pense toujours, d'ailleurs. »

Encore une fois, j'ai voulu parler et, encore une fois, elle ne m'en a pas laissé le temps.

« Je dois d'ailleurs vous dire, sergent, que ces allégations me paraissent pour le moins fantaisistes. Très fantaisistes, même, quand on connaît leur source et quand on voit à quel moment elles sont formulées.

– Je…

– J'ai cru comprendre que Josh Whittaker en était l'auteur, mais je serais surprise que Lena Abbott ne soit pas derrière tout cela. Josh lui voue une véritable adoration. Et si Lena avait décidé de détourner l'attention de ses propres méfaits – comme l'achat de pilules proscrites pour une amie, par exemple –, je suis certaine qu'elle n'aurait eu aucun mal à convaincre Josh d'aller raconter cette fable.

– Madame Townsend…

– Autre chose que je devrais vous dire, m'a-t-elle de nouveau interrompue. Il y a déjà eu des histoires entre Lena Abbott et Mark Henderson, par le passé.

– Des histoires ?

– Oui. Premièrement, Lena avait tendance à se comporter de façon déplacée.

– Comment ça ?

– Elle flirte. Et pas seulement avec Mark, d'ailleurs. Il semble-rait qu'on lui a appris que c'est le meilleur moyen d'obtenir satis-faction. Nombreuses sont les élèves qui jouent de leurs charmes, mais Mark a trouvé que Lena allait trop loin. Elle lui faisait des avances, elle le touchait...

– Elle le touchait ?

– Le bras, rien de scandaleux. Mais elle avait tendance à tou-jours se tenir un peu trop près, enfin, vous voyez le genre. J'ai dû la convoquer dans mon bureau, d'ailleurs. »

Elle a semblé frémir en se rappelant la scène.

« Elle a été réprimandée mais, comme d'habitude, elle n'a pas pris cela au sérieux. Je crois qu'elle a fait une réflexion de l'ordre de "Dans ses rêves"... »

J'ai pouffé et elle m'a fusillée du regard.

« Il n'y a vraiment pas de quoi rire, sergent Morgan. Ces choses peuvent se révéler très préjudiciables à la carrière d'un enseignant.

– Oui, bien sûr. Je comprends. Je suis désolée.

– Bien, elle a dit en pinçant de nouveau les lèvres, en bonne directrice d'école acariâtre. Sa mère non plus n'a pas pris l'affaire au sérieux, vous savez. Mais ce n'est pas une surprise. »

Son visage s'est animé et sa gorge a légèrement rougi.

« Pas du tout, même, elle a poursuivi. Ces minauderies, ces bat-tements de cils, ces mèches de cheveux entortillées... Ce besoin d'exhiber en permanence sa libido débordante – d'où pensez-vous que Lena tient cela ? »

Elle a pris une profonde respiration avant de poursuivre d'un ton plus calme :

« Deuxièmement, il y a eu un incident au printemps. Cette fois, il ne s'agissait pas d'une question de flirt déplacé mais d'une agression pure et simple. Mark a dû renvoyer Lena de sa classe parce qu'elle avait un comportement grossier et violent, et qu'elle avait utilisé des termes injurieux lors d'une discussion au sujet d'un texte au programme. *Lolita*, je crois, elle a ajouté en jetant un œil à ses notes.

– *Lolita*. Intéressant, j'ai commenté.

– Je ne vous le fais pas dire. C'est sûrement là qu'elle a trouvé l'inspiration pour ses calomnies », elle a ajouté – ce qui n'était pas du tout ce que j'avais en tête.

À la fin de la journée, j'ai pris ma voiture pour me rendre au cottage. Au crépuscule, il paraissait encore plus isolé, avec les bouleaux fantomatiques en arrière-plan et le pépiement de la rivière qui prenait des notes menaçantes. Les berges et les flancs de la colline étaient absolument déserts. Personne pour vous entendre crier. Quand j'étais passée par là en faisant mon jogging, j'avais trouvé les lieux idylliques. À présent, j'avais plutôt en tête les cabanes abandonnées comme on en voit dans des centaines de films d'horreur.

J'ai déverrouillé la porte et jeté un rapide coup d'œil autour de moi, en m'efforçant de ne pas regarder sur les murs s'il restait du sang. Mais l'endroit était propre et il flottait dans l'air une odeur citronnée de produit ménager. La cheminée avait été nettoyée et on avait disposé à côté un joli petit tas de bois. Il n'y avait que deux pièces, dans ce cottage qui s'apparentait plus à une cabane : un salon qui donnait sur une petite cuisine, et une chambre où trônait un petit lit double, sur lequel on avait posé une pile de draps propres et une couverture.

J'ai ouvert la porte et les fenêtres pour chasser l'odeur artificielle du détergent, puis j'ai décapsulé une des bières que j'avais achetées à l'épicerie du village. Je me suis assise sur le perron et ai regardé les fougères sur la colline d'en face virer du bronze au doré dans la lumière déclinante. Tandis que les ombres s'allongeaient, j'ai senti la solitude laisser place à l'abandon, et j'ai attrapé mon portable, sans savoir qui j'allais appeler. C'est alors que je me suis rendu compte qu'évidemment il n'y avait pas de réseau. J'ai donc entrepris de me promener en brandissant le téléphone autour de moi – rien, rien et rien... jusqu'à ce que j'atteigne la berge et que je voie enfin apparaître deux barres salvatrices. Je suis restée plantée là un moment, à observer la rivière noire qui filait sous mes yeux en me léchant les orteils. J'avais sans cesse l'impression d'entendre quelqu'un rire, mais ce n'était que l'eau qui glissait sur les rochers.

Il m'a fallu une éternité pour m'endormir et, quand je me suis réveillée en sursaut, ruisselante de transpiration, il faisait complètement noir – une obscurité absolue, à ne pas pouvoir distinguer sa main à quelques centimètres de son visage. Quelque chose m'avait réveillée, j'en étais sûre. Un son ? Oui, un bruit de toux.

J'ai tendu la main vers mon portable mais je l'ai fait tomber de la petite table de nuit, et le fracas qu'il a fait par terre a résonné dans le silence. J'ai tâtonné pour le retrouver, en proie à une peur soudaine : j'étais persuadée que si j'allumais la lumière, il y aurait quelqu'un dans la pièce. J'ai entendu une chouette hululer quelque part dans les bouleaux, et puis de nouveau, le bruit de quelqu'un qui toussait. Mon cœur battait à toute allure et j'étais terrifiée à l'idée de tirer le rideau au-dessus de mon lit, bêtement persuadée qu'il y aurait un visage derrière la fenêtre en train de me regarder.

Mais le visage de qui ? D'Anne Ward ? De son mari ? Ridicule. J'ai marmonné quelques mots pour me rassurer, puis j'ai allumé la lumière et tiré les rideaux. Il n'y avait rien ni personne – évidemment. Je suis sortie du lit, j'ai enfilé un bas de survêtement et un sweat-shirt avant de me diriger vers la cuisine. J'ai envisagé un instant de me faire un thé, mais je me suis ravisée en découvrant une bouteille de Talisker à moitié vide dans le placard. Je me suis servi un verre que j'ai avalé d'un trait. Puis j'ai mis mes tennis, glissé mon portable dans ma poche, attrapé une lampe torche sur le plan de travail et j'ai ouvert la porte.

La lampe torche ne devait plus avoir beaucoup de piles : le faisceau était faible et n'éclairait pas à plus de deux mètres. Au-delà, c'était l'obscurité complète. J'ai braqué la lampe vers mes pieds et je suis sortie dans la nuit.

L'herbe était chargée de rosée. Après quelques pas, mes tennis et mon bas de survêtement étaient complètement trempés. J'ai fait le tour de la maison d'un pas lent, regardant la lumière blanchâtre se refléter sur l'écorce argentée des bouleaux et faire ressortir leur maigre silhouette. L'air était frais, agréable, et la brise légère semblait annoncer la venue prochaine de la pluie. J'ai de nouveau entendu la chouette par-dessus le murmure lointain de la rivière et le coassement régulier d'un crapaud. Quand j'ai eu fini mon tour de la maison, je me suis dirigée vers la berge. Le coassement s'est interrompu brutalement et, soudain, j'ai de nouveau entendu ce bruit de toux. Il n'était pas proche et semblait venir de la colline, de l'autre côté de la rivière. À vrai dire, cette fois, ça ne ressemblait pas vraiment à une toux, mais plutôt à un bêlement. Un mouton.

Me sentant passablement grotesque, je suis rentrée au cottage où je me suis servi un autre verre de whisky, avant d'attraper dans mon sac le manuscrit de Nel Abbott. Je me suis confortablement installée dans le fauteuil du salon, et me suis mise à lire.

Le Bassin aux noyées

Anne Ward, 1920

Elle était déjà dans la maison. Elle était là. Il n'y avait rien à craindre du dehors, la menace était à l'intérieur. Elle attendait, elle attendait depuis bien longtemps, depuis le jour où il était rentré.

Mais en fin de compte, pour Anne, ce ne fut pas la peur, le déclencheur, ce fut la culpabilité. La conscience, froide et dure tel un galet sorti du ruisseau, de ce qu'elle souhaitait, du rêve qu'elle s'autorisait la nuit venue, quand le vrai cauchemar de sa vie la submergeait. Le cauchemar, c'était lui, allongé à ses côtés dans le lit, ou assis près du feu, ses bottes aux pieds, un verre à la main. Le cauchemar, c'était chaque fois qu'elle surprenait son regard posé sur elle, ce regard empli de dégoût, comme si elle était physiquement répugnante. Il n'y avait pas qu'elle, elle le savait. Il y avait aussi toutes les autres femmes, tous les enfants, tous les vieillards et tous les hommes qui n'avaient pas participé aux combats. Pourtant, elle en souffrait quand même, de voir, de sentir – plus fort et plus clairement qu'elle n'avait jamais rien senti – à quel point il la haïssait.

Et après tout, elle le méritait.

Le cauchemar était réel, c'était son quotidien, cette maison, mais c'était le rêve qui l'obsédait, celui qu'elle s'autorisait à tant désirer. Dans le rêve, elle était seule dans la maison, à l'été 1915, il venait de partir au front. Dans le rêve, c'était le soir, le soleil était en train de disparaître derrière la colline, de l'autre côté de la rivière, les ombres grandissaient peu à peu dans les recoins de la maison, et on frappait à la porte. C'était un homme en uniforme qui lui tendait un télégramme et elle comprenait immédiatement que son mari ne reviendrait jamais. Dans le rêve, cela lui était égal de savoir comment c'était arrivé. Cela lui était égal qu'il soit mort en héros pour sauver un camarade, ou en traître, fuyant devant l'ennemi. Cela lui était égal, du moment qu'il était mort.

Cela aurait été plus facile pour elle. C'était la vérité, non ? Alors n'avait-il pas raison de la haïr ? S'il était mort là-bas, elle l'aurait pleuré, les gens auraient compati pour elle, sa maman, ses amis à elle, ses frères à lui (s'il lui en était resté). Ils l'auraient aidée, soutenue, et elle aurait su faire face. Elle aurait été en deuil, longtemps même, mais le deuil aurait pris fin tôt ou tard. À dix-neuf, vingt, vingt et un ans, elle aurait eu la vie devant elle.

Il avait raison de la haïr. Trois ans, il était resté là-bas près de trois ans, à étouffer dans des montagnes d'excréments, à patauger dans les flaques du sang d'hommes avec qui, la veille encore, il avait partagé une cigarette. Et voilà qu'elle souhaitait qu'il ne soit jamais revenu, et qu'elle maudissait chaque jour où ce télégramme n'était pas arrivé.

Elle l'aimait depuis ses quinze ans, elle ne se souvenait pas de ce qu'était sa vie avant qu'il n'en fasse partie. Il avait dix-huit ans quand la guerre avait commencé et dix-neuf quand il avait été mobilisé, et il était revenu plus âgé chaque fois, pas de quelques mois, mais de plusieurs années, plusieurs décennies, plusieurs siècles.

La première fois, pourtant, il était encore lui-même. Il pleurait la nuit, tremblant comme aux prises avec une terrible fièvre. Il lui répétait qu'il ne pouvait pas repartir, qu'il avait trop peur. La veille de la fin de sa permission, elle l'avait trouvé près de la rivière et l'avait forcé à rentrer à la maison avec elle (elle n'aurait jamais dû faire ça, elle aurait dû le laisser partir, ce jour-là). Elle avait été égoïste de l'en empêcher. Voilà ce qui était arrivé, par sa faute.

La deuxième fois, il ne pleurait plus, il était resté silencieux, renfermé, la regardant à peine, à part pour lui glisser quelques coups d'œil à la dérobée, les yeux mi-clos. Mais jamais au lit. Là, il la forçait à se retourner et il ne s'arrêtait pas, même quand elle le suppliait, même quand elle saignait. Il la détestait déjà, à cette période. Elle ne l'avait pas tout de suite compris, mais quand elle lui avait dit qu'elle avait de la peine pour les filles qu'on maltraitait dans les prisons, les objecteurs de conscience, il l'avait giflée, il lui avait craché dessus et l'avait traitée de putain et de sale traîtresse.

La troisième fois qu'il était rentré, il n'était plus là.

Elle savait désormais qu'il ne reviendrait jamais. Il ne restait plus rien de l'homme qu'il avait été. Mais elle ne pouvait pas le quitter, elle ne pouvait pas s'enfuir et tomber amoureuse de quelqu'un d'autre, parce qu'il était tout pour elle et, désormais, il avait disparu. Disparu, et pourtant, il était là, assis près du feu avec ses bottes aux pieds, et il buvait et buvait encore, et il la regardait comme si c'était elle, l'ennemi, et elle priait pour qu'il meure.

Quelle vie était-ce que cela ?

Anne aurait préféré une autre solution. Elle aurait voulu connaître les secrets des autres femmes, mais Libby Seeton était morte depuis bien longtemps et les avait emportés avec elle. Anne connaissait quelques petites choses, bien sûr, comme toutes les femmes du village. Elle savait quels champignons cueillir et lesquels laisser de côté, elle savait qu'il fallait se méfier de la belladone, cette fleur si belle et pourtant si dangereuse. Elle savait dans quel coin du bois la trouver, mais elle savait également ce que cela provoquerait, et elle ne voulait pas d'une telle fin pour lui.

Il avait tout le temps peur. Elle le voyait bien, elle le lisait sur son visage chaque fois qu'elle lui glissait un regard : ses yeux en

permanence braqués sur la porte, sa manière de scruter le crépuscule pour voir au-delà des arbres. Il avait peur, et il attendait
l'arrivée de quelque chose. Mais tout ce temps, il ne regardait
pas au bon endroit : l'ennemi n'était pas là, dehors, il était déjà
entré dans sa maison. Il était assis devant son âtre.

Elle ne voulait pas qu'il ait peur. Elle ne voulait pas qu'il voie
l'ombre s'abattre sur lui, alors elle attendit qu'il s'endorme, assis
dans son fauteuil, ses bottes aux pieds, sa bouteille vide contre
lui. Elle agit rapidement, et sans bruit. Elle posa la pointe de la
lame sur sa nuque et l'enfonça d'un coup. Il se réveilla à peine
qu'il était déjà parti. Pour toujours.

C'était mieux ainsi.

Après, évidemment, le nettoyage s'était révélé ardu, alors elle
était descendue à la rivière pour se laver les mains.

Dimanche 23 août

Patrick

Quand Patrick rêvait de sa femme, c'était toujours le même rêve. Il faisait nuit, et elle était dans l'eau. Il laissait Sean sur la berge avant de plonger, puis il nageait et nageait, mais chaque fois qu'il se trouvait sur le point de l'atteindre, elle dérivait hors de portée, et il devait nager encore. Dans le rêve, le bassin aux noyées était plus grand. Ce n'était pas le bassin, d'ailleurs, mais un lac, un océan. Il lui semblait qu'il nageait pendant une éternité, puis, à l'instant où, à bout de forces, il était sur le point de se retrouver lui-même submergé, il parvenait enfin à l'attraper, à la tirer vers lui. Le corps inerte de sa femme se retournait alors doucement dans l'eau, et Patrick se retrouvait face à son visage, face à sa bouche brisée et ensanglantée dont s'échappait un rire ininterrompu. C'était toujours le même rêve, sauf que cette nuit-là, quand le corps se retourna, il avait le visage de Helen.

Il se réveilla en sursaut. Le cœur battant la chamade, il se redressa sur son lit et posa la main à plat sur sa poitrine, refusant d'admettre sa terreur et le profond sentiment de honte qui l'accompagnait. Puis il tira les rideaux et attendit que le ciel passe du noir au gris, avant de se diriger vers la chambre de Helen, juste à côté de la sienne. Il entra sans bruit et souleva discrètement le tabouret installé devant la coiffeuse pour le poser à côté du lit. Il s'assit. Elle lui tournait le dos, comme dans le rêve, et il dut réprimer une envie de poser la main sur son épaule, de la réveiller pour s'assurer que sa bouche n'était pas pleine de sang et que ses dents n'étaient pas brisées.

Quand enfin elle changea de position et se retourna, elle sursauta si violemment en le voyant qu'elle se cogna la tête contre le mur.

« Patrick ! Qu'est-ce qui ne va pas ? Il est arrivé quelque chose à Sean ?

– Non, répondit-il en secouant la tête. Tout va bien.

– Alors...

– Est-ce que... est-ce que j'ai laissé des choses dans ta voiture ? demanda-t-il. L'autre jour ? J'ai ramassé des détritus au cottage et je voulais les mettre à la poubelle, mais ensuite la chatte... Ça m'a distrait et je crois que j'ai oublié. Est-ce que ça te dit quelque chose ? »

Elle déglutit et fit oui de la tête. Ses pupilles dilatées avaient réduit l'iris à une fine bande marron clair.

« Oui, je... Au cottage ? Vous avez trouvé ça au cottage ? »

Elle fronça les sourcils comme si elle essayait de comprendre quelque chose.

« Oui. Au cottage. Qu'est-ce que tu en as fait ? Qu'est-ce que tu as fait du sac plastique ? »

Elle se redressa.

« Je l'ai jeté, répondit-elle. C'était des saletés, non ? En tout cas, ça y ressemblait.

– Oui, tu as bien fait. Juste des saletés. »

Helen détourna le regard avant de fixer Patrick de nouveau.

« Papa, est-ce que vous pensez que ça avait recommencé ? Entre elle et lui. Est-ce que vous croyez... »

Patrick se pencha vers elle et écarta une mèche de cheveux qui lui tombait sur le front.

« Eh bien, je n'en suis pas sûr. Peut-être. Je pense que oui, peut-être. En tout cas, maintenant, nous sommes certains que c'est terminé, n'est-ce pas ? »

Il voulut se lever mais ses jambes le trahirent, et il dut s'appuyer d'une main sur la table de nuit. Il sentit qu'elle le regardait et en éprouva un brusque sentiment de honte.

« Est-ce que tu veux un thé ? proposa-t-il.

– Je vais le faire, dit-elle en écartant la couverture.

– Non, non. Reste ici. Je m'en occupe. »

Arrivé à la porte, il se tourna vers elle et lui redemanda :

« Tu l'as bien mis à la poubelle ? Le sac plastique ? »

Helen opina. Lentement, la poitrine serrée et les membres engourdis, il descendit l'escalier jusqu'à la cuisine, où il remplit la bouilloire avant de s'asseoir à table, le cœur lourd. Il n'avait jamais cru Helen capable de lui mentir, et pourtant, il était à peu près certain que c'était ce qu'elle venait de faire.

Il aurait pu être en colère contre elle, mais c'est surtout à Sean qu'il en voulait, car c'était à cause de lui, tout ça. Ce n'était pas normal que Helen se trouve dans cette maison ! Elle aurait dû être chez elle, dans le lit de son mari. Et Patrick n'aurait jamais dû se retrouver dans cette situation délicate – à devoir réparer les erreurs de son fils, à devoir dormir dans la chambre contiguë à celle de sa belle-fille. Sous le bandage à son avant-bras, sa peau le démangeait et il se mit à gratter distraitement.

Et pourtant, s'il était honnête – et il s'efforçait toujours de l'être – il devait bien reconnaître qu'il était mal placé pour critiquer son fils. Il se souvenait de ce que c'était, d'être un jeune homme dépassé par ses instincts. Lui-même avait fait le mauvais choix et il en ressentait toujours de la honte. Il avait opté pour la beauté, la beauté faible et égoïste, une femme qui manquait de retenue à pratiquement tous les égards. Une femme insatiable qui finirait fatalement par s'autodétruire – d'ailleurs, à y repenser, la seule chose qui surprenait vraiment Patrick était que ça ait mis si longtemps. Car Dieu sait combien Lauren avait souvent frôlé la mort.

Il se retourna en entendant des pas dans l'escalier. Helen se tenait dans l'encadrement de la porte, pieds nus, toujours en pyjama.

« Vous êtes sûr que tout va bien, Papa ? »

Il se leva pour préparer le thé, mais elle lui posa une main sur l'épaule.

« Asseyez-vous, je vais m'en occuper. »

La première fois, il avait fait le mauvais choix, mais pas la seconde. Car Helen était son choix. C'était la fille d'un collègue, une jeune femme discrète et travailleuse au physique quelconque, dont il avait tout de suite compris qu'elle saurait se montrer à la fois aimante et fidèle. En revanche, il avait fallu convaincre Sean, qui s'était entiché d'une femme rencontrée en stage. Patrick savait qu'il ne s'agissait que d'une passade, mais quand elle commença à durer plus longtemps qu'elle n'aurait dû, il y mit un terme. À présent qu'il regardait sa belle-fille, il était convaincu d'avoir fait le bon choix pour son fils, car Helen était modeste, intelligente, et elle n'avait que faire des commérages et autres potins mondains auxquels la majorité des femmes semble vouer une véritable passion. Elle ne perdait pas non plus son temps à regarder la télévision ou à lire des romans. Non, elle était souriante et de bonne compagnie.

« Tenez », dit-elle en lui tendant son thé, un sourire aux lèvres, justement.

Puis, remarquant le bandage à moitié arraché sur l'avant-bras de son beau-père :

« Oh là là ! Ça ne me plaît pas trop, ça ! »

La peau était rouge à l'endroit où il avait gratté et la plaie avait viré au noir. Elle alla chercher de l'eau tiède, du savon et du désinfectant, puis elle nettoya la profonde griffure et refit le pansement. Quand elle eut fini, il se pencha vers elle et l'embrassa sur la bouche.

« Papa, dit-elle en le repoussant gentiment.

– Je suis désolé, bredouilla-t-il. Je suis désolé. »

La honte l'envahit de nouveau, écrasante. Et la colère, la colère.

Les femmes l'avaient toujours perverti. D'abord Lauren, puis Jeannie, et les autres. Mais pas Helen. Certainement pas Helen, si ? Et pourtant, elle lui avait menti, ce matin. Il l'avait vu à son visage, son visage si sincère, si peu accoutumé à la tromperie, et il en avait eu des frissons. Il repensa au rêve, Lauren qui se retournait, et l'histoire qui se répétait, sauf que les femmes devenaient chaque fois plus viles.

Nickie

Jeannie déclara qu'il était temps que quelqu'un fasse quelque chose.

« Facile à dire, pour toi, répliqua Nickie. Et puis tu as complètement retourné ta veste. Avant, tu voulais que je me taise parce que ça valait mieux pour ma sécurité. Et maintenant, tu me dis de faire fi de toute prudence ? »

Jeannie ne répondit rien.

« Enfin, quoi qu'il en soit, j'ai essayé. Tu le sais, que j'ai essayé. J'ai indiqué la bonne direction. J'ai laissé un message à la sœur, pas vrai ? Ce n'est tout de même pas ma faute si personne ne m'écoute. Quoi, j'ai été trop subtile, maintenant ? Trop subtile ! Et qu'est-ce que tu proposes, alors ? Que j'aille crier la vérité sur tous les toits ? Regarde où ça t'a menée, toi ! »

La dispute avait duré toute la nuit.

« Ce n'est pas ma faute ! Tu ne peux pas dire ça. Je n'ai jamais voulu attirer des ennuis à Nel Abbott. Je lui ai dit ce que je savais, c'est tout. Comme tu m'as demandé de le faire, d'ailleurs. De toute façon, on ne peut jamais gagner avec toi. Jamais. Je ne vois même pas pourquoi je m'obstine. »

Jeannie commençait à lui taper sur les nerfs. Elle n'arrêtait pas de parler. Et le pire – enfin, non, pas le pire, parce que le pire c'était de ne pas pouvoir dormir de la nuit, mais le pire après ça –, c'était que Jeannie avait probablement raison. Nickie le savait depuis le début, depuis ce fameux matin où, assise à la fenêtre, elle l'avait senti. Une autre. Une autre nageuse. Et elle s'était même dit à ce moment-là qu'il faudrait qu'elle aille en parler à

Sean Townsend. Mais elle avait bien fait de s'abstenir : elle avait remarqué sa réaction quand elle lui avait parlé de sa mère, ce rictus de rage qui était venu remplacer le masque de gentillesse. Les chiens ne font pas des chats, après tout.

« À qui, alors ? Hein, ma vieille ? À qui est-ce que je suis censée parler ? Certainement pas à la policière, tu n'y penses pas. C'est tous les mêmes ! C'est sûr qu'elle irait tout de suite voir son supérieur. »

Si parler à la policière était exclu, qui restait-il ? La sœur de Nel ? Elle n'inspirait pas particulièrement confiance à Nickie. La fille, en revanche... *Ce n'est qu'une enfant,* argua Jeannie, mais Nickie répliqua :

« Et alors ? Elle a plus de niaque à elle seule que la moitié des habitants de ce village réunis. »

C'était décidé, elle parlerait à la fille. Restait à savoir ce qu'elle allait bien pouvoir lui dire.

Nickie avait toujours les pages du manuscrit de Nel. Celles sur lesquelles elles avaient travaillé ensemble. Elle pouvait les montrer à la fille. Elles étaient dactylographiées, pas écrites à la main, mais Lena n'aurait sûrement aucun mal à reconnaître le style de sa mère. Le problème, c'est que les pages n'expliquaient pas les choses de la manière que Nickie aurait voulu. C'était d'ailleurs en partie pour cela que Nel et elle s'étaient brouillées. Divergences artistiques. Nel était partie fâchée en pestant que si Nickie ne pouvait pas lui dire la vérité, c'était une perte de temps. Mais que savait-elle de la vérité, au juste ? Les gens ne font que raconter leur version de l'histoire.

Tu es toujours là ? demanda Jeannie. *Je croyais que tu devais aller parler à la fille...*

« C'est bon, rétorqua Nickie. Lâche-moi ! Je vais le faire. Mais plus tard. Quand je serai prête. »

Parfois, elle aurait voulu que Jeannie se taise, et parfois, elle regrettait plus que tout qu'elle ne soit pas là, assise avec elle à la fenêtre, à observer. Elles auraient dû vieillir ensemble, se chamailler pour de vrai, au lieu de le faire par les ondes, comme elles y étaient désormais contraintes.

Nickie déplorait aussi le fait que, lorsqu'elle imaginait Jeannie, elle la revoyait telle qu'elle était la dernière fois qu'elle était venue dans cet appartement. C'était quelques jours avant que Jeannie ne quitte définitivement Beckford; elle était toute pâle et toute tremblante de peur. Elle était venue dire à Nickie que Patrick Townsend était passé la voir. Il l'avait prévenue que si elle continuait à parler comme elle le faisait, si elle continuait à poser des questions, si elle continuait à essayer de « nuire à sa réputation », il s'assurerait qu'il lui arrive malheur.

« Je ne te toucherai pas, personnellement, il avait déclaré. Rien que l'idée me dégoûte. Mais je trouverai quelqu'un pour faire le sale boulot. Je ferai même en sorte qu'ils soient plusieurs, et qu'ils se relaient. Tu sais que je connais du monde, Jeannie ! Et tu me crois quand je te dis que je connais des gens capables de ce genre de choses, n'est-ce pas, mon petit ? »

Debout dans cette même pièce, Jeannie avait fait promettre à Nickie de ne pas s'en mêler.

« On ne peut plus rien faire, maintenant. Je n'aurais jamais dû t'en parler.

– Mais… et le petit garçon ? avait demandé Nickie. Qu'est-ce qu'on fait pour le petit garçon ? »

Jeannie avait essuyé les larmes qui roulaient sur ses joues.

« Je sais, je sais. Ça me rend malade rien que d'y penser, mais on ne peut rien faire pour lui. Il faut vraiment que tu gardes le silence, Nickie. Parce que Patrick n'hésitera pas, que ce soit pour moi ou pour toi. Il est dangereux. »

Jeannie était partie quelques jours plus tard, pour ne jamais revenir.

Jules

Dis-moi la vérité. Au fond, est-ce que tu as aimé ça ?
Je me suis réveillée avec ta voix dans la tête. On était en plein après-midi. La nuit, je n'arrive pas à dormir, cette maison tangue comme un bateau et le bruit de l'eau est assourdissant. Dans la journée, bizarrement, c'est moins gênant. Bref, j'ai dû m'endormir à un moment, parce que je me suis réveillée avec ta voix dans la tête, qui me demandait :

Au fond, est-ce que tu as aimé ça ? « *Est-ce que tu as aimé* », ou « *est-ce que ça t'a plu* » ? Ou « *est-ce que tu en avais envie* » ? Je n'arrive plus à m'en souvenir. Je me souviens seulement d'avoir dégagé ma main de la tienne et de l'avoir levée pour te frapper, et je me souviens de ton air interdit.

Je me suis traînée jusqu'à la salle de bains de l'autre côté du couloir et j'ai fait couler l'eau dans la douche. J'étais trop épuisée pour me déshabiller, alors je suis restée assise sur un tabouret pendant que la vapeur emplissait la pièce. J'ai fini par couper l'eau et je suis allée devant le lavabo pour m'asperger le visage. En relevant les yeux, j'ai vu sur le miroir deux lettres qui étaient apparues dans la condensation, un L et un S. Ça m'a fait tellement peur que j'ai poussé un cri perçant.

J'ai entendu Lena ouvrir la porte de sa chambre puis venir tambouriner à celle de la salle de bains.

« Julia ? Qu'est-ce qui se passe ? Julia ? »

J'ai ouvert, furieuse.

« Qu'est-ce que tu fais ? me suis-je écriée en désignant la glace. Qu'est-ce que tu essaies de me faire ?

– Quoi ? a-t-elle répondu, agacée. De quoi tu parles ?

– Tu sais très bien de quoi je parle, Lena. Je ne sais pas où tu veux en venir, mais... »

Elle m'a tourné le dos et s'est éloignée.

« C'est pas vrai, t'es complètement barge. »

Je suis restée là longtemps, à regarder les lettres. Ce n'était pas mon imagination : elles étaient bien là, LS. C'était typiquement le genre de choses que tu aimais faire : me laisser des messages fantomatiques sur le miroir ou dessiner de minuscules pentagrammes derrière la porte de ma chambre avec du vernis rouge. Tu déposais des cadeaux effrayants sous mon oreiller. Tu adorais me faire peur et tu as dû lui raconter. C'est forcément ça, tu lui en as parlé, et maintenant, elle s'y met aussi.

Pourquoi LS ? Pourquoi Libby Seeton ? Pourquoi cette obsession ? Libby était innocente, c'était une jeune fille jetée dans l'eau par des hommes qui haïssaient les femmes, qui les accusaient de tous les maux pour couvrir leurs propres fautes. Mais Lena pensait que tu t'étais jetée dans l'eau de ton propre gré, alors pourquoi Libby ? Pourquoi LS ?

J'ai traversé le couloir sur la pointe des pieds pour me rendre dans ta chambre. Elle semblait tranquille, mais il flottait dans l'air une odeur sucrée – pas ton parfum, autre chose. Un effluve écœurant, lourd, comme des roses presque fanées. Le tiroir près de ton lit était fermé et quand je l'ai ouvert, tout était à la même place que la fois d'avant, à une exception près : le briquet, celui sur lequel tu avais fait graver les initiales de Libby. Il avait disparu. Quelqu'un était entré dans ta chambre. Quelqu'un l'avait pris.

Je suis retournée dans la salle de bains pour m'asperger le visage et, quand j'ai frotté le miroir pour effacer les lettres, je t'ai vue, derrière moi, avec la même expression sur le visage que ce soir-là, le même air interdit. J'ai fait volte-face et Lena a levé les mains comme pour se protéger.

« C'est pas vrai, Julia, relax. Qu'est-ce qui t'arrive ? »

J'ai secoué la tête.

« Je... C'est juste...

– C'est juste quoi ? elle a répété, les yeux au ciel.

– J'ai besoin d'air. »

Une fois sur le perron, j'ai manqué pousser un nouveau cri lorsque j'ai vu deux femmes devant le portail, deux femmes vêtues de noir, penchées l'une sur l'autre, comme empêtrées. L'une d'elles m'a regardée. C'était Louise Whittaker, la mère de la fille morte. Elle s'est dégagée et a crié à l'autre femme avec colère :

« Laissez-moi ! Laissez-moi tranquille ! Je vous interdis de m'approcher ! »

L'autre a fait un signe de la main, je ne sais pas si c'était à son attention ou à la mienne. Puis elle a tourné les talons et est repartie clopin-clopant.

« Vieille folle, a craché Louise en s'approchant de la maison. C'est un danger public, cette Nickie Sage. Ne discutez jamais avec elle, je vous préviens. Et ne la laissez pas entrer chez vous, c'est une menteuse et une arnaqueuse. Tout ce qu'elle veut, c'est vous soutirer de l'argent. »

Elle s'est interrompue pour reprendre son souffle et elle a froncé les sourcils.

« Ça n'a pas l'air d'être la grande forme, vous. J'ai l'impression de me voir dans le miroir. »

J'ai ouvert la bouche puis l'ai refermée.

« Votre nièce est là ? »

Je l'ai invitée à entrer.

« Je vais la chercher », j'ai dit, mais sans attendre, Louise s'est postée en bas de l'escalier et a appelé Lena, puis elle est allée s'asseoir à la table de la cuisine.

Au bout d'un moment, Lena est apparue, sans son expression habituelle, ce mélange de dédain et d'ennui si semblable à la tienne. D'une petite voix, elle a dit bonjour à Louise, mais celle-ci n'a même pas semblé l'entendre : elle regardait par la fenêtre, peut-être la rivière, peut-être au-delà.

Lena s'est assise à table, a attaché ses cheveux en un chignon lâche au creux de sa nuque, puis elle a légèrement levé le menton, comme pour se préparer à quelque chose, une interview, un interrogatoire. Elles faisaient comme si je n'étais pas là et j'aurais tout aussi bien pu être invisible, mais je suis restée dans la pièce, près du plan de travail. Je n'osais pas me détendre : je me tenais prête à intervenir.

Louise a cligné des yeux et a fini par se tourner vers Lena, qui a soutenu son regard une seconde avant de baisser la tête.

« Je suis désolée, madame Whittaker. Je suis vraiment désolée. »

Louise n'a rien dit. Des larmes ont commencé à couler sur ses joues, suivant des sillons creusés par des mois de chagrin ininterrompu.

« Je suis désolée », a répété Lena.

Elle aussi pleurait, à présent. Elle avait à nouveau détaché ses cheveux et les tortillait du bout des doigts comme une petite fille.

« Je me demande, a enfin dit Louise, si tu sauras un jour ce que cela fait de comprendre qu'on ne connaissait pas son propre enfant. »

Elle a pris une grande inspiration tremblante.

« J'ai encore toutes ses affaires. J'ai ses vêtements, ses livres, sa musique. Je sais qui étaient ses amis, ses modèles, et je connais ses passions. Mais tout ça, ce n'était pas elle. Parce que je ne savais pas qui elle aimait. Elle avait une vie, une vie entière dont j'ignorais jusqu'à l'existence. Je ne connaissais pas la plus importante partie d'elle. »

Lena a voulu dire quelque chose, mais Louise ne s'est pas laissé interrompre.

« Et tu vois, Lena, tu aurais pu m'aider. Tu aurais pu me le dire. Tu aurais pu m'en parler quand tu l'as découvert. Tu aurais pu venir me dire que ma fille avait des problèmes, des problèmes qu'elle ne pouvait pas contrôler. Des problèmes qui finiraient par lui faire du mal – parce que tu le savais, tu le savais forcément.

– Mais je ne pouvais pas… Je ne… »

Une nouvelle fois, Lena a commencé à répondre, et une nouvelle fois, Louise a refusé de l'écouter.

« Tu étais peut-être trop aveuglée, ou trop bête, ou trop insouciante pour ne pas comprendre l'ampleur de ces problèmes, mais tu aurais tout de même pu m'aider, moi. Tu aurais pu venir me voir après sa mort pour me dire : Vous n'avez rien fait de mal. Ce n'est pas votre faute, ce n'est pas la faute de votre mari. Tu aurais pu nous empêcher de devenir fous. Mais non. Tu as refusé. Tout ce temps, tu n'as rien dit. Tout ce temps, tu... Et pire, pire que tout, tu l'as laissé, lui... »

Sa voix, un peu plus aiguë à chaque phrase, venait de disparaître dans l'air, comme partie en fumée.

« Je l'ai laissé s'en tirer ? » a complété Lena.

Elle ne pleurait plus et, si sa voix s'était perchée, elle avait gagné en fermeté.

« Oui. Je l'ai laissé s'en tirer, et j'en étais malade. Ça me rendait complètement dingue, mais c'était pour elle que je faisais ça. Tout ce que j'ai fait, je l'ai fait pour Katie.

– Je t'interdis de prononcer son nom ! a sifflé Louise.

– Katie, Katie, Katie ! »

Lena s'était à moitié levée et s'était penchée, le visage à quelques centimètres à peine de celui de Louise. Puis elle s'est laissée retomber sur sa chaise.

« Je l'aimais, madame Whittaker. Vous savez combien je l'aimais. J'ai fait ce qu'elle voulait que je fasse. J'ai fait ce qu'elle m'a demandé.

– Mais ce n'était pas à toi de prendre cette décision, Lena. Ce n'était pas à toi de décider ce que tu pouvais me cacher à moi, sa mère...

– C'est vrai, ce n'était pas à moi de décider, c'était à elle ! Je sais que vous pensez avoir le droit de tout savoir, mais vous avez tort. Ce n'était pas une gamine, ce n'était plus une petite fille.

– C'était MA petite fille ! »

La voix de Louise s'était changée en une plainte quasi animale. Je me suis rendu compte que j'agrippais le comptoir de toutes mes forces et que j'étais moi aussi au bord des larmes.

Lena a repris la parole, plus douce, presque suppliante.

« Katie a fait un choix. Elle a pris sa décision, et je l'ai respectée. »

Elle a continué, plus douce encore, consciente qu'elle avançait en terrain miné.

« Et je ne suis pas la seule. Josh a fait pareil. »

Louise a levé la main et frappé Lena au visage, très fort. La gifle a résonné contre les murs. J'ai bondi pour agripper le bras de Louise.

« Non ! ai-je crié. Ça suffit, stop ! Sortez d'ici !

– Laisse-la, a répliqué Lena, sa joue gauche rougie, mais l'air calme. Reste en dehors de ça, Julia. Elle n'a qu'à me frapper si elle en a envie. Elle n'a qu'à m'arracher les yeux ou me tirer les cheveux. Qu'est-ce que ça va changer, à présent ? »

Louise avait la bouche ouverte et je pouvais sentir son haleine âcre. Je l'ai lâchée.

« Si Josh n'a rien dit, c'est à cause de toi, a-t-elle rétorqué en essuyant la salive à la commissure de ses lèvres. C'est parce que tu lui as ordonné de ne rien dire.

– Non, madame Whittaker. »

Lena avait posé le dos de sa main droite contre sa joue pour atténuer la douleur.

« Ce n'est pas vrai, a-t-elle poursuivi d'un ton égal. Si Josh a gardé le secret, c'est à cause de Katie. Parce qu'elle le lui a demandé. Et après, c'est parce qu'il voulait vous protéger, vous et son père. Il pensait que ça vous ferait trop de mal. De savoir qu'elle avait… »

Elle a secoué la tête.

« Il est encore petit. Il pensait…

– Ne me dis pas ce que pense mon fils ! l'a coupée Louise. Arrête. Tu ne sais pas ce qui s'est passé dans sa tête. »

Elle a levé une main à sa gorge, un réflexe. Non, pas un réflexe : elle a pris entre son pouce et son index l'oiseau bleu qui pendait au bout d'une chaîne.

« Ça, a-t-elle dit – un sifflement plus qu'un mot. Ce n'est pas toi qui lui as donné, n'est-ce pas ? »

Lena a hésité un instant avant de secouer la tête.

« C'est lui qui le lui a offert, n'est-ce pas ? »

Les pieds de sa chaise ont raclé le sol lorsqu'elle l'a repoussée. Elle s'est redressée et, d'un geste brutal, a arraché la chaîne autour de son cou avant d'abattre le pendentif sur la table.

« Il lui a donné cette chose, et tu m'as laissée me promener avec ça autour du cou. »

Lena a fermé les yeux et a recommencé à secouer la tête. La fille docile et navrée qui était entrée discrètement dans la pièce quelques minutes plus tôt avait disparu, et à sa place se tenait quelqu'un de différent, de plus âgé, une adulte face à l'enfant colérique et désespérée que Louise était devenue. Soudain a resurgi en moi un souvenir parfaitement clair de toi, une de ces rares fois où tu avais pris ma défense, alors que tu étais un peu plus jeune que Lena ne l'est aujourd'hui. À l'école, un professeur m'avait accusé d'avoir pris quelque chose qui ne m'appartenait pas, et tu étais allée lui parler. Je me souviens, tu étais restée calme, lucide, tu n'avais même pas levé la voix quand tu lui avais dit qu'elle avait tort d'accuser sans preuve, et elle avait été intimidée. Je me suis souvenue combien j'avais été fière de toi ce jour-là, et je ressentais la même chose à présent, la même chaleur dans la poitrine.

Louise a repris la parole d'une voix très basse.

« Tu vas donc pouvoir m'expliquer ceci, a-t-elle dit en se rasseyant. Toi qui sais tout. Toi qui comprends tout. Si Katie était amoureuse de cet homme, et s'il l'aimait aussi, alors pourquoi ? Pourquoi est-elle allée dans l'eau ? Qu'est-ce qu'il lui a fait, pour qu'elle en arrive là ? »

Lena s'est tournée vers moi, l'air effrayé – ou peut-être juste résigné ? Je ne parvenais pas à déchiffrer son expression. Elle m'a regardée une seconde avant de fermer les yeux, et des larmes s'en sont échappées. Quand elle a répondu, sa voix était plus sourde.

« Ce n'est pas à cause de lui qu'elle a fait ça, ce n'était pas lui, a-t-elle soupiré. On s'est disputées, avec Katie. Je voulais qu'elle arrête tout, qu'elle arrête de le voir. Je trouvais que ce n'était pas bien. Je pensais qu'elle allait s'attirer des ennuis. Je pensais... »

Encore une fois, elle a secoué la tête.

« Je voulais juste qu'elle arrête de le voir. »

Un éclair de compréhension a traversé le visage de Louise ; elle a deviné, en même temps que moi.

« Tu l'as menacée, ai-je soufflé. Tu l'as menacée de tout révéler.

– Oui, a répondu Lena d'une voix à peine audible. C'était moi. »

Louise est partie sans un mot. Lena est restée assise, immobile, à regarder la rivière par la fenêtre, sans pleurer, sans parler. Je ne pouvais rien lui dire, je n'avais aucun moyen de l'atteindre. J'ai reconnu en elle quelque chose que j'avais moi aussi, auparavant. Quelque chose que tout le monde a, peut-être, à cet âge : une profonde impossibilité d'être compris. Comme c'est étrange, j'ai songé, ces parents qui croient connaître leurs enfants, qui sont sûrs de les comprendre. Ne se souviennent-ils donc pas de ce que c'est qu'avoir dix-huit ans, quinze ans, douze ans ? Peut-être qu'avoir des enfants vous fait oublier ce que c'est qu'en être un. Je me souviens de toi à dix-sept ans et de moi à treize ans, et je suis certaine que nos parents n'avaient pas la moindre idée de qui nous étions vraiment.

« J'ai menti. »

La voix de Lena a interrompu le fil de mes pensées. Elle n'avait pas bougé, elle continuait d'observer l'eau.

« Tu as menti ? À Katie ? »

Elle a secoué la tête.

« À Louise ? À quel sujet ?

– Ça ne servait à rien de dire la vérité. Plus maintenant, en tout cas. Autant qu'elle m'en veuille à moi. Au moins, moi, je suis encore là. Et elle a besoin de pouvoir déverser toute sa haine quelque part.

– Qu'est-ce que tu veux dire, Lena ? De quoi tu parles ? »

Elle m'a regardée de ses yeux verts et froids, et elle semblait soudain plus âgée. Comme toi, le lendemain de ce fameux soir où tu m'avais tirée hors de l'eau. Changée, exténuée.

« Je ne l'ai pas menacée de tout raconter, ce n'était pas moi. Je ne lui aurais jamais fait un truc pareil. Je l'aimais. Aucun d'entre vous n'a l'air de comprendre ce que ça signifie, c'est à croire que vous ne savez même pas ce que c'est que l'amour. J'aurais fait n'importe quoi pour elle.

– Mais si ce n'est pas toi qui l'as menacée… »

Je crois que je savais la réponse avant qu'elle ne me la donne.

« C'était Maman. »

Jules

La pièce a soudain paru refroidir ; si je croyais aux esprits, j'aurais dit que tu venais de te joindre à nous.

« Katie et moi, on s'est disputées, c'est vrai. Je ne voulais plus qu'elle le voie, et elle a dit qu'elle s'en fichait de ce que je pensais et que ça n'avait aucune importance. Elle m'a dit que j'étais immature et que je ne comprenais pas ce que c'était d'avoir une vraie relation avec quelqu'un. Je l'ai traitée de pute, elle m'a traitée de sainte-nitouche. Tu vois le genre de dispute, idiote, horrible. Quand Katie est partie, je me suis rendu compte que Maman était dans sa chambre, à côté, alors que je pensais qu'elle n'était pas rentrée. Elle avait tout entendu. Elle m'a prévenue qu'elle allait en parler à Louise et je l'ai suppliée de ne pas le faire, je lui ai dit que ça serait l'enfer pour Katie. Alors elle a dit qu'il valait peut-être mieux en parler à Helen Townsend, parce que, après tout, c'était Mark le coupable dans cette histoire, et Mme Townsend est son employeuse. Elle a dit que le collège pourrait peut-être le renvoyer sans que le nom de Katie apparaisse. Je lui ai dit que c'était irréaliste, et elle le savait : la directrice ne pouvait pas juste le virer, il faudrait un rapport officiel et le collège serait obligé de prévenir la police. Il y aurait un procès, ça deviendrait une affaire publique. Et même si le nom de Katie n'était pas mentionné dans les journaux, ses parents seraient au courant, tout le monde au collège en entendrait parler... Ce genre de trucs, ça ne peut pas rester privé. »

Elle a pris une grande inspiration, puis elle a expiré doucement.

« Je l'ai dit à Maman, ce jour-là, que Katie préférerait mourir que de devoir affronter tout ça. »

Lena s'est penchée pour ouvrir la fenêtre ; elle a sorti un paquet de cigarettes de la poche de son sweat. Elle s'en est allumé une et a soufflé la fumée dehors.

« Je l'ai suppliée. Je t'assure, j'ai carrément supplié Maman de ne rien dire, et elle m'a répondu qu'elle allait réfléchir. Elle m'a dit que je devais convaincre Katie de ne plus le revoir, que c'était un abus d'autorité et que c'était très grave. Elle m'a promis qu'elle ne ferait rien avant que j'aie eu le temps de convaincre Katie. »

Elle a écrasé sa cigarette à peine allumée sur le rebord de la fenêtre et, d'une pichenette, l'a jetée dans la rivière.

« Je l'ai crue. Je lui faisais confiance, a-t-elle continué en se tournant vers moi. Mais deux jours plus tard, j'ai aperçu Maman sur le parking du collège, en pleine conversation avec M. Henderson. Je ne sais pas de quoi ils parlaient, mais ça n'avait pas l'air très cordial, alors j'ai su qu'il fallait que j'en parle à Katie, au cas où. Il fallait qu'elle le sache, qu'elle ait le temps de se préparer... »

Sa voix s'est cassée, elle a dégluti.

« Elle est morte trois jours plus tard. »

Lena a reniflé puis s'est essuyé le nez du revers de la main.

« Et en plus, quand on en a parlé, après, Maman m'a juré qu'elle n'était pas allée voir Mark Henderson pour lui parler de Katie. Elle m'a dit qu'ils se disputaient à mon sujet, parce que j'avais des problèmes en classe.

– Mais... Lena, attends, je ne comprends pas. Tu veux dire que ta mère n'a pas menacé de tout révéler ?

– Moi non plus, je n'ai pas compris. Elle m'a juré qu'elle n'avait rien dit, mais elle se sentait tellement coupable, ça se voyait. Je savais que tout était ma faute mais elle faisait comme si c'était la sienne. Elle a arrêté de nager dans la rivière et elle est devenue obsédée par l'idée de "la vérité", elle répétait sans arrêt que les gens avaient tort d'avoir peur d'entendre la vérité ou de dire la vérité aux autres, elle n'arrêtait pas avec ça... »

(C'était à la fois déconcertant et parfaitement logique : toi, tu ne disais pas la vérité, jamais. Les histoires que tu racontais, ce n'était pas LA vérité, mais TA vérité, suivant tes motivations. J'en sais quelque chose : j'ai été du mauvais côté de ta vérité la plus grande partie de ma vie.)

« Pourtant, elle n'a pas dit la vérité, elle non plus ? Elle n'en a parlé à personne, elle n'a rien écrit au sujet de Mark Henderson dans son... son histoire sur Katie, elle ne le mentionne même pas.

– Non, a répondu Lena, parce que je l'en ai empêchée. On s'est disputées plein de fois et je n'arrêtais pas de lui dire que moi aussi, j'aurais adoré que cette ordure finisse en taule, mais que ça aurait brisé le cœur de Katie. Et ça aurait voulu dire qu'elle avait fait tout ça pour rien. »

Elle a dégluti péniblement.

« Je sais, je sais. Je sais que ce que Katie a fait, c'était stupide, et absurde, putain, je sais. Mais elle est morte pour le protéger. Et si on était allées voir la police, elle serait vraiment morte pour rien. Mais Maman ne lâchait pas l'affaire avec ses histoires de vérité, elle répétait que c'était irresponsable de ne pas agir. Elle était... Je ne sais pas. »

Elle a levé les yeux vers moi, avec le même regard froid qu'elle avait réservé à Louise, plus tôt.

« Tu saurais tout ça, Julia, si seulement tu avais accepté de lui parler.

– Lena, je suis désolée, je suis vraiment désolée pour tout ça, mais je ne vois toujours pas pourquoi...

– Tu veux savoir comment je sais que ma mère s'est suicidée ? Pourquoi j'en suis sûre ? C'est parce que le jour de sa mort, on s'est disputées. Ça a démarré pour une bêtise sans importance, mais à la fin, c'était au sujet de Katie – on finissait toujours par aller sur ce terrain-là. Je lui ai hurlé dessus, je l'ai traitée de mauvaise mère et je lui ai dit que si elle avait été une vraie mère, elle nous aurait aidées, elle aurait aidé Katie, et que rien de tout cela ne serait arrivé. Alors elle m'a dit qu'elle avait essayé d'aider Katie, qu'elle l'avait croisée un soir, qui rentrait chez elle à pied, assez tard. Maman était en voiture, elle s'est arrêtée pour lui proposer de la ramener. Elle m'a raconté que Katie n'était pas bien mais qu'elle refusait de lui expliquer pourquoi, et Maman lui a dit : "Tu sais, tu n'es pas obligée d'affronter tout ça toute seule." Elle lui a dit : "Je peux t'aider." Et ensuite : "Ton père et ta mère pourraient t'aider, eux aussi." Quand j'ai demandé à Maman pourquoi elle ne m'avait pas raconté ça plus tôt, elle n'a pas voulu me répondre. Je lui ai demandé quel jour c'était, et elle m'a répondu le jour du solstice, le 21 juin. Katie est allée dans le bassin cette nuit-là. Sans le vouloir, c'est Maman qui a fait basculer Katie. Et du coup, en retour, c'est Katie qui a fait basculer Maman. »

Une vague de tristesse m'a envahie, si violente que j'ai cru que j'allais tomber de ma chaise. C'est donc ça, Nel ? C'est donc vrai, tu as sauté, tu l'as fait par culpabilité, et par désespoir. Tu étais désespérée car tu n'avais plus personne vers qui te tourner – ni ta fille endeuillée, qui t'en voulait terriblement, ni moi, bien sûr, parce que tu savais que si tu m'appelais, je ne décrocherais pas. Étais-tu à ce point désespérée, Nel ? As-tu vraiment sauté ?

J'ai senti le regard de Lena posé sur moi et j'ai su qu'elle devinait ma honte, qu'elle devinait qu'enfin j'avais compris. C'était ma faute, à moi aussi. Mais elle n'arborait pas un air triomphant, ni satisfait, elle semblait juste terriblement fatiguée.

« Je n'en ai pas parlé à la police parce que je ne voulais pas que les gens soient au courant. Je ne voulais pas qu'on lui reproche la mort de Katie – en tout cas, pas plus que ce n'est déjà le cas. Elle n'a pas agi par méchanceté. Et elle a assez souffert, non ? Elle a souffert pour des raisons inutiles, parce que ce n'était pas sa faute. Ce n'était ni la sienne, ni la mienne. »

Elle m'a adressé un petit sourire triste.

« Ni la tienne non plus. Ni celle de Louise, ni celle de Josh. Ce n'était pas notre faute. »

J'ai voulu la prendre dans mes bras, mais elle m'a repoussée.

« Non, elle a dit. S'il te plaît, je veux juste... »

Sa voix s'est éteinte. Elle a relevé le menton.

« J'ai besoin d'être seule. Juste un peu. Je vais faire un tour. »

Je l'ai laissée partir.

Nickie

ickie fit ce que Jeannie lui avait demandé : elle alla parler à Lena Abbott. La température ayant baissé – un avant-goût de l'automne –, elle enfila son manteau noir et fourra les pages du manuscrit dans la poche intérieure avant de prendre à pied le chemin du Vieux Moulin. Mais quand elle arriva à destination, elle vit qu'elle n'était pas seule, et elle ne se sentait pas d'humeur à parler devant tout le monde. D'autant moins après ce que lui cria Mme Whittaker, comme quoi elle ne s'intéressait qu'à l'argent et qu'elle exploitait le malheur des autres, ce qui était absolument injuste. Ça n'avait jamais été son intention – si seulement les gens daignaient l'écouter. Elle resta un moment devant la maison à observer, mais ses jambes la faisaient souffrir et sa tête était pleine de bruit, aussi décida-t-elle de faire demi-tour et de rentrer chez elle. Certains jours, elle avait l'impression d'avoir son âge ; d'autres, elle avait l'impression d'avoir celui de sa mère.

Elle ne se sentait pas la force d'affronter cette journée, elle était épuisée. De retour dans son petit appartement, elle s'assoupit dans son fauteuil et, quand elle se réveilla, elle eut l'impression d'avoir vu Lena se diriger vers le bassin, mais peut-être ne s'agissait-il que d'un rêve, ou d'une prémonition. Plus tard, en revanche, beaucoup plus tard, dans le noir, elle fut certaine de la voir traverser la place tel un fantôme, un fantôme résolu, marchant d'un pas pressé. De son appartement dans la pénombre, Nickie sentit l'air se fendre en deux au passage de la jeune fille, elle sentit l'énergie qui émanait d'elle, et cela lui donna un coup de fouet qui la fit rajeunir d'un coup. Cette fille était déterminée. Un feu brûlait en elle, elle était dangereuse. C'était le genre de fille qu'il valait mieux ne pas trop chercher.

Voir Lena ainsi replongea Nickie dans son propre passé ; elle eut brusquement envie de se lever et de danser, de hurler à la lune. Et même si elle avait passé l'âge de danser, elle décida que cette nuit-là, douleurs ou pas, elle se rendrait à la rivière. Elle voulait se sentir proche d'elles, proche de toutes ces femmes et de toutes ces filles, dangereuses et débordant d'énergie. Elle voulait sentir leur esprit, s'y baigner.

Elle avala quatre cachets d'aspirine, attrapa sa canne, puis descendit l'escalier à pas prudents avant de sortir par la porte du fond et de s'engager dans l'allée derrière les magasins. Elle traversa la place en clopinant et se dirigea vers le pont.

Elle eut l'impression que le trajet durait une éternité ; tout prenait tellement de temps, à présent. Personne ne vous prévenait de cela quand vous étiez plus jeune, personne ne vous disait à quel point vous seriez lent, et à quel point votre lenteur vous exaspérerait. Elle songea qu'elle aurait dû le prévoir et se mit à rire dans sa barbe.

Nickie se souvenait du temps où elle était preste et rapide comme un lévrier. À l'époque, quand elle était enfant, elle faisait souvent la course avec sa sœur, le long de la rivière. Elles coinçaient leur jupe dans leur petite culotte et se mettaient à courir comme des dératées, sentant chaque caillou, chaque fissure du chemin à travers les fines semelles de leurs chaussures en toile. Personne n'aurait pu les arrêter. Plus tard, beaucoup plus tard, quand les années les eurent rendues un peu moins rapides, elles continuèrent à se donner rendez-vous au même endroit, au bord de la rivière, d'où elles partaient pour de longues promenades, parfois de plusieurs kilomètres, souvent en silence.

Ce fut lors d'une de ces promenades qu'elles étaient tombées sur Lauren, assise sur les marches du cottage d'Anne Ward, une cigarette à la main, la tête appuyée contre la porte. Jeannie l'avait appelée, Lauren s'était retournée, et elles avaient alors pu voir qu'un côté de son visage était enflé et arborait toutes les couleurs du soleil couchant.

« C'est un démon, son mari », avait déclaré Jeannie.

Quand on parle du loup, on en voit la queue, dit l'adage. Et donc, tandis que Nickie se tenait là, accoudée au parapet du pont, le menton dans les mains, à regarder couler la rivière en pensant à sa sœur, elle sentit sa présence. Elle sentit qu'il était là avant même de le voir. Elle n'avait pas prononcé son nom, mais peut-être que les murmures de Jeannie avaient suffi à le faire apparaître. Le démon du village. Nickie tourna la tête et elle le vit marcher vers elle en s'appuyant sur une canne, une cigarette à la main. Comme toujours, elle cracha par terre et récita son invocation.

D'ordinaire, elle en serait restée là mais, ce soir, elle décida de lui parler. Elle n'aurait pas su expliquer pourquoi. Peut-être était-ce l'esprit de Lena qui s'exprimait à travers elle. Ou celui de Libby, d'Anne, de Jeannie...

« Il n'y en a plus pour longtemps, maintenant », déclara-t-elle.

Patrick s'arrêta à sa hauteur et se tourna vers elle comme s'il était surpris de la voir là.

« Hein ? grogna-t-il. Qu'est-ce que vous avez dit ?

– J'ai dit qu'il n'y en avait plus pour longtemps, maintenant. »

Patrick fit un pas vers elle, et elle sentit de nouveau l'esprit brûlant remonter de son ventre à sa poitrine, pour finalement s'échapper par ses lèvres.

« Elles m'ont beaucoup parlé, ces derniers temps », murmura-t-elle.

Patrick la congédia d'un geste de la main, puis reprit sa route en grommelant quelque chose qu'elle ne parvint pas à entendre. Mais l'esprit refusait d'être réduit au silence.

« Ma sœur ! cria-t-elle. Votre femme ! Nel Abbott, aussi ! Toutes, elles me parlent. Et Nel Abbott, elle avait tout compris, n'est-ce pas ?

– La ferme, vieille folle ! » cracha Patrick.

Il fit mine de se jeter sur elle et Nickie recula d'un pas. Il ricana et se détourna de nouveau.

« La prochaine fois que vous parlerez à votre sœur, lança-t-il par-dessus son épaule, passez-lui le bonjour de ma part. »

Jules

Je suis restée dans la cuisine à attendre le retour de Lena. J'ai appelé son téléphone, j'ai laissé des messages sur son répondeur. J'étais terriblement inquiète et, dans ma tête, je t'entendais me réprimander de ne pas l'avoir suivie, comme tu m'avais suivie. On ne raconte pas les histoires de la même manière, toi et moi. Je le sais, car j'ai lu tes mots : *À dix-sept ans, j'ai sauvé ma petite sœur de la noyade.* Sans contexte, quel héroïsme ! Tu n'as pas écrit comment je m'étais retrouvée là-bas, tu n'as pas parlé de la partie de football, du sang, de Robbie.

Ni du bassin. *À dix-sept ans, j'ai sauvé ma petite sœur de la noyade,* voilà ce que tu écris, mais tu as la mémoire sélective, Nel ! Je sens encore tes mains sur mon crâne, je me souviens avoir lutté contre toi, la douleur de mes poumons vides d'air, la panique glaciale qui m'a envahie quand, malgré mon ivresse, malgré cette lamentable torpeur, j'ai su que j'allais me noyer. Tu m'as maintenue sous l'eau, Nel.

Pas longtemps. Tu as changé d'avis. Le bras bien serré autour de mon cou, tu m'as tirée jusque sur la berge, mais j'ai toujours su qu'une partie de toi avait eu envie de me laisser là.

Tu m'as dit de ne plus jamais en parler, tu m'as fait promettre, *pour Maman,* alors j'ai mis cette histoire de côté. Je suppose que j'avais toujours cru qu'un jour, dans un futur lointain où nous serions vieilles, où tu aurais changé, où tu aurais été désolée, nous en aurions reparlé. Nous aurions discuté de ce qui s'était passé, de ce que j'avais fait et de ce que tu avais fait, de ce que tu avais dit, de comment nous en étions arrivées à nous haïr l'une l'autre. Mais tu ne m'as jamais dit que tu étais désolée. Et tu ne m'as jamais expliqué comment tu avais pu me traiter ainsi, moi, ta petite sœur. Tu n'as pas changé, tu t'es contentée de mourir, et j'ai l'impression qu'on m'a arraché le cœur de la poitrine.

J'ai désespérément besoin de te revoir.

J'ai attendu Lena jusqu'à ce que l'épuisement vienne à bout de ma résistance, et j'ai fini par aller me coucher. J'avais beaucoup de mal à dormir depuis que j'étais revenue dans cette maison et je commençais à en payer le prix. Je me suis effondrée dans le sommeil, errant de rêve en rêve jusqu'à ce que j'entende la porte d'entrée, en bas, puis les pas de Lena dans l'escalier. Je l'ai entendue entrer dans sa chambre et mettre de la musique, suffisamment fort pour distinguer ce que chantait la femme :

That blue-eyed girl
She said *'No more'*
That blue-eyed girl
Became blue-eyed whore[1].

Je me suis laissée retomber dans le sommeil. Quand je me suis à nouveau réveillée, la musique était toujours là, la même chanson, encore plus fort. Je voulais – non, j'avais besoin – que ça s'arrête, mais je ne parvenais pas à m'extraire des draps. Je me suis demandé si j'étais bien réveillée mais, si c'était le cas, pourquoi avais-je ce poids qui m'écrasait la poitrine ? Je n'arrivais ni à respirer, ni à remuer, mais j'entendais clairement la voix de la femme qui chantait toujours :

Little fish big fish, swimming in the water.
Come back here man, gimme my daughter[2].

---

1. La fille aux yeux bleus/Parce qu'elle a dit « stop »/La fille aux yeux bleus/N'est plus qu'une salope. (Paroles de *Down by the Water*, de P. J. Harvey)
2. Petits et gros poissons, qui nagent dans la rivière/Ma fille est parmi eux, rends-la moi. (*Id.*) (*Toutes les notes sont des traducteurs.*)

Soudain, le poids s'en est allé et je me suis levée, furieuse. J'ai titubé dans le couloir en criant à Lena de baisser la musique. J'ai ouvert brutalement sa porte : la chambre était vide. Lumière allumée, fenêtre ouverte, des mégots de cigarettes dans le cendrier, un verre posé près du lit défait. Le volume de la musique semblait enfler encore et encore, j'avais terriblement mal à la tête et à la mâchoire, et je continuais de crier alors qu'il n'y avait personne. J'ai fini par trouver les enceintes de son iPod dont j'ai arraché la prise et, enfin, enfin, je n'ai plus entendu que le bruit de ma respiration et du sang qui me martelait les tempes.

Je suis retournée dans ma chambre et j'ai rappelé Lena, en vain. J'ai essayé d'appeler Sean, mais je suis tombée directement sur le répondeur. Au rez-de-chaussée, la porte d'entrée était verrouillée et toutes les lumières allumées. Je suis passée de pièce en pièce pour les éteindre une à une en chancelant, comme ivre ou droguée. Je me suis allongée sur la banquette sous la fenêtre, là où je m'installais avec ma mère pour lire des livres, là où, vingt-deux ans plus tôt, ton petit ami m'avait violée, et je me suis à nouveau endormie.

J'ai rêvé que l'eau montait. J'étais à l'étage, dans la chambre de mes parents, allongée sur le lit avec Robbie à côté de moi. Dehors, sous la pluie battante, la rivière montait et montait, et inexplicablement, je savais qu'en bas, la maison se remplissait d'eau peu à peu. Doucement, d'abord, un filet sous la porte, puis plus rapidement, les portes et les fenêtres s'ouvraient soudain sous la pression et un torrent sale se déversait dans la maison, en vagues qui venaient lécher les marches. Je parvenais à voir le salon plongé dans une lueur verte boueuse tandis que la rivière reprenait possession de la maison, que l'eau atteignait le cou du *Chien* de Goya, sauf qu'à présent ce n'était plus une peinture mais un vrai animal. Les yeux blancs écarquillés de terreur, il se débattait pour survivre. J'ai voulu me lever pour courir à son secours, mais Robbie m'en empêchait, il me tirait les cheveux.

Je me suis redressée en sursaut, la panique m'avait arrachée à mon cauchemar. J'ai regardé mon téléphone : il était plus de 3 heures du matin. J'ai entendu un bruit, quelqu'un qui bougeait dans la maison. Lena était rentrée – Dieu merci. Je l'ai entendue descendre l'escalier, j'ai reconnu le bruit de ses tongs sur la pierre. Elle s'est arrêtée dans l'encadrement de la porte, la silhouette illuminée de dos par la lampe du couloir.

Elle s'est avancée vers moi. Elle disait quelque chose mais je ne l'entendais pas, puis j'ai vu qu'elle ne portait pas ses tongs, mais des talons, ceux qu'elle avait à l'enterrement, et la même robe noire qui dégoulinait. Elle avait les cheveux collés au visage, la peau grise, les lèvres bleues. Elle était morte.

Je me suis réveillée dans un cri. Mon cœur tambourinait dans ma poitrine, la banquette sous moi était trempée de sueur. Je me suis rassise, désorientée, j'ai regardé les peintures en face de moi et elles m'ont semblé se mouvoir. J'ai pensé : *Je suis encore endormie, je n'arrive pas à me réveiller, je n'arrive pas à me réveiller*. Je me suis pincée aussi fort que j'ai pu, j'ai enfoncé les ongles dans la chair de mon avant-bras, et j'ai vu de vraies marques, j'ai ressenti une vraie douleur. La maison était plongée dans le noir et le silence, à l'exception du susurrement discret de la rivière. J'ai appelé Lena.

J'ai couru à l'étage, dans le couloir; la porte de sa chambre était entrouverte, la lumière allumée. La pièce était exactement comme je l'avais laissée quelques heures plus tôt, le verre d'eau, le lit défait et le cendrier n'avaient pas bougé. Lena n'était pas là. Elle n'était pas rentrée. Elle avait disparu.

TROISIÈME PARTIE

Lundi 24 août

Mark

Il était tard quand il arriva à la maison – un peu après 2 heures du matin. Son vol de Malaga avait eu du retard, puis il avait perdu son ticket de parking et enfin, il lui avait fallu trois quarts d'heure pour retrouver sa voiture.

À présent, il regrettait que ça n'ait pas mis encore plus long-temps, songeant que s'il n'avait jamais retrouvé sa voiture, il aurait dû dormir à l'hôtel et il aurait été épargné, ne fût-ce que pour une nuit. Car à la seconde où il s'aperçut, dans l'obscu-rité, que toutes les fenêtres de sa maison avaient été brisées, il comprit qu'il ne dormirait pas cette nuit-là, ni toutes celles qui suivraient. C'en était fini pour lui du sommeil, de la tranquillité. Quelqu'un l'avait trahi.

Il regretta également de ne pas avoir été plus calculateur et de ne pas avoir dupé sa fiancée plus longtemps. Quand ils seraient venus l'arrêter, il aurait alors pu dire : « Moi ? Je rentre tout juste d'Espagne. Quatre jours en Andalousie avec ma petite amie. Vous savez, ma jolie fiancée, celle qui a vingt-neuf ans. »

Mais cela n'aurait rien changé. Peu importerait ce qu'il disait, ce qu'il faisait, comment il avait vécu sa vie : on allait le démolir. La presse, la police, le collège, le village. Peu importerait qu'il ne soit pas un pervers accro aux gamines de quinze ans. Et peu importerait qu'il soit tombé amoureux, et qu'elle soit tombée amoureuse de lui en retour. On ignorerait volontairement la réciprocité de leurs sentiments : la maturité de Katie, son sérieux, son intelligence, son *choix*. Rien de tout cela n'aurait d'importance. Tout ce que les gens verraient, c'est qu'il avait vingt-neuf ans et elle quinze, et pour cela, ils allaient le détruire.

Debout sur la pelouse, il regarda les planches qui couvraient ses fenêtres et se mit à sangloter. À cet instant, s'il était resté un carreau intact, il l'aurait cassé lui-même. Debout sur la pelouse, il la maudit. Il maudit le jour où il avait posé les yeux sur elle pour la première fois et l'avait trouvée tellement plus belle que ses idiotes de copines. Il maudit le jour où elle s'était lentement approchée de son bureau en balançant les hanches, un sourire aux lèvres, et lui avait demandé : « Monsieur Henderson ? Est-ce que vous pourriez m'aider, s'il vous plaît ? » La façon dont elle s'était penchée vers lui, assez près pour qu'il puisse sentir l'odeur de sa peau. Au début, ça l'avait mis en colère, il pensait que c'était un jeu pour elle. Qu'elle cherchait juste à l'aguicher. C'était bien elle qui avait commencé, après tout ! Alors pourquoi serait-ce à lui d'assumer seul les conséquences ? Debout sur la pelouse, les larmes aux yeux, la gorge serrée par la panique qui montait en lui, il détesta soudain Katie, il se détesta lui-même, il détesta cette situation dans laquelle il s'était mis et à laquelle il ne voyait à présent aucune issue.

Que devait-il faire ? Rentrer chez lui, récupérer toutes ses affaires et repartir ? S'enfuir ? Il avait l'esprit embrumé. Pour aller où ? Et par quels moyens ? Est-ce qu'il était déjà sous surveillance ? Certainement. Et s'il retirait de l'argent, est-ce que la police le saurait ? S'il essayait de nouveau de quitter le pays, est-ce qu'il se ferait arrêter ? Il s'imagina la scène – le douanier consultant son passeport puis décrochant son téléphone, les hommes en uniforme l'arrachant à la file de vacanciers qui le dévisageraient avec curiosité. Est-ce qu'ils sauraient ce qu'il était, rien qu'à le regarder ? Pas un trafiquant de drogue, pas un terroriste, non, ça devait être autre chose. Ça devait être pire. Il se tourna de nouveau vers les fenêtres obturées et il imagina les policiers tapis à l'intérieur, l'attendant après avoir déjà tout fouillé, les livres et les papiers, tout retourné dans l'espoir de trouver une preuve de ce qu'il avait fait.

Sauf qu'ils ne pouvaient rien trouver. Il ressentit alors un soupçon d'espoir. Il n'y avait rien à trouver. Aucune lettre d'amour, aucune photo sur son ordinateur portable, aucune preuve qu'elle ait jamais mis les pieds chez lui (il s'était débarrassé des draps depuis longtemps et avait désinfecté la maison de la cave au grenier pour faire disparaître toute trace d'elle). Quelle preuve leur restait-il, à part le témoignage suspect d'une adolescente rancunière ? Une adolescente qui lui avait elle-même fait des avances et qu'il avait sèchement éconduite. Personne ne savait, personne ne savait vraiment ce qui s'était passé entre lui et Katie, et il n'y avait aucune raison que ça change. Nel Abbott était redevenue poussière et les allégations de sa fille ne valaient rien du tout.

Il serra les dents et sortit les clés de sa poche, puis fit le tour de la maison et ouvrit la porte de derrière.

Elle lui sauta dessus avant qu'il ait eu le temps d'allumer la lumière – un éclair de chair, une masse sombre de dents et d'ongles. Il la repoussa violemment, mais elle revint à la charge. Que pouvait-il faire ? Quel choix lui laissait-elle ?

Et maintenant, il y avait du sang par terre et il n'avait pas le temps de nettoyer. Le jour n'allait pas tarder à se lever. Il fallait qu'il parte.

Jules

Ça m'est venu brutalement, une illumination. Une seconde, j'étais terrifiée et paniquée, et la suivante, plus rien, parce que je savais. Je ne savais pas où était Lena, mais je savais qui elle était. Et avec ça, j'avais un début de piste pour la retrouver.

J'étais assise dans la cuisine, hébétée, sonnée. Les policiers venaient de partir, ils retournaient à la rivière continuer les recherches. Ils m'avaient dit de rester là, au cas où. Au cas où elle rentrerait. Continuez de l'appeler, avaient-ils ajouté, et laissez votre téléphone allumé. *D'accord, Julia ? Laissez bien votre téléphone allumé.* Ils m'avaient parlé comme à une enfant.

Je suppose que je ne pouvais pas vraiment leur en vouloir : ils venaient de passer un bon moment à me poser des questions auxquelles j'étais incapable de répondre. Je me rappelais la dernière fois que j'avais vu Lena, mais je ne pouvais pas dire à quel moment elle avait vraiment quitté la maison. Je ne savais pas ce qu'elle portait quand elle était partie, et je ne me souvenais pas de ce qu'elle portait la dernière fois que je l'avais vue. Je n'arrivais pas à démêler le rêve de la réalité : y avait-il eu de la musique, ou était-ce mon imagination ? Qui avait verrouillé la porte, allumé les lumières ? Les policiers m'avaient examinée avec suspicion – et déception : pourquoi l'avais-je laissée partir si elle était tant bouleversée par la confrontation avec Louise Whittaker ? Comment avais-je pu ne pas la rattraper, essayer de la réconforter ? J'avais vu les regards qu'ils avaient échangés, leur désapprobation implicite. Comment cette femme pourrait-elle faire une tutrice acceptable ?

Toi aussi, dans ma tête, tu en étais aux remontrances. *Pourquoi tu ne l'as pas rattrapée, comme je t'ai rattrapée ? Pourquoi tu ne l'as pas sauvée, comme je t'ai sauvée ? À dix-sept ans, j'ai sauvé ma petite sœur de la noyade.* À dix-sept ans, Nel, tu m'as poussée dans la rivière et tu m'as maintenu la tête sous l'eau (encore cette vieille dispute, ce va-et-vient, ma version, ta version, ma version, ta version – je n'ai plus la force de recommencer, je ne veux plus continuer cette dispute).

Et c'est à cet instant-là. Dans le vrombissement de la fatigue, dans l'excitation malsaine de la peur, j'ai vu quelque chose, entraperçu quelque chose. Comme si un objet avait bougé, une ombre en périphérie de ma vision. *Est-ce vraiment moi*, tu as demandé, *qui t'ai poussée dans la rivière ?* Est-ce toi, ou Robbie ? Un mélange des deux, peut-être ?

Le sol m'a paru basculer et je me suis rattrapée au plan de travail pour conserver l'équilibre. *Un mélange des deux, peut-être.* J'étais brusquement à bout de souffle, la poitrine oppressée comme si j'allais faire une crise d'angoisse. J'ai attendu que le monde vire au blanc, mais non. Je suis restée debout, j'ai pu continuer à respirer. *Un mélange des deux.* J'ai couru dans l'escalier, je me suis ruée dans ta chambre, et là ! Cette photo de toi avec Lena, celle où elle arbore ce sourire de prédateur. Ce n'est pas toi, ça. Ce n'est pas ton sourire. C'est le sien. Le sourire de Robbie Cannon. Je le revois, à présent, ce sourire qu'il m'adresse alors qu'il est étendu au-dessus de ton corps et qu'il enfonce tes épaules dans le sable. Voilà qui est Lena. C'est un mélange de vous deux. Lena est ta fille, et la sienne. Lena est la fille de Robbie Cannon.

Jules

Je me suis assise sur le lit, le cadre à la main. Vous souriiez, elle et toi, et j'ai eu les larmes aux yeux, j'ai enfin pleuré pour toi comme j'aurais dû le faire à ton enterrement. J'ai repensé à lui, ce jour-là, à sa manière de regarder Lena – je m'étais complètement méprise sur le sens de ce regard. Ce n'était pas un regard prédateur, mais possessif. Il ne voyait pas là une fille à séduire ou à posséder, il la possédait déjà. Il était peut-être venu la chercher, reprendre ce qui lui appartenait de droit ?

Ça n'a pas été difficile de le retrouver. Avant, son père possédait une chaîne de concessions automobiles de luxe réparties dans tout le nord-est de l'Angleterre, Cannon Cars. L'entreprise n'existait plus, elle avait fait faillite des années plus tôt, mais il en subsistait une petite succursale miteuse à Gateshead. J'ai déniché un site Internet mal fait avec, sur la page d'accueil, une photo de Robbie qui n'était de toute évidence pas récente : il y apparaissait un peu moins bedonnant qu'aujourd'hui, et il avait encore dans le visage un soupçon du joli garçon cruel que j'avais connu.

Je n'ai pas appelé la police parce que j'étais sûre qu'on ne m'écouterait pas. J'ai pris mes clés et je suis partie. En quittant Beckford, j'étais presque fière de moi – j'avais compris toute seule et je reprenais le contrôle de la situation. Et plus je m'éloignais du village, plus je me sentais forte, le brouillard de ma fatigue s'éclaircissait, mon corps se détendait. J'avais faim, une faim de loup, et j'ai savouré cette sensation ; je me suis mordu l'intérieur de la joue et un goût de métal a envahi ma bouche. Une ancienne partie de moi, une relique furieuse et intrépide, venait de refaire surface ; je m'imaginais déchaînée contre lui, toutes griffes dehors. Je me voyais telle une Amazone, lui arrachant les membres un par un.

Le garage se trouvait dans un coin délabré de la ville, sous les arches de la voie ferrée. Un endroit peu rassurant. Le temps d'arriver, mon courage avait disparu. Mes mains tremblaient dès que je passais une vitesse ou que je mettais mon clignotant et, dans ma bouche, le goût de sang avait laissé place à celui de la bile. J'essayais de rester concentrée sur ce que j'avais à faire – retrouver Lena et la ramener saine et sauve –, mais toute mon énergie était sapée par mon acharnement à réprimer des souvenirs que j'avais passé la moitié de ma vie à occulter. Des souvenirs qui remontaient en débris flottants à la surface.

Je me suis arrêtée en face du garage. Un homme fumait une cigarette à l'extérieur – un jeune homme, pas Robbie. Je suis sortie de la voiture et, les jambes flageolantes, j'ai traversé la route pour engager la conversation.

« J'aurais voulu parler à Robert Cannon.

– Problème de moteur, hein ? il a répondu en désignant mon véhicule. Vous n'avez qu'à le rentrer…

– Non, ce n'est pas pour ma voiture. Il faut que je parle à… Est-ce qu'il est là ?

– C'est pas pour votre moteur ? Il est dans son bureau, vous pouvez y aller si vous voulez. »

D'un signe de tête, il m'a indiqué le garage derrière lui. Un seul coup d'œil dans le bâtiment sombre et mon ventre a fait des nœuds.

« Non, ai-je repris aussi fermement que possible. Je préférerais lui parler ici. »

Il a émis un bruit désapprobateur avec ses lèvres et a jeté sa cigarette.

« Comme vous voulez », a-t-il répondu en se dirigeant vers l'intérieur.

J'ai glissé la main dans ma poche pour me rendre compte que mon téléphone était resté dans mon sac à main, que j'avais laissé sur le siège passager. Je me suis tournée vers ma voiture. Je savais que si j'allais le chercher, je ne reviendrais pas. Si je retrouvais la sécurité de l'habitacle, j'allais définitivement perdre tout mon courage, démarrer et rentrer à Beckford.

« Je peux vous aider ? »

Je me suis figée.

« Il vous faut quelque chose, ma petite dame ? »

Je me suis retournée. Il était là, plus laid encore que le jour de l'enterrement. Il avait le visage épais et un air de chien battu, le nez violacé, marbré de veines bleues qui serpentaient jusqu'à ses joues telles de minuscules rivières. J'ai reconnu sa démarche, toujours la même, il tanguait de chaque côté comme un navire. Il m'a dévisagée.

« On se connaît ?

– Vous êtes Robert Cannon ? ai-je demandé.

– Robbie, oui. C'est moi. »

Une fraction de seconde, j'ai éprouvé de la pitié pour lui à cause de la façon dont il avait donné son nom, ce diminutif. Robbie, c'est un prénom d'enfant, le prénom d'un petit garçon qui court dans le jardin et qui grimpe aux arbres. Pas le prénom d'un vieux raté obèse, d'un type qui a fait faillite et à qui il ne reste qu'un garage miteux dans un quartier pourri. Il s'est avancé et j'ai senti son odeur, mélange de sueur et d'alcool, et toute pitié s'est évaporée quand mon corps s'est brutalement souvenu de la sensation du sien qui m'écrasait, me coupant le souffle.

« Je suis un homme très occupé, ma petite dame », a-t-il repris.

J'ai serré les poings.

« Est-ce qu'elle est là ?

– Qui ça ? »

Il a froncé les sourcils puis levé les yeux au ciel en sortant un paquet de cigarettes de la poche de son jean.

« Et merde, vous êtes pas une copine de Shelley, j'espère ? Parce que, comme je l'ai dit à son vieux, ça fait des semaines que je l'ai pas vue, cette garce. Alors si c'est pour ça, barrez-vous, compris ?

– Lena Abbott, ai-je insisté d'un ton fébrile. Est-ce qu'elle est là ? »

Il a allumé sa cigarette. Au fond de ses yeux marron terne, quelque chose s'est éclairé.

« Vous cherchez... Lena Abbott, vous avez dit ? La fille de Nel Abbott ? Vous êtes qui ? »

Il a regardé autour de lui.

« Qu'est-ce que la fille de Nel Abbott serait venue faire ici ? »

Il ne faisait pas semblant – il n'était pas assez intelligent pour ça, ça se voyait. Il ne savait pas où était Lena. Il ne savait pas qui il était pour elle. J'ai tourné les talons – plus je restais, plus il allait se poser des questions, et plus je risquais de lui donner des indices.

« Attendez ! »

Il a posé une main sur mon épaule et je l'ai repoussé violemment.

« Du calme ! » il s'est écrié, les mains en l'air, en regardant alentour comme pour chercher de l'aide. « Qu'est-ce qui vous prend ? Vous êtes... »

Il a plissé les yeux.

« Je vous ai déjà vue... À l'enterrement. »

Et puis il a fini par comprendre.

« *Julia* ? s'est-il exclamé avec un grand sourire. Julia ! Bon sang, je ne t'avais pas reconnue la dernière fois... »

Il m'a examinée de la tête aux pieds.

« Julia. Pourquoi tu n'as rien dit ? »

Il m'a proposé une tasse de thé et je me suis mise à rire sans pouvoir m'arrêter, j'ai ri jusqu'à ce que des larmes dévalent mes joues. Au début, il a gloussé, lui aussi, puis son rire hésitant s'est éteint et il est resté planté là, perplexe, à me regarder.

« Qu'est-ce qui se passe ? » a-t-il grogné.

Je me suis essuyé les yeux du revers de la main.

« Lena s'est enfuie. Je la cherche partout, et je croyais que peut-être...

– Elle n'est pas là, en tout cas. Et pourquoi tu as cru une chose pareille ? Je ne la connais même pas, cette gamine. La première fois que je l'ai vue, c'était à l'enterrement. D'ailleurs, pour être honnête, ça m'a fait un petit choc. C'est le portrait craché de Nel. »

Soudain, il a feint la compassion.

« C'est malheureux, ce qui lui est arrivé. Je suis désolé, Julia. »

Il a essayé de me toucher à nouveau, mais j'ai reculé. Il a fait un pas vers moi.

« Mais quand même... Je n'arrive pas à croire que c'est toi, Julia ! Tu as tellement changé. »

Un sourire vicieux s'est insinué sur ses lèvres.

« Je ne vois pas comment j'ai pu ne pas te reconnaître, a-t-il repris plus bas. C'est moi qui t'ai piqué ta petite fleur, pas vrai, ma belle ? »

Il a ri.

« C'était y a un bout de temps. »

Piqué ta petite fleur. Piqué ! Un verbe innocent, deux syllabes sans conséquence ; et une petite fleur, c'est joli, c'est mignon, c'est romantique. Mais c'était surtout à des années-lumière du souvenir de sa langue gluante dans ma bouche et de ses doigts sales s'introduisant en moi. J'ai cru que j'allais vomir.

« Non, Robbie, ai-je dit, moi-même surprise de la clarté de ma voix, de sa force, de sa fermeté. Tu ne m'as pas "piqué ma petite fleur". Tu m'as violée. »

Le sourire s'est évanoui de son visage enlaidi par le temps. Après un coup d'œil par-dessus son épaule, il s'est à nouveau approché de moi. J'avais la tête qui tournait sous l'effet de l'adrénaline, la respiration saccadée, mais j'ai serré les poings et je suis restée campée devant lui.

« Je t'ai quoi ? a-t-il sifflé. Bordel, je t'ai quoi ? Je t'ai jamais... Je ne t'ai pas violée. »

Il l'a murmuré, ce mot, « violée », comme s'il craignait que quelqu'un nous entende.

« J'avais treize ans, ai-je repris. Je t'ai demandé d'arrêter, j'ai pleuré toutes les larmes de mon corps, j'ai... »

J'ai dû m'interrompre parce que je sentais ces larmes dans ma gorge commencer à noyer ma voix, et je refusais de me mettre à pleurer devant cette ordure.

« Tu as chialé parce que c'était ta première fois, a-t-il grondé. Parce ça t'a fait un peu mal. Tu n'as pas dit que tu n'en avais pas envie. Tu n'as pas dit non. »

Puis plus fort, catégorique.

« Tu n'as pas dit non, sale menteuse. »

Il s'est mis à rire.

« J'avais tout ce que je voulais, tu as oublié, connasse ? La moitié des filles de Beckford me couraient après avec la culotte trempée. Je sortais avec ta sœur, la fille la plus canon du coin. Tu crois sérieusement que j'avais besoin de violer une grosse vache comme toi ? »

Il y croyait. J'ai vu qu'il croyait à chaque mot qu'il prononçait et, à cet instant, j'ai compris que j'avais perdu. Tout ce temps, il ne s'était jamais senti coupable. Il n'avait pas éprouvé le moindre remords, parce que dans sa tête, ce qu'il avait fait, ce n'était pas un viol. Après tout ce temps, il était toujours persuadé d'avoir rendu service à la grosse.

Je me suis éloignée. Derrière moi, je l'ai entendu me suivre en proférant des insultes dans sa barbe.

« T'as toujours été cinglée, hein ? Espèce de salope. J'y crois pas, tu débarques ici pour me débiter tes conneries... »

Je me suis arrêtée net, à quelques mètres de la voiture. *Au fond, est-ce que tu as aimé ça ?* Quelque chose en moi a basculé. Si Robbie ne pensait pas m'avoir violée, comment aurais-tu pu le penser, toi ? De quoi parlais-tu, Nel ? Qu'est-ce que tu me demandais ? Est-ce qu'au fond, j'avais aimé quoi ?

Je me suis retournée. Robbie se tenait derrière moi, les mains pendant à ses côtés comme deux morceaux de viande.

« Est-ce qu'elle savait ? ai-je demandé.

– Quoi ?

– Nel, est-ce qu'elle savait ? » ai-je crié.

Il a fait la moue.

« Est-ce qu'elle savait quoi ? Que je t'ai baisée ? Tu déconnes ? Tu imagines sa réaction si je lui avais dit que j'avais sauté sa petite sœur juste après en avoir fini avec elle ? »

Il a ri.

« Je lui ai raconté le début, que tu as essayé, que tu étais bourrée, pathétique, que tu t'es étalée sur moi en me regardant avec ton gros visage triste et que tu m'as supplié : "S'il te plaît ?" T'étais un vrai caniche, de toute façon, à nous suivre partout, à nous observer dès qu'on était ensemble. Tu nous espionnais, même au pieu, ça te plaisait de nous regarder, hein ? Tu pensais qu'on n'avait pas remarqué ? Ha, ha ! On se foutait de toi, on parlait de toi, la petite obsédée, le gros tas que personne n'avait jamais touché ni embrassé, et qui aimait bien regarder sa bonnasse de sœur se faire tirer. »

Il a secoué la tête.

« Violée ? Te fous pas de moi. Tu voulais goûter à ce dont Nel profitait tous les jours, et tu as été on ne peut plus claire. »

J'ai repensé à ces moments où, assise sous les arbres, devant la porte de la chambre, je les avais regardés. Il avait raison, je les espionnais, mais pas par désir, ni même par jalousie, plutôt par une sorte de fascination. Je les regardais avec les yeux d'une petite fille – parce que c'est ce que j'étais. J'étais une petite fille qui ne voulait pas voir ce qu'on faisait à sa sœur (parce que c'est à ça que ça ressemblait, on aurait dit que c'était quelque chose qu'on te faisait), mais qui ne parvenait pas à détacher son regard.

« Je lui ai dit que tu m'avais fait des avances et que tu étais partie en courant quand je t'avais envoyée balader, et elle est partie te chercher. »

Soudain, une ribambelle de souvenirs a dégringolé dans ma tête : le bruit de tes mots, l'ardeur de ta colère, tes mains quand tu m'avais maintenu la tête sous l'eau puis attrapé par les cheveux pour me tirer sur la berge.

T'es vraiment qu'une grosse conne! Qu'est-ce que t'as fait? Qu'est-ce que tu voulais faire, putain?

Ou était-ce plutôt : *T'es vraiment qu'une grosse conne! Qu'est-ce qui t'a pris?*

Et ensuite : *Je sais qu'il t'a fait du mal, mais à quoi tu t'attendais, au juste, Julia?*

J'ai rejoint la voiture et sorti mes clés, les mains tremblantes. Robbie était encore derrière moi.

« Ouais, c'est ça, barre-toi avec tes mensonges, sale garce. Tu n'es même pas venue ici pour la gamine, tu voulais juste me voir. Tu voulais en reprendre un coup, hein ? »

Je l'ai entendu s'esclaffer alors qu'il s'éloignait, puis me lancer en guise de cadeau d'adieu :

« Même pas en rêve, connasse, pas cette fois. Tu as peut-être perdu du poids, mais tu resteras toujours un boudin. »

J'ai démarré, reculé, calé. J'ai poussé un juron, redémarré et, avec une embardée, je suis repartie, pied au plancher, pour mettre autant de distance que possible entre lui et moi. Je savais que j'aurais dû m'inquiéter pour Lena, mais à cet instant, je ne parvenais pas à y penser. Une seule chose occupait mon esprit : *Tu ne savais pas.*

Tu ne savais pas qu'il m'avait violée.

Quand tu m'as dit : « Je suis désolée qu'il t'ait fait du mal », tu voulais dire que tu étais désolée qu'il m'ait repoussée. Quand tu m'as dit : « Mais à quoi tu t'attendais, au juste, Julia ? », tu voulais dire que j'aurais dû me douter qu'il me repousserait, car je n'étais qu'une gamine. Et quand tu m'as demandé : « Au fond, est-ce que tu as aimé ça ? », tu ne parlais pas de sexe, tu parlais de l'eau.

J'avais été aveugle, mais on venait de me retirer mes œillères. Tu ne savais pas.

J'ai arrêté la voiture au bord de la route et j'ai sangloté, mon corps entier agité des sursauts de cette terrible prise de conscience : tu ne savais pas. Toutes ces années, Nel. Toutes ces années à t'attribuer la pire des cruautés, mais qu'avais-tu fait pour mériter ça ? Toutes ces années à refuser de t'écouter. Et désormais, il me semblait impossible que j'aie pu ainsi ne pas voir, ne pas comprendre que quand tu me demandais : « Au fond, est-ce que tu as aimé ça ? », tu parlais de la rivière, de cette nuit-là, dans l'eau. Tu voulais savoir ce que cela faisait de s'abandonner aux profondeurs.

J'ai arrêté de pleurer. Dans ma tête, tu as murmuré : *Tu n'as pas de temps à perdre, Julia*, et j'ai souri.

« Je sais, j'ai dit tout haut. Je sais. »

Désormais, ce que pensait Robbie m'était égal, je me fichais de savoir qu'il avait passé sa vie à se dire qu'il n'avait rien fait de mal. C'est ce que font les hommes comme lui. Et qu'avais-je à faire de son opinion ? Il n'était rien pour moi. L'important, c'était toi, ce que tu savais et ce que tu ne savais pas ; c'était que je t'avais punie toute ta vie pour quelque chose que tu n'avais pas fait. Et à présent, je n'avais plus aucun moyen de te demander pardon.

De retour à Beckford, j'ai arrêté la voiture sur le pont, j'ai descendu les marches recouvertes de mousse et j'ai pris le sentier qui longe la rivière. C'était le début de l'après-midi et une brise fraîche s'était levée. Pas la journée idéale pour une baignade, mais cela faisait trop longtemps que j'attendais, et je voulais être là, avec toi. C'était à présent mon seul moyen de me rapprocher de toi, c'était tout ce qui me restait.

J'ai retiré mes chaussures et je suis restée plantée un instant sur la berge, en jean et en tee-shirt, puis j'ai commencé à avancer, un pas après l'autre. J'ai fermé les yeux, j'ai étouffé un cri quand mes pieds se sont enfoncés dans la boue froide, mais je ne me suis pas arrêtée. J'ai continué et, quand l'eau s'est refermée au-dessus de ma tête, j'ai senti, à travers ma terreur, que j'aimais cette sensation. J'aimais ça.

Mark

L e bandage autour de la main de Mark était maculé de
sang. Il faut dire qu'il n'avait pas fait ça très conscien-
cieusement et que, malgré ses efforts pour se détendre,
il ne pouvait pas s'empêcher d'agripper le volant de toutes ses
forces. Sa mâchoire lui faisait mal et il ressentait une douleur
aiguë juste derrière les yeux. L'étau était de retour, enserrant
ses tempes ; il sentait le sang battre dans ses veines et pouvait
presque entendre son crâne commencer à se fissurer. Par deux
fois, il avait dû s'arrêter sur le bord de la route pour vomir.

Il ne savait absolument pas où aller. Il avait commencé par
filer plein nord, vers Édimbourg, mais il avait changé d'avis à
mi-chemin. La police s'attendrait-elle à ce qu'il fuie par là ? Y
aurait-il des barrages à l'entrée de la ville, des lampes torches
prêtes à l'aveugler, des mains brutales déterminées à l'arracher
à sa voiture, des voix pour lui murmurer à l'oreille que le pire
était encore à venir ? Il avait fait demi-tour et opté pour un trajet
différent. Il sentait sa tête sur le point d'exploser, et n'arrivait pas
à réfléchir. Il fallait qu'il s'arrête, qu'il respire, qu'il élabore un
plan. Il quitta la route principale et prit la direction de la côte.

Ses pires cauchemars étaient en train de se réaliser. Il pouvait voir son avenir se jouer sous ses yeux et il se repassait les
scènes en boucle, encore et encore : les policiers à sa porte, les
journalistes hurlant des questions tandis qu'on le traînerait vers
une voiture, la tête dissimulée sous une couverture. Les carreaux réparés pour être aussitôt cassés de nouveau. Des insultes
taguées sur les murs, des excréments dans la boîte aux lettres.

Et le procès. Bon Dieu, le procès. L'expression sur le visage de ses parents quand Lena témoignerait, et quand le juge demanderait : Quand ? Où ? Combien de fois ? La honte absolue. La condamnation. La prison. Tout ce contre quoi il avait mis Katie en garde, tout ce qu'il lui avait dit qu'il aurait à subir. Il n'y survivrait pas. Il l'avait prévenue qu'il n'y survivrait pas.

Ce vendredi soir de juin, il ne s'était pas attendu à la voir – elle avait une fête d'anniversaire qu'apparemment elle ne pouvait pas rater. Il se rappela la joie intense qu'il avait ressentie – la même qui l'envahissait chaque fois qu'il posait les yeux sur elle – à l'instant où il avait ouvert la porte, avant de lire l'expression sur son visage. L'angoisse, la méfiance. Quelqu'un l'avait vu cet après-midi, sur le parking du collège, en train de parler à Nel Abbott. De quoi avaient-ils discuté ? Et pourquoi parler à Nel, déjà ?

« Quelqu'un ? C'est qui, ce quelqu'un ? » avait-il demandé d'un ton amusé, s'imaginant qu'elle lui faisait une crise de jalousie.

Katie s'était détournée et s'était mise à se frotter la nuque, comme elle le faisait quand elle se sentait stressée ou complexée.

« Kay ? Qu'est-ce qui ne va pas ?

– Elle sait », avait murmuré Katie sans le regarder.

Et le sol s'était dérobé sous lui, le précipitant dans le néant. Il l'avait attrapée par le bras et l'avait forcée à se retourner.

« Je crois que Nel Abbott est au courant », avait-elle précisé.

Ensuite, ç'avait été les grandes révélations : tous ses mensonges, toutes ses dissimulations. Lena, qui savait depuis des mois. Et le frère de Katie, également.

« Merde ! Bon sang, Katie, comment tu as pu ne pas m'en parler ? Comment tu as pu… Merde ! »

Il ne lui avait encore jamais crié dessus, et il avait bien vu à quel point elle avait peur, à quel point elle était terrorisée et bouleversée, mais il ne pouvait pas se contenir.

« Putain, mais est-ce que tu te rends compte de ce qui va m'arriver, si je suis accusé de viol sur mineure ?

– Mais tu n'es pas un violeur », avait-elle sangloté.

Il lui avait de nouveau agrippé le bras (même maintenant, en repensant à la scène, il rougissait de honte).

« Si! avait-il hurlé. C'est exactement ce que je suis! C'est ce que tu as fait de moi! »

Il lui avait ordonné de partir mais elle avait refusé. Elle l'avait imploré, supplié. Elle lui avait juré que Lena ne dirait rien, n'en parlerait à personne. « Lena m'aime, elle ne me ferait jamais de mal. » Elle avait réussi à convaincre Josh que c'était terminé, que d'ailleurs il ne s'était pour ainsi dire rien passé, qu'il n'avait pas à s'inquiéter, mais qu'il ne fallait surtout pas qu'il en parle aux parents, parce que ça risquait de leur faire de la peine. Mais Nel?

« Lena m'a confié que sa mère nous avait peut-être entendues quand on s'est disputées chez elle l'autre jour, mais... mais en fait, je ne suis même pas sûre que... »

Elle n'avait pas eu besoin d'achever sa phrase, il avait compris à son regard qu'elle mentait. Il ne pouvait plus la croire, il ne pouvait plus rien croire de ce qu'elle racontait. Cette fille magnifique qui l'avait hypnotisé, ensorcelé, il ne pouvait plus lui faire confiance.

Il lui avait annoncé que c'était fini et elle s'était jetée sur lui pour le serrer dans ses bras, le visage déformé par le chagrin. Il l'avait repoussée, d'abord gentiment, puis plus fermement.

« Non, écoute-moi! Écoute-moi, je te dis! On ne peut plus se voir. Plus jamais, c'est compris? C'est fini. On efface tout. Il n'y a rien entre nous. Il n'y a jamais rien eu.

– S'il te plaît, Mark, ne dis pas ça. »

Elle sanglotait si fort qu'elle avait du mal à respirer. Quant à lui, il avait le cœur brisé.

« S'il te plaît, ne dis pas ça, répétait-elle. Je t'aime... »

Il avait fini par céder et l'avait laissée le prendre dans ses bras, l'embrasser. Peu à peu, il avait senti sa détermination faiblir. Elle en avait profité pour se serrer contre lui et soudain, il avait eu l'image d'un autre corps serré contre lui, de plusieurs autres corps : des corps d'homme, et lui au milieu, battu, brisé, souillé. Il l'avait violemment repoussée.

« Non ! Tu te rends compte de ce que tu as fait ? Tu as foutu ma vie en l'air ! Quand ça se saura, quand cette pute aura parlé à la police – et compte sur elle pour le faire –, je serai fini. Tu sais ce qu'ils font aux gens comme moi, en prison ? Tu le sais ? Et tu crois que je vais pouvoir survivre à ça ? »

Il avait lu la peur et le chagrin dans ses yeux mais avait quand même ajouté :

« Je serai fini, et ce sera ta faute. »

Quand ils avaient sorti le corps de Katie du bassin, Mark avait vécu l'enfer. Pendant des jours, alors que quitter son lit lui coûtait un effort surhumain, il avait dû affronter le monde extérieur, aller au collège, regarder la chaise vide de Katie, supporter le chagrin de ses amies et de ses parents tout en dissimulant le sien. Lui, la personne qui l'avait le plus aimée, il n'avait pas eu le droit de porter son deuil comme elle l'aurait mérité. Il n'avait pas non plus eu le droit de porter son deuil comme lui l'aurait mérité, car même s'il s'en voulait pour ce qu'il lui avait dit dans un accès de colère, il savait qu'il n'y était pas pour grand-chose. Non, il n'y était même pour rien – après tout, on ne choisit pas de qui on tombe amoureux.

Un bruit sourd fit sursauter Mark et la voiture fit une embardée. Il rétablit la trajectoire, les roues mordant au passage le gravier de l'accotement. Il vérifia dans le rétroviseur qu'il n'avait rien heurté, mais ne vit que la bande de bitume déserte. Il prit une profonde inspiration et agrippa de nouveau le volant. Aussitôt, la douleur le fit grimacer. Il alluma la radio et monta le volume au maximum.

Il n'avait toujours pas la moindre idée de ce qu'il allait faire de Lena. Il avait d'abord pensé rouler jusqu'à Édimbourg, abandonner la voiture dans un parking et prendre un ferry pour le continent. Quelqu'un l'aurait vite retrouvée. Enfin, disons plutôt que quelqu'un aurait fini par la retrouver. Même s'il s'en voulait terriblement, il devait se répéter que ce n'était pas sa faute. C'était elle qui l'avait attaqué dans la cuisine, pas l'inverse. Et quand il avait essayé de se défendre, de la repousser, elle était revenue à la charge, encore et encore, toutes griffes dehors, jusqu'à ce qu'il tombe et qu'il lâche son bagage à main, duquel – par l'intervention sans doute de quelque divinité au sens de l'humour douteux – s'était échappé le bracelet. Et ce bracelet doté d'un pouvoir qu'il n'avait pas encore appris à contrôler, et qu'il gardait avec lui depuis qu'il l'avait trouvé dans le bureau de Helen Townsend, cet objet s'était retrouvé entre eux deux, sur le carrelage.

Lena avait baissé la tête et, l'espace d'un instant, on aurait pu croire qu'elle avait sous les yeux un morceau de kryptonite. Mais passé ce moment de confusion, elle s'était à nouveau jetée sur lui, à la différence que cette fois elle avait dans la main une paire de ciseaux et qu'elle semblait plus que jamais déterminée à le frapper au visage ou au cou. Il avait levé les bras pour se protéger et elle lui avait planté les ciseaux dans la main gauche.

À présent, il lui semblait qu'il pouvait sentir la plaie palpiter. *Boum, boum, boum.* Il vérifia dans son rétroviseur qu'il n'y avait personne derrière lui et il écrasa la pédale de frein. Un choc retentit, aussi écœurant que profondément satisfaisant, lorsque le corps de Lena heurta le métal du coffre, puis il n'y eut plus que le son de la radio.

Il se gara de nouveau sur le bas-côté, non pas pour vomir, cette fois, mais pour pleurer. Pleurer sur lui-même, sur sa vie détruite. Il laissa échapper de gros sanglots de frustration et de désespoir, et frappa le volant avec sa main droite jusqu'à ce qu'elle lui fasse aussi mal que la gauche.

Katie avait quinze ans et deux mois la première fois qu'ils avaient couché ensemble. Dix mois de plus et elle aurait eu la majorité sexuelle. Ils auraient été intouchables – juridiquement parlant, en tout cas. Il aurait dû quitter son travail, bien sûr, et certains l'auraient menacé, insulté peut-être, mais il aurait pu le supporter. Elle aussi, elle aurait pu le supporter. Dix mois, putain ! Ils auraient dû attendre. Il aurait dû insister pour qu'ils attendent. Mais c'était Katie qui était pressée, Katie qui n'avait pas su tenir, Katie qui avait insisté, qui avait voulu qu'il lui appartienne totalement. Et maintenant, elle n'était plus là, et c'était lui qui allait devoir payer les pots cassés.

L'injustice de la chose lui restait en travers de la gorge, lui brûlait la chair comme de l'acide, tandis que la pression sur ses tempes se faisait toujours plus forte. À cet instant, il pria que l'étau lui écrase la tête pour de bon et que, comme pour elle, comme pour Katie, c'en soit enfin terminé.

Lena

En me réveillant, j'ai eu super peur. Je ne savais pas où j'étais, je ne voyais rien, il faisait tout noir. Mais d'après les bruits, les mouvements et l'odeur d'essence, j'ai compris que j'étais dans une voiture. J'avais la tête et la bouche endolories, il faisait très chaud, et un truc me rentrait dans le dos, un truc dur, comme un boulon. Je me suis tortillée pour passer une main dans le dos et l'attraper, mais c'était fixé.

Ce qui était bien dommage, parce que j'avais sacrément besoin d'une arme.

J'étais terrifiée, mais je savais que je ne devais pas laisser la peur prendre le dessus. Il fallait que je réfléchisse – et vite, parce que tôt ou tard, la voiture allait s'arrêter et ce serait lui ou moi, et il n'était pas question qu'il arrive à se débarrasser à la fois de Katie, de Maman et de moi. Hors de question. Il fallait que je continue d'y croire, que je me répète encore et encore que tout ça finirait avec moi vivante et lui mort.

Depuis la mort de Katie, j'avais imaginé plein de façons de faire payer Mark Henderson pour ce qu'il avait fait, mais je n'avais jamais envisagé le meurtre. J'avais eu d'autres idées : taguer ses murs, casser ses fenêtres (ça, c'était réglé), appeler sa petite amie pour lui répéter ce que Katie m'avait raconté : combien de fois, où, quand; qu'il la surnommait « sa chouchoute ». J'ai pensé à demander à des garçons dans la classe au-dessus de moi d'aller lui péter la gueule. J'ai pensé à lui couper la bite pour la lui faire bouffer. Mais je n'avais encore jamais envisagé de le tuer. Jusqu'à aujourd'hui.

Comment j'ai fait pour me retrouver là ? Je n'arrive pas à croire que j'aie pu être assez idiote pour le laisser prendre le dessus. Je n'aurais jamais dû aller chez lui, en tout cas pas sans un vrai plan, pas sans savoir exactement ce que je voulais faire.

Mais ce n'était pas une décision réfléchie, non plus. J'ai improvisé au fur et à mesure. Je savais qu'il allait rentrer de vacances (j'avais entendu Sean et Erin en parler). Et après tout ce que Louise m'avait dit, après la discussion avec Julia pour lui expliquer que ce n'était ni ma faute, ni celle de Maman, je me suis dit : Et merde, ça suffit. Je voulais le regarder en face et le forcer à prendre sa part de responsabilité. Je voulais qu'il admette. Qu'il reconnaisse les faits et qu'il admette qu'il avait mal agi. Alors j'ai marché jusque là-bas et, comme j'avais déjà cassé la vitre de la porte de derrière, je n'ai eu aucun mal à entrer.

Ça sentait mauvais à l'intérieur, comme s'il était parti sans vider la poubelle. D'abord, j'ai exploré la cuisine avec le flash de mon téléphone, puis j'ai décidé d'allumer la lumière. Ça ne se verrait pas de la route et, si ses voisins s'en apercevaient, ils en concluraient simplement qu'il était rentré de vacances.

Si ça sentait aussi mauvais, c'est parce que c'était sale, voire carrément immonde : la vaisselle pas faite dans l'évier, des emballages de repas tout prêts avec encore des bouts de nourriture collés au fond, et tout était recouvert d'une couche de gras. Il y avait une pile de bouteilles de vin rouge vides dans le bac de recyclage. Je ne m'attendais pas du tout à ça : à force de le voir toujours bien habillé au collège, les ongles propres et bien taillés, je l'imaginais limite maniaque.

Je suis allée dans le salon et j'ai continué d'explorer avec mon téléphone – là, je n'ai pas allumé, parce que j'avais peur que ça se voie de la route. C'était banal à mourir. Des meubles miteux, des tas de livres et de CD, pas de photos au mur. C'était banal, sale et pathétique.

À l'étage, c'était encore pire. La chambre était affreuse. Le lit était défait, les placards ouverts, et ça puait – mais pas comme en bas, là, il y avait une odeur aigre, moite, une odeur d'animal malade. J'ai fermé les rideaux et allumé la lampe de chevet. On aurait dit la maison d'un vieillard : des murs jaunâtres hideux, des rideaux marron, des vêtements et des papiers par terre. Dans un tiroir, j'ai trouvé des boules Quies et une pince à ongles. Dans celui du bas, des préservatifs, du lubrifiant et des menottes à fourrure.

Ça m'a fichu la nausée. Je me suis assise sur le lit et j'ai remarqué que le drap-housse était soulevé sur le coin opposé du matelas, et j'ai vu une tache marron en dessous. J'ai vraiment cru que j'allais vomir. Ça me faisait mal, physiquement mal d'imaginer Katie ici, avec lui, dans cette horrible chambre à l'étage de cette maison répugnante. J'en ai eu assez. C'était idiot, de toute façon, de venir sans avoir préparé un plan. J'ai éteint la lampe et je suis redescendue au rez-de-chaussée. J'étais presque devant la porte quand j'ai entendu du bruit dehors, des pas qui remontaient l'allée. La porte s'est ouverte et il est apparu. Il était laid, le visage et les yeux rougis, l'air hagard. Je me suis jetée sur lui. J'avais envie de lui arracher les yeux, envie de l'entendre hurler.

Je ne sais pas ce qui s'est passé ensuite. Il est tombé, je crois, je me suis retrouvée à genoux et un objet a glissé vers moi par terre, un morceau de métal, comme une clé. Je l'ai saisi, mais ce n'était pas dentelé, c'était lisse, un cercle. Un cercle argenté avec une attache en onyx noir. Je l'ai fait tourner dans ma main. J'entendais le tic-tac de l'horloge de la cuisine, la respiration de Mark.

« Lena. »

J'ai levé la tête, croisé son regard et j'ai compris qu'il avait peur. Je me suis relevée.

« Lena », il a encore dit en faisant un pas vers moi.

Je me suis sentie sourire parce que, du coin de l'œil, j'avais repéré un autre objet argenté, un objet pointu, et je savais exactement ce que je comptais en faire. J'allais prendre une bonne inspiration, me calmer, j'allais attendre qu'il répète encore une fois mon prénom, et puis j'allais attraper les ciseaux qui traînaient sur la table de la cuisine et j'allais les lui enfoncer dans le cou, à cette pourriture.

« Lena », il a répété, et il a tendu une main vers moi.

Après, tout s'est passé très vite. J'ai attrapé les ciseaux et j'ai bondi sur lui, mais il est plus grand que moi et il avait les bras levés et j'ai dû rater mon coup. J'ai forcément raté mon coup, parce qu'il n'est pas mort, il est en train de conduire, et je suis enfermée dans son coffre avec une bosse sur la tête.

Je me suis mise à crier, ce qui était idiot parce que je ne voyais pas qui aurait pu m'entendre. Je sentais bien qu'on roulait vite, mais j'ai crié quand même : « Laisse-moi sortir, laisse-moi sortir, enfoiré ! » J'ai tapé des poings, j'ai hurlé aussi fort que j'ai pu, et soudain, *bang !* La voiture s'est arrêtée et j'ai valsé contre la paroi du coffre. Je me suis mise à pleurer.

Ce n'était pas juste parce que j'avais mal. Je ne sais pas pourquoi, mais je n'arrêtais pas de repenser à toutes ces fenêtres qu'on avait cassées, Josh et moi, et à quel point ça aurait fait de la peine à Katie. Elle détesterait tout ça, tout : elle détesterait que son frère se retrouve forcé de dire la vérité après des mois de mensonges, elle détesterait me savoir blessée, mais surtout, elle détesterait voir ces fenêtres cassées, parce que c'était exactement ce qu'elle redoutait – les vitres cassées, « pédophile » tagué sur les murs, de la merde déposée dans la boîte aux lettres, une foule de journalistes sur le trottoir, les passants qui crachent en essayant de lui mettre des coups.

J'ai pleuré parce que j'avais mal, et j'ai pleuré parce que je m'en voulais, pour Katie, je savais que ça lui aurait brisé le cœur. *Mais tu sais quoi, Kay ?* je me suis mise à murmurer à Katie, comme une folle, comme Julia qui marmonne toute seule dans le noir. *Je suis désolée. Je suis vraiment désolée, parce qu'il ne mérite pas ça. J'ai le droit de dire ça, maintenant que tu n'es plus là et que je suis piégée dans le coffre de sa voiture avec du sang dans la bouche et le crâne ouvert, et je suis catégorique : Mark Henderson ne mérite pas d'être harcelé ou frappé. Il mérite bien pire. Je sais que tu l'aimais, mais il n'a pas seulement gâché ta vie, il a aussi gâché la mienne. Il a tué ma mère.*

Erin

J e me trouvais dans le bureau du fond en compagnie de Sean quand le visage grave d'une jeune policière au teint pâle est apparu dans l'encadrement de la porte.

« Il y en a une autre, chef. Quelqu'un l'a vue depuis le pont. Une jeune femme, dans l'eau. »

À son expression, j'ai cru que Sean allait vomir.

« Mais ce n'est pas possible, il a soupiré. Il y a des policiers absolument partout. »

Quand on est arrivés sur place, il y avait déjà une foule de gens assemblés sur le pont, et les agents faisaient de leur mieux pour les y contenir. Sean s'est mis à courir sous les arbres et je l'ai suivi. J'aurais aimé ralentir, j'aurais aimé m'arrêter. Parce que la dernière chose que je voulais, c'était de les voir sortir cette gamine de l'eau.

Mais ce n'était pas elle. C'était Jules. Et elle était déjà sur la berge à notre arrivée. Il y avait un bruit bizarre, comme une pie en train de jacasser. Il m'a fallu un moment avant de comprendre que c'était elle, Jules, qui en était à l'origine – elle claquait des dents. Elle tremblait de tout son corps, et ses vêtements trempés adhéraient à sa misérable silhouette, pliée en deux comme une chaise de camping. Je l'ai appelée par son nom et elle a posé sur moi deux yeux injectés de sang. Mais c'était comme si elle ne parvenait pas à faire la mise au point, comme si elle ne me reconnaissait pas. Sean a retiré sa veste et la lui a posée sur les épaules.

Elle marmonnait, comme en transe. Elle ne nous a pas adressé la parole. D'ailleurs, c'est à peine si elle semblait avoir remarqué notre présence. Elle est restée assise, tremblante, à regarder l'eau noire de la rivière tandis que ses lèvres s'agitaient en silence, comme le jour où je l'avais vue devant le corps de sa sœur, à l'hôpital. On aurait dit qu'elle était en train de se disputer avec quelqu'un qui n'existait pas.

Le soulagement – si on pouvait parler de soulagement – n'a duré que quelques minutes, avant qu'une nouvelle catastrophe ne frappe : les agents qui étaient partis accueillir Mark Henderson chez lui à son retour de vacances avaient trouvé la maison vide. Mais pas seulement vide. Ils avaient vu des traces de lutte dans la cuisine, du sang sur le sol et sur les poignées de porte. Quant à la voiture de l'enseignant, elle était introuvable.

« Bon sang ! a dit Sean. Lena !

– Non ! » me suis-je exclamée, autant pour me convaincre que pour essayer de convaincre Sean.

J'ai repensé à la conversation que j'avais eue avec Henderson la veille de son départ en vacances. J'avais remarqué quelque chose en lui, comme une faiblesse. Une blessure. Il n'y a rien de plus dangereux qu'un homme dans cet état.

« Non, j'ai répété. Il y avait des agents qui l'attendaient chez lui. C'est impossible qu'il ait pu... »

Mais Sean secouait la tête.

« Non, il n'y avait personne. Hier soir, on a eu un gros carambolage sur l'A68, et c'était le branle-bas de combat. On a pris la décision de redéployer les hommes. Il n'y avait personne chez Henderson jusqu'à ce matin.

– Merde. Merde !

– Je ne vous le fais pas dire. Il a dû revenir, voir tous les carreaux cassés et tirer la conclusion qui s'imposait : Lena Abbott a parlé.

– Et ensuite quoi ? Il est allé chez elle, il l'a enlevée et l'a ramenée chez lui ?

– Comment voulez-vous que je le sache ? a explosé Sean. Tout ça, c'est notre faute. On aurait dû placer la maison sous surveillance, on aurait dû placer Lena sous surveillance... C'est notre faute si elle a disparu. »

Jules

Le policier – un que je n'avais jamais rencontré auparavant – a voulu rentrer dans la maison avec moi. Il devait avoir dans les vingt-cinq ans, mais son visage imberbe de chérubin lui donnait l'air encore plus jeune. Même s'il avait l'air très gentil, j'ai insisté pour qu'il s'en aille. Je ne voulais pas me retrouver seule dans la maison avec un homme, aussi inoffensif qu'il parût.

Je suis montée me faire couler un bain. De l'eau, de l'eau partout. Je n'avais pas particulièrement envie de me retrouver immergée à nouveau, mais c'était la meilleure solution que j'aie trouvée pour chasser le froid de mes os. Je me suis assise au bord de la baignoire, le téléphone à la main, en me mordant la lèvre pour empêcher mes dents de claquer. J'ai appelé Lena, encore et encore, je tombais chaque fois sur son annonce de messagerie toute joyeuse, sa voix pleine d'une lumière que je n'avais jamais entendue lorsqu'elle s'adressait à moi.

Une fois la baignoire à moitié pleine, je me suis glissée dedans, la mâchoire serrée sous l'effet de la panique, les battements de mon cœur s'affolant un peu plus à chaque centimètre supplémentaire. Tout va bien, tout va bien, tout va bien. C'est toi qui disais ça. Cette nuit-là, quand nous nous sommes retrouvées toutes les deux, quand tu as fait couler de l'eau chaude sur mes épaules, quand tu m'as rassurée : « Tout va bien, tu disais. Tout va bien, Julia. Tout va bien. » C'était faux, évidemment, mais tu n'en savais rien. Pour toi, j'avais simplement passé une sale journée. Les autres s'étaient moqués de moi, j'avais été humiliée, et le garçon qui me plaisait m'avait repoussée. Alors, dans un acte des plus mélodramatiques, j'étais allée me jeter dans le bassin aux noyées.

Tu étais en colère parce que tu pensais que j'avais fait ça pour me venger, pour t'attirer des ennuis. Pour que Maman m'aime plus, plus encore qu'elle ne m'aimait déjà. Pour qu'elle te rejette. Parce que ç'aurait forcément été ta faute : tu devais « faire des efforts » et, au lieu de cela, toi et tes amis m'aviez poussée à bout. Et voilà que j'avais manqué me noyer alors que tu étais censée me garder.

J'ai éteint le robinet du bout de l'orteil et laissé mon corps glisser dans la baignoire ; l'eau a recouvert mes épaules, mon cou, ma tête. J'ai écouté les bruits de la maison, étouffés, déformés par le liquide, méconnaissables. Un coup soudain m'a fait brusquement remonter à la surface, au contact de l'air froid. J'ai guetté. Rien. Mon imagination.

Pourtant, alors que je me laissais à nouveau couler, j'ai entendu avec certitude les marches craquer puis un bruit de pas lent et régulier dans le couloir. Je me suis immédiatement redressée en me cramponnant des deux mains au bord de la baignoire. Nouveau craquement. Le bruit d'une poignée de porte qu'on tourne.

« Lena ? ai-je appelé d'une voix faible qui m'a paru enfantine. Lena, c'est toi ? »

Un silence assourdissant m'a répondu, et je m'y suis imaginé des voix.

Ta voix. Un autre de tes coups de téléphone, le premier. Le premier après notre dispute à l'enterrement, après le soir où tu m'avais posé cette terrible question. Pas très longtemps après, une semaine, peut-être deux, tu as appelé tard un soir et tu m'as laissé un message. Tu étais en larmes, tu articulais à peine, je ne t'entendais presque pas. Tu m'as dit que tu repartais à Beckford, que tu retournais voir un vieil ami. Tu avais besoin de parler à quelqu'un, et vu que je ne décrochais pas… Je n'y avais pas accordé grande importance, à l'époque, je m'en fichais.

Mais maintenant, je comprenais et, malgré la chaleur de l'eau, j'ai frissonné. Tout ce temps passé à t'en vouloir alors que ç'aurait dû être l'inverse. Tu es allée voir un vieil ami. Tu cherchais du réconfort parce que je t'avais rejetée et que je refusais de te parler. Alors tu es allée le voir, lui. J'ai été en dessous de tout. Du début à la fin. Je me suis rassise dans la baignoire, les bras serrés autour des genoux, et les vagues de chagrin se sont abattues les unes après les autres : je t'ai repoussée, je t'ai blessée, et ce qui me tue, c'est que tu n'as jamais su pourquoi. Tu as passé ta vie à essayer de comprendre pourquoi je te haïssais tant, et j'aurais pu me contenter de te le dire. J'aurais simplement pu décrocher le téléphone quand tu m'appelais. À présent, il est trop tard.

Un autre bruit, plus fort – un craquement, un grattement. Cette fois, ce n'était pas mon imagination. Il y avait quelqu'un dans la maison. Je me suis levée pour sortir du bain et je me suis habillée aussi silencieusement que possible. *C'est Lena*, je me répétais. *C'est elle. C'est Lena.* Sur la pointe des pieds, j'ai exploré chaque pièce de l'étage, en vain. Les miroirs, moqueurs, me renvoyaient mon reflet terrifié. *Ce n'est pas Lena. Ce n'est pas Lena.*

Si, forcément, mais où était-elle ? Sûrement dans la cuisine, elle devait avoir faim. Si je descendais, je la trouverais là, la tête dans le frigo. J'ai descendu les marches sans bruit, traversé l'entrée, je suis passée devant la porte du salon. Et là, du coin de l'œil, je l'ai vue. Une ombre. Une silhouette. Quelqu'un, assis sur la banquette sous la fenêtre.

Erin

Tout était possible. Si l'explication la plus simple est souvent la bonne, on ne peut pas exclure les autres possibilités. Pas d'emblée. Et c'est pourquoi, tandis que Sean se rendait chez Henderson pour examiner les lieux avec Callie, on m'a envoyée interroger Louise Whittaker sur sa confrontation avec Lena, juste avant la disparition de cette dernière.

Quand j'ai sonné à la porte, c'est Josh qui a ouvert, comme à son habitude. Et comme à son habitude, il avait l'air inquiet de me voir.

« Qu'est-ce qui se passe ? Est-ce que vous avez retrouvé Lena ?

– Non, pas encore, je lui ai répondu. Mais ne t'inquiète pas... »

Il m'a tourné le dos, les épaules tombantes. Je l'ai suivi à l'intérieur de la maison. En bas de l'escalier, il s'est de nouveau retourné.

« Est-ce que c'est à cause de Maman qu'elle s'est enfuie ? il m'a demandé en rougissant légèrement.

– Pourquoi tu me poses cette question, Josh ?

– Maman a fait de la peine à Lena, il m'a répondu, amer. Maintenant que sa mère n'est plus là, Maman a décidé de tout mettre sur le dos de Lena. C'est débile. C'est autant ma faute que celle de Lena, mais il n'y a qu'elle que Maman accuse. Et maintenant, elle a disparu. »

Sa voix était montée dans les aigus en prononçant cette dernière phrase.

« À qui tu parles, Josh ? » a crié Louise depuis l'étage.

Comme son fils ne semblait pas disposé à répondre, je m'en suis chargée.

« C'est moi, madame Whittaker. Le sergent Morgan. Est-ce que je peux monter ? »

Louise était vêtue d'un survêtement gris qui avait connu des jours meilleurs. Elle avait les cheveux ramenés en arrière, ce qui faisait ressortir son teint blafard.

« Il est fâché contre moi, elle a déclaré en guise d'introduction. Il me reproche la fugue de Lena. Il pense que c'est ma faute. »

Je l'ai suivie dans le couloir tandis qu'elle poursuivait :

« Il m'en veut, moi j'en veux à Nel et à Lena, c'est le serpent qui se mord la queue... »

Je me suis arrêtée à la porte de la chambre de Katie. Il n'y avait pratiquement plus rien, à part un lit au matelas nu et un placard vide. Les murs parme portaient des stigmates de Patafix enlevée à la hâte. Louise m'a adressé un sourire timide.

« Vous pouvez entrer, si vous voulez. J'ai presque fini. »

Elle s'est agenouillée et a repris la tâche que j'avais probablement interrompue, et qui consistait à ranger des livres dans des cartons. Je me suis accroupie à côté d'elle pour l'aider, mais avant que j'aie pu me saisir du premier livre, elle a fermement posé une main sur mon bras.

« Non, merci, elle m'a dit. Je préfère le faire moi-même. »

Je me suis relevée et elle m'a regardée, les yeux brillants.

« Je suis désolée, mais je ne veux pas que d'autres gens touchent ses affaires. C'est bête, hein ? Mais je veux que ce soit elle qui les ait touchées en dernier. Je veux qu'il reste quelque chose d'elle, sur les couvertures des livres, sur les draps, sur la brosse à cheveux... »

Elle s'est interrompue, le temps de soupirer longuement, puis elle a repris :

« Comme vous le voyez, ça ne s'arrange pas vraiment, de mon côté. J'ai du mal à passer à autre chose, à penser à autre chose...

– Je doute que les gens attendent ça de vous, je l'ai rassurée d'une voix douce. En tout cas, pas...

– Pas encore ? Ce qui sous-entend qu'il y aura un moment où j'irai mieux. Mais ce dont les gens ne semblent pas se rendre compte, c'est que je n'ai aucune envie d'aller mieux. Comment le pourrais-je ? Mon chagrin me semble tout à fait approprié. Il… pèse juste ce qu'il faut, il m'écrase pile comme j'en ai besoin. Ma colère est saine, elle m'aide à tenir. Enfin… Le problème, c'est que maintenant, mon fils pense que je suis responsable de la disparition de Lena. Parfois, je me demande même s'il ne me soupçonne pas d'avoir poussé Nel Abbott du haut de la falaise. Ce qui est sûr, c'est que pour lui, c'est ma faute si Lena se retrouve dans cette situation. Sans sa mère. Toute seule. »

Je me tenais au milieu de la pièce, debout, les bras croisés, m'efforçant de ne toucher à rien. J'avais l'impression de me trouver sur une scène de crime, de devoir faire attention à ne rien contaminer.

« Elle a perdu sa mère, c'est vrai, j'ai répliqué. Mais qu'en est-il de son père ? Est-ce que vous pensez vraiment que Lena n'a aucune idée de qui est son père ? Est-ce que vous savez si Katie et elle en parlaient parfois ?

– Non, je suis presque sûre qu'elle ne sait pas qui est son père. C'est ce que Nel m'a toujours assuré, en tout cas. Moi, je trouvais ça bizarre, comme beaucoup de ses choix éducatifs, d'ailleurs. Et pas seulement bizarre, irresponsable – imaginez qu'il y ait un problème génétique, une maladie, ou quelque chose comme ça ? Sans compter que ça me semblait injuste pour Lena qu'on ne lui demande même pas son avis. Quand on insistait – et Dieu sait que j'ai pu insister, à l'époque où on était encore en bons termes –, elle finissait par répondre que c'était une aventure d'un soir, un homme qu'elle avait rencontré lorsqu'elle s'était installée à New York la première fois. Elle prétendait ne pas connaître son nom de famille. En y repensant plus tard, j'ai conclu que c'était sûrement un mensonge, parce que j'avais vu une photo de Nel prise le jour de son emménagement dans son premier apparte-ment, à Brooklyn, et qu'on voyait déjà sous son tee-shirt qu'elle était enceinte. »

Louise s'est interrompue dans son rangement et a secoué la tête.

« Et donc, dans un sens, Josh a raison. Lena est seule. Elle n'a pas d'autre famille à part sa tante. Ou alors je n'en ai jamais entendu parler. Et pour ce qui est des potentiels beaux-pères… Nel m'a dit un jour qu'elle ne couchait qu'avec des hommes mariés, parce qu'ils étaient discrets, peu exigeants, et qu'ils la laissaient faire sa vie. Elle était très réservée sur le sujet. Je savais qu'il y avait des hommes dans sa vie, mais ça restait privé. Chaque fois qu'on la voyait, elle était seule. Seule ou avec sa fille… Je crois que le seul homme avec qui j'ai vu Lena se montrer vaguement affectueuse, c'était Sean. »

Elle a légèrement rougi en prononçant son nom et elle a détourné les yeux, comme si elle avait dit quelque chose qu'elle n'aurait pas dû.

« Sean Townsend ? Vraiment ? »

Elle n'a pas répondu.

« Louise ? »

Elle s'est levée pour récupérer une autre pile de livres sur l'étagère.

« Louise, qu'est-ce que vous essayez de me dire ? Qu'il s'est passé quelque chose de… d'inapproprié, entre Sean et Lena ?

– Mon Dieu, non ! elle s'est esclaffée. Pas Lena !

– Pas Lena ? Alors… Nel ? Il y avait quelque chose entre Sean et Nel Abbott ? »

Louise a pincé les lèvres puis s'est détournée, si bien qu'il m'était impossible de lire son visage.

« Parce que, vous savez, j'ai ajouté, ce serait très inconvenant, d'enquêter sur le décès suspect d'une personne avec qui on a eu une liaison, ce serait un grand manque de… »

Un manque de quoi, à l'évidence ? De professionnalisme, de probité… Ça pourrait même lui coûter son poste. Non, c'était impossible. Jamais il n'aurait fait ça, jamais il n'aurait pu me le cacher. J'aurais vu quelque chose, remarqué un détail. Et c'est alors que je me suis souvenu de la première fois que je l'avais vu, debout sur la rive du bassin, tête baissée, avec le corps de

Nel Abbott à ses pieds. On aurait dit qu'il priait pour elle. Ses yeux larmoyants, ses mains tremblantes, son chagrin apparent. Mais tout ça, c'était à cause de sa mère, non ?

Louise a continué à faire ses cartons en silence.

« Écoutez-moi ! je lui ai dit en haussant la voix. Si vous avez connaissance d'une quelconque relation entre Sean et Nel et que vous...

– Ce n'est pas ce que j'ai dit, m'a-t-elle interrompue en me regardant droit dans les yeux. Je n'ai jamais rien dit de tel. Sean Townsend est quelqu'un de bien. »

Elle s'est relevée.

« Maintenant, veuillez m'excuser, mais j'ai beaucoup à faire. Je crois qu'il vaut mieux que vous partiez. »

Sean

La porte de derrière était restée ouverte, m'ont expliqué les premiers inspecteurs arrivés sur les lieux. Pas seulement déverrouillée, mais ouverte. Quand je suis entré, l'odeur métallique du sang m'a agressé les narines. Callie Buchan était déjà sur place, en pleine discussion avec les enquêteurs ; elle m'a posé une question, mais je n'ai pas vraiment entendu parce que j'étais trop occupé à tendre l'oreille pour écouter autre chose – un animal, qui gémissait.

« Chut ! je lui ai dit. Écoutez !

– Ils ont fouillé la maison, chef, m'a dit Callie. Il n'y a plus personne ici.

– Est-ce qu'il a un chien ? » j'ai demandé.

Elle m'a dévisagé, interdite.

« Est-ce qu'il y a un chien dans cette maison, ou un animal de compagnie ? j'ai insisté.

– Non, je ne crois pas, chef. Pourquoi cette question ? »

J'ai de nouveau tendu l'oreille, mais le bruit avait cessé, me laissant avec une impression de déjà-vu – j'avais déjà vécu cette scène, déjà écouté un chien gémir, déjà traversé une cuisine maculée de sang tandis que dehors la pluie battait aux carreaux.

Sauf que là, il ne pleuvait pas. Et il n'y avait pas de chien.

Callie me fixait du regard.

« Tenez, chef, regardez ça, a-t-elle repris en indiquant un objet sur le sol – une paire de ciseaux dans une mare écarlate. Tout ce sang, ça ne peut pas être juste une égratignure, n'est-ce pas ? Après, il n'y a pas forcément eu d'artère touchée, mais ça

— 294 —

ressemble quand même à une sale blessure. Qu'est-ce que vous en pensez ?

– Vous avez contacté les hôpitaux ?

– Pour l'instant, ça n'a rien donné. Lena et Henderson sont tous les deux introuvables. »

Son téléphone s'est mis à sonner et elle est sortie pour répondre.

Je suis resté planté au milieu de la cuisine cependant que deux experts de la police scientifique y travaillaient en silence. À l'aide d'une pince à épiler, l'un d'entre eux a attrapé un long cheveu blond qui s'était accroché au bord de la table. J'ai ressenti un violent haut-le-cœur et la salive m'a soudain inondé la bouche. Je n'ai pas compris pourquoi : j'avais déjà vu des scènes de crime pires que ça – bien pires, même – sans que ça me fasse aucun effet. Non ? N'avais-je pas déjà traversé de cuisines plus sanglantes ?

J'étais occupé à me frotter le poignet avec la paume de la main quand je me suis rendu compte que Callie avait passé la tête par la porte et qu'une fois de plus, elle s'adressait à moi.

« Vous pouvez venir, chef ? »

Je l'ai suivie à l'extérieur. Elle m'a donné les dernières nouvelles pendant que je retirais les sacs en plastique autour de mes chaussures.

« La brigade routière a retrouvé la Vauxhall rouge de Henderson, m'a-t-elle annoncé. Enfin, ils ne l'ont pas vraiment retrouvée, mais ils l'ont repérée deux fois sur des images de vidéosurveillance. »

Elle a baissé les yeux sur son calepin avant de reprendre :

« Le truc bizarre, c'est que la première fois, un peu après 3 heures du matin, on le voit sur l'A68 filer plein nord, direction Édimbourg, mais la deuxième fois, à 5 h 15, il est sur l'A1 à hauteur d'Eyemouth, et il descend vers le sud. Alors peut-être qu'il a… déposé quelque chose ? »

Ce qu'elle voulait dire, c'était : *Peut-être qu'il s'est débarrassé de quelque chose.* Ou de quelqu'un.

« Ou peut-être qu'il essaie simplement de brouiller les pistes, elle a ajouté.

– Ou alors il a changé d'avis. Ou bien encore il panique.

– Effectivement. Il tourne en rond comme un poulet décapité. »

Cette image ne me plaisait pas du tout. Moi, je voulais retrouver tout le monde avec la tête bien sur les épaules.

« Est-ce qu'il était accompagné ? j'ai demandé. Est-ce qu'on voit quelqu'un sur le siège passager ou la banquette arrière ?

– Non, personne. Après, bien sûr… »

Elle n'a pas fini sa phrase. *Après, bien sûr, ça ne veut pas dire qu'il est seul dans la voiture. Juste que, s'il est accompagné, c'est par quelqu'un qui n'est plus en mesure de se tenir assis.*

Une fois de plus, cet étrange sentiment d'avoir déjà vécu une scène similaire, une bribe d'un souvenir qui semblait ne pas être le mien. Mais à qui aurait-il pu appartenir, alors ? Il devait faire partie d'une histoire que m'aurait racontée quelqu'un que j'avais oublié. Une femme avachie sur son siège dans une voiture, une femme malade, en train de se convulser, la bave aux lèvres. L'histoire s'arrêtait là – je ne me souvenais pas du reste. Tout ce que je savais, c'est qu'y penser me retournait l'estomac. Je me suis donc forcé à la laisser de côté.

« S'il est en fuite, Newcastle semble la meilleure destination, a repris Callie. Il y a l'avion, le train, le ferry – l'embarras du choix, quoi. Mais ce qui est bizarre, c'est qu'il n'y a pas d'autre image après celle de 5 heures du matin. Donc soit il s'est arrêté, soit il a quitté l'autoroute. Peut-être qu'il a décidé de prendre des routes secondaires, ou la route côtière…

– N'y avait-il pas une histoire de petite amie ? j'ai demandé. Une femme, à Édimbourg ?

– Effectivement, la fameuse fiancée, a confirmé Callie en bombant le torse. Et je peux d'ores et déjà vous annoncer que Tracey McBride – c'est son nom – a été récupérée ce matin. Des agents nous l'amènent en ce moment même pour qu'on puisse l'interroger ici. Mais je préfère vous prévenir tout de suite, la

Tracey en question affirme qu'elle n'a pas vu Mark Henderson depuis un bon moment. Presque un an, apparemment.

– Comment ? Mais je croyais qu'ils venaient de passer des vacances ensemble ?

– C'est ce qu'a déclaré Henderson quand le sergent Morgan est allée lui parler, mais Tracey nous assure qu'elle n'a plus la moindre nouvelle de lui depuis qu'il a mis un terme à leur histoire, à l'automne. Apparemment, il l'a plaquée du jour au lendemain en lui annonçant qu'il était tombé fou amoureux d'une autre. »

Tracey ne savait pas qui était cette autre, ni ce qu'elle faisait dans la vie.

« Et je n'avais aucune envie de le savoir », a-t-elle déclaré d'un ton abrupt.

C'était une heure plus tard, et elle était assise en face de moi dans le bureau du fond au commissariat, un gobelet de thé à la main.

« J'étais... J'étais vraiment dévastée, en fait. Je veux dire, j'étais à la recherche de la robe de mariée idéale, et un matin, il m'annonce qu'il veut tout arrêter parce qu'il a rencontré l'amour de sa vie. »

Elle m'a regardé avec un sourire triste, en passant la main dans ses cheveux bruns courts.

« Après ça, j'ai complètement coupé les ponts. J'ai effacé son numéro, je l'ai enlevé de tous mes contacts, le grand ménage... Je vous en prie, est-ce que vous pourriez me dire s'il lui est arrivé quelque chose ? Personne ne veut me parler.

– Je suis sincèrement désolé, j'ai répondu, mais je ne peux pas vous apprendre grand-chose pour le moment. Si ça peut vous rassurer, on ne pense pas qu'il soit blessé. Il faut juste qu'on le retrouve, parce qu'on a besoin de lui poser quelques questions. Vous n'avez aucune idée de l'endroit où il pourrait se trouver, par hasard ? Par exemple, s'il cherchait à disparaître ? Des parents, des amis dans la région...

– Est-ce que ça a un rapport avec la femme qui est morte ? elle m'a demandé en fronçant les sourcils. J'ai lu dans le journal qu'il y en avait eu une autre, il y a une ou deux semaines de ça. Je veux dire... Ce n'était pas... Ce n'est pas la femme avec qui il était, si ?

– Non, non. Ça n'a strictement rien à voir.

– Ah, d'accord, elle a dit, visiblement soulagée. Je me disais, elle aurait été un peu vieille pour lui, non ?

– Pourquoi dites-vous ça ? Il avait une préférence pour les femmes plus jeunes ?

– Pardon ? Non, non... Enfin, comment ça, "plus jeunes" ? Cette femme, il me semble qu'elle avait une quarantaine d'années, et Mark, lui, n'a pas encore trente ans, alors...

– D'accord.

– Vous ne pouvez vraiment pas me dire ce qui se passe ?

– Est-ce que Mark s'est déjà montré violent avec vous ? Est-ce qu'il lui est déjà arrivé de perdre son sang-froid, ce genre de choses ?

– Quoi ? Non, bien sûr que non. Jamais. Pourquoi ? Est-ce que quelqu'un l'a accusé de quelque chose ? Parce qu'il n'est pas comme ça. Il est égoïste, ça ne fait aucun doute, mais il n'est pas méchant, pas comme ça. »

En la raccompagnant dehors, où un agent l'attendait pour la ramener chez elle en voiture, je me suis demandé ce qu'elle avait voulu dire par « pas comme ça ». Je me suis également demandé s'il avait réussi à se convaincre que le fait d'être amoureux l'absolvait de son crime.

« Vous m'avez demandé où il pourrait aller, m'a dit Tracey au moment de monter dans la voiture. C'est difficile à dire sans connaître le contexte, mais j'ai peut-être une idée. On possède une petite maison sur la côte – enfin, elle est à mon père. Avec Mark, on allait souvent y passer le week-end. C'est assez isolé, et il n'y a pas de voisins. Mark répétait souvent que c'était l'endroit rêvé pour se couper du monde.

– Et cette maison, elle est inhabitée ?

– On ne l'utilise pas beaucoup. Avant, on laissait toujours une clé sous un pot de fleurs, mais on a arrêté il y a quelques mois quand on s'est rendu compte que quelqu'un venait en notre absence – on retrouvait régulièrement des tasses dans l'évier, la poubelle pleine.

– Ça remonte à quand, la dernière fois que quelqu'un a séjourné dans cette maison sans autorisation ?

– Oh, je ne sais pas, il y a un moment, maintenant. En avril, il me semble. Oui, c'est ça, en avril. C'était pendant les vacances de Pâques.

– Et où se trouve cette maison, précisément ?

– À Howick. C'est un minuscule hameau sur la côte, juste au-dessus de Craster. »

Lena

Il s'est excusé en me laissant sortir du coffre.

« Je suis désolé, Lena, mais qu'est-ce que tu voulais que je fasse ? »

Je me suis mise à rire mais il m'a dit de la fermer, les poings serrés, et j'ai cru qu'il allait me frapper à nouveau, alors j'ai obéi.

On était devant une maison au bord de la mer – une seule maison, isolée, sur la falaise, avec un jardin, un muret et une table de ferme en bois comme celles qu'on peut trouver en terrasse des pubs. La maison avait l'air fermée à clé et il n'y avait pas un chat. De là où je me tenais, je ne voyais pas un seul bâtiment à la ronde, juste un chemin de terre, même pas une vraie route. Je n'entendais rien non plus, pas de bruit de voitures qui passent, rien que les mouettes et le battement des vagues sur les rochers.

« Ça ne sert à rien de crier », il m'a prévenue comme s'il avait lu dans mes pensées.

Il m'a agrippée par le bras et m'a entraînée jusqu'à la table, où il m'a tendu un mouchoir pour que je m'essuie la bouche.

« Ça va aller, il a dit.

– Ah bon ? » j'ai demandé, mais il a détourné les yeux.

On est restés assis côte à côte un bon bout de temps, comme ça. Il gardait la main sur mon bras, mais sa respiration s'est peu à peu calmée et il a relâché sa prise. Je ne me suis pas dégagée – ce n'était pas la peine de me débattre, pas pour le moment. J'avais peur et je n'arrivais pas à empêcher mes jambes de trembler sous la table. Mais finalement, ça m'aidait. Je me sentais forte, comme quand il m'avait trouvée chez lui et qu'on s'était battus. Bon, oui, j'avais perdu, mais seulement parce que je n'avais pas eu le cran de le tuer tout de suite, seulement parce que je n'étais pas encore sûre de ce que j'affrontais. Ce n'était que le premier round. S'il me croyait vaincue, il allait avoir une sacrée surprise.

S'il avait deviné ce que je ressentais, ce que j'avais traversé, je ne pense pas qu'il serait resté là à me tenir le bras. Je pense qu'il serait parti en courant dans l'autre direction.

Je me suis mordu la lèvre fort. J'ai senti du sang chaud sur ma langue et ça m'a plu, ça m'a fait du bien. J'aimais ce goût de métal, et le sang dans ma bouche, ça me donnerait quelque chose à lui cracher dessus, le moment venu. J'avais beaucoup de questions, mais je ne savais pas par où commencer alors j'ai juste demandé :

« Pourquoi vous l'avez gardé ? »

J'ai dû faire un gros effort pour que ma voix reste calme, qu'elle ne se mette pas à hésiter ou à trembler. Je ne voulais pas lui montrer que j'avais peur. Il n'a rien répondu, alors j'ai insisté :

« Pourquoi vous avez gardé son bracelet ? Vous auriez pu le jeter, tout simplement, ou le laisser sur elle. Pourquoi le prendre ? »

Il a lâché mon bras. Il ne m'a pas regardée, il observait la mer.

« Je ne sais pas, il a dit d'un ton las. Honnêtement, je ne sais pas pourquoi je l'ai pris. C'était une sorte de caution, de garantie. Je me raccrochais à ce que je pouvais. Au moins, j'avais un moyen de pression sur quelqu'un d'autre... »

Il s'est interrompu pour fermer les yeux. Je n'avais rien compris à ce qu'il avait dit, mais j'avais l'impression d'avoir ouvert une brèche, une opportunité. Je me suis écartée très légèrement de lui sur le banc. Puis un peu plus. Il a rouvert les yeux mais il n'a rien fait, il a continué d'observer la mer, le visage dénué d'expression. Il avait l'air épuisé. Vaincu. Comme s'il n'avait plus la moindre énergie en lui. Je me suis penchée en arrière sur le banc. Je pouvais m'enfuir. Je cours très vite, quand il le faut.

J'ai jeté un coup d'œil au chemin derrière la maison. J'avais de bonnes chances de lui échapper si je fonçais vers le sentier, que j'enjambais le muret de pierre et que je filais à travers champs, où sa voiture ne pourrait pas me suivre.

Mais je n'ai pas bougé. J'avais conscience que c'était peut-être ma dernière chance, et pourtant, je suis restée là. Au final, je me suis dit que je préférais mourir en sachant ce qui était arrivé à ma mère que passer le restant de ma vie à me poser des questions sans jamais savoir. Je ne pense pas que j'aurais pu le supporter.

Je me suis levée. Il n'a pas réagi et s'est contenté de me surveiller pendant que je faisais le tour de la table pour m'asseoir en face de lui afin de le forcer à me regarder.

«Vous savez ce que j'ai cru? J'ai cru qu'elle m'avait abandonnée. Maman. Quand les policiers l'ont trouvée et qu'ils sont venus me l'annoncer, j'ai cru que c'était son choix. Qu'elle avait décidé de mourir parce qu'elle se sentait coupable de ce qui était arrivé à Katie, ou honteuse, ou... je ne sais pas... Et que, au final, face à la rivière, je ne faisais pas le poids.»

Il n'a rien dit.

«C'est ce que j'ai cru! j'ai crié aussi fort que j'ai pu, et il a sursauté. J'ai cru qu'elle m'avait abandonnée! Vous comprenez ce que ça fait? Et finalement, je découvre que ce n'est pas vrai. Qu'elle n'a rien décidé. C'est vous. Vous me l'avez prise, comme vous m'avez pris Katie.»

Il a souri. Ça m'a rappelé l'époque où on le trouvait mignon et j'ai eu un haut-le-cœur.

«Je ne t'ai pas pris Katie, il a dit. Katie n'était pas à toi, Lena. Elle était à moi.»

J'ai eu envie de hurler et de lui lacérer le visage. *Non, non, c'est faux!* J'ai enfoncé mes ongles aussi fort que possible dans mes paumes, je me suis encore mordu la lèvre pour retrouver le goût du sang et je l'ai écouté se justifier.

«Je ne m'étais jamais imaginé devenir le genre de type qui tombe amoureux d'une gamine. Jamais. Pour moi, ces gens-là étaient ridicules, des vieux tocards pathétiques, incapables de se trouver une femme de leur âge.

– Bien vu, je me suis esclaffée. C'est exactement ça.

– Mais non, non, pas du tout. Regarde-moi : je n'ai jamais eu de problèmes pour sortir avec des femmes. Je me fais draguer en permanence. Et tu as beau secouer la tête, tu en as été témoin. Toi-même, tu m'as dragué !

– Certainement pas, vieux con !

– Lena…

– Vous avez sérieusement cru que j'étais intéressée ? Vous êtes taré. Ce n'était qu'un jeu, c'était… »

Je me suis tue. Comment expliquer ça à un homme comme lui ? Comment lui expliquer que ça n'avait strictement rien à voir avec lui, et tout à voir avec nous ? Pour moi, en tout cas, c'était une histoire entre Katie et moi, et tout ce qu'on pouvait faire ensemble. Les gens à qui on le faisait étaient interchangeables. Ils n'avaient aucune importance.

« Vous savez ce que c'est, d'être une fille comme moi ? j'ai enfin demandé. Je veux dire, j'ai bien compris que vous vous prenez pour un super canon, hein, mais vous n'avez pas la moindre idée de ce que c'est que d'être moi. Vous savez à quel point c'est facile pour moi de faire faire ce que je veux aux gens, ou de mettre quelqu'un mal à l'aise ? Il me suffit de regarder un mec d'une certaine façon, ou de me tenir un peu trop près, ou de glisser un doigt dans ma bouche et de le suçoter, et tout de suite il rougit, il bande. C'est ça, ce que je faisais avec vous, espèce d'abruti. Je me foutais de votre gueule. Je n'avais pas envie de vous. Ce n'était pas ça que je voulais.

– Mais oui, c'est ça, il a répliqué avec un petit rire sceptique. Si tu le dis. Mais alors, c'était quoi, ce que tu voulais, Lena ? Quand tu as menacé de nous dénoncer, quand tu t'es mise à crier à tue-tête pour que ta mère t'entende… Qu'est-ce que tu voulais, à ce moment-là ?

– Je voulais… Je voulais… »

Je ne pouvais pas lui expliquer, parce que ce que je voulais, c'était que tout redevienne comme avant. Je voulais revenir à l'époque où Katie et moi passions tout notre temps ensemble, chaque moment de chaque journée, quand on allait nager sans que personne ne nous regarde, quand nos corps nous appartenaient encore. Je voulais revenir à l'époque avant qu'on invente ce jeu, avant qu'on se rende compte de ce dont on était capables. Mais ça, c'était ce que je voulais, moi. Pas Katie. Katie aimait qu'on la regarde. Pour elle, ce n'était pas qu'un jeu, c'était plus que ça. Dès le début, quand j'avais tout découvert et qu'on s'était disputées, elle m'avait dit : « Tu ne sais pas ce que ça fait, Lena. Tu te rends compte ? Qu'un homme te désire tellement qu'il est prêt à tout risquer pour toi, tout. Sa carrière, sa petite amie, sa liberté, même. Tu ne comprends pas ce que ça fait. »

Je sentais le regard de Henderson sur moi, il attendait ma réponse. Je voulais trouver un moyen de lui dire ça, de lui montrer que ce qui plaisait à Katie, ce n'était pas tant lui que le pouvoir qu'elle détenait sur lui. J'aurais adoré pouvoir lui dire ça, lui ôter du visage l'expression qu'il arborait en ce moment même, cette expression qui signifiait que lui, il la connaissait, et moi pas, pas vraiment. Mais je ne parvenais pas à trouver les mots et, de toute façon, ça n'aurait pas été tout à fait juste, parce que personne n'aurait pu nier que, en fin de compte, elle était réellement amoureuse de lui.

Quelque chose m'a picoté derrière les paupières, un signe que j'allais me remettre à pleurer, et j'ai baissé la tête pour qu'il ne puisse pas voir les larmes dans mes yeux, et là, par terre dans l'herbe, entre mes deux pieds, j'ai vu un clou. Un grand clou, au moins huit ou dix centimètres de long. J'ai déplacé doucement mon pied pour en recouvrir la pointe, puis j'ai appuyé pour faire relever la tête.

« Tu étais jalouse, Lena, c'est tout, a repris Henderson. C'est ça, la vérité, non ? Tu l'as toujours été. Je pense que tu étais jalouse de nous deux, d'ailleurs. De moi, parce qu'elle m'avait choisi, et d'elle, parce que je l'avais choisie. Aucun de nous ne t'avait choisie, toi. Alors tu as voulu nous le faire payer. Toi et ta mère, vous... »

Je l'ai laissé parler, je l'ai laissé débiter ses conneries, et ça m'était égal qu'il soit autant à côté de la plaque, parce que tout ce qui m'intéressait à présent, c'était la tête du clou que j'avais réussi à soulever avec mon pied. J'ai glissé une main sous la table. Mark s'est tu.

« Vous n'auriez jamais dû faire quoi que ce soit avec elle, j'ai dit en regardant derrière son épaule pour essayer de le distraire. Et vous le savez, vous le savez forcément.

– Elle m'aimait, et je l'aimais, totalement.

– C'était vous, l'adulte ! »

Je continuais de regarder derrière lui et ça a fonctionné – il s'est retourné une seconde pour jeter un coup d'œil par-dessus son épaule, et j'ai laissé mon bras tomber plus bas, j'ai ouvert la main. Une fois le métal froid entre mes doigts, je me suis redressée et me suis tenue prête.

« Vous croyez que ça a une quelconque importance, ce que vous ressentiez ? Vous étiez son professeur. Vous aviez deux fois son âge, merde ! C'était à vous de prendre la bonne décision.

– Elle m'aimait, il a répété avec un air de chien battu.

– Elle était trop jeune pour vous, j'ai dit en serrant le clou dans mon poing. Elle était trop bien pour vous. »

Je me suis jetée sur lui, mais je ne suis pas allée assez vite. Au moment où j'ai bondi, ma main a buté contre la table, juste une seconde. Mark m'a immédiatement agrippée par le bras gauche et il m'a tirée jusqu'au milieu de la table.

« Mais qu'est-ce que tu fais, encore ? »

Sans me lâcher, il s'est levé et m'a fait pivoter pour me tordre le bras dans le dos. J'ai poussé un cri de douleur.

« Qu'est-ce que tu fais ? » il a répété en me tordant encore plus le bras pour ouvrir mon poing avec ses doigts.

Il m'a arraché le clou et m'a plaquée à plat ventre sur la table, il m'a attrapée par les cheveux et m'a écrasée de tout son corps. J'ai senti la pointe métallique effleurer ma gorge, son poids sur moi, c'était ce qu'elle avait dû ressentir quand elle était avec lui. Du vomi m'est remonté dans la gorge, je l'ai craché et j'ai crié :

« Elle était trop bien pour vous ! Elle était trop bien pour vous ! »

Je l'ai répété encore et encore jusqu'à ce que je n'arrive plus à respirer sous son poids.

Jules

Un bruit, comme un clic. Clic, chuintement, clic, chuintement, puis :

« Ah, vous voilà. Je me suis permis d'entrer, j'espère que ça ne vous dérange pas. »

La vieille femme – celle aux cheveux violets et à l'eye-liner noir, celle qui se prend pour une voyante, celle qui arpente le village en crachant et en insultant les passants, celle que j'ai vue la veille devant la maison, en train de se disputer avec Louise –, elle était assise sur la banquette sous la fenêtre et balançait ses jambes enflées d'avant en arrière.

« Si, ça me dérange ! j'ai rétorqué bien fort, pour qu'elle ne remarque pas que j'avais peur, que même si c'était stupide et ridicule, j'avais encore peur d'elle. Évidemment que ça me dérange, bon sang ! Qu'est-ce que vous fichez là ? »

Clic, chuintement, clic, chuintement. Le briquet, le briquet argenté gravé aux initiales de Libby, elle le tenait à la main.

« C'est... Où avez-vous trouvé ça ? C'était le briquet de Nel ! »

Elle a secoué la tête.

« Mais si ! Qu'est-ce que vous faites avec ? Vous vous êtes introduite dans cette maison en notre absence ? Pour nous voler ? Vous avez... »

Elle a agité sa grosse main ornée de bijoux de pacotille.

« Ouh là, du calme, voyons, m'a-t-elle lancé avant de me décocher un sourire jaunâtre. Asseyez-vous. Asseyez-vous, Julia. »

Elle m'indiquait le fauteuil en face d'elle.

« Venez par ici. »

J'étais tellement estomaquée que j'ai obéi, j'ai traversé la pièce et me suis assise pendant qu'elle se réinstallait sur la banquette.

« Pas très confortable, ce truc, hein ? Ça pourrait être plus moelleux. Mais bon, j'en connais qui me répondraient qu'il y a suffisamment de rembourrage de mon côté ! »

Elle a gloussé à sa propre plaisanterie et j'ai pris la parole :

« Qu'est-ce que vous voulez ? Pourquoi avez-vous le briquet de Nel ?

– Ce n'est pas le sien, ce n'est pas le briquet de Nel. Regardez, vous voyez la gravure ? "LS".

– Oui, je sais. LS, pour Libby Seeton. Sauf qu'il n'a jamais appartenu à Libby. Je ne pense pas qu'on fabriquait déjà ce modèle-là au XVIIᵉ siècle. »

Nickie a laissé échapper un caquètement.

« Libby ! Vous avez cru que LS, c'était pour Libby ? Non, non, non ! Ce briquet appartenait à Lauren. Lauren Townsend. Née Lauren Slater.

– Lauren Slater ?

– Voilà, Lauren Slater, ou Lauren Townsend. La petite maman de votre inspecteur préféré.

– La mère de Sean ? »

J'ai repensé au petit garçon remontant les marches, au petit garçon sur le pont.

« La Lauren de l'histoire, c'est la mère de Sean Townsend ?

– Voilà ! Eh bien, dites donc, vous êtes pas une rapide, vous, hein ? Et puis, ce n'est pas une "histoire", pas uniquement. Lauren Slater a épousé Patrick Townsend. Elle a eu un fils qu'elle aimait à la folie. La vie était belle. Et la flicaille qui veut nous faire avaler qu'elle avait décidé d'en finir ! »

Elle s'est penchée en avant avec un sourire.

« Pas très crédible, hein ? C'est ce que j'ai dit à l'époque, bien sûr, mais personne ne m'écoute jamais. »

Est-ce que Sean était réellement ce même petit garçon ? Celui des marches, celui qui avait vu sa mère tomber, ou qui ne l'avait pas vue, selon la version ? C'était vrai, ce n'était pas seulement une de tes inventions, Nel ? Lauren, celle qui trompait son mari, celle qui buvait trop, la dépravée, la mauvaise mère. C'était ça, son histoire, non ? C'est sur la page de Lauren que tu as écrit : *Beckford n'est pas un lieu à suicide. Beckford est un endroit où on se débarrasse des femmes à problèmes.* Qu'est-ce que tu essayais de me dire ?

Nickie continuait de parler.

« Vous voyez ? a-t-elle soudain commenté en me montrant du doigt. Vous voyez ? C'est exactement ce que je veux dire : personne ne m'écoute jamais. Vous êtes assise là, je me tiens juste devant vous, et vous ne m'écoutez même pas !

– Mais si, je vous écoute. C'est juste que... je ne comprends pas.

– Si vous m'écoutiez, ce serait déjà plus clair, a-t-elle rétorqué d'un ton bourru. Ce briquet (clic, chuintement) appartenait à Lauren, d'accord ? La question que vous devez vous poser, maintenant, c'est : comment il a fait pour atterrir là-haut, dans les affaires de votre sœur ?

– Là-haut ? Alors vous êtes bien entrée dans la maison ! Vous l'avez pris, vous... Attendez, c'est vous qui êtes allée dans la salle de bains ? C'est vous qui avez écrit sur le miroir ?

– Écoutez-moi ! Ne vous en faites pas pour ça, ce n'est pas ça qui compte, à présent. »

Elle s'est levée péniblement pour s'avancer, s'est penchée sur moi et a à nouveau allumé le briquet. Entre nous, la flamme s'est mise à vaciller. Nickie sentait le café brûlé et un parfum entêtant à la rose. Je me suis reculée dans mon fauteuil.

« Vous savez ce qu'il a fait avec ?

– Qui ça ? Sean ?

– Mais non, idiote. »

Elle a levé les yeux au ciel avant de retourner se vautrer sur la banquette qui a gémi sous son poids.

« Patrick ! Son père. Il ne s'en est pas servi pour allumer ses cigarettes, ça, je vous le garantis. Après la mort de sa femme, il est allé chercher ses affaires – ses vêtements, ses tableaux, tout ce qu'elle possédait – et il a tout rassemblé dans le jardin pour y mettre le feu. Il a tout brûlé. Et c'est avec ça... »

Elle a allumé une dernière fois le briquet.

« ... qu'il a démarré le feu. »

Je commençais à perdre patience.

« D'accord, mais je ne vois toujours pas le rapport. Comment Nel s'est-elle retrouvée en sa possession ? Et vous, pourquoi l'avez-vous volé ?

– Des questions, encore des questions... Eh bien, en ce qui me concerne, j'avais besoin d'un objet qui lui appartenait, c'est pourtant simple, non ? Il fallait bien que je puisse lui parler facilement. Avant, j'entendais sa voix très clairement mais... vous savez. Parfois, les voix disparaissent, n'est-ce pas ?

– Je ne suis pas la mieux placée pour vous renseigner là-dessus, ai-je répondu froidement.

– Ah, je vois. Vous ne me croyez pas, c'est ça ? C'est vrai que vous, ça ne vous arrive jamais de parler aux morts, hein ? »

Elle a ri d'un air entendu et mes cheveux se sont dressés sur ma tête.

« J'avais besoin d'un objet pour l'invoquer. Tenez, vous n'avez qu'à le reprendre. J'aurais pu le vendre, vous savez ? J'aurais pu faucher plein de choses à refourguer – elle en possédait, des choses coûteuses, votre sœur. Des bijoux, par exemple. Mais je n'en ai rien fait.

– Trop aimable à vous. »

Elle a souri.

« Question suivante : comment votre sœur s'est-elle retrouvée en possession du briquet ? Ça, je n'en suis pas vraiment sûre. »

Mon agacement a pris le dessus.

« Ah oui ? ai-je répliqué, fielleuse. Je croyais pourtant que vous pouviez parler aux esprits ? Ce n'est pas votre domaine ? »

J'ai regardé autour de moi.

«Est-ce qu'elle est là, en ce moment? Vous n'avez qu'à lui poser la question directement, non?

– C'est plus compliqué que ça, a-t-elle répondu, visiblement blessée. J'ai essayé de la contacter, mais elle ne dit plus rien. »

Si seulement.

«Vous pouvez garder votre mépris. Tout ce que je veux, c'est vous aider. J'essaie juste de vous dire…

– Alors, parlez! me suis-je écriée. Je n'attends que ça!

– Ne vous énervez pas, a-t-elle répondu en faisant la moue au-dessus de son double menton tremblotant. C'est ce que je fais, mais vous ne m'écoutez pas. Le briquet appartenait à Lauren, et Patrick est le dernier à l'avoir eu entre les mains. C'est ça, l'important. Je ne sais pas pourquoi Nel l'avait, mais c'est la clé! Vous comprenez? Elle le lui a peut-être pris, ou il le lui a donné, mais quoi qu'il en soit, c'est ça, le plus important. C'est Lauren. La mort de Nel n'a rien à voir avec celle de cette pauvre Katie Whittaker, ni avec cette histoire idiote avec son professeur, avec la mère de Katie ou je ne sais quoi. L'histoire de Nel est liée à Lauren, et à Patrick. »

Je me suis mordillé la lèvre.

«En quoi serait-elle liée à eux deux?

– Eh bien, a-t-elle répondu en s'installant plus confortablement, il était question d'eux dans son livre, non? Et c'est Sean Townsend qui lui a procuré les détails, parce que, après tout, il paraît que c'est un témoin, non? Alors elle a cru qu'il disait la vérité – elle n'avait aucune raison de ne pas le croire.

– Mais lui avait des raisons de mentir? Vous voulez dire que Sean n'a pas dit la vérité sur ce qui est arrivé à sa mère? »

Elle a grimacé.

«Vous avez déjà rencontré son père? C'est un véritable démon, et je sais de quoi je parle.

– Alors Sean aurait menti au sujet de la mort de sa mère parce qu'il a peur de son père?

– Ça, je n'en suis pas sûre, a-t-elle répondu en haussant les épaules. Ce que je sais, par contre, c'est que l'histoire que Nel a entendue – la première version, celle où Lauren s'enfuit dans la nuit, et où son mari et son fils partent à sa poursuite –, ce n'est pas la vérité. Et je le lui ai dit. Parce que, vous voyez, ma Jeannie – c'est ma sœur –, elle habitait encore dans le coin à l'époque, et elle était au bassin, ce soir-là. »

Elle a brusquement plongé la main dans son manteau pour y chercher quelque chose.

« Mais il se trouve que j'ai raconté à votre Nel l'histoire de ma Jeannie, et Nel l'a mise par écrit. »

Elle a sorti une liasse de feuilles. J'ai tendu la main mais Nickie les a serrées contre elle.

« Une minute. D'abord, vous devez comprendre que ça... »

Elle a agité les pages sous mon nez.

« ... ce n'est pas toute l'histoire. Parce que j'ai eu beau lui raconter chaque détail, elle a refusé de tout écrire. Sacrée tête de mule, votre sœur. C'est d'ailleurs en partie pour ça que je l'appréciais. Bref, c'est là qu'on a eu un petit désaccord. »

Elle s'est réinstallée confortablement sur la banquette et a recommencé à balancer les jambes plus vigoureusement.

« Je lui ai parlé de Jeannie, qui était policière à l'époque où Lauren est morte, a-t-elle poursuivi avant de faire une pause pour tousser. Jeannie ne croyait pas que Lauren avait sauté, elle pensait qu'on l'avait poussée. Il faut dire qu'il se passait beaucoup d'autres choses, à côté. Par exemple, elle savait que le mari de Lauren était un démon, et qu'il la battait. Il faisait courir des rumeurs sur elle, il racontait qu'elle retrouvait régulièrement un amant au cottage d'Anne Ward, un mystérieux inconnu, sauf que personne n'a jamais vu l'ombre de ce type au village. Pourtant, c'est ça, la raison qu'on nous a donnée : l'homme avec qui elle avait une aventure l'a abandonnée, il a quitté la région du jour au lendemain, et ça l'a tellement bouleversée qu'elle a sauté. »

Nickie a secoué la tête.

«Complètement ridicule. Avec un gamin de six ans à la maison ? Ridicule.

– Vous savez, suis-je intervenue, la dépression, c'est un peu plus compliqué que...

– Pff, m'a-t-elle interrompue en agitant la main pour me faire taire. L'homme en question n'a jamais existé. Personne ne l'a jamais vu, en tout cas. Vous pourriez le demander vous-même à ma Jeannie, seulement elle est morte depuis bien longtemps. Et vous savez qui s'en est débarrassé, hein ? »

Quand elle a enfin cessé de parler, j'ai entendu le murmure de l'eau dans le silence.

«Vous voulez dire que Patrick a tué sa femme et que Nel était au courant ? Et qu'elle l'a écrit ?

– Mais non ! s'est écriée Nickie, agacée. Au contraire, c'est ça, ce que je veux vous dire : elle a écrit certaines choses, mais pas d'autres, et c'est à ce sujet que nous n'étions pas d'accord, parce qu'elle voulait bien écrire tout ce que Jeannie m'a raconté quand elle était encore en vie, mais rien de ce que Jeannie m'a raconté depuis qu'elle est morte. Ce qui n'a strictement aucun sens.

– Eh bien...

– Aucun sens. Mais vous devez m'écouter. Et si vous ne voulez pas m'écouter, moi, a-t-elle ajouté en me tendant les pages, vous n'avez qu'à écouter votre sœur. Parce qu'il les a supprimées, plus ou moins directement. Patrick Townsend a assassiné Lauren, il a assassiné ma Jeannie, et si je ne me trompe pas, il a assassiné votre Nel aussi. »

Le Bassin aux noyées

Lauren, 1983 – deuxième version

Lauren marcha jusqu'au cottage d'Anne Ward. Elle y allait de plus en plus souvent, ces jours-ci – elle y jouissait d'un calme qu'elle ne semblait trouver nulle part ailleurs à Beckford. Elle se sentait une étrange affinité avec cette pauvre Anne. Elle aussi était piégée dans une relation sans amour avec un homme qui ne pouvait pas la supporter. Ici, Lauren pouvait nager, fumer, lire sans jamais être dérangée par quiconque – d'habitude, en tout cas.

Ce matin-là, deux femmes se promenaient dans les parages. Elle les reconnut : Jeannie, une policière corpulente au visage rougeaud, et sa sœur Nickie, celle qui parlait aux morts. Lauren aimait beaucoup Nickie. Elle était drôle et avait l'air gentille. Même si c'était une arnaqueuse.

Jeannie l'appela par son prénom pour la saluer et Lauren leur fit un signe de la main un peu hautain, espérant que cela les dissuaderait de s'approcher. En temps normal, elle serait allée les voir pour bavarder, mais elle avait des marques sur le visage et elle n'était pas d'humeur à s'expliquer.

Elle alla se baigner. Elle était consciente de faire les choses pour la dernière fois : une dernière balade, une dernière cigarette, un dernier baiser sur le front pâle de son fils, un dernier plongeon dans la rivière (avant-dernier). Lorsqu'elle se laissa glisser dans l'eau, elle se demanda si ce serait pareil, plus tard, et si elle sentirait quelque chose. Elle se demanda où étaient passées toutes ses forces.

Ce fut Jeannie qui arriva la première à la rivière. Elle était au commissariat en train d'admirer l'orage quand elle avait reçu l'appel radio : Patrick Townsend, complètement paniqué, qui criait des choses incohérentes au sujet de sa femme – de sa femme et du bassin aux noyées. Quand Jeannie arriva sur les lieux, le garçon était sous les arbres, la tête posée sur les genoux. Au début, elle crut qu'il était endormi, mais, quand il leva la tête, il avait les yeux grands ouverts, tout noirs.

« Sean, l'appela-t-elle en enlevant son manteau pour y emmitoufler l'enfant bleu de froid, aux pieds nus couverts de boue séchée, qui tremblait dans son pyjama trempé. Qu'est-ce qui s'est passé ?

– Maman est dans l'eau, répondit-il. Je dois rester là et attendre qu'il revienne.

– Qui ça ? Ton père ? Où est-il ? »

Sean extirpa un bras maigrichon du manteau pour désigner ce qui se passait derrière elle, et Jeannie vit Patrick qui se traînait jusqu'à la berge, respirant péniblement entre ses sanglots, le visage tordu de douleur.

Jeannie courut vers lui.

« Chef, je... L'ambulance est en route. Quatre minutes.

– Trop tard, dit Patrick en secouant la tête. Je suis arrivé trop tard. Elle est partie. »

D'autres se joignirent à eux, des urgentistes, des agents de police, un ou deux inspecteurs. Sean s'était relevé et, le manteau de Jeannie enroulé autour de lui telle une cape, il restait agrippé à son père.

« Vous voulez bien le ramener chez lui ? » demanda un des inspecteurs en se tournant vers Jeannie.

Le garçon se mit à pleurer :

« Non, non, je ne veux pas. Je ne veux pas partir.

– Jeannie, dit alors Patrick, tu veux bien l'emmener chez toi ? Il a peur et il ne veut pas rentrer à la maison. »

Patrick s'agenouilla dans la boue, prit son fils dans ses bras et lui caressa la tête en lui murmurant à l'oreille. Quand il se redressa, l'enfant était calmé, docile. Il glissa une petite main dans celle de Jeannie et la suivit en trottinant, sans se retourner.

De retour à son appartement, Jeannie retira à Sean ses vêtements mouillés et l'enroula dans une couverture avant de lui préparer des tartines. Sean mangea sans un mot, en ayant bien soin de rester penché au-dessus de son assiette pour ne pas faire de miettes. Quand il eut fini, il demanda :

« Est-ce que Maman va guérir ? »

Jeannie s'affaira à débarrasser la table.

« Tu n'as pas trop froid, Sean ? demanda-t-elle.

– Non, ça va. »

Jeannie leur prépara une tasse de thé avec deux sucres chacun.

« Tu veux me raconter ce qui s'est passé, Sean ? demanda-t-elle, mais il secoua la tête. Non ? Comment tu as fait pour aller jusqu'à la rivière ? Tu étais couvert de boue.

– On est venus en voiture, mais je suis tombé sur le sentier.

– D'accord. C'est ton papa qui t'a emmené en voiture ? Ou ta maman ?

– On y est allés tous ensemble, dit Sean.

– Tous les trois ? »

Sean se renfrogna.

« Il y avait de l'orage quand je me suis réveillé, et un énorme vacarme, et j'ai entendu des bruits bizarres dans la cuisine.

– Quel genre de bruits bizarres ?

– Comme… comme les chiens, quand ils sont tristes.

– Comme un gémissement ? »

Sean hocha la tête.

« Mais on n'a pas de chien, parce que Papa ne veut pas. Il dit que je ne m'en occuperais pas et qu'ensuite ce serait encore à lui de tout faire. »

Il prit une gorgée de thé et s'essuya les yeux.

« Je ne voulais pas rester tout seul à cause de l'orage. Alors Papa m'a mis dans la voiture.

– *Et ta maman?* »

Il fronça les sourcils.

« *Ma maman, elle était dans la rivière, et je devais rester sous les arbres. Mais je n'ai pas le droit d'en parler.*

– *Qu'est-ce que tu veux dire, Sean? Quand tu dis que tu n'as pas le droit d'en parler?* »

Il secoua la tête, haussa les épaules, et refusa de prononcer un mot de plus.

Sean

Howick. À côté de Craster. Plutôt que de simplement se répéter, l'histoire semblait avoir décidé de me jouer des tours. Craster, ce n'est pas très loin de Beckford. À peine plus d'une heure de route, mais je n'y vais jamais. Je ne vais pas à la plage, je ne vais pas au château, et je ne suis jamais allé au célèbre fumoir goûter les célèbres harengs. C'était le truc de ma mère, ça, son souhait à elle. Mon père ne m'y a jamais emmené, et aujourd'hui, je n'y vais pas davantage.

Quand Tracey m'a dit où se trouvait la maison, où j'allais devoir me rendre, ça m'a fait quelque chose. J'ai ressenti de la culpabilité. J'ai ressenti la même chose que les fois où il m'arrivait de repenser à la sortie que ma mère avait proposée pour son anniversaire et que j'avais dédaignée, celle à laquelle j'avais préféré un séjour à Londres. Si je n'avais pas été aussi ingrat, si je lui avais dit que je voulais aller avec elle à la plage, au château, serait-elle restée ? Les choses se seraient-elles passées différemment ?

Ce voyage avorté était un des nombreux sujets que j'avais ressassés après la mort de ma mère, à cette époque où j'étais complètement obsédé par l'idée de construire un nouveau monde, une réalité alternative qui ne se serait pas soldée par sa mort. Si on était partis en vacances à Craster, si j'avais rangé ma chambre quand elle me l'avait demandé, si je n'avais pas sali mon cartable tout neuf en allant nager à la rivière, si j'avais écouté mon père au lieu de lui désobéir aussi souvent... Puis, plus tard, ç'avait été le contraire : et si je n'avais pas écouté mon père, et si je lui avais désobéi, et si ce soir-là j'étais resté debout au lieu d'aller me coucher ? Peut-être qu'alors j'aurais pu la convaincre de ne pas partir ?

Aucun de mes scénarios alternatifs ne me paraissait satisfaisant et, quelques années plus tard, j'ai fini par comprendre que je n'aurais rien pu faire de plus. Ce que ma mère voulait, ce n'était pas moi qui aurais pu le lui donner : ce qu'elle voulait, c'était que l'homme qu'elle aimait, l'homme qu'elle retrouvait en secret, l'homme avec qui elle avait trahi mon père, que cet homme ne la quitte pas. Cet homme était invisible, il n'avait pas de nom. C'était un fantôme, notre fantôme – le mien et celui de mon père. Il nous fournissait le pourquoi, il nous apportait un certain soulagement : ce n'était pas notre faute (c'était sa faute à lui, sa faute à elle, leur faute à tous les deux, à ma traîtresse de mère et à son amant ; il n'y a rien que nous aurions pu mieux faire, elle ne nous aimait tout simplement pas assez). Bref, il nous permettait de continuer à nous lever le matin et de poursuivre notre vie.

Et ensuite, il y avait eu Nel.

La première fois qu'elle était venue à la maison, elle avait demandé à parler à mon père. Elle voulait lui poser des questions sur la mort de ma mère. Il n'était pas là ce jour-là et moi non plus, alors elle avait parlé à Helen, qui ne s'était pas fait prier pour l'envoyer promener. Non seulement Patrick ne voudrait pas lui parler, avait-elle dit, mais il n'apprécierait pas cette intrusion. Et Sean non plus. C'était une affaire privée, qui appartenait au passé.

Nel n'avait pas tenu compte de ses avertissements et était quand même allée parler à Papa. Elle avait trouvé sa réaction curieuse : il ne s'était pas énervé, comme elle s'y attendait, et il ne lui avait pas non plus expliqué que c'était trop douloureux et qu'il ne supporterait pas de ressasser cette histoire. Non, il lui avait simplement répondu qu'il n'y avait rien à dire. Qu'il ne s'était rien passé.

Si bien qu'au final, c'est moi qu'elle est venue voir. C'était au milieu de l'été. J'étais au commissariat de Beckford pour une réunion et, quand je suis sorti, elle m'attendait, adossée à ma voiture. Elle portait une robe si longue qu'elle touchait le sol, et ses sandales en cuir laissaient entrevoir ses pieds bronzés aux orteils vernis de bleu. Je l'avais déjà vue auparavant, je l'avais remarquée – il aurait été difficile de faire autrement, elle était superbe. Mais jusque-là, je ne l'avais jamais vue de près. Je ne m'étais jamais rendu compte à quel point ses yeux étaient verts, à quel point ils lui conféraient quelque chose de différent, d'exotique, presque. Elle semblait venir d'un autre monde – en tout cas, elle ne venait certainement pas d'ici. Elle était tellement différente.

Elle m'a raconté ce que mon père lui avait dit, qu'il ne s'était rien passé, et elle m'a demandé :

« Et vous, est-ce que c'est aussi comme ça que vous voyez les choses ? »

Je lui ai répondu que ce n'était pas ce qu'il voulait dire. Que ça appartenait au passé, qu'on n'en parlait pas. On avait laissé cet épisode derrière nous.

« Bien sûr, je comprends, elle m'a dit avec un grand sourire. Mais vous voyez, je travaille sur un projet, un livre et peut-être aussi une expo, et je…

– Non, je l'ai interrompue. Je sais bien ce que vous faites, mais je ne peux pas vous aider. Nous ne pouvons pas vous aider. C'est trop honteux. »

Elle a eu un léger mouvement de recul, sans pour autant se départir de son sourire.

« Honteux ? elle a répété. C'est un mot lourd de sens que vous employez. Qu'y a-t-il de honteux dans ce qui est arrivé ?

– C'est honteux pour nous. Pour lui. »

Je ne me souviens plus si j'ai dit « pour nous » ou « pour lui », mais cette fois, son sourire a disparu et elle a paru troublée, choquée, même.

« Oh ! elle a fait. Mais non, ce n'est pas… Ce n'est pas honteux. Je ne crois pas qu'il y ait encore des gens qui le pensent, d'ailleurs.

– Lui, il le pense.

– S'il vous plaît, elle a insisté, vous êtes sûr que vous ne voulez pas me parler ? »

J'ai dû me détourner, parce qu'elle a posé la main sur mon bras. J'ai baissé la tête et j'ai vu les bagues en argent à ses doigts, le bracelet à son poignet et le vernis bleu qui s'écaillait sur ses ongles.

« Je vous en prie, monsieur Townsend. Sean. Ça fait si longtemps que j'attends de parler de ça avec vous. »

Elle avait retrouvé son sourire. Sa façon de demander, à la fois directe et intime – je savais qu'il me serait impossible de dire non. Et je savais que j'allais m'attirer des ennuis, qu'elle allait m'attirer des ennuis, mais j'avais attendu ce genre d'ennuis toute ma vie.

J'ai accepté de la retrouver chez elle, au Vieux Moulin, pour lui raconter ce dont je me rappelais de la nuit où ma mère était morte. Je lui ai demandé de garder cette entrevue secrète, parce que je ne voulais pas contrarier mon père, et je ne voulais pas non plus contrarier ma femme. Elle a tressailli quand j'ai dit « ma femme », puis elle a souri de nouveau, et à cet instant, on a tous les deux su comment ça allait finir. La première fois que je l'ai retrouvée chez elle, on n'a pas parlé du tout.

Alors j'ai dû y retourner. J'ai continué à y retourner, et on a continué à ne pas parler. Je passais une heure avec elle, ou deux, mais quand je repartais, j'avais l'impression que ça avait duré des jours. Parfois, il m'arrivait même de m'inquiéter et de me dire que j'avais perdu la notion du temps. Ça m'arrive, de temps en temps. Mon père dit que je « m'absente », comme si c'était quelque chose que je faisais volontairement, que je contrôlais, alors que ce n'est pas le cas. J'ai toujours fait ça, même enfant : un instant je suis là, celui d'après je n'y suis plus. Je ne le fais pas exprès. Parfois, quand je m'égare ainsi, il arrive que je m'en rende compte et que je parvienne à me ramener à la réalité en touchant la cicatrice sur mon poignet – une technique que j'ai développée il y a très longtemps. En général, ça marche. Mais pas toujours.

Au début, je n'ai pas trouvé le temps de lui raconter l'histoire de la mort de ma mère. Il faut dire qu'elle n'était pas très difficile à distraire – à ma plus grande satisfaction. J'imaginais qu'elle allait tomber amoureuse de moi et qu'on allait déménager, elle, Lena et moi, qu'on allait quitter le village, le pays, se déraciner volontairement. J'imaginais que j'allais enfin pouvoir oublier. J'imaginais que Helen ne m'en voudrait pas trop et qu'elle trouverait vite pour me remplacer quelqu'un de plus adapté à son tempérament raisonnable. Et j'imaginais que mon père mourrait tranquillement dans son sommeil.

Elle a joué de ses charmes pour m'extorquer l'histoire, morceau par morceau, et au final, j'ai bien vu qu'elle était déçue. Ce n'était pas l'histoire qu'elle voulait entendre. Elle voulait le mythe, le film d'horreur, elle voulait le garçon qui avait tout vu. J'ai alors compris qu'approcher mon père n'avait été qu'une diversion : c'était moi, la proie. Moi, le cœur de son projet, parce que c'est comme ça que ça avait commencé pour elle, d'abord avec Libby, puis avec moi.

Elle m'a fait lui révéler des choses malgré moi. Je savais qu'il fallait que j'arrête tout, mais je ne pouvais pas. Je savais que j'étais en train de me laisser aspirer à l'intérieur d'un tourbillon dont je ne parviendrais pas à m'extirper. Je savais que je devenais imprudent. On a arrêté de se retrouver au Vieux Moulin, parce que c'était le début des vacances scolaires et que Lena était souvent à la maison. À la place, on se donnait rendez-vous au cottage. C'était risqué, bien sûr, mais il n'y avait pas d'hôtel à des kilomètres à la ronde, alors quelle solution nous restait-il ? Ça ne m'a jamais traversé l'esprit qu'il aurait peut-être mieux valu tout arrêter ; à ce moment-là, ça me paraissait inenvisageable.

Mon père fait sa promenade quotidienne à l'aube ; je ne sais pas du tout ce qu'il faisait dans le coin cet après-midi-là. Mais il était là, et il a vu ma voiture ; caché au milieu des bouleaux, il a attendu que Nel parte, et puis il m'a battu. Il m'a mis un coup de poing qui m'a fait tomber par terre, puis il m'a donné des coups de pied dans la poitrine et dans les épaules. Je me suis roulé en boule en me protégeant la tête, comme on me l'avait appris. Je n'ai pas cherché à me défendre, parce que je savais qu'il arrêterait quand il en aurait assez, quand il verrait que je n'en pouvais plus.

Ensuite, il m'a pris mes clés et m'a ramené à la maison en voiture. Helen était folle furieuse : d'abord contre mon père, parce qu'il m'avait frappé, puis contre moi après qu'il lui a expliqué pourquoi il l'avait fait. Je ne l'avais jamais vue en colère avant, pas comme ça, en tout cas. Une rage froide et terrifiante l'a envahie et j'ai commencé à imaginer ce qu'elle pourrait faire pour se venger. Je l'ai imaginée faire ses valises et partir, je l'ai imaginée démissionner de son poste de directrice. J'ai imaginé l'énorme scandale, et j'ai imaginé la colère de mon père. Voilà le genre de vengeance à laquelle je m'attendais. Mais j'avais tort.

Lena

J'ai poussé un cri puis inspiré une grande bouffée d'air et je lui ai planté mon coude dans les côtes. Il a gigoté mais il a continué de m'écraser. Je sentais son haleine tiède sur mon visage et j'avais envie de gerber.

« Trop bien pour toi ! je criais. Elle était trop bien pour toi, et toi tu l'as touchée, enfoiré, tu as posé tes sales pattes sur elle... Ça lui a coûté la vie, espèce de salopard. Je sais pas comment tu fais pour te lever le matin, pour aller travailler ou regarder sa mère dans les yeux... »

Il m'a griffé le cou avec la pointe du clou, alors j'ai fermé les yeux et attendu la fin.

« Tu ne peux pas savoir combien j'ai souffert, il a dit. Tu ne le sauras jamais. »

Il a pris une poignée de mes cheveux et il a tiré fort, puis il a lâché et je me suis cogné violemment la tête sur la table. Je n'arrivais plus à me retenir : je me suis mise à pleurer.

Il m'a lâchée pour se relever. Il a reculé puis a fait le tour de la table sans me quitter des yeux. Il est resté là à me regarder et, à cet instant, tout ce que j'aurais voulu, c'était que la terre s'ouvre en deux pour m'engloutir. Tout plutôt qu'il me voie pleurer. Je me suis mise debout, je sanglotais comme un bébé qui a perdu son doudou et il a commencé à dire :

« Arrête, Lena, arrête ! Ne pleure pas comme ça. Ne pleure pas. »

C'était bizarre parce qu'il pleurait, lui aussi, et il répétait, encore et encore :

« Arrête de pleurer, Lena, arrête de pleurer. »

J'ai arrêté. On était face à face, chacun le visage souillé de larmes et de morve, lui avait toujours le clou dans la main, et il a dit :

« Ce n'est pas moi. Pour ce que tu penses, ce n'est pas moi. Je n'ai pas touché à ta mère. J'y ai pensé, il y a des tas de choses que j'ai pensé à lui faire, mais ce n'est pas moi.

– C'est vous, j'ai répliqué. Vous avez son bracelet, ça...

– Elle est venue me voir, il m'a coupée, après la mort de Katie. Elle m'a demandé de me dénoncer. Pour Louise ! Ha ! Comme si elle en avait quelque chose à foutre. Elle n'en avait rien à foutre de personne. Je sais pourquoi elle voulait que je me dénonce : elle culpabilisait d'avoir mis des idées dans la tête de Katie, elle culpabilisait, et elle voulait que quelqu'un d'autre assume les conséquences. Elle voulait que je sois le seul à porter le chapeau, cette salope. »

Je l'ai regardé tourner et retourner le clou entre ses doigts, et je me suis imaginée me jeter sur lui, lui arracher le clou et le lui planter dans l'œil. J'avais la bouche sèche. Je me suis léché les lèvres, elles avaient un goût salé.

Il continuait de parler.

« Je lui ai demandé de me laisser un peu de temps. Je lui ai dit que j'irais parler à Louise, mais qu'il fallait d'abord que je sache quoi lui dire, comment lui expliquer. Et j'ai réussi à la convaincre. »

Il a examiné le clou dans sa main puis a relevé les yeux vers moi.

« Tu vois, Lena, je n'avais pas besoin de lui faire quoi que ce soit. Les femmes comme ça – comme ta mère –, on ne les a pas par la violence, mais par la flatterie. J'en ai connu avant elle, de ces femmes plus âgées, la trentaine vieillissante, qui n'attirent plus les regards. Elles ont envie de se sentir désirées, ça se voit à des kilomètres. Je savais très bien ce qui me restait à faire, même si ça me dégoûtait rien que d'y penser. Il fallait la mettre de mon côté. La charmer. La séduire. »

Il a marqué une pause, le temps de se frotter la bouche du dos de la main.

« Je me disais que je n'aurais qu'à prendre quelques photos compromettantes, la menacer d'une humiliation. Je pensais que peut-être, après, elle me laisserait faire mon deuil en paix. »

Il a relevé le menton.

« Ça, c'était mon plan. Mais Helen Townsend s'en est mêlée, et je n'ai même pas eu besoin de faire quoi que ce soit. »

Il a jeté le clou, qui a rebondi dans l'herbe avant de s'arrêter contre le mur.

« Qu'est-ce que vous racontez ? j'ai dit. De quoi vous parlez ?

– Je vais t'expliquer. Je te le promets. Par contre... »

Il a poussé un soupir.

« Tu sais que je ne veux pas te faire de mal, Lena. Ça n'a jamais été mon intention. J'ai été forcé de te frapper quand tu m'as attaqué chez moi. Mais je ne compte pas recommencer. Sauf si tu ne me laisses pas le choix. D'accord ? »

Je n'ai rien répondu.

« Voilà ce que tu vas faire : tu vas retourner à Beckford, où tu raconteras à la police que tu as fugué, que tu as fait du stop, ce que tu veux. Je me fiche de ce que tu racontes, du moment que tu dis aux inspecteurs que tu as menti et que tu as inventé toutes ces histoires à mon sujet. Tu vas leur dire que tu as tout inventé parce que tu étais jalouse, parce que tu étais folle de chagrin, ou peut-être juste parce que tu es une petite conne sournoise qui voulait attirer l'attention sur elle – ça m'est égal, les raisons que tu leur donnes. D'accord ? Du moment que tu leur dis que tu as menti. »

Je l'ai dévisagé, incrédule.

« Et pourquoi j'irais faire une chose pareille ? Sérieux ? Vous pensez vraiment que je vais aller répéter vos conneries ? De toute façon, c'est trop tard. Josh leur a déjà parlé, ce n'est pas moi qui...

– Tu leur diras que Josh aussi a menti. Ou que c'est toi qui as demandé à Josh de mentir. Et tu vas dire à Josh de se rétracter, lui aussi. Je sais que tu peux le faire. Et je sais que tu vas obéir, parce que si tu acceptes, non seulement je te laisserai partir, mais en plus... »

Il a glissé une main dans la poche de son jean et en a sorti le bracelet.

« Je te dirai tout ce que tu veux savoir. Si tu fais ça pour moi, je te raconterai ce que je sais. »

J'ai marché jusqu'au mur. Je lui tournais le dos et je tremblais parce que je savais qu'il pouvait m'attaquer et en finir avec moi s'il en avait envie. Mais je ne pensais pas qu'il en avait envie. Ça se voyait. Il voulait juste s'enfuir. J'ai joué avec le clou du bout de ma chaussure. La seule question, c'était : allais-je le laisser faire ?

Je me suis retournée, dos au mur. J'ai repensé à toutes les erreurs que j'avais commises depuis la nuit précédente et je me suis promis de ne pas en commettre une de plus. Alors j'ai fait la fille apeurée, la fille reconnaissante.

« C'est promis ? Vous allez me laisser rentrer à Beckford ? Vous me le promettez ? »

J'ai fait la fille soulagée, la fille désespérée, la fille à bout de forces. J'ai fait le nécessaire.

Il s'est assis et il a posé le bracelet au milieu de la table.

« Je l'ai trouvé. »

J'ai éclaté de rire.

« Trouvé ? Genre, dans la rivière, par hasard ? Là où la police fait des fouilles depuis des jours ? Vous vous foutez de moi. »

Il est resté assis sans répondre et, quand il m'a regardée, on aurait dit que j'étais la personne qu'il détestait le plus au monde. Ce qui était probablement le cas.

« Tu veux écouter ce que j'ai à dire, ou pas ? »

Je me suis adossée au mur.

« J'écoute.

– Je suis allé dans le bureau de Helen Townsend. Je voulais... »

Il a soudain eu l'air gêné.

« Je cherchais quelque chose pour pouvoir penser à elle. À Katie. Je cherchais... n'importe quoi. Quelque chose à quoi me raccrocher... »

Il voulait que je le plaigne. Il pouvait toujours courir.

« Et ? j'ai demandé, impassible.

– Il me fallait la clé de son meuble à tiroirs. J'ai fouillé le bureau de Helen, et c'est là que je l'ai trouvé.

– Vous avez trouvé le bracelet de ma mère dans le bureau de Mme Townsend ?

– Exactement. Ne me demande pas comment il est arrivé là. Mais si elle le portait ce jour-là, alors...

– Mme Townsend, j'ai répété bêtement.

– Je sais que ça n'a aucun sens », il a conclu.

Sauf que si, ça pouvait avoir un sens. En tout cas, c'était possible. Je ne l'aurais jamais crue capable de ça – c'est une vieille conne coincée, ça, ça ne fait aucun doute, mais je ne l'aurais jamais imaginée faire physiquement du mal à quelqu'un.

Mark m'observait.

« Il me manque une pièce du puzzle, hein ? Qu'est-ce qu'elle lui a fait, ta mère ? Qu'est-ce qu'elle a bien pu lui faire, à Helen ? »

Je me suis contentée de détourner le regard. Un nuage est passé devant le soleil et tout à coup, j'ai eu aussi froid que cette nuit-là, dans sa maison, froid au-dehors et au-dedans, froid dans tout mon être. Je me suis dirigée vers la table et j'ai attrapé le bracelet, puis je l'ai glissé à mon poignet.

« Voilà, il a repris, tu sais tout. Je t'ai aidée, non ? Maintenant, c'est ton tour. »

Mon tour. Je suis repartie jusqu'au mur, je me suis accroupie et j'ai ramassé le clou. Je me suis retournée.

« Lena... »

À sa manière de prononcer mon prénom, à sa respiration saccadée, j'ai compris qu'il avait peur.

« Je t'ai aidée. Je...

– Vous pensez que Katie s'est noyée parce qu'elle avait peur que je la trahisse, ou parce qu'elle avait peur que ma mère la trahisse. Bref, que quelqu'un vous dénonce tous les deux, que tout le monde l'apprenne, parce qu'elle aurait de gros ennuis et que ses parents seraient dévastés. Mais vous savez que ce n'est pas la vérité, hein ? »

Il a baissé la tête en agrippant des deux mains le rebord de la table.

« Vous savez que ce n'est pas ça, la raison. La vraie raison, c'est qu'elle avait peur de ce qui allait vous arriver, à vous. »

Il restait immobile, les yeux fixés sur la table.

« C'est pour vous qu'elle l'a fait. Pour vous qu'elle s'est sui-cidée. Et vous, qu'est-ce que vous avez fait pour elle ? »

Ses épaules ont commencé à trembler.

« Qu'est-ce que vous avez fait ? Vous avez menti, encore et encore, vous l'avez ignorée, vous avez agi comme si elle n'était rien pour vous. Vous ne croyez pas qu'elle méritait mieux que ça ? »

Le clou à la main, je me suis avancée vers la table. Je l'enten-dais pleurnicher et geindre :

« Je suis désolé, je suis désolé, je suis désolé, il répétait. Pardonnez-moi, mon Dieu, pardonnez-moi.

– C'est un peu tard pour ça, non ? »

Sean

J'avais fait à peu près la moitié du chemin quand il s'est mis à pleuvoir – une fine bruine qui a brutalement laissé place à une averse diluvienne. La visibilité était quasi nulle et j'étais obligé de rouler au pas. Un des agents envoyés à la maison de Howick m'a appelé, et j'ai mis mon portable sur haut-parleur.

« Rien ici, il a annoncé dans un grésillement de la ligne.

– Rien ?

– Non, personne. Il y a une voiture – une Vauxhall rouge –, mais aucune trace de lui.

– Et Lena ?

– Aucune trace d'elle non plus. La maison est verrouillée. On regarde. On continue... »

La voiture était là, mais pas eux. Ce qui signifiait qu'ils devaient être à pied quelque part. Pourquoi ? Est-ce que la voiture était tombée en panne ? Si Henderson s'était rendu compte que la maison était fermée à clé et qu'il ne pouvait pas entrer, pourquoi n'avait-il pas forcé la porte ? Ça aurait pourtant été le plus simple, non ? À moins que quelqu'un ne soit passé les récupérer. Un ami ? Un complice ? Mais c'était d'un enseignant qu'il s'agissait, pas d'un criminel endurci, et je ne le voyais pas du tout fréquenter des gens susceptibles de l'aider à commettre un enlèvement.

Ce raisonnement n'était pas pour autant rassurant car, si Lena n'était pas avec lui, je n'avais aucune autre piste. Personne ne l'avait vue depuis pratiquement vingt-quatre heures. Rien que d'y penser, j'ai senti la panique monter en moi. Il fallait que je la protège. D'autant plus que je n'avais pas su protéger sa mère.

J'avais arrêté de voir Nel après l'incident avec mon père. Je n'ai plus passé le moindre moment seul avec elle jusqu'à la mort de Katie Whittaker. Après ça, je n'ai pas eu le choix : il a fallu que je lui pose des questions, d'une part parce que sa fille était amie avec Katie, et d'autre part à cause des rumeurs que faisait circuler Louise.

Je l'ai interrogée en tant que témoin, ce qui bafouait la déontologie la plus élémentaire – d'une manière générale, on ne pouvait pas dire que ma conduite de ces derniers mois relevait d'un grand professionnalisme –, mais avec Nel, j'avais l'impression qu'il ne pouvait pas en être autrement. Il n'y avait rien à faire.

Ça a été très dur pour moi de la revoir, parce que j'ai tout de suite senti que la Nel d'avant – celle qui me souriait si naturellement, qui s'agrippait à moi, qui m'ensorcelait – n'était plus là. Non pas qu'elle ait disparu, c'était plutôt comme si elle s'était retranchée à l'intérieur d'une autre personne, une personne que je ne connaissais pas. J'ai repensé à cette nouvelle vie à laquelle je m'étais pris à rêver, à ce nouveau départ avec Lena et elle tandis que Helen serait naturellement passée à autre chose et, avec le recul, je me suis trouvé ridicule et puéril. La Nel qui m'a ouvert la porte ce jour-là était une femme différente, étrange. Hors d'atteinte.

Pendant notre entrevue, elle transpirait la culpabilité, mais il s'agissait d'une culpabilité indéfinissable, informe. D'un côté, elle m'a annoncé qu'elle était toujours aussi dévouée à son travail et m'a répété que son projet du bassin aux noyées n'avait rien à voir avec la mort de Katie, mais de l'autre, il était clair qu'elle se sentait en partie responsable, étant donné qu'elle commençait toutes ses phrases par « J'aurais dû », « Nous aurions dû » ou « Je ne m'étais pas rendu compte ». Mais ce qu'elle aurait dû faire, ou ce dont elle ne s'était pas rendu compte, elle ne m'en donnait qu'une très vague idée. Rétrospectivement, j'imagine que son sentiment de culpabilité portait sur Henderson : elle avait dû apprendre ou soupçonner quelque chose, et elle n'avait rien fait.

Après notre entrevue, je l'ai laissée au Vieux Moulin et je me suis rendu au cottage. Je l'ai attendue, motivé par l'espoir plutôt que l'optimisme. Il était minuit passé quand elle est arrivée : elle était un peu alcoolisée, au bord des larmes, tendue. Après coup, à l'aube, quand on a eu fini nos affaires, on s'est rendus à la rivière.

Nel était très agitée. Surexcitée, presque. Elle s'est mise à me parler avec une ferveur fanatique de la vérité – elle en avait assez de raconter des histoires, elle voulait seulement la vérité. La vérité, toute la vérité, rien que la vérité. Je lui ai rétorqué :

« Tu sais bien que ce n'est pas aussi simple. Parfois, dans ce genre de cas, il n'y a pas de vérité à trouver. On ne saura jamais ce qui est passé par la tête de Katie.

– Non, ce n'est pas seulement ça, pas seulement… »

Sa main gauche a agrippé la mienne et, de la droite, elle s'est mise à tracer des cercles sur le sol.

« Pourquoi ton père a-t-il gardé cet endroit ? elle a murmuré sans me regarder. Pourquoi est-ce qu'il en prend autant soin ?

– Parce que…

– Si c'est ici que venait ta mère, si c'est ici qu'elle l'a trahi, alors pourquoi ? Pourquoi, Sean ? Ça n'a pas de sens.

– Je ne sais pas. »

Je m'étais déjà demandé la même chose, mais je ne lui avais jamais posé la question. On ne parlait pas de ça.

« Et cet homme, cet amant, elle a repris. Pourquoi est-ce que personne ne connaît son nom ? Pourquoi est-ce que personne ne l'a jamais vu ?

– Personne ? Nel, ce n'est pas parce que moi, je ne l'ai pas vu, que…

– Nickie Sage m'a confié que personne n'a jamais aperçu cet homme.

– Nickie ? »

Je n'ai pu m'empêcher de ricaner.

« Parce que tu parles à Nickie, maintenant ? Tu écoutes ce qu'elle raconte ?

– Pourquoi est-ce que personne ne la prend au sérieux ? elle m'a demandé d'un ton sec. Parce qu'elle est vieille ? Parce qu'elle est laide ?

– Non, parce qu'elle est folle !

– Mais oui, elle a marmonné. Toutes des hystériques.

– Enfin, Nel ! C'est une arnaqueuse ! Elle prétend communier avec les morts !

– Peut-être que c'est une arnaqueuse, elle a répliqué en enfonçant plus profondément ses doigts dans le sol, mais ce n'est pas pour autant que tout ce qui sort de sa bouche est un mensonge. Et je suis sûre que tu serais étonné de voir à quel point, la plupart du temps, ce qu'elle dit sonne juste.

– Elle pratique la lecture à froid, Nel. Et dans ton cas, elle n'en a même pas besoin : elle sait ce que tu attends d'elle, elle sait ce que tu as envie d'entendre. »

Pendant un long moment, elle n'a rien dit. Ses doigts ont cessé de s'agiter, et puis c'est sorti. Un murmure. Un sifflement, presque :

« Pourquoi Nickie s'imaginerait-elle que j'ai envie d'entendre que ta mère a été assassinée ? »

Lena

Il n'y avait plus de place en moi pour la culpabilité. Il y avait déjà trop de soulagement, de chagrin, et de ce sentiment bizarre de légèreté qu'on a quand on se réveille d'un cauchemar et qu'on comprend que rien de tout ça n'était réel. Pourtant ce n'était pas le cas, le cauchemar ne s'était pas arrêté. Maman était toujours morte. Mais au moins, ce n'était pas parce qu'elle l'avait choisi. Quelqu'un me l'avait prise, et ça, c'était un début, parce que ça signifiait que je pouvais y faire quelque chose, pour elle et pour moi. Je pouvais faire mon possible pour m'assurer que Helen Townsend paye pour ce qu'elle avait fait.

Je courais le long du sentier côtier en serrant le bracelet de Maman dans ma main. J'étais terrifiée à l'idée de le lâcher et de le faire tomber dans la mer. J'aurais voulu le mettre dans ma bouche pour le garder à l'abri, comme les crocodiles font avec leurs petits.

Ce chemin glissant était dangereux, parce que je risquais de tomber de la falaise, mais il avait aussi un côté rassurant : je pouvais voir loin dans toutes les directions et je savais donc qu'il n'y avait personne à ma poursuite. Évidemment qu'il n'y avait personne à ma poursuite. Il n'y avait personne, tout court.

Personne pour me nuire, personne pour me venir en aide. Je n'avais pas mon téléphone, je ne savais pas ce que j'en avais fait, s'il était chez Mark ou dans son coffre, ou s'il me l'avait pris et qu'il l'avait jeté, et ce n'était pas comme si je pouvais lui poser la question.

Je n'avais pas de place pour la culpabilité. Je devais rester concentrée. Vers qui pouvais-je me tourner ? Qui pourrait m'aider ?

J'ai repéré des maisons au loin et je me suis mise à courir plus vite, aussi vite que possible. Je me suis autorisée à rêver que, là-bas, quelqu'un saurait quoi faire, quelqu'un me donnerait toutes les réponses.

Sean

Mon portable s'est mis à vibrer, me ramenant à la
réalité.

« Chef ? Vous êtes où ? »

C'était Erin.

« En voiture, je me dirige vers la côte. Et vous ? Est-ce que
Louise avait quelque chose d'intéressant à raconter ? »

Il y a eu un long silence, tellement long que j'ai cru qu'elle ne
m'avait pas entendu.

« Est-ce que Louise avait quelque chose à dire à propos de
Lena ?

– Euh... non, elle a répondu d'un ton peu convaincu.

– Qu'est-ce qui se passe ?

– Écoutez, il faut que je vous parle, mais je préfère que ce ne
soit pas au téléphone...

– Quoi ? Est-ce que c'est au sujet de Lena ? Dites-le-moi tout de
suite, Erin, je ne plaisante pas.

– Non, non, ça n'a rien à voir avec Lena. Et ce n'est pas urgent.
C'est...

– Mais bon sang ! Pourquoi est-ce que vous m'appelez, si ce
n'est pas urgent ?

– Il faudra que je vous parle à la seconde où vous rentrerez à
Beckford, c'est compris ? » elle m'a dit d'un ton glacial avant de
raccrocher.

La pluie a fini par se calmer et j'ai accéléré, filant sur les
routes de campagne sinueuses bordées de hauts talus. J'avais la
tête qui tournait, un peu comme sur un grand huit, étourdi par

l'adrénaline. J'ai traversé à toute allure un petit pont en pierre, puis la route montait jusqu'au sommet d'une colline, d'où j'ai pu voir un petit port de pêche avec des bateaux au mouillage qui tanguaient sur la mer agitée. Craster.

Un grand calme régnait dans le village, certainement en raison du mauvais temps. La voiture a ralenti sans même que je me rende compte que j'appuyais sur la pédale de frein. En me garant, j'ai aperçu quelques passants courageux qui zigzaguaient entre les flaques, emmitouflés dans leur ciré. Je suis sorti de la voiture et j'ai suivi un jeune couple qui se dirigeait d'un pas pressé vers un café. À l'intérieur, quelques clients étaient assis autour d'une table, penchés sur leur tasse de thé. Je me suis approché et je leur ai montré des photos de Lena et Mark en leur demandant s'ils les avaient croisés. Ils m'ont répondu que non, et qu'un policier en uniforme était déjà passé moins d'une demi-heure avant pour leur poser la même question.

En retournant à ma voiture, je suis passé devant le fameux fumoir à harengs où ma mère avait promis de m'emmener. J'ai essayé de me souvenir de son visage, mais, comme chaque fois, je n'ai pas réussi. Je crois que j'avais besoin de revivre sa déception quand je lui avais dit que je ne voulais pas venir ici. J'avais besoin de ressentir la douleur, sa douleur de l'époque, ma douleur de maintenant. Mais le souvenir était trop confus.

Je me suis rendu à Howick, à peine un kilomètre plus loin. Je n'ai eu aucun mal à trouver la maison – il n'y en avait qu'une, perchée en équilibre au sommet d'une falaise donnant sur la mer. Comme annoncé, la Vauxhall rouge était garée à côté, le coffre ouvert.

Tandis que je sortais de ma voiture au ralenti, appréhendant le pire, un des agents s'est approché pour me faire son rapport – où ils avaient cherché, ce qu'ils avaient trouvé. Apparemment, ils étaient en communication avec les garde-côtes.

« La mer est assez agitée, donc s'ils sont tombés, il est possible qu'ils aient beaucoup dérivé en très peu de temps, il m'a expliqué.

Après, c'est sûr que comme on ne sait pas exactement à quelle heure ils sont arrivés ici... »

Il m'a accompagné jusqu'à la voiture et m'a indiqué le coffre.

« Comme vous pouvez le voir, on dirait bien que quelqu'un a séjourné là-dedans. »

Il a désigné une tache de sang sur le plancher et une autre sur la vitre arrière. Il y avait un cheveu blond coincé dans le mécanisme de fermeture, semblable à celui retrouvé dans la cuisine.

Après la voiture, il m'a montré le reste de la scène : d'autres taches de sang sur la table du jardin, sur le mur, sur un clou rouillé. Je n'avais pas su la sauver, tout comme je n'avais pas su sauver ma mère. Non – sa mère. Je n'avais pas su la sauver, tout comme je n'avais pas su sauver sa mère. J'ai senti que je commençais à partir dans mes pensées, à lâcher prise, quand la voix de l'agent m'a ramené à la réalité.

« Monsieur ? On vient de recevoir un appel. Un commerçant du village d'à côté qui nous annonce qu'il a récupéré une jeune fille – elle est trempée, visiblement assez secouée, et elle ne sait pas du tout où elle est. Elle lui a demandé de prévenir la police. »

Il y avait un banc devant le magasin et elle était assise dessus, la tête penchée en arrière, les yeux fermés. Elle était vêtue d'une veste vert foncé beaucoup trop grande pour elle. Quand elle a entendu la voiture s'arrêter à sa hauteur, elle a ouvert les yeux.

« Lena ! j'ai crié en me précipitant vers elle. Lena ! »

Son visage était livide, à l'exception d'une trace de sang rouge vif sur la joue. Elle n'a rien dit et s'est recroquevillée sur le banc comme si elle ne me reconnaissait pas, comme si elle n'avait aucune idée de qui j'étais.

« Lena, c'est moi. Lena. Tout va bien, c'est moi. »

Son expression n'a pas changé, et quand j'ai approché la main de son visage et qu'elle s'est recroquevillée encore un peu plus, j'ai compris que quelque chose n'allait pas. Elle me voyait parfaitement – elle n'était pas sous le choc, elle savait qui j'étais. Elle savait qui j'étais et elle avait peur de moi.

Ça m'a brusquement replongé dans le passé, car j'avais déjà vu cette expression sur le visage de quelqu'un d'autre : une fois sur celui de sa mère, et une autre, il y a beaucoup plus longtemps de cela, sur celui de Jeannie, la policière, lorsqu'elle m'avait ramené chez elle. Ce n'était pas seulement de la peur, il y avait autre chose. De la peur et de l'incompréhension, de la peur et du dégoût. Ça m'a fait penser au regard que je me jette, parfois, quand je commets l'erreur de croiser mon reflet dans la glace.

Jules

Après le départ de Nickie, je suis montée dans ta chambre. On avait enlevé les draps du lit, alors j'ai ouvert ton armoire pour y prendre un de tes manteaux, en cachemire, couleur caramel, plus doux et plus luxueux que tout ce que je posséderais jamais. Je me suis enveloppée dedans mais j'avais toujours froid, plus froid encore que dans la rivière. Je suis restée allongée sur ton lit longtemps, trop raide et trop fatiguée pour bouger, j'avais l'impression d'attendre que mes os se réchauffent, que mon sang se remette à circuler, que mon cœur redémarre. J'attendais d'entendre ta voix dans ma tête, mais tu gardais le silence.

S'il te plaît, Nel, j'ai pensé, *s'il te plaît, parle-moi. Je t'ai déjà dit que j'étais désolée.* J'imaginais ta réponse glaciale : *Pendant tout ce temps, Julia, tout ce que je voulais, c'était te parler.* Et : *Comment as-tu pu penser ça de moi ? Comment as-tu pu me croire capable de minimiser un viol ? Ou de m'en servir pour te tourmenter ?*

Je ne sais pas, Nel. Je suis désolée.

Ta voix ne revenant toujours pas, j'ai changé de tactique. Parle-moi de Lauren, dans ce cas-là. Parle-moi de tes femmes à problèmes. Parle-moi de Patrick Townsend. Dis-moi ce que tu essayais de me dire. Mais tu n'as pas prononcé un mot. Je pouvais presque te voir bouder.

Mon téléphone a sonné et le nom du sergent Morgan s'est affiché sur l'écran bleu. L'espace d'une seconde, je n'ai pas osé décrocher. Qu'allais-je faire si quelque chose était arrivé à Lena ? Comment pourrais-je jamais réparer mes erreurs si elle disparaissait, elle aussi ? D'une main tremblante, j'ai répondu. Et là ! Mon cœur s'est remis à battre, à renvoyer du sang chaud dans tout mon corps. Elle était indemne ! Lena était indemne. Ils l'avaient retrouvée et la ramenaient à la maison.

Cela m'a paru une éternité, des heures et des heures, avant que je n'entende claquer une portière et que je ne me lève d'un bond. J'ai jeté le manteau sur le lit et j'ai dévalé les marches. Erin se tenait déjà en bas du perron. Elle observait Sean qui aidait Lena à sortir de la voiture.

Lena avait une veste d'homme posée sur les épaules, son visage blême était sale, mais elle était en un seul morceau. Elle allait bien. Elle n'avait rien. Seulement, quand elle a levé la tête pour croiser mon regard, j'ai tout de suite compris que quelque chose n'allait pas.

Elle marchait avec précaution, un pas après l'autre, et je savais ce qu'elle ressentait. Elle tenait ses bras serrés contre elle comme pour se protéger et, quand Sean a voulu la guider vers la maison d'une main, elle a tressailli. J'ai repensé à l'homme qui l'avait enlevée, à ses tendances. J'ai eu un haut-le-cœur et j'ai soudain senti le goût sucré de la vodka-orange, une haleine tiède contre ma joue, la pression insistante d'une main sur ma peau.

« Lena », ai-je commencé, et elle m'a fait un signe de tête.

J'ai vu que ce que j'avais pris pour de la saleté sur son visage était en réalité du sang, de petites traces de sang séché près de la bouche et du menton. J'ai voulu lui prendre la main mais elle a resserré ses bras autour d'elle, et je l'ai suivie à l'intérieur. Dans l'entrée, elle s'est débarrassée de la veste d'un mouvement d'épaule. Je me suis penchée pour la ramasser mais Erin a été plus rapide et, lorsqu'elle l'a tendue à Sean, quelque chose est passé entre eux, un regard que je n'ai pas su déchiffrer, mais qui ressemblait à de la colère.

« Où est-il ? ai-je sifflé tandis que nous suivions Lena jusqu'à la cuisine, où elle s'est mise à boire directement au robinet. Henderson, où est-il ? »

Je ressentais un besoin primitif de lui infliger de la douleur, à cet homme qui avait abusé de sa position de confiance. Je voulais l'attaquer, lui arracher ce qu'il avait entre les jambes, lui faire subir ce que méritent les hommes comme lui.

« Nous sommes à sa recherche, m'a répondu Sean.

– Qu'est-ce que vous voulez dire, à sa recherche ? Je croyais qu'elle était avec lui ?

– Oui, mais… »

Lena était toujours penchée au-dessus de l'évier.

« Vous l'avez emmenée à l'hôpital ? ai-je demandé.

– Non, pas encore. Lena a fermement refusé d'y aller. »

Quelque chose dans son expression ne me plaisait pas, quelque chose de caché.

« Mais…

– Je n'ai pas besoin d'aller à l'hôpital, m'a interrompue Lena en se redressant pour s'essuyer la bouche. Je ne suis pas blessée. Je n'ai rien. »

Elle mentait. Je savais exactement quel mensonge elle racontait car je l'avais déjà raconté moi-même. Pour la première fois, c'est moi que j'ai vue en elle, pas toi. Derrière son expression de peur et de méfiance, je voyais qu'elle s'accrochait à son secret comme à un bouclier. On pense que la douleur sera plus douce, l'humiliation moins cuisante si personne d'autre ne peut la voir.

Sean m'a entraînée hors de la pièce.

« Elle était inflexible, elle voulait d'abord rentrer chez elle, m'a-t-il dit à voix basse. Nous ne pouvons pas la forcer à se soumettre à un examen médical si elle le refuse. Mais vous devez l'y emmener, et le plus tôt sera le mieux.

– Oui, bien sûr. Mais je ne comprends toujours pas pourquoi vous n'avez pas arrêté Henderson. Où est-il ?

– Il a disparu », a dit Lena, qui venait d'apparaître à mes côtés.

Elle a effleuré ma main du bout des doigts – ils étaient aussi froids que ceux de sa mère la dernière fois que je les avais touchés.

« Disparu ? ai-je demandé. Qu'est-ce que tu entends par là ?

– Disparu, c'est tout, a-t-elle répondu sans me regarder.

– Nous avons lancé des policiers à sa recherche, est intervenu Sean. Sa voiture est toujours garée là-bas, il n'a pas pu aller très loin.

– Où crois-tu qu'il a disparu, Lena ? » ai-je insisté en cherchant à croiser son regard, en vain.

Sean a secoué la tête d'un air triste.

« J'ai essayé, m'a-t-il soufflé. Elle n'a pas envie de parler. Je crois qu'elle est simplement épuisée. »

Lena a refermé ses doigts sur ma main et a poussé un long soupir.

« C'est vrai. Je veux juste aller me coucher. Est-ce qu'on peut faire ça demain, Sean ? Il faut absolument que je dorme. »

Les inspecteurs sont partis après nous avoir fait promettre d'aller au poste dès le lendemain matin pour la déposition de Lena. Je les ai observés tandis qu'ils repartaient jusqu'à la voiture de Sean. Quand Erin s'est installée côté passager, elle a claqué la portière si violemment que j'ai été étonnée que la vitre ne vole pas en éclats.

Lena m'a appelée de la cuisine.

« Je meurs de faim. Est-ce que tu peux refaire des spaghettis bolognaise, comme l'autre jour ? »

C'était nouveau, ce ton, cette douceur ; aussi surprenant que sa main qui avait pris la mienne, juste avant.

« Bien sûr, ai-je répondu. Je m'en occupe.

– Merci. Je vais aller en haut. J'ai besoin de prendre une douche. »

J'ai posé une main sur son bras.

« Lena, non. Tu ne peux pas te doucher. Il faut d'abord aller à l'hôpital.

– Mais non, a-t-elle répondu en secouant la tête. Ce n'est pas la peine, je ne suis pas blessée.

– Lena. »

Je n'ai pas réussi à la regarder en face.

« Il faut que quelqu'un t'examine avant que tu puisses prendre une douche. »

Elle a paru perplexe un instant, puis ses épaules se sont affaissées, elle a secoué la tête et s'est avancée vers moi. Malgré moi, je me suis mise à pleurer. Elle m'a prise dans ses bras.

« Tout va bien, m'a-t-elle murmuré. Tout va bien. Tout va bien. »

Exactement comme toi, cette nuit-là, après la rivière.

« Il ne m'a rien fait, pas comme ça. Ce n'était pas ça. Tu ne comprends pas. Ce n'est pas une espèce de monstre, un prédateur sexuel ou je ne sais quoi. C'est juste un vieux type pathétique.

– Dieu merci, ai-je dit. Je suis tellement soulagée, Lena ! »

On est restées un petit moment comme ça, dans les bras l'une de l'autre, jusqu'à ce que j'arrête de pleurer. Puis c'est elle qui s'est mise à sangloter comme une enfant, son petit corps maigre a échappé à mes bras et elle s'est recroquevillée au sol. Je me suis accroupie près d'elle et j'ai voulu lui prendre la main, mais elle serrait les poings.

« Ça va aller, lui ai-je murmuré. Ça va aller, je t'assure. Je vais m'occuper de toi. »

Elle m'a dévisagée sans un mot, elle semblait incapable de parler. À la place, elle a levé la main et a ouvert les doigts un par un pour révéler un petit bracelet argenté avec une attache en onyx. Enfin, elle a retrouvé sa voix :

« Elle n'a pas sauté », a-t-elle dit, les yeux brillants.

La température a brutalement chuté dans la pièce.

« Maman. Elle ne m'a pas abandonnée. Elle n'a pas sauté. »

Lena

J e suis restée longtemps sous la douche, j'avais mis l'eau aussi chaude que je pouvais le supporter. Je voulais me récurer, me débarrasser du souvenir de cette journée, de cette nuit, de cette semaine, de ce mois. Je voulais me débarrasser de lui, du souvenir de sa maison répugnante, de ses poings, de son odeur affreuse, son haleine, son sang.

Quand je suis rentrée, Julia a été gentille avec moi. Elle ne faisait pas semblant, ça se voyait qu'elle était soulagée que je sois de retour et qu'elle s'était vraiment fait du souci. Elle avait l'air de croire que Mark m'avait carrément agressée, comme si elle le prenait pour un vieux pervers incapable de se retenir de tripoter une adolescente. Je veux bien donner raison à Mark sur un truc : personne ne comprend ce qu'il y a eu entre lui et Kay, et personne ne comprendra jamais.

(Au fond de moi, dans un recoin tordu de mon cerveau, j'aimerais bien croire à la vie après la mort, pour qu'ils se retrouvent tous les deux. Peut-être que là-bas, tout se passerait bien et qu'elle serait heureuse. Je le hais, lui, mais j'ai envie de croire que comme ça, Katie pourrait trouver le bonheur.)

Quand je me suis sentie propre, ou en tout cas aussi propre que je pouvais l'être, je suis retournée dans ma chambre et je me suis assise sur le rebord de la fenêtre, parce que c'est là que je réfléchis le mieux. J'ai allumé une cigarette et j'ai essayé de prendre une décision. J'aurais voulu demander conseil à Maman, c'était ça dont j'avais besoin, mais il ne fallait pas que j'y pense parce que sinon j'allais me remettre à pleurer, et ça n'allait pas aider.

Je ne savais pas si je pouvais dire à Julia ce que Mark m'avait révélé. Je ne savais pas si je pouvais lui faire confiance pour faire le nécessaire.

Peut-être que si. Quand j'ai dit à Julia que Maman n'avait pas sauté, je m'attendais à ce qu'elle me dise que j'avais tort, ou que j'étais folle ou je ne sais quoi, mais elle l'a accepté, sans poser de questions. Comme si elle savait déjà. Comme si elle avait toujours su.

Je ne sais pas si ce que Mark m'a raconté est vrai – en même temps, ce serait absurde d'aller inventer un truc pareil. Pourquoi accuser Mme Townsend quand il y a des suspects bien plus crédibles ? Louise, par exemple. Mais peut-être qu'il a déjà assez de remords pour ce qu'il a fait subir aux Whittaker.

Je ne sais pas s'il mentait ou s'il disait la vérité, mais ce qui est sûr, c'est qu'il a mérité ce que je lui ai dit, et ce que je lui ai fait. Il l'a bien mérité.

Jules

Quand Lena est redescendue après sa douche, elle s'est assise à la table de la cuisine et a englouti son dîner. Après, quand elle m'a souri et qu'elle m'a remercié pour le repas, j'ai frissonné, parce que maintenant que je l'ai vu, je ne peux plus l'ignorer. Elle a le sourire de son père.

(Qu'a-t-elle hérité d'autre de lui ? me suis-je demandé.)

« Qu'est-ce qu'il y a ? a soudain dit Lena. Tu me fixes.

– Désolée, ai-je répondu en rougissant. Je suis juste... Je suis contente que tu sois rentrée. Je suis soulagée que tu n'aies rien.

– Moi aussi. »

J'ai hésité un instant avant de poursuivre :

« Je sais que tu es fatiguée, Lena, mais il faut que tu me racontes ce qui s'est passé aujourd'hui. Et que tu m'expliques cette histoire de bracelet. »

Elle a détourné les yeux pour regarder en direction de la fenêtre.

« Oui. Je sais.

– C'est Mark qui l'avait ? »

Hochement de tête.

« Et tu le lui as pris ? »

Elle a poussé un soupir.

« Il me l'a donné.

– Pourquoi est-ce qu'il te l'a donné ? Et pourquoi est-ce qu'il l'avait, surtout ?

– Je ne sais pas. »

Elle s'est à nouveau tournée vers moi, inexpressive, fermée.

« Il m'a dit qu'il l'avait trouvé.

– Trouvé ? Où ça ? »

Pas de réponse.

« Lena, il faut qu'on aille prévenir la police, il faut qu'on leur dise tout ça. »

Elle s'est levée pour déposer son assiette dans l'évier. Le dos tourné, elle a dit :

« On a passé un accord.

– Un accord ?

– Il m'a donné le bracelet de Maman et m'a laissée repartir à condition que je dise à la police que j'avais menti pour lui et Katie. »

Elle parlait d'une voix légère, incongrue au regard des circonstances, et elle s'est mise à faire la vaisselle.

« Et il a vraiment cru que tu allais le faire ? »

Elle a haussé ses maigres épaules.

« Lena, dis-moi la vérité. Est-ce que tu crois... est-ce que tu crois que c'est Mark Henderson qui a tué ta mère ? »

Elle s'est retournée pour me regarder.

« Je dis la vérité. Et je ne sais pas. Il m'a dit qu'il avait trouvé le bracelet dans le bureau de Mme Townsend.

– Helen Townsend ? La femme de Sean ? Ta directrice ? Mais pourquoi aurait-elle eu ce bracelet ? Je ne comprends pas...

– Moi non plus, m'a-t-elle répondu doucement. Pas vraiment. »

J'ai fait du thé et on est restées assises à la table de la cuisine à le siroter en silence. Je tenais le bracelet de Nel à la main. En face de moi, Lena dodelinait de la tête en s'affaissant de plus en plus. Je lui ai effleuré la main.

« Tu es épuisée. Tu devrais aller te coucher. »

Elle a acquiescé et m'a regardée, les yeux déjà presque fermés.

« Tu veux bien venir avec moi, s'il te plaît ? Je ne veux pas rester toute seule. »

Je l'ai suivie à l'étage, dans ta chambre, pas la sienne. Elle a grimpé sur ton lit et a posé la tête sur l'oreiller, puis elle a tapoté le matelas à côté d'elle pour m'inviter à la rejoindre.

« Au début, quand on a emménagé ici, m'a-t-elle confié, je ne voulais pas dormir toute seule.

– À cause des bruits ? » ai-je demandé.

Je me suis installée près d'elle et je nous ai recouvertes de ton manteau. Elle a acquiescé.

« Tous ces craquements, ces grincements...

– Et les histoires à faire peur de ta mère ?

– Exactement. Du coup, je venais tout le temps dormir ici à côté de Maman. »

Une boule dans ma gorge, comme un caillou. Impossible de déglutir.

« Moi aussi, je faisais ça avec ma maman. »

Elle s'est endormie. Je suis restée à ses côtés, à observer son visage apaisé, réplique exacte du tien. J'avais envie de la toucher, de lui caresser les cheveux, de faire un geste maternel, mais je ne voulais pas la réveiller, ou lui faire peur, ou me tromper. Je ne sais pas comment être une mère. Je ne me suis jamais occupée d'un enfant. J'aurais aimé t'entendre parler, que tu me dises quoi faire, quoi ressentir. Tandis qu'elle était allongée à côté de moi, je crois que j'ai ressenti de la tendresse, mais à ton égard, à l'égard de notre mère, et à l'instant où elle a ouvert ses yeux verts pour les braquer sur les miens, j'ai frissonné.

« Pourquoi tu me regardes tout le temps comme ça ? a-t-elle murmuré avec l'esquisse d'un sourire. C'est vraiment bizarre.

– Je suis désolée. »

Je me suis allongée sur le dos et elle a glissé ses doigts entre les miens.

« C'est pas grave, a-t-elle dit. C'est pas grave d'être bizarre. Des fois, c'est bien. »

On est restées étendues là, côte à côte, nos doigts entremêlés. J'ai écouté sa respiration ralentir, puis accélérer, puis s'apaiser à nouveau.

« Tu vois, ce que je ne comprends pas, a-t-elle murmuré, c'est pourquoi tu la détestais tant.

– Non, ce n'est pas...

– Elle non plus, elle ne comprenait pas.

– Je sais. Je sais qu'elle ne comprenait pas.

– Tu pleures », a-t-elle chuchoté en levant une main vers mon visage.

Elle a essuyé les larmes qui coulaient sur ma joue. Je lui ai raconté. Tout ce que j'aurais dû te dire, je l'ai dit à ta fille à la place. Je lui ai raconté combien j'avais été injuste avec toi, que j'avais cru le pire, que je m'étais laissée te tenir responsable de tout.

« Mais pourquoi tu n'en as pas parlé ? Pourquoi tu ne lui as pas dit ce qui s'était vraiment passé ?

– C'était compliqué. »

Je l'ai sentie se raidir contre moi.

« Compliqué comment ? Qu'est-ce qu'il y avait de compliqué ?

– Notre mère était gravement malade. Ça n'allait pas du tout entre nos parents et je ne voulais pas empirer les choses.

– Mais... mais il t'a violée ! Il aurait dû aller en prison.

– Je ne voyais pas les choses comme ça, à l'époque. J'étais très jeune. Plus jeune que toi, et pas seulement en termes d'années, même si ça n'est pas négligeable non plus. J'étais naïve, je n'avais pas la moindre expérience, je n'y connaissais rien. On ne parlait pas du consentement comme on le fait aujourd'hui avec vous, les filles... Je pensais...

– Tu as cru qu'il n'avait rien fait de mal ?

– Non, mais je ne pense pas que j'aie bien identifié ce qui s'était passé. Je pensais qu'un violeur, c'était un fou furieux. Un homme qui te sautait dessus dans une ruelle sombre en pleine nuit, un homme qui te mettait un couteau sous la gorge. Je ne pensais pas qu'un garçon pouvait faire ça. Pas un lycéen comme Robbie, pas un beau garçon, pas un garçon qui sortait avec la plus jolie fille du coin. Je ne pensais pas que ça pouvait t'arriver chez toi, dans ton salon, je ne pensais pas qu'il t'en parlait après en te demandant si tu avais passé un bon moment. Je me suis dit que j'avais forcément fait quelque chose qu'il ne fallait pas, que je n'avais pas exprimé assez clairement que je ne voulais pas. »

Lena est restée silencieuse un instant, mais quand elle a repris la parole, c'était d'une voix plus aiguë, plus insistante.

« D'accord, peut-être que tu n'as rien voulu dire à l'époque, mais… et plus tard ? Pourquoi tu ne lui as pas expliqué quand tu as été plus vieille ?

– Parce que j'ai mal interprété ce qu'elle m'avait dit. Je me suis terriblement méprise sur elle. J'ai cru qu'elle était au courant de qui s'était passé cette nuit-là.

– Tu as cru qu'elle savait et qu'elle n'avait quand même rien fait ? Comment est-ce que tu as pu penser ça d'elle ? »

Comment expliquer ? Expliquer que j'avais associé tes mots, ceux que tu avais prononcés cette nuit-là et ceux que tu m'avais dits plus tard – *Au fond, est-ce que tu as aimé ça ?* – et que je m'étais inventé une histoire qui avait un sens pour moi, qui me permettait de continuer à vivre sans jamais avoir à affronter ce qui s'était réellement passé.

« J'ai cru qu'elle l'avait choisi, lui, ai-je murmuré. J'ai cru qu'elle avait préféré le protéger. Comment aurais-je pu en vouloir à Robbie alors que je refusais ne serait-ce que de penser à lui ? Si je lui en avais voulu, si j'avais pensé à lui, j'aurais rendu tout ça réel. Alors, à la place, je… j'ai reporté ma colère sur Nel. »

La voix de Lena s'est faite glaciale.

« Je ne te comprends pas. Je ne comprends pas les gens comme toi, qui reprochent toujours tout à la femme. Si deux personnes font quelque chose de mal, et que l'une des deux est une fille, alors c'est forcément sa faute, hein ?

– Non, Lena, ce n'est pas ça, ce n'est…

– Si, c'est exactement ça. Comme quand un homme a une aventure : pourquoi son épouse se met-elle à détester l'autre femme ? Pourquoi elle ne déteste pas son mari, plutôt ? C'est lui qui l'a trompée, c'est lui qui avait promis de l'aimer et de la pro-téger et tout et tout pour le restant de ses jours. Alors pourquoi ce n'est pas lui qui se fait balancer du haut d'une falaise ? »

Mardi 25 août

Erin

Je suis partie tôt du cottage pour faire mon footing le long de la rivière. Je voulais m'éloigner de Beckford, me vider la tête, mais si la pluie avait rincé l'atmosphère pour laisser place à un ciel d'un bleu pâle immaculé, il n'en allait pas de même pour mon esprit, qu'un brouillard de plus en plus épais enveloppait. Je ne comprenais décidément rien à ce village.

La veille, quand Sean et moi avions enfin laissé Jules et Lena au Vieux Moulin, j'étais dans un tel état, j'étais tellement furieuse contre lui que je n'avais pas pu me contenir plus longtemps.

« Qu'est-ce qu'il y avait entre vous et Nel Abbott, au juste ? » je lui ai demandé alors que nous étions encore dans la voiture.

Il a écrasé la pédale de frein avec une telle violence que j'ai cru un instant que j'allais passer à travers le pare-brise. Nous étions immobilisés en plein milieu de la route, mais Sean n'avait pas l'air de s'en soucier.

« Qu'est-ce que vous avez dit ? il a aboyé.

– Vous ne voulez pas vous ranger sur le bas-côté ? » j'ai demandé en jetant un œil au rétroviseur.

Visiblement, il n'en avait aucune intention. Et de mon côté, je me sentais bête d'avoir été aussi directe, de ne pas avoir pris le temps de tâter le terrain.

« Vous cherchez à remettre en question mon intégrité ? il m'a demandé avec sur le visage une dureté que je ne lui connaissais pas. Hein ? C'est ça ?

– On m'a parlé de quelque chose, j'ai répondu d'un ton aussi calme que possible. On m'a laissé entendre que…

– On vous a "laissé entendre" ? »

Il semblait tomber des nues. Derrière nous, une voiture a klaxonné, et Sean a appuyé sur l'accélérateur pour repartir.

« Donc si j'ai bien compris, il a repris, quelqu'un vous a laissé entendre quelque chose, et vous vous êtes dit que ça vous donnait le droit de m'interroger ?

– Sean, je... »

Nous avions atteint le parking à côté de l'église. Il s'est garé, puis s'est penché au-dessus de moi et a ouvert ma portière.

« Est-ce que vous connaissez mes états de service, Erin ? il a demandé. Parce que je connais les vôtres.

– Chef, je ne voulais pas vous blesser, mais...

– Sortez de ma voiture. »

J'ai à peine eu le temps de refermer la portière qu'il avait déjà redémarré.

J'étais complètement essoufflée en arrivant au sommet de la colline ; je me suis arrêtée pour reprendre ma respiration. Il était encore tôt – à peine 7 heures – et j'avais toute la vallée pour moi. Tout ce calme, toute cette sérénité, rien que pour moi. Je me suis étiré les jambes et me suis préparée à la descente. Je ressentais le besoin de sprinter, de voler, de m'épuiser. N'était-ce pas la meilleure façon de trouver la lucidité ?

Sean avait réagi comme un homme coupable. Ou bien comme un homme outré. Un homme qui avait l'impression qu'on remettait en cause son intégrité sans la moindre preuve. J'ai accéléré ma course. Il avait marqué un point en m'attaquant sur nos états de service respectifs. Lui était irréprochable, alors que j'avais failli être virée pour avoir couché avec un autre officier, plus jeune que moi. Je sprintais, à présent, dévalant la colline à toute allure, les yeux rivés sur le chemin, tandis que les buissons épineux alentour ne formaient plus qu'un halo verdâtre dans ma vision périphérique. Il avait un taux d'arrestations impressionnant, il était très respecté parmi ses collègues. « Quelqu'un de bien », pour reprendre la formule de Louise. Mon pied droit a trébuché sur une pierre et je me suis envolée pour atterrir un peu plus bas, dans la poussière du chemin, le souffle coupé. Sean Townsend est quelqu'un de bien.

Et il n'est pas le seul. Mon père aussi était quelqu'un de bien. Un policier respecté. Ça ne l'empêchait pourtant pas de nous foutre sur la gueule quand il était de mauvaise humeur, à mes frères et moi. Un jour où il avait cassé le nez de mon petit frère, ma mère était allée se plaindre auprès d'un de ses collègues. Le collègue en question s'était contenté de lui répondre :

« Navré, ma belle, mais la solidarité, chez nous, c'est sacré. »

Je me suis relevée et époussetée rapidement. Je pouvais faire le choix de me taire – le choix de la solidarité. Je pouvais ignorer les insinuations de Louise, ignorer le possible lien personnel qui unissait Sean et Nel Abbott. Mais si je faisais ce choix, cela signifiait que je refusais de tenir compte du fait que qui dit sexe dit mobile. Sean avait un mobile pour se débarrasser de Nel. Et sa femme aussi. J'ai repensé à elle, à son visage le jour où je lui avais parlé au collège, à la façon dont elle avait parlé de Nel, de Lena. Qu'est-ce que c'était déjà qui ne lui revenait pas ? Ah oui, « ce besoin d'exhiber en permanence sa libido débordante ».

Je suis arrivée au pied de la colline et j'ai contourné la haie d'ajoncs ; le cottage se trouvait à une centaine de mètres et j'ai vu quelqu'un devant. Une silhouette épaisse et voûtée, vêtue d'un manteau sombre. Ce n'était ni Patrick, ni Sean. En approchant, je me suis rendu compte qu'il s'agissait de la gothique sur le retour, la voyante complètement frappadingue : Nickie Sage.

Elle se tenait appuyée contre le mur du cottage, le visage écarlate. On l'aurait crue sur le point de faire une crise cardiaque.

« Madame Sage ! je me suis exclamée. Tout va bien ? »

Elle s'est tournée vers moi en respirant bruyamment et a remonté légèrement son chapeau à larges bords.

« Ça va, elle a répondu, mais ça faisait longtemps que je n'avais pas marché jusqu'ici. »

Puis, après m'avoir examinée de plus près :

« On dirait que vous vous êtes roulée par terre.

– Ah, oui ! j'ai pouffé en tâchant vainement d'essuyer les traces de terre qui restaient sur mes vêtements. J'ai fait une petite chute. »

Elle a hoché la tête. Quand elle s'est redressée, j'ai entendu sa respiration sifflante.

« Vous voulez entrer vous asseoir une minute ? je lui ai proposé.

– Là-dedans ? elle a demandé en désignant le cottage d'un geste du menton. Ça risque pas ! »

Elle a fait quelques pas pour s'éloigner de la porte d'entrée avant d'ajouter :

« Est-ce que vous savez ce qui s'est passé ici ? Est-ce que vous savez ce qu'Anne Ward a fait ?

– Elle a assassiné son mari. Et ensuite, elle est allée se noyer dans la rivière, par là-bas. »

Nickie a haussé les épaules et elle a pris le chemin de la rivière. Je lui ai emboîté le pas.

« Plutôt un exorcisme qu'un assassinat, si vous voulez mon avis. Elle cherchait à se débarrasser de je ne sais quel esprit maléfique qui avait pris possession de cet homme. L'esprit a quitté le mari, mais il n'a pas quitté la maison. Vous avez du mal à dormir, la nuit ?

– Eh bien, je...

– Ça ne me surprend pas. Ça ne me surprend pas le moins du monde. J'aurais pu vous prévenir – non pas que vous auriez écouté. Cet endroit est malfaisant. Pourquoi croyez-vous que Townsend le garde, qu'il s'en occupe comme si c'était son petit nid ?

– Je n'en ai aucune idée, j'ai répondu. Je croyais qu'il s'en servait comme cabane de pêche.

– Comme cabane de pêche ! elle a répété comme s'il s'agissait de la chose la plus ridicule du monde. Ha !

– Je l'ai déjà vu pêcher dans le coin, et... »

Nickie a laissé échapper un grognement, puis elle a agité la main en signe de désintérêt. Nous avions atteint la berge. Elle a ôté ses chaussures sans lacets l'une après l'autre, laissant apparaître ses pieds gonflés et variqueux. Après avoir glissé un orteil dans la rivière avec un petit ricanement satisfait, elle s'est avancée jusqu'à avoir de l'eau aux chevilles.

« La rivière est froide, ici, pas vrai ? Elle est propre. Est-ce que vous êtes allée le voir ? Townsend ? Est-ce que vous l'avez interrogé sur sa femme ?

– Sur Helen, vous voulez dire ? »

Elle s'est tournée vers moi, l'air dédaigneux.

« Helen ? La femme de Sean ? La coincée de service qui a autant de personnalité qu'un mur en plâtre ? Mais non, voyons, c'est une figurante dans toute cette histoire. Non, celle à laquelle vous devriez vous intéresser, c'est la femme de Patrick. Lauren.

– Lauren ? Qui est morte il y a trente ans ?

– Oui, Lauren, qui est morte il y a trente ans ! Vous croyez que les morts ne comptent pas ? Vous croyez qu'ils ne parlent pas ? Vous devriez entendre ce qu'ils ont à dire. »

Elle s'est avancée un peu plus dans la rivière, puis s'est penchée pour se mouiller les mains.

« C'est ici qu'Annie est venue se laver les mains, comme ça, vous voyez, sauf qu'elle, elle a continué à avancer... »

Je commençais à perdre patience.

« Écoutez, Nickie, il faut vraiment que j'y aille. J'ai besoin de prendre une douche et j'ai beaucoup de travail. C'était sympa de discuter avec vous. »

Puis j'ai fait demi-tour et je suis repartie vers le cottage. J'étais à mi-chemin quand elle s'est écriée derrière moi :

« Vous croyez que les morts ne parlent pas ? Vous devriez tendre l'oreille, vous apprendriez peut-être quelque chose. C'est du côté de Lauren qu'il faut chercher, c'est par elle que tout a commencé ! »

Je l'ai laissée à la rivière. J'avais prévu de retrouver Sean de bonne heure ; je pensais que si je passais le prendre chez lui pour qu'on aille ensemble au commissariat, ça me laisserait quinze minutes pendant lesquelles il ne pourrait pas m'échapper et ne pourrait pas non plus me jeter de la voiture. Ça valait mieux que de lui parler au commissariat, où il y aurait du monde pour nous entendre.

Il n'y a pas très long, du cottage à chez les Townsend. Cinq kilomètres, peut-être, en longeant la rivière, mais comme il n'y a pas de route directe, on est obligé de faire un détour par le village, de sorte qu'il était déjà 8 heures quand je suis arrivée à destination. Et c'était trop tard. Il n'y avait pas de voiture dans la cour – Sean était parti. La logique aurait voulu que je fasse demi-tour pour aller au travail, mais les voix de Nickie et de Louise résonnaient encore dans ma tête, et j'ai décidé de regarder si par hasard Helen était dans les parages.

Elle n'y était pas. J'ai frappé plusieurs fois à la porte sans que personne ne vienne répondre. J'allais retourner à ma voiture quand je me suis dit que, quitte à être venue jusque-là, autant aller également frapper chez Patrick Townsend, juste à côté. Là non plus, pas de réponse. J'ai jeté un œil par la fenêtre mais il n'y avait pas grand-chose à voir : une pièce sombre et apparemment vide. Je suis retournée frapper à la porte. Rien. Mais quand j'ai posé la main sur la poignée, la porte s'est ouverte en grand, et j'ai choisi de prendre ça pour une invitation.

« Monsieur Townsend ? j'ai appelé. Vous êtes là ? Il y a quelqu'un ? »

En l'absence de réponse, je suis entrée dans le salon, une pièce spartiate aux murs nus, dotée d'un parquet en bois sombre ; le seul élément décoratif était une sélection de photos encadrées sur le rebord de la cheminée. Patrick Townsend en uniforme – d'abord l'armée, puis la police – ainsi qu'un certain nombre de clichés de Sean enfant ou adolescent, le sourire gauche, arborant toujours la même pose et la même expression. Il y avait également une photo de Sean et Helen le jour de leur mariage, debout devant l'église de Beckford. Sean était jeune, beau, et clairement malheureux. Helen, elle, n'avait pas beaucoup changé – elle était un peu plus fine, peut-être. En revanche, elle avait l'air plus heureuse et, malgré sa robe hideuse, elle adressait à l'objectif un sourire qui semblait sincère.

Sur une tablette en bois située sous la fenêtre se trouvaient d'autres cadres, mais ceux-ci contenaient des certificats, des décorations, des diplômes… Tout un autel dédié aux prouesses du père et du fils. Par contre, il ne semblait pas y avoir la moindre photo de la mère de Sean.

Je suis sortie du salon et j'ai appelé de nouveau :

« Monsieur Townsend ? »

Ma voix a résonné dans le vide. La maison semblait à l'abandon, et pourtant elle était d'une propreté irréprochable – pas un grain de poussière sur les plinthes ou sur la rampe d'escalier. Je suis montée à l'étage. Il y avait là deux chambres côte à côte, aussi peu décorées que le salon, mais visiblement occupées. Toutes les deux. La première, la plus grande, avait une fenêtre qui donnait sur la vallée et la rivière. C'était de toute évidence celle de Patrick, puisqu'il y avait ses chaussures noires contre le mur, parfaitement cirées, et des costumes d'homme dans l'armoire. Dans l'autre chambre trônait un lit fait à la perfection. À côté, une chaise sur le dossier de laquelle on avait posé une veste de tailleur – j'ai tout de suite reconnu celle que Helen portait lorsque j'étais allée lui poser des questions au collège. Dans l'armoire, j'ai découvert d'autres vêtements de femme informes, noirs, gris, bleu marine.

Mon téléphone a sonné et le bruit m'a paru assourdissant dans le silence de mort qui régnait sur cette maison. J'avais un appel manqué et un message sur le répondeur. Jules.

« Sergent Morgan, commençait-elle d'une voix solennelle. Je… euh… Il faut que je vous parle, seule à seule. Je passerai vous voir au commissariat. »

J'ai remis le téléphone dans ma poche et je suis retournée dans la chambre de Patrick jeter un dernier coup d'œil aux livres sur l'étagère ainsi qu'au tiroir de la table de nuit. À l'intérieur de celui-ci, je suis tombée sur d'autres photos, plus anciennes : Sean et Helen en pleine partie de pêche à la rivière, à côté du cottage, Sean et Helen fièrement adossés à une voiture flambant neuve, Helen devant le collège, l'air à la fois heureuse et gênée, Helen dans la cour, tenant un chat dans les bras, Helen, Helen, Helen.

J'ai entendu un bruit : le cliquetis de la porte d'entrée, puis le grincement du plancher. Je me suis dépêchée de ranger les photos et de refermer le tiroir, puis me suis dirigée aussi silencieusement que possible jusqu'au palier, où je me suis immobilisée : debout en bas de l'escalier, Helen me regardait fixement. Elle avait un couteau d'office dans la main gauche, mais elle serrait la lame tellement fort que du sang gouttait par terre.

Helen

Helen se demanda ce qu'Erin Morgan faisait chez Patrick alors que ce dernier n'était pas là, mais, pour l'heure, elle s'inquiétait surtout pour le sang par terre. Patrick aimait que tout soit propre et bien rangé. Elle alla chercher un chiffon dans la cuisine et se mit à essuyer le sol, pour se rendre compte que la plaie était profonde et qu'il y avait maintenant des gouttes rouges partout sur le carrelage.

« J'étais en train d'émincer des oignons, dit-elle au sergent Morgan, comme pour se justifier. Vous m'avez fait sursauter. »

Ce n'était pas tout à fait vrai, étant donné qu'elle avait cessé d'émincer les oignons à l'instant où elle avait vu la voiture se garer. Elle était restée immobile, le couteau à la main, pendant qu'Erin frappait à la porte, puis elle l'avait regardée se diriger vers la maison de Patrick. Elle savait qu'il était sorti et pensait donc que la policière était aussitôt repartie. Mais elle s'était soudain rappelé qu'en partant ce matin, elle n'avait pas verrouillé la porte d'entrée. Et donc, sans lâcher son couteau, elle avait traversé la cour pour jeter un œil.

« Ça a l'air profond, cette coupure, commenta Erin. Vous feriez bien de désinfecter. »

Erin avait descendu les marches et se tenait à présent juste au-dessus de Helen, à la regarder essuyer le sol. Elle se comportait comme si sa présence ici était tout à fait naturelle.

« Il va être furieux s'il voit ça, dit Helen. Il aime que ce soit propre et rangé. Il a toujours été comme ça.

– Et donc... vous jouez les maîtresses de maison pour lui, c'est ça ? »

Helen releva la tête et lança à Erin un regard assassin.

« Je l'aide, c'est tout. Il fait la plupart des choses lui-même, mais il vieillit. Et il aime que tout soit comme il l'entend. Sa défunte femme était une souillon. C'est le terme qu'il utilise. Un mot démodé. On n'a plus le droit de dire "salope", n'est-ce pas ? Ce n'est pas politiquement correct. »

Elle se leva pour faire face à Erin, en serrant le chiffon ensanglanté. Sa douleur à la main était particulièrement intense, un peu comme une brûlure. Elle n'était plus sûre de qui craindre, ni si elle devait se sentir coupable de quoi que ce soit, mais elle sentait qu'il fallait qu'elle garde Erin ici, qu'elle découvre ce qu'elle voulait. Avec un peu de chance, elle arriverait à la retenir jusqu'au retour de Patrick. Il ne faisait aucun doute qu'il voudrait lui parler.

Helen essuya le manche du couteau avec le chiffon, puis demanda :

« Est-ce que je peux vous proposer un thé, sergent ?

– Avec plaisir », répondit Erin.

Mais son sourire s'éteignit quand elle vit Helen verrouiller la porte et glisser la clé dans sa poche avant de disparaître dans la cuisine.

« Madame Townsend..., commença Erin.

– Vous prenez du sucre ? » l'interrompit Helen.

La meilleure façon d'appréhender ce genre de situation, c'est de trouver un moyen de décontenancer l'adversaire. C'est ce que Helen avait appris de ses années d'expérience dans le secteur public – soyez imprévisible, les gens ne sauront plus sur quel pied danser et, à défaut d'autre chose, cela vous permettra de gagner du temps. Et donc, au lieu d'invectiver cette femme qui était entrée chez eux sans y être invitée, Helen se montra d'une politesse parfaite.

« Est-ce que vous l'avez trouvé ? demanda-t-elle à Erin en lui tendant une tasse de thé. Mark Henderson ? Est-ce qu'il a refait surface ?

– Non, pas encore.

– Sa voiture abandonnée sur la falaise et aucune trace de lui nulle part, soupira Helen. Ne dit-on pas que le suicide est un aveu de culpabilité ? En tout cas, c'est certainement ce que les gens vont penser. Quelle histoire… »

Erin hocha la tête. Helen voyait bien que la policière était nerveuse, qu'elle n'arrêtait pas de se retourner vers la porte et d'agiter la main dans sa poche.

« Ce sera éprouvant pour le collège, et pour notre réputation, poursuivit-elle. La réputation de notre village, souillée une fois de plus…

– Est-ce que c'est pour cela que vous détestiez autant Nel Abbott ? demanda Erin. Parce qu'elle souillait la réputation de Beckford avec son travail ?

– Eh bien, c'est une des raisons, répondit Helen en fronçant les sourcils. Mais c'était surtout une mauvaise mère et, comme je vous l'ai déjà dit, elle était très irrespectueuse. Que ce soit vis-à-vis de moi ou des traditions et du règlement du collège.

– Est-ce que c'était une salope ? » demanda Erin.

Helen laissa échapper un petit ricanement de surprise.

« Je vous demande pardon ?

– Je me demandais seulement si, pour reprendre votre terme politiquement incorrect, vous considériez Nel Abbott comme une salope ? J'ai entendu dire qu'elle avait eu des aventures avec plusieurs hommes, dans le village…

– Ça, je ne pourrais pas vous le dire. »

Helen sentit la chaleur lui monter au visage. Elle avait le sentiment qu'elle perdait l'avantage. Elle se leva et ramassa le couteau d'office sur le plan de travail, puis elle se dirigea vers l'évier et nettoya la lame de son sang.

«Je ne prétendrais pas connaître quoi que ce soit de la vie privée de Nel Abbott», reprit-elle à voix basse.

Elle sentait le regard du sergent posé sur elle, observant son visage, ses mains. La chaleur qui lui était montée au visage descendait à présent vers sa nuque, vers sa poitrine – son corps la trahissait. Elle poursuivit d'un ton qu'elle espérait léger :

« Mais je ne serais pas surprise d'apprendre qu'elle avait des mœurs légères. Elle a toujours voulu attirer l'attention sur elle. »

Elle voulait que cette conversation prenne fin. Elle voulait que le sergent s'en aille, et que Sean soit là. Et Patrick. Elle ressentait le besoin pressant de mettre enfin les choses à plat, de confesser ses péchés et d'exiger qu'ils confessent les leurs. Ils avaient tous commis des erreurs, certes, mais les Townsend étaient des gens bien. Ils n'avaient rien à craindre. Elle se tourna vers la policière, le menton levé, arborant un air aussi hautain que possible, mais elle avait les mains qui tremblaient tellement qu'elle craignait de lâcher le couteau. Elle n'avait pourtant rien à craindre, si ?

Jules

Le matin, j'ai laissé Lena profondément endormie dans le lit de sa mère. Je lui ai laissé un mot lui expliquant de me retrouver au poste de police à 11 heures pour sa déposition. J'avais des choses à régler d'abord, des conversations qui devaient se dérouler entre adultes. Je devais réfléchir comme un parent, à présent, comme une mère. Je devais la protéger et la tenir à l'écart d'autres souffrances.

J'ai pris la voiture pour aller jusqu'au commissariat, mais je me suis arrêtée en chemin pour appeler Erin et la prévenir de mon arrivée. Je voulais m'assurer que ce serait à elle que je parlerais, et que nous pourrions discuter seule à seule.

«Pourquoi ce n'est pas lui qui se fait balancer du haut d'une falaise?» C'était de Sean Townsend que Lena parlait, hier soir. Elle m'avait tout révélé, que Sean était tombé amoureux de Nel et, d'après Lena, que c'était au moins un peu réciproque. Ça s'était terminé quelques mois plus tôt. Nel avait dit à Lena que leur relation avait simplement «fait son temps», mais Lena n'en était pas convaincue. Quoi qu'il en soit, Helen avait probablement tout découvert et elle s'était vengée. Ç'avait été à mon tour d'être furieuse : pourquoi Lena n'avait-elle rien dit? Sean était chargé de l'enquête sur la mort de Nel, le conflit d'intérêts était évident.

«Il l'aimait, m'avait répondu Lena. S'il essaye de découvrir ce qui lui est arrivé, ça veut dire que c'est quelqu'un de bien, non?

– Non, Lena, tu ne…

– C'est quelqu'un de bien, Julia. Je ne pouvais rien dire, ça lui aurait causé des tas d'ennuis et il ne le mérite pas. C'est un homme bien. »

Erin n'a pas décroché, je lui ai donc laissé un message et je suis repartie. Je me suis garée devant le commissariat et j'ai rappelé, en vain. J'ai décidé de l'attendre là. Au bout d'une demi-heure, je suis tout de même allée voir à l'intérieur. Si Sean était là, je n'aurais qu'à inventer une excuse, prétendre que je pensais qu'on avait prévu de faire la déposition de Lena à 9 heures au lieu de 11. Je trouverais bien quelque chose.

Sauf qu'il n'était pas là, et elle non plus. L'agent de police à l'accueil m'a expliqué que l'inspecteur en chef était à Newcastle pour la journée et qu'il ne savait pas exactement où se trouvait le sergent Morgan, mais qu'il était certain qu'elle n'allait pas tarder.

Je suis retournée m'asseoir dans ma voiture. J'ai sorti ton bracelet de ma poche – je l'avais mis dans un sachet en plastique pour le protéger – ou plutôt, pour protéger ce qui s'y trouvait. Il y avait très peu de chances qu'on puisse y relever une empreinte digitale ou une trace d'ADN, mais très peu de chances, c'était mieux que rien. C'était un début. La possibilité d'une réponse. Nickie dit que tu es morte parce que tu avais découvert quelque chose sur Patrick Townsend; Lena dit que tu es morte parce que Sean et toi êtes tombés amoureux, et que Helen Townsend, jalouse et vengeresse, ne l'a pas supporté. Partout où je regardais, je retrouvais la famille Townsend.

Métaphoriquement parlant. Littéralement, c'est Nickie Sage que j'ai vue, sa large silhouette obscurcissant mon rétroviseur. Elle traversait lentement le parking, le pas lourd, le visage rosi sous un chapeau à larges bords. Elle a atteint l'arrière de ma voiture et s'est appuyée dessus. Par la vitre ouverte, j'ai entendu qu'elle peinait à respirer. Je suis sortie de la voiture.

« Nickie ! Vous allez bien ? »

Pas de réponse.

« Nickie ? »

Vue de près, elle semblait à l'article de la mort.

« Vous voulez bien me ramener ? elle m'a demandé d'un ton pantelant. Ça fait des heures que je marche. »

Je l'ai aidée à s'installer sur le siège. Ses vêtements étaient trempés de sueur.

« Où est-ce que vous êtes allée comme ça, Nickie ? ai-je demandé en démarrant. Qu'est-ce que vous faisiez ?

– Me promenais, a-t-elle soufflé. Suis allée au cottage des Ward pour écouter la rivière.

– Nickie, vous êtes au courant que la rivière passe juste devant votre maison ? »

Elle a secoué la tête.

« Pas la même. Vous pensez que c'est toujours la même rivière, mais elle change. Son esprit est différent, là-bas. Parfois, il faut voyager pour entendre sa voix. »

J'ai pris à gauche juste avant le pont, en direction du centre.

« C'est par là, c'est ça ? »

Elle a acquiescé, encore à bout de souffle.

« La prochaine fois que vous aurez une subite envie de voyager, vous pourriez peut-être demander à quelqu'un de vous emmener. »

La tête appuyée contre le dossier, elle a fermé les yeux.

« C'est une proposition ? Je ne savais pas que vous comptiez rester dans le coin. »

Une fois arrivées devant son appartement, nous sommes restées assises quelques minutes. Je n'avais pas le cœur de lui demander de sortir et de monter les marches tout de suite, alors je l'ai écoutée me détailler les raisons pour lesquelles je devais rester à Beckford, que ce serait bien pour Lena de rester proche de l'eau, que je n'entendrais plus jamais la voix de ma sœur si je partais.

« Vous savez que je ne crois pas à ces choses-là, Nickie.

– Bien sûr que si, a-t-elle rétorqué.

– D'accord. »

Je n'étais pas d'humeur à argumenter.

« Alors comme ça, vous êtes allée jusqu'au cottage des Ward ? C'est là qu'on a installé Erin Morgan, non ? Vous ne l'auriez pas aperçue, par hasard ?

– Si, justement. Elle est arrivée en courant et elle est repartie presque aussi vite, probablement pour suivre une fausse piste. Elle avait l'air fixée sur Helen Townsend, alors que je lui ai pourtant dit que ce n'était pas à Helen qu'elle devait s'intéresser. Lauren, je lui ai dit, pas Helen. Mais personne ne m'écoute jamais. »

Elle m'a donné l'adresse des Townsend, accompagnée d'un avertissement : Si le vieil homme pense que vous savez quelque chose, il vous fera du mal. Il faut la jouer fine. Je ne lui ai pas parlé du bracelet, et je ne lui ai pas dit non plus que c'était elle, et non Erin, qui faisait fausse route.

Erin

Helen n'arrêtait pas de regarder en direction de la fenêtre, comme si elle s'attendait à y voir surgir un visage. «Vous attendez le retour de Sean, c'est ça ? je lui ai demandé.

– Non. Il est beaucoup trop tôt pour ça, il est parti à Newcastle pour discuter avec vos supérieurs du fiasco Henderson. Mais je ne vous apprends rien, si ?

– Il ne m'en a pas parlé. Il a dû oublier. »

Elle a haussé un sourcil. Visiblement, elle n'était pas convaincue.

«Il faut dire qu'il lui arrive d'être distrait», j'ai insisté.

Le haussement de sourcil s'est accentué.

«Je veux dire, non pas que ça affecte son travail ou quoi que ce soit, mais parfois...

– Par pitié, taisez-vous», elle m'a interrompue d'un ton cassant.

Elle était impossible à lire, oscillant entre la politesse et l'exaspération, la timidité et l'agressivité ; fâchée un instant, elle semblait effrayée l'instant d'après. Ça me rendait très nerveuse. Cette petite bonne femme effacée et banale assise en face de moi me faisait peur parce que je n'avais pas la moindre idée de ce qu'elle allait faire – me proposer une autre tasse de thé ou se jeter sur moi avec son couteau.

Elle a reculé brutalement sa chaise qui a raclé sur le carrelage, puis elle s'est levée et s'est dirigée vers la fenêtre.

«Ça fait des heures qu'il est parti, elle a murmuré.

– Qui ça ? Patrick ? »

Elle a poursuivi sans tenir compte de ma question :

« Le matin, il va faire sa promenade, mais en général ça ne dure pas aussi longtemps. Il est malade. Je...

– Vous n'avez qu'à partir à sa rencontre, j'ai proposé. Si vous voulez, je peux vous accompagner. »

Encore une fois, elle s'est remise à parler comme si je n'étais pas là, comme si elle ne m'entendait pas :

« Pratiquement tous les jours, il marche jusqu'à ce cottage. Je ne comprends pas pourquoi. C'est là-bas que Sean s'enfermait avec elle. C'est là-bas qu'ils... Oh, je ne sais pas. Je ne sais pas quoi faire. Je ne suis plus sûre de rien, à présent. »

Elle avait serré le poing et une tache rouge était apparue au milieu du bandage blanc.

« J'étais tellement heureuse quand j'ai appris la mort de Nel Abbott, elle a poursuivi. Nous l'étions tous. C'était un tel soulagement. Mais ça n'a pas duré. Non, ça n'a pas duré. Et maintenant, je n'arrête pas de me demander si, au contraire, cela ne nous aurait pas apporté plus de problèmes. »

Puis, se tournant enfin vers moi :

« Pourquoi êtes-vous là ? Et je vous en prie, ne me mentez pas, je ne suis pas d'humeur. »

Elle a levé la main pour s'essuyer la bouche, ce qui a laissé une trace écarlate sur ses lèvres.

J'ai plongé la main dans ma poche et j'en ai sorti mon portable.

« Je crois qu'il est vraiment temps que j'y aille, j'ai déclaré en me levant de ma chaise. Je suis venue pour parler à Sean, et comme il n'est pas là...

– Il n'est pas distrait, vous savez, elle a dit en faisant un pas sur la gauche pour se placer entre moi et la porte d'entrée. Il lui arrive d'avoir des absences, mais ça n'a rien à voir. Non, s'il ne vous a pas dit qu'il se rendait à Newcastle, c'est parce qu'il ne vous fait pas confiance, et s'il ne vous fait pas confiance, je pense que je ferais mieux de me méfier de vous, moi aussi. Alors, je vais vous reposer une dernière fois la question : pourquoi êtes-vous là ? »

J'ai hoché la tête, puis je me suis efforcée de relâcher les épaules, de rester détendue.

« Comme je vous l'ai dit, je voulais m'entretenir avec Sean.

– À quel sujet ?

– Au sujet d'une allégation de conduite répréhensible, j'ai répondu. Je veux lui parler de sa relation avec Nel Abbott. »

Helen a fait un pas vers moi et j'ai ressenti une brusque décharge d'adrénaline me retourner l'estomac.

« Il y aura des conséquences, n'est-ce pas ? elle m'a demandé, un sourire triste sur le visage. Comment a-t-il pu s'imaginer qu'il n'y en aurait pas ?

– Helen. Il faut juste que je sache… »

La porte d'entrée a claqué et j'ai aussitôt fait un pas en arrière pour mettre de la distance entre elle et moi tandis que Patrick pénétrait dans la pièce.

Pendant un moment, aucune d'entre nous n'a rien dit. Patrick m'a regardée droit dans les yeux en serrant les dents tandis qu'il retirait sa veste et la posait sur le dossier d'une chaise. Puis il a reporté son attention sur Helen. Quand il a remarqué sa main blessée, il a aussitôt réagi.

« Qu'est-ce qui s'est passé ? il a demandé. Est-ce qu'elle t'a fait quelque chose ? Ma chérie… »

Helen a rougi et j'ai senti un nœud dans mon ventre.

« Ce n'est rien, elle s'est empressée de répondre. Ce n'est rien. Ce n'est pas elle. Je me suis coupée en éminçant les oignons. »

Patrick a regardé son autre main, qui tenait toujours le couteau. D'un geste doux, il l'a récupéré.

« Qu'est-ce qu'elle fait là ? » il a demandé sans me regarder.

Le regard de Helen est passé plusieurs fois de son beau-père à moi.

« Elle est venue poser des questions sur Nel Abbott, elle a répondu. Sur Sean. Sur sa conduite professionnelle.

– J'ai seulement besoin de clarifier quelque chose par rapport à la gestion de l'enquête, je me suis justifiée. C'est purement procédural. »

Patrick ne semblait pas intéressé. Il s'est assis à la table de la cuisine sans me regarder.

« Est-ce que tu sais pourquoi elle a été mutée ici ? il a demandé à Helen. Parce que je me suis renseigné – je connais toujours du monde, tu t'en doutes, et un de mes anciens collègues à Londres m'a raconté que ce sergent que tu as sous les yeux a été transférée ici pour avoir séduit un autre officier. Un officier plus jeune qu'elle. Mais pas n'importe quel officier, figure-toi qu'il s'agissait d'une femme ! Tu imagines, un peu ? »

Son rire sec s'est transformé en une quinte de toux de fumeur.

« Et la voilà à courir après ton Henderson alors qu'elle est coupable du même crime, il a poursuivi. Un abus de pouvoir pour satisfaire sa sexualité perverse. Pourtant, elle n'a même pas été virée ! »

Il s'est allumé une cigarette avant de reprendre :

« Et elle a le culot de venir ici remettre en doute la conduite professionnelle de mon fils ! »

Puis, se tournant enfin vers moi :

« Vous auriez dû être virée de la police, mais comme vous êtes une femme, et une gouine, en plus, on a laissé faire. Ah, c'est beau, la parité ! Vous imaginez ce qui se serait passé si vous aviez été un homme ? Si Sean s'était fait prendre à coucher avec une stagiaire, sûr qu'il se serait fait virer avec perte et fracas. »

J'ai serré les poings pour empêcher mes mains de trembler.

« Et si Sean avait couché avec une femme qu'on avait ensuite retrouvée morte ? j'ai demandé. Qu'est-ce que vous pensez qui lui serait arrivé ? »

Il est rapide, pour un vieil homme. En ce qui m'a semblé moins d'une seconde, il s'est levé dans un fracas de chaise et il m'a attrapée à la gorge.

« Fais bien attention à ce que tu dis, sale pute », il a murmuré, son haleine âcre de fumeur dans mon visage.

Je l'ai poussé violemment et il m'a lâchée. Il a fait un pas en arrière et il est resté là, les bras le long du corps, les poings serrés.

« Mon fils n'a rien fait de mal, il a déclaré d'un ton calme. Alors si vous vous avisez de lui causer des ennuis, gamine, soyez assurée que je vous en causerai aussi. Et pas qu'un peu. Est-ce que c'est compris ?

– Papa, a dit Helen. Ça suffit. Vous lui faites peur. »

Il a regardé sa belle-fille en souriant.

« Je sais, ma chérie. C'est le but. »

Puis il s'est tourné vers moi sans se départir de son sourire, et il a ajouté :

« Y en a, y a que comme ça qu'elles comprennent. »

Jules

J'ai laissé la voiture en bas de l'allée qui menait chez les Townsend. J'aurais eu largement la place de me garer dans la cour, mais ça m'a semblé la meilleure chose à faire – j'avais l'impression qu'il me fallait opérer furtivement, les surprendre, même. Cette relique d'intrépidité qui avait resurgi en moi le jour où j'avais affronté mon violeur était de retour. Le bracelet dans la poche, j'ai traversé la cour baignée de soleil, bien droite. J'étais là pour ma sœur, pour rétablir la vérité en son nom. J'étais déterminée. Je n'avais pas peur.

Jusqu'à ce que la porte s'ouvre sur un Patrick Townsend au visage bouffi de rage, qui tenait un couteau à la main.

« Qu'est-ce que vous voulez ? » a-t-il aboyé.

J'ai reculé.

« Je... »

Il s'apprêtait à me claquer la porte au nez, et j'étais trop effrayée pour dire ce que j'avais à dire. « Il a assassiné sa femme, m'avait répété Nickie, et il a assassiné votre sœur, aussi. »

« J'étais...

– Jules ? a appelé une voix de l'intérieur. C'est vous ? »

Le tableau était saisissant. Helen était là, du sang sur la main et le visage ; Erin aussi était là, s'efforçant – en vain – de faire croire qu'elle maîtrisait la situation. Elle m'a accueillie avec un grand sourire et m'a demandé :

« Qu'est-ce que vous faites là ? Nous avions rendez-vous au poste.

– Oui, je sais… je…

– Parle, bon sang ! » a marmonné Patrick.

J'ai soudain eu la chair de poule. J'étais tétanisée.

« Vous êtes insupportables, vous, les Abbott ! Quelle famille ! a-t-il tonné avant d'abattre le couteau sur la table. Je me souviens de toi, tu sais ? T'étais obèse, quand t'étais petite, non ? »

Puis, s'adressant à Helen :

« Elle était énorme, une horreur. Et les parents ! Des minables. »

Quand il s'est à nouveau tourné vers moi, mes mains tremblaient.

« J'imagine que la mère avait une bonne excuse, vu qu'elle était mourante, mais quelqu'un aurait dû les reprendre en main, ces mômes. Vous faisiez tout ce que vous vouliez, ta sœur et toi, hein ? Et regarde comme ça vous a réussi ! Elle, elle était dérangée, et toi… t'es quoi ? Attardée ?

– Ça suffit, monsieur Townsend, est intervenue Erin avant de me prendre par le bras. Allons, venez avec moi au poste. Nous devons prendre la déposition de Lena.

– Ah, oui, la gamine. Elle finira comme sa mère, celle-là. Elle lui ressemble, d'ailleurs. Elle est tout aussi vulgaire, elle parle mal, et rien qu'à la regarder, on a envie de lui mettre une gifle…

– Vous passez beaucoup de temps à penser à ce que vous avez envie de faire à ma nièce de quinze ans, non ? ai-je dit d'une voix forte. Vous trouvez ça normal, peut-être ? »

Ma colère s'était réveillée, et Patrick ne s'y attendait pas.

« Alors ? Vous trouvez ça normal ? Espèce de vieux dégueulasse. »

Je me suis tournée vers Erin.

« Je ne suis pas encore prête à partir, en réalité, mais ça tombe très bien que vous soyez là, Erin. Parce que ce n'est pas à lui (j'ai désigné Patrick d'un signe de tête) que je suis venue parler, mais à elle. À vous, madame Townsend. »

D'une main tremblante, j'ai sorti le petit sachet en plastique de ma poche et je l'ai posé sur la table, à côté du couteau.

« Dites-moi, à quel moment avez-vous pris ce bracelet au poignet de ma sœur ? »

Helen a écarquillé les yeux et j'ai su qu'elle était coupable.

« D'où vient ce bracelet, Jules ? a demandé Erin.

– Lena. Mark Henderson le lui a donné, il l'avait pris à Helen. Et, à la tête qu'elle fait en ce moment, j'en déduis qu'elle-même l'a pris à ma sœur avant de la tuer. »

Patrick a éclaté de rire, un rire faux, un aboiement.

« Elle l'a pris à Lena, qui l'a pris à Mark, qui l'a pris à Helen, qui l'a pris à la petite souris, c'est ça ? Qu'est-ce qu'il faut pas entendre, putain ! »

Il s'est immédiatement tourné vers Helen.

« Excuse ma grossièreté, ma chérie, mais c'est du grand n'importe quoi.

– Il était dans votre bureau, n'est-ce pas, Helen ? ai-je insisté. Dites, Erin, on pourra y retrouver des empreintes, non ? Ou des traces d'ADN ? »

Patrick a encore gloussé, mais Helen semblait paniquée.

« Non, je…, a-t-elle enfin répondu, son regard oscillant entre moi, Erin et son beau-père. C'était… Non. »

Elle a pris une grande inspiration.

« Je l'ai trouvé. Mais je ne savais pas… Je ne savais pas que c'était le sien. Alors je… je l'ai gardé. Mais je comptais le déposer aux objets trouvés.

– Et où l'avez-vous trouvé, Helen ? a demandé Erin. Au collège ? »

Helen a jeté un coup d'œil à Patrick avant de répondre au sergent, comme si elle essayait d'évaluer la crédibilité de son mensonge.

« Je crois que… Oui, c'est ça. Et, euh, comme je ne savais pas à qui il appartenait…

– Ma sœur portait ce bracelet en permanence, ai-je dit. Ce sont les initiales de ma mère qui sont gravées dessus. J'ai du mal à croire que vous ne l'ayez pas reconnu. Vous étiez forcément consciente de son importance.

– Non, je ne savais pas, a répété Helen, écarlate, mais sa voix n'était plus qu'un filet.

– Évidemment qu'elle ne savait pas ! a soudain tonné Patrick. Évidemment qu'elle ne savait pas ce que c'était ni d'où ça venait. »

Il s'est rapidement approché d'elle pour poser une main sur son épaule.

« Si Helen avait le bracelet, c'est parce que je l'avais oublié dans sa voiture. Pure négligence de ma part. Je devais le jeter, c'était prévu, mais… j'ai des petits problèmes de mémoire. Elle n'est plus aussi fiable, ces derniers temps, n'est-ce pas, ma chérie ? »

Helen n'a pas répondu, pas bougé.

« Je l'ai oublié dans sa voiture, a-t-il répété.

– Très bien, a dit Erin. Mais vous, où est-ce que vous l'avez trouvé ? »

Il m'a regardé droit dans les yeux au moment de lui répondre.

« À votre avis, espèce de conne ? Je l'ai arraché au bras de cette putain au moment où je l'ai balancée dans le vide. »

Patrick

Cela faisait longtemps qu'il l'aimait, mais jamais il ne l'avait autant aimée qu'au moment où elle prit farouchement sa défense.

« Ce n'est pas vrai ! s'exclama-t-elle en se levant d'un bond. Ce n'est pas... Non ! Je refuse que vous portiez le chapeau, Papa, ça ne s'est pas passé comme ça. Vous n'avez... Vous n'étiez même pas... »

Un sourire aux lèvres, Patrick lui tendit la main. Elle la saisit et il la tira vers lui. Elle était douce sans être faible, et sa pudeur, son côté quelconque la rendaient plus émouvante à ses yeux que n'importe quelle beauté superficielle. Il était bouleversé, en cet instant, et il sentait son vieux cœur fatigué palpiter dans sa poitrine.

Personne ne parlait. La sœur pleurait en silence, articulant des mots qui ne sortaient pas. La policière le regardait et regardait Helen, comme si elle avait enfin compris.

« Êtes-vous... ? commença-t-elle avant de secouer la tête, ne trouvant pas ses mots. Monsieur Townsend, je...

– Allons ! tonna-t-il, soudain irrité par le désarroi évident de la policière. Vous êtes flic, bon sang, alors faites ce que vous avez à faire ! »

Erin prit une profonde inspiration avant de faire un pas vers lui.

« Patrick Townsend, déclara-t-elle, je vous arrête pour le meurtre de Danielle Abbott. Vous avez le droit de garder le silence...

– Oui, oui, oui, c'est bon, l'interrompit-il d'un ton las. Je sais, je sais tout ça. Bon Dieu. Les femmes comme vous, ça ne sait jamais quand la boucler. »

Puis, se tournant vers Helen :

« Mais toi, ma chérie, toi, tu sais. Tu sais quand parler, et tu sais quand te taire. Dis la vérité, ma douce. »

Elle se mit à pleurer, et il regretta amèrement de ne pas pouvoir se retrouver une dernière fois à ses côtés dans la chambre du haut avant de lui être définitivement arraché. Il l'embrassa sur le front et lui dit au revoir, puis il suivit la policière et sortit de la maison.

Patrick n'avait jamais été trop adepte du mysticisme, de l'instinct et des intuitions, mais il devait bien admettre qu'il avait senti venir la fin. Le jugement dernier. Il l'avait senti bien avant qu'on ne sorte le corps de Nel Abbott de l'eau, mais il avait mis ce sentiment sur le compte de son âge avancé. Son esprit lui jouait des tours, ces derniers temps, ravivant les couleurs de ses vieux souvenirs tout en floutant les plus récents. Il savait que c'était le début de la fin et qu'il allait être dévoré de l'intérieur, du trognon à l'écorce. Mais au moins, il pouvait s'estimer heureux d'avoir encore un peu de temps pour régler les derniers détails, reprendre le contrôle. Il se rendait compte à présent que c'était le seul moyen de sauver quelque chose de la vie qu'ils avaient construite, même s'il avait conscience que tout le monde ne serait pas épargné.

Quand ils l'assirent dans la salle d'interrogatoire du commissariat de Beckford, il songea d'abord que ce serait trop d'humiliation pour lui. Mais à sa grande surprise, ce fut du soulagement qu'il éprouva. Il voulait raconter son histoire. Et si elle devait sortir, alors autant que ce soit lui qui la raconte, tant qu'il en avait encore le temps, et tant que son esprit lui appartenait encore. Mais plus que du soulagement, il y avait aussi de la fierté. Depuis la nuit où Lauren était morte, une partie de lui avait toujours voulu révéler ce qui s'était vraiment passé. Mais il n'avait pas pu. Il s'était retenu, par amour pour son fils.

Il s'exprima de façon très claire, par des phrases courtes et simples. Il annonça son intention d'avouer les meurtres de Lauren Slater en 1983 et de Danielle Abbott en 2015.

Pour Lauren, ce fut évidemment plus facile. L'histoire était assez simple. Ils s'étaient disputés à la maison. Elle l'avait attaqué, il s'était défendu, et au cours de la lutte, elle s'était retrouvée blessée, trop grièvement pour espérer être sauvée. Et donc, afin d'épargner à son fils la vérité et – il le reconnaissait – de s'épargner la prison, il l'avait conduite à la rivière, avait porté son corps sans vie jusqu'en haut de la falaise et l'avait précipité dans le vide.

Le sergent Morgan écouta poliment mais, à cet instant, elle l'interrompit :

« Est-ce que votre fils était avec vous à ce moment-là, monsieur Townsend ?

– Il n'a rien vu, répondit Patrick. Il était trop petit et trop effrayé pour comprendre ce qui se passait. Il n'a pas vu sa mère se faire mal, et il ne l'a pas vue tomber.

– Il ne vous a pas vu la jeter du haut de la falaise ? »

Il lui fallut déployer un effort considérable pour ne pas la gifler.

« Il n'a rien vu. Je l'ai mis dans la voiture parce que je ne pouvais pas décemment laisser un gamin de six ans seul à la maison en plein orage. Si vous aviez des enfants, vous comprendriez. Il n'a rien vu. Il était complètement perdu, alors je lui ai dit... Je lui ai raconté une version de la vérité qu'il serait en mesure de comprendre. En mesure d'accepter.

– Une version de la vérité ?

– Je lui ai raconté une histoire – c'est ce qu'on fait avec les enfants, quand il y a des choses qui n'ont pas de sens pour eux. Une histoire plus facile à supporter, une histoire qui ne le détruirait pas. Vous ne saisissez donc pas ? »

Il avait beau essayer, il ne parvenait pas à se retenir de hausser le ton.

« Je n'allais quand même pas le laisser tout seul, si ? Sa mère n'était plus là, qu'est-ce qui lui serait arrivé si j'avais dû aller en prison ? Quelle vie il aurait eue ? Il se serait retrouvé en foyer, et moi, j'ai vu ce qu'ils deviennent, les gamins qui grandissent en foyer : il n'y en a pas un qui ne finisse pas taré ou pervers. Je l'ai protégé, conclut-il en bombant fièrement le torse. Toute sa vie, je l'ai protégé. »

L'histoire de Nel Abbott était, par la force des choses, plus difficile à relater. Quand il avait découvert qu'elle avait parlé avec Nickie Sage et qu'elle prenait au sérieux les accusations de celle-ci au sujet de Lauren, il avait commencé à s'inquiéter. Non pas qu'elle serait allée voir la police, non. La justice n'avait aucun intérêt pour elle, tout ce qui l'intéressait, c'était d'apporter un peu de sensationnel à son projet minable. Mais Patrick avait peur qu'elle dise à Sean quelque chose qui le bouleverse. Une fois de plus, il n'avait fait que protéger son fils.

« C'est le rôle d'un père, déclara-t-il. Mais vous êtes peut-être mal placée pour le savoir. Je me suis laissé dire que le vôtre était un pochetron. Et qu'il avait l'alcool mauvais. »

Il sourit en regardant Erin Morgan encaisser le coup, puis il reprit le cours de son récit et expliqua qu'il avait donné rendez-vous un soir à Nel Abbott pour évoquer ces fameuses allégations.

« Et elle a accepté de vous retrouver à la falaise ? demanda le sergent Morgan, incrédule.

– Vous ne l'avez jamais rencontrée. Vous ne pouvez pas savoir à quel point elle était vaniteuse. Il a suffi que je lui promette de lui raconter exactement ce qui s'était passé entre Lauren et moi. Je lui ai dit que je lui montrerais comment s'étaient passées les choses sur les lieux mêmes du drame, et qu'elle serait la première à entendre la vraie version de l'histoire. Après, une fois qu'elle a été là-haut, c'était facile. Elle avait bu, elle tenait mal debout.

– Et le bracelet ? »

Patrick se redressa et se força à regarder le sergent droit dans les yeux.

«Elle s'est un peu débattue, expliqua-t-il. Du coup, je lui ai attrapé le bras, et le bracelet est tombé à ce moment-là.

– Vous l'avez arraché – c'est ce que vous avez dit plus tôt, non? demanda-t-elle en se penchant sur ses notes. Vous l'avez "arraché au bras de cette putain", c'est bien ça?

– Oui. J'étais en colère, je le reconnais. J'étais en colère qu'elle ait continué sa liaison avec mon fils et que ça menace son couple. Elle l'a séduit. Même l'homme le plus solide et le plus droit peut se retrouver l'esclave d'une femme qui lui offre...

– Qui lui offre quoi?»

Patrick serra les dents.

«Qui lui offre le genre d'abandon sexuel qu'il ne connaît peut-être pas à la maison. C'est triste, je l'avoue. Mais ça arrive. Et ça m'a mis en colère. Mon fils et sa femme sont très soudés.»

Patrick vit le sergent Morgan lever les yeux au ciel, et une fois de plus, il dut se maîtriser.

«C'est pour ça que j'étais en colère, reprit-il. Je lui ai arraché son bracelet. Je l'ai poussée.»

QUATRIÈME PARTIE

Lena

Je pensais que je ne voudrais pas partir, mais je ne peux plus voir la rivière tous les jours, la traverser en allant au collège. Je n'ai même plus envie d'aller nager. De toute façon, maintenant, il fait trop froid. On part pour Londres demain, j'ai presque fini de boucler mes valises.

On va mettre la maison en location. Ça ne me plaisait pas, comme idée, je ne voulais pas imaginer des gens vivre dans nos chambres, occuper notre espace, mais Jules a dit que sinon on risquait d'avoir des squatteurs, ou que si la maison commençait à s'abîmer, il n'y aurait personne pour le remarquer et faire les réparations, et ça ne me plaisait pas non plus. Donc j'ai accepté.

Ça reste quand même ma maison. Maman me l'a léguée, alors quand j'aurai dix-huit ans (ou vingt et un, je ne sais plus trop), elle m'appartiendra officiellement. Et je pourrai revenir y habiter. Je sais que je reviendrai. Je reviendrai quand ça me fera moins mal et quand j'aurai arrêté de voir Maman partout où je regarde.

J'ai peur d'aller à Londres, mais un peu moins qu'avant. Jules (et pas Julia) est vraiment bizarre – elle le sera toujours de toute façon, elle est même complètement détraquée. Mais moi aussi, je suis un peu bizarre et complètement détraquée, alors peut-être que ça ira. Il y a des choses que j'aime bien chez elle. Elle fait la cuisine, elle joue les mères poules, elle m'engueule quand je fume. Quand je sors, elle me force à lui dire où je vais et à quelle heure je compte rentrer. Comme une maman normale.

Bref, je suis contente de savoir qu'on ne sera que toutes les deux, sans mari, et sans petit copain, j'imagine, ni rien de ce genre. Et au moins, dans mon nouveau collège, personne ne saura qui je suis, personne ne saura rien sur moi. Tu peux devenir quelqu'un d'autre, m'a dit Jules, et j'ai trouvé ça pas très sympa, parce que je ne vois pas où est le problème avec la personne que je suis déjà. Mais bon, je vois ce qu'elle veut dire. Je me suis coupé les cheveux très court, le changement est radical. Du coup, dans mon nouveau collège, je ne serai plus la jolie fille que personne n'aime. Je serai banale.

Josh

Lena est venue me dire au revoir. Elle s'est coupé les cheveux très court. Elle est toujours jolie, mais pas autant qu'avant. Je lui ai dit que je préférais quand ils étaient plus longs. Elle a éclaté de rire et m'a dit : Ils auront repoussé la prochaine fois qu'on se verra, et ça m'a fait du bien, parce qu'au moins, elle pense qu'on se reverra, alors que je n'en étais pas sûr, vu qu'elle sera à Londres et qu'on va déménager dans le Devon, et que ce n'est pas vraiment la porte à côté. Mais elle a dit que ce n'était pas si loin – cinq heures en voiture à peu près – et que dans quelques années, elle aura son permis et qu'elle viendra me voir et qu'on ira faire un peu les cons tous les deux.

On est restés un moment assis dans ma chambre. C'était un peu gênant, parce qu'on ne savait pas quoi se dire. Je lui ai demandé si elle avait eu des nouvelles, et comme elle avait l'air de ne pas comprendre, j'ai ajouté : Au sujet de M. Henderson, mais elle a secoué la tête. Elle avait l'air de ne pas vouloir en parler. Il y a beaucoup de rumeurs qui circulent – des gens à l'école disent qu'elle l'a tué et qu'elle a jeté son cadavre à la mer. Moi, je pense que c'est n'importe quoi, mais même si c'est la vérité, je ne lui en veux pas.

Je sais que Katie aurait été très triste qu'il arrive quelque chose à M. Henderson, mais elle n'est plus là pour le savoir, de toute façon. La vie après la mort, ça n'existe pas. Tout ce qui compte, c'est les gens qui restent, et je crois que de ce côté-là, les choses se sont arrangées. Maman et Papa ne sont pas heureux, mais ils vont mieux, ils ont changé. Ils sont peut-être soulagés ? Comme s'ils n'avaient plus besoin de se poser la question du pourquoi. Ils ont enfin quelque chose à quoi se rattacher, quelque chose qui puisse leur faire dire : Voilà, c'est à cause de ça. *Quelque chose qui donne du sens*, a dit quelqu'un, et j'ai beau comprendre l'idée, je crois que, de mon côté, je n'arriverai jamais à trouver un sens à ce qui s'est passé.

Louise

Les valises étaient dans la voiture, les cartons étaient étiquetés et, avant midi, ils auraient rendu les clés. Josh et Alec étaient partis dire au revoir à leurs amis, un peu partout dans Beckford, mais Louise avait décidé de rester là.

Il y avait des jours meilleurs que d'autres.

Louise était restée pour faire ses adieux à la maison où avait vécu sa fille, la seule maison qu'elle aurait jamais connue. Elle devait faire ses adieux aux traces de la vie de Katie : les traits de crayon qui avaient suivi sa croissance dans le placard sous l'escalier, la marche en pierre sur laquelle elle était tombée et s'était écorché le genou – c'était la première fois que Louise avait dû accepter que son enfant ne resterait pas intacte, qu'elle aurait des imperfections, des cicatrices. Elle devait faire ses adieux à la chambre de sa fille, où elles s'asseyaient toutes les deux pour bavarder pendant que Katie se séchait les cheveux, se mettait du rouge à lèvres et lui disait qu'elle irait chez Lena un peu plus tard, et est-ce qu'elle pouvait passer la nuit là-bas ? Combien de fois avait-elle menti ainsi ?

(Le souvenir qui tenait Louise éveillée la nuit – l'un d'entre eux, en tout cas –, c'était le jour où Mark Henderson lui avait présenté ses condoléances près de la rivière, et où elle avait été si émue de voir les larmes dans ses yeux.)

Lena était passée dire au revoir et apporter le manuscrit de Nel, ses photos, ses notes, une clé USB avec tous les fichiers.

« Faites-en ce que vous voulez, avait-elle dit. Brûlez tout si avez envie. Je ne veux plus jamais voir ces trucs-là. »

Louise était contente que Lena soit venue, et plus contente encore de savoir qu'elle ne la reverrait plus jamais.

« Vous pourrez me pardonner, vous croyez ? avait demandé Lena. Un jour ? »

Et Louise avait répondu que c'était déjà fait – un pieux mensonge.

Car la gentillesse était son nouveau projet : Louise espérait y trouver plus d'apaisement que dans la colère. Et de toute façon, si elle savait qu'elle ne pourrait jamais pardonner à Lena – ni ses dissimulations, ni ses secrets, ni sa simple existence qui lui rappelait cruellement l'absence de sa fille –, elle ne pouvait pas la détester.

Car s'il y avait bien une chose évidente dans toute cette horreur, une chose qui ne souffrait pas la moindre contestation, c'était l'amour de Lena pour Katie.

Décembre

Nickie

Nickie avait fini de faire ses valises.

Les choses s'étaient calmées, en ville. C'était toujours le cas avec l'arrivée de l'hiver, sauf que là, il y avait aussi beaucoup de gens qui étaient partis. Patrick Townsend moisissait dans sa cellule (bien fait pour lui!) et son fils s'était enfui pour essayer de trouver un semblant de paix. Pas sûr qu'il y parvienne. Le Vieux Moulin était vide depuis que Lena Abbott et sa tante s'étaient installées à Londres. Les Whittaker avaient déménagé, eux aussi – il semblait à Nickie que leur maison n'était restée en vente qu'une semaine, avant qu'un couple avec trois enfants et un chien ne débarque à bord d'un Range Rover.

Dans sa tête aussi, les choses s'étaient calmées. La voix de Jeannie n'était plus aussi assourdissante et, quand elle venait lui parler, c'était plus sur le ton de la discussion que celui de l'invective. Nickie se rendait compte que ces jours-ci, elle passait plus de temps au lit qu'assise à la fenêtre à regarder dehors. Elle se sentait très fatiguée et ses jambes lui faisaient souffrir le martyre.

Le lendemain matin, elle partait en Espagne pour deux semaines au soleil. Du repos et un peu de divertissement, voilà ce dont elle avait besoin. Elle ne s'était pas attendue à recevoir l'argent : dix mille livres sterling léguées par Nel Abbott à une certaine Nicola Sage, habitant Marsh Street, à Beckford. Qui l'eût cru? Mais Nickie aurait peut-être pu s'en douter, car Nel était la seule à l'avoir jamais écoutée. Pauvre Nel! Pour le bien que ça lui avait fait.

Erin

J'y suis retournée juste avant Noël. Je ne saurais pas dire exactement pourquoi, à part que je rêvais de la rivière pratiquement toutes les nuits, et que je me disais qu'un aller-retour à Beckford m'aiderait peut-être à exorciser mes démons.

Je me suis garée à côté de l'église et j'ai remonté le chemin de la rivière, dépassé le bassin, dépassé la falaise, dépassé les bouquets de fleurs fanés pour arriver au cottage. Il était tout voûté et miteux, avec ses rideaux tirés et sa porte barbouillée de peinture rouge. J'ai essayé d'entrer, mais la porte était verrouillée, alors j'ai marché sur l'herbe givrée jusqu'à la rivière qui coulait en silence. De l'eau bleu pâle s'échappait une nappe de brouillard fantomatique. Ma respiration formait de petits nuages blancs dans l'air et le froid me brûlait les oreilles. J'aurais dû prendre un bonnet.

Je suis allée à la rivière parce que je n'avais nulle part ailleurs où aller, et parce que je n'avais personne à qui parler. Le seul avec qui j'aurais vraiment voulu discuter, c'était Sean, mais il n'était pas là. On m'avait annoncé qu'il avait déménagé dans le comté de Durham, dans une petite ville qui s'appelle Pity Me[1] – je vous jure que je ne l'invente pas. La ville existait, mais pas de trace de lui. L'adresse qu'on m'avait donnée correspondait à une maison vide flanquée d'un panneau « À louer ». J'ai été jusqu'à appeler la prison de Frankland, où Patrick passera le restant de ses jours, mais on m'a assuré que le vieil homme n'avait pas reçu la moindre visite depuis son arrivée.

---

1. En anglais, « Pity Me » signifie littéralement « Ayez pitié de moi ».

Je voulais demander à Sean de me dire la vérité. Je me suis dit qu'il accepterait peut-être, à présent qu'il n'était plus dans la police. Je me suis dit qu'il pourrait peut-être m'expliquer comment il avait fait pour vivre une vie comme la sienne. Je voulais également lui demander si, alors qu'il était censé enquêter sur la mort de Nel, il savait déjà que c'était son père qui l'avait tuée. Ce n'était pas impensable. Il avait passé sa vie à protéger son père, après tout.

La rivière elle-même n'avait aucune réponse à apporter. Quand, un mois auparavant, un pêcheur avait retrouvé un téléphone dans la boue, j'avais eu une bouffée d'espoir. Mais le portable de Nel Abbott ne nous avait rien appris de plus que nous ne savions déjà grâce aux relevés fournis par son opérateur. Même dans l'hypothèse où il aurait contenu des photos accablantes, des images qui auraient expliqué tout ce qui restait opaque, nous n'avions aucun moyen de les voir – l'eau et la vase avaient eu raison de la carte mémoire et des circuits du téléphone, qui refusait obstinément de s'allumer.

Après le départ de Sean, nous nous sommes retrouvés avec une montagne de paperasse à trier, une enquête à boucler, des questions dont nous n'avions pas les réponses, sur ce que Sean savait et à partir de quand il l'avait su, et sur pourquoi toute cette putain d'affaire avait été aussi mal gérée. Et il n'y avait pas que l'affaire Nel Abbott, il y avait aussi le cas Henderson : comment avions-nous pu le laisser filer entre nos doigts ?

Quant à moi, je n'arrêtais pas de ressasser l'interrogatoire que j'avais fait passer à Patrick. Sa version de l'histoire. Le bracelet arraché au poignet de Nel, quand il lui avait agrippé le bras. Leur empoignade, là-haut, au sommet de la falaise, avant qu'il ne la pousse dans le vide. Mais elle n'avait aucune ecchymose aux endroits où il prétendait l'avoir attrapée, aucune marque au poignet, alors qu'il lui avait soi-disant arraché son bracelet. D'ailleurs, son corps ne présentait pas le moindre signe de lutte. Sans oublier que le fermoir du bracelet était intact.

À l'époque, je n'avais bien sûr pas manqué de pointer du doigt ces incohérences, mais après tout ce qui s'était passé, après la confession de Patrick, la démission de Sean et la grande foire à la protection des arrières et au rejet des responsabilités, personne n'était d'humeur à écouter.

Je me suis assise à côté de la rivière et une fois de plus, en repensant aux histoires de Nel, de Lauren et de Katie, j'ai ressenti un profond sentiment d'inachevé. L'impression de ne pas avoir vu tout ce qu'il y avait à voir.

Helen

Helen avait une tante qui habitait juste à côté de Pity Me, un peu au nord de Durham. Elle avait une ferme, et Helen se rappelait un été qu'elle avait passé là-bas, à ramasser des mûres et à donner des carottes aux ânes. La tante n'était plus de ce monde; pour la ferme, Helen n'était pas sûre. La petite ville était encore plus triste et miteuse que dans ses souvenirs, et il ne semblait plus y avoir d'ânes. En revanche, c'était un endroit isolé et anonyme où personne ne prêtait attention à elle.

Elle avait trouvé un travail pour lequel elle était surqualifiée, ainsi qu'un petit appartement en rez-de-chaussée avec un patio à l'arrière, exposé au soleil l'après-midi. Quand ils étaient arrivés là au début, ils avaient loué une maison, mais cela n'avait duré que quelques semaines, jusqu'à ce que Helen se réveille un matin pour découvrir que Sean était parti. Elle avait alors rendu les clés au propriétaire et s'était mise à la recherche d'un appartement.

Elle n'avait pas essayé d'appeler Sean. Elle savait qu'il ne reviendrait pas. Leur famille était brisée – ça n'avait été qu'une question de temps sans Patrick, le ciment qui les maintenait ensemble.

Son cœur aussi était brisé, mais elle préférait ne pas y penser. Elle n'avait jamais rendu visite à Patrick en prison. Elle savait qu'elle ne devait pas le plaindre – il avait reconnu le meurtre de sa femme, puis celui de Nel Abbott, de sang-froid.

Non, pas de sang-froid. On ne pouvait pas dire cela. Helen comprenait que Patrick avait une vision manichéenne des choses, et qu'il croyait le plus sincèrement du monde que Nel Abbott représentait une menace pour leur famille, pour leur intimité. Ce qui était vrai. Et il avait agi en conséquence. Il l'avait fait pour Sean, et il l'avait fait pour elle. On ne pouvait donc pas parler de sang-froid, si ?

Mais toutes les nuits, elle faisait le même cauchemar : Patrick maintenant la chatte tigrée sous l'eau. Dans son rêve, il avait les yeux fermés, mais ceux de la chatte étaient ouverts, et quand le pauvre félin luttant pour sa survie tournait la tête vers elle, elle se rendait compte qu'ils étaient vert émeraude, comme ceux de Nel Abbott.

Elle avait de gros problèmes de sommeil et elle se sentait très seule. Quelques jours plus tôt, elle avait fait trente kilomètres jusqu'à la jardinerie la plus proche pour acheter un plant de romarin. Et aujourd'hui, elle avait la ferme intention de se rendre au refuge pour animaux de Chester-le-Street afin de se choisir un chat.

Jules

C'est une sensation étrange, chaque matin, de me retrouver assise au petit déjeuner en face d'une Nel de quinze ans. Elle se tient très mal à table, comme toi, et elle lève les yeux au ciel quand on lui en fait la remarque, comme toi. Elle s'installe toujours en tailleur, ses genoux osseux vers l'extérieur, exactement comme toi au même âge. Elle arbore la même expression rêveuse quand elle se perd dans ses pensées ou dans la musique. Elle n'écoute rien. Elle est têtue, elle est casse-pieds. Elle passe son temps à chantonner faux, comme Maman. Elle a le rire de notre père. Elle m'embrasse sur la joue tous les matins en partant au collège.

Je ne peux pas me racheter pour toutes mes erreurs – mon refus de t'écouter, mon empressement à croire le pire de toi, mon échec à t'aider quand tu as eu besoin de moi, mon échec à t'aimer, à ne serait-ce qu'essayer. Comme il n'y a rien que je puisse faire pour toi, à présent, ma rédemption devra passer par la maternité. Par des gestes maternels. En tant que sœur, je n'ai pas été à la hauteur, mais je tâcherai d'être une mère digne de ce nom pour ton enfant.

C'est une tornade quotidienne dans mon petit appartement bien ordonné de Stoke Newington, à Londres. Il me faut faire preuve d'une grande volonté pour ne pas céder à la panique et à l'anxiété dans ce chaos. Mais je tiens. Je me souviens de cette version de moi, cette femme intrépide qui a resurgi le jour où je suis allée défier le père de Lena. Je voudrais qu'elle revienne. Je voudrais avoir davantage de cette femme en moi, davantage de toi, davantage de Lena. (Quand Sean Townsend m'a déposée à la maison le jour de ton enterrement, il m'a dit que je te ressemblais, et je lui ai dit qu'il avait tort, que j'étais tout le contraire de Nel. C'était quelque chose dont j'étais fière. Plus maintenant.)

J'essaie d'apprécier la vie que je partage avec ta fille, car désormais, c'est ma seule famille, et la seule que j'aurai jamais. Je profite de sa présence, et je puise du réconfort dans l'idée que l'homme qui t'a assassinée mourra en prison d'ici peu de temps. Il paie pour ce qu'il a fait à sa femme, à son fils, et à toi.

Patrick

P atrick ne rêvait plus de sa femme. À présent, c'était un autre rêve qu'il faisait souvent, un rêve dans lequel il se rejouait de façon différente la scène de l'été dernier, dans sa cuisine. Au lieu de se rendre au sergent, il prenait le couteau d'office sur la table et le lui enfonçait en plein cœur puis, une fois qu'elle était morte, il s'attaquait à la sœur de Nel Abbott. Il sentait son excitation grandir et grandir jusqu'à ce que, enfin rassasié, il retire le couteau de la poitrine de la sœur et lève les yeux vers Helen. Elle le regardait, des larmes lui coulant le long des joues, le sang gouttant de sa main blessée.

« Arrêtez, Papa, disait-elle. Vous lui faites peur. »

Quand il se réveillait, c'était toujours au visage de Helen qu'il pensait, à son air dévasté quand il avait tout avoué. Il était soulagé de ne pas avoir eu à assister à la réaction de Sean. Quand son fils était rentré à Beckford, ce soir-là, Patrick avait déjà fait des aveux complets. Sean lui avait rendu visite une fois, en préventive. Et Patrick savait qu'il ne reviendrait sûrement jamais, ce qui lui brisait le cœur car tout ce qu'il avait fait, toutes les histoires qu'il avait racontées et toute cette vie qu'il avait construite, ç'avait été uniquement pour son fils.

Sean

Je ne suis pas ce que je pense être.

Je n'étais pas celui que je pensais être.

Quand les choses ont commencé à se disloquer, quand j'ai commencé à me disloquer à cause de Nel qui répétait des histoires qu'elle n'aurait pas dû, j'ai maintenu l'unité de mon monde en répétant : *Les choses sont comme elles sont, comme elles ont toujours été, et elles ne peuvent pas être différentes.*

J'étais le fils d'une mère suicidée et d'un honnête homme. Et en tant que fils d'une mère suicidée et d'un honnête homme, j'étais devenu inspecteur de police, j'avais épousé une femme respectable et responsable, avec qui je vivais une vie respectable et responsable. C'était simple, et c'était clair.

Il y avait des doutes, bien sûr. Mon père m'a dit qu'après la mort de ma mère, je n'ai pas parlé pendant trois jours. Mais j'avais un souvenir – ce que je pensais être un souvenir – de moi en train de parler à la gentille et douce Jeannie Sage. Elle m'avait ramené chez elle ce soir-là, non ? Et elle m'avait fait des tartines ? Ne lui avais-je pas dit que nous étions allés tous ensemble à la rivière en voiture ? *Tous ensemble ?* elle m'avait demandé. *Tous les trois ?* Et à ce moment-là, j'avais pensé qu'il valait mieux que je me taise, parce que je ne voulais pas dire de bêtise.

Je croyais me souvenir que nous étions tous les trois dans la voiture, mais mon père m'a assuré que c'était un cauchemar.

Dans le cauchemar, ce n'était pas l'orage qui me réveillait, mais les cris de mon père. Et les cris de ma mère, aussi. Ils se disaient des choses affreuses. Elle : raté, brute ; lui : salope, pute, mauvaise mère. J'ai entendu un bruit sec, une claque. Puis d'autres bruits. Ensuite, plus rien.

Juste la pluie, l'orage.

Et après, une chaise raclant le sol, et la porte de derrière qui s'ouvrait en grinçant. Dans le cauchemar, je descendais l'escalier tout doucement et je m'arrêtais devant la cuisine en retenant ma respiration. J'entendais à nouveau la voix de mon père, plus grave, comme un grognement. Et autre chose : un chien qui gémissait. Sauf que nous n'avions pas de chien (dans le cauchemar, je me demandais si mes parents se disputaient parce que ma mère avait ramené un chien errant à la maison – ç'aurait été tout à fait son genre).

Dans le cauchemar, quand je me rendais compte que j'étais seul à la maison, je sortais en courant, et mes parents étaient là tous les deux, ils montaient dans la voiture. Ils partaient, ils m'abandonnaient. Je paniquais, je courais jusqu'à la voiture et grimpais sur la banquette arrière. Mon père essayait de me faire sortir en criant et en jurant, mais je m'agrippais à la poignée de la portière, je donnais des coups de pied et je lui mordais même la main.

Dans le cauchemar, nous étions trois dans la voiture : mon père qui conduisait, moi à l'arrière, et ma mère sur le siège passager, mais elle n'était pas assise correctement, elle était appuyée contre la vitre. À chaque virage un peu serré, elle bougeait, et sa tête tournait vers la droite, de sorte que je pouvais la voir, je pouvais voir le sang sur son front et sur sa joue. Je pouvais voir qu'elle essayait de parler, mais je ne comprenais pas ce qu'elle disait, ses mots étaient étranges, comme si elle parlait dans une langue que je ne connaissais pas. Son visage aussi était étrange, déformé, sa bouche tordue, et ses yeux devenaient parfois tout blancs. Sa langue lui sortait de la bouche, rose, avec de la salive qui lui coulait du bord de la bouche, un peu comme un chien. Dans le cauchemar, elle essayait de m'attraper et me touchait la main. J'étais terrifié et je me recroquevillais au fond de mon siège, contre la portière, tâchant de m'éloigner le plus possible d'elle.

Mon père m'a dit :

« Ta mère qui essayait de t'attraper, c'était un cauchemar, Sean. Ce n'est pas la réalité. C'est comme la fois où tu as dit que tu te souvenais d'avoir mangé des harengs à Craster avec ta mère et moi, alors que tu n'avais que trois mois. Tu as dit que tu te rappelais du fumoir, mais c'est seulement parce que tu l'avais vu en photo. Là, c'est la même chose. »

C'était logique. Ça ne collait pas vraiment, mais au moins, c'était logique.

À douze ans, je me suis rappelé autre chose : je me suis rappelé l'orage, moi courant sous la pluie, sauf que cette fois, mon père ne montait pas dans la voiture, il mettait ma mère dedans. Il l'aidait à s'installer sur le siège passager. C'était une image très nette et je n'avais pas l'impression que ça faisait partie du cauchemar – la qualité du souvenir était différente. J'avais peur, mais ce n'était pas la même peur que quand ma mère avait essayé de m'attraper. C'était moins viscéral. Ce nouveau souvenir m'a beaucoup perturbé ; j'en ai parlé à mon père.

Il m'a déboîté l'épaule en me balançant contre le mur, mais c'est surtout ce qui s'est passé après qui m'est resté. Il m'a dit qu'il fallait qu'il me donne une leçon, alors il a pris un grand couteau de cuisine et il m'a coupé à hauteur du poignet. C'était un avertissement.

« Pour que tu te souviennes, il a dit. Pour que tu n'oublies jamais. Si tu t'avises d'oublier, la prochaine fois, ce sera différent. Je couperai dans l'autre sens. Comme ça. »

Il a placé la pointe de la lame sur mon poignet droit, à la base de la main, et il a remonté le long de mon avant-bras, jusqu'au coude.

« Je ne veux plus jamais parler de ça, Sean. Tu le sais. On en a déjà largement assez discuté comme ça. On ne parle pas de ta mère. Ce qu'elle a fait était honteux. »

Il m'a parlé du septième cercle de l'enfer, où les suicidés étaient transformés en buissons d'épines et mangés par les Harpies. Je lui ai demandé ce qu'était une Harpie, et il m'a répondu que ma mère en était une. C'était déroutant : est-ce qu'elle était le buisson d'épines ou la Harpie ? J'ai pensé au cauchemar, à elle dans la voiture, essayant de m'attraper, à sa bouche ouverte et à la salive sanglante qui lui coulait des lèvres. Je ne voulais pas qu'elle me mange.

Quand mon poignet a guéri, la cicatrice est restée très sensible, et j'y ai trouvé une utilité : dès que je sentais mon esprit partir à la dérive, je la touchais et, la plupart du temps, ça suffisait à me ramener à la réalité.

Néanmoins, il existait toujours une faille, là, en moi, entre d'une part ma compréhension des événements, du rôle que j'avais joué et du rôle que mon père avait joué, et d'autre part l'étrange sentiment fugace que quelque chose ne collait pas. Comme le fait qu'il n'y avait pas de dinosaures dans la Bible – d'un côté ça n'avait pas de sens, et de l'autre je savais que c'était comme ça. C'était comme ça parce qu'on m'avait dit que ces choses étaient vraies : Adam et Ève, mais également les brontosaures. Au fil des années, la faille s'était faite plus ou moins présente, plus ou moins menaçante, mais c'est Nel qui a fini par déclencher le séisme.

Pas au début. Au début, c'était d'elle qu'il était question, de nous, ensemble. Malgré sa déception, elle avait accepté l'histoire que je lui avais racontée, l'histoire que je savais être la vérité. Mais après la mort de Katie, Nel avait changé. Elle s'était mise à discuter de plus en plus avec Nickie Sage, et elle ne croyait plus à ma version de l'histoire. Il faut dire que celle de Nickie correspondait bien mieux à la vision que se faisait Nel du bassin aux noyées, cet endroit qu'elle avait imaginé, un lieu à la gloire des femmes persécutées, des étrangères et des marginales tombées sous le coup d'un système patriarcal dont mon père était l'incarnation. Elle m'a dit qu'elle pensait que mon père avait tué ma mère, et la faille s'est élargie ; il y a eu quelques secousses, et puis les secousses se faisant plus violentes, des images étranges me sont revenues, d'abord sous la forme de cauchemars, puis sous la forme de souvenirs.

« Elle te pervertira », m'avait prévenu mon père quand il avait découvert, pour Nel et moi.

Elle avait même fait plus que ça. Elle m'avait entièrement démantelé. Si je l'écoutais, si je croyais à sa version de l'histoire, je n'étais plus le fils malheureux d'une mère suicidée et d'un père de famille respectable. J'étais le fils d'un monstre. Plus que ça, pire que ça : j'étais le petit garçon qui avait regardé sa mère mourir et qui n'avait rien dit. J'étais le petit garçon, l'adolescent, l'homme qui avait protégé son meurtrier, qui avait vécu avec lui, qui l'avait aimé.

Il m'était difficile d'être cet homme.

La nuit où Nel est morte, on s'était retrouvés au cottage, comme avant. Et je me suis abandonné. Elle voulait tellement que j'atteigne la vérité, elle me répétait que ça me libérerait de moi-même, que ça me libérerait d'une vie que je ne voulais pas. Mais elle pensait aussi à elle, à ce qu'elle avait découvert et à ce que ça signifiait pour elle, pour son travail, pour sa vie, pour son bassin. C'était d'ailleurs ça, le plus important : le fait que son bassin ne soit plus un lieu où on se suicide, mais un lieu où on se débarrassait des femmes à problèmes.

On est rentrés au village à pied. Ce n'était pas la première fois – depuis que mon père nous avait surpris au cottage, je ne laissais plus jamais la voiture devant, je la garais systématiquement au village. Nel avait la tête qui tournait à cause de l'alcool, du sexe, de sa nouvelle lubie : Il faut que tu te souviennes, elle m'a dit. Il faut que tu y ailles, que tu regardes et que tu te souviennes, Sean. Exactement comme ça s'est passé. Maintenant. Cette nuit.

Il pleuvait, je lui ai répondu. Le jour où elle est morte, il pleuvait. Ce n'était pas une nuit dégagée, comme ce soir. On devrait peut-être attendre qu'il pleuve.

Elle n'a pas voulu attendre.

Debout au sommet de la falaise, on regardait en bas. Ce n'est pas là que je me trouvais, Nel, je lui ai dit. Je n'étais pas là, mais dans les arbres, en contrebas. Je ne pouvais rien voir. Elle était au bord de la falaise, elle me tournait le dos.

Est-ce qu'elle a crié ? elle m'a demandé. Quand elle est tombée, est-ce que tu as entendu quelque chose ?

J'ai fermé les yeux et je l'ai vue dans la voiture, qui essayait de m'attraper, tandis que je cherchais à lui échapper. Je me suis recroquevillé, mais elle n'arrêtait pas de revenir à l'assaut, et j'ai voulu la repousser. Et mes mains dans le creux du dos de Nel, je l'ai repoussée.

REMERCIEMENTS

La source de cette rivière si particulière n'est vraiment pas facile à trouver, mais je crois que mes premiers remerciements doivent s'adresser à Lizzy, Kremer et Harriet Moore, pour leurs idées plus étranges les unes que les autres, leurs opinions tranchées, leurs pistes de lecture de qualité et leur soutien inconditionnel.

Trouver la source est une chose, suivre le cours de la rivière en est une autre : merci à mes exceptionnelles éditrices, Sarah Adams et Sarah McGrath, pour leur aide de tous les instants. Je tiens également à remercier Frankie Gray, Kate Samano et Danya Kukafka pour leur soutien éditorial.

Merci à Alison Barrow, dont l'amitié et les conseils précieux m'ont permis de tenir le coup ces trois dernières années.

Pour leur soutien et leurs encouragements, leurs recommandations de lecture et leurs idées géniales, je remercie Simon Lipskar, Larry Finlay, Geoff Kloske, Kristin Cochrane, Amy Black, Bill Scott-Kerr, Liz Hohenadel, Jynne Martin, Tracey Turriff, Kate Stark, Lydia Hirt et Mary Stone.

Merci à Richard Ogle, Jaya Miceli et Helen Yentus pour leurs idées de couverture toutes plus magnifiques les unes que les autres.

Je remercie Alice Howe, Emma Jamison, Emily Randle, Camilla Dubini et Margaux Vialleron pour tous les efforts qu'elles ont déployés afin que ce livre puisse être lu dans des dizaines de langues.

Merci à Markus Dohle, Madeleine McIntosh et Tom Weldon.

Pour leurs explications concernant leurs domaines respectifs, je remercie James Ellson, ancien de la police de Manchester, ainsi que Sharon Cowan, professeure à l'université de droit d'Édimbourg – il va sans dire que toute erreur en matière de procédures judiciaires ou policières est entièrement de mon fait.

Merci aux sœurs Rooke de Windsor Close pour une vie d'amitié et d'inspiration.

Merci à M. Rigsby pour tous ses conseils et ses critiques constructives.

Merci à Ben Maiden, qui m'aide à garder les pieds sur terre.

Merci à mes parents, Glynne et Tony, et à mon frère Richard.

Merci à tous les amis qui me supportent depuis si longtemps.

Et enfin, merci à Simon Davis, pour tout.

Ouvrage réalisé par Cursives à Paris
Imprimé au Canada par Marquis imprimeur inc.
Dépôt légal : juin 2017
N° d'édition : 314
ISBN 978-2-35584-314-3

MARQUIS

Québec, Canada